UM AMOR SEM FREIO

SIMONE SOLTANI

UM AMOR SEM FREIO

TRADUÇÃO DE HELEN PANDOLFI

intrínseca

Copyright © by Simone Soltani, 2024

Publicado originalmente por Pan, um selo da Pan Macmillan, uma divisão da Macmillan Publishers International.

TÍTULO ORIGINAL
Cross the Line

COPIDESQUE
Júlia Moreira
Renato Ritto

REVISÃO
Carolina Vaz

DIAGRAMAÇÃO
Henrique Diniz

ILUSTRAÇÃO DE CAPA
Leni Kauffman

ADAPTAÇÃO DE CAPA
Lázaro Mendes

CIP-BRASIL. CATALOGAÇÃO NA PUBLICAÇÃO
SINDICATO NACIONAL DOS EDITORES DE LIVROS, RJ

S675a

    Soltani, Simone
        Um amor sem freio / Simone Soltani ; tradução Helen Pandolfi. - 1. ed. - Rio de Janeiro : Intrínseca, 2024.

        Tradução de: Cross the line
        ISBN 978-85-510-0953-6

        1. Romance americano. I. Pandolfi, Helen. II. Título.

24-92513   CDD: 813
                                 CDU: 82-31(73)

Gabriela Faray Ferreira Lopes - Bibliotecária - CRB-7/6643

[2024]
Todos os direitos desta edição reservados à
EDITORA INTRÍNSECA LTDA.
Av. das Américas, 500, bloco 12, sala 303
Barra da Tijuca, Rio de Janeiro – RJ
CEP 22640-904
Tel./Fax: (21) 3206-7400
www.intrinseca.com.br

CALENDÁRIO DA FÓRMULA 1

Bahrain • 3–5 de março
Arábia Saudita • 17–19 de março
Austrália • 31 de março–2 de abril
Azerbaijão • 28–30 de abril
Miami • 5–7 de maio
Emilia-Romagna (Ímola) • 19–21 de maio
Mônaco • 26–28 de maio
Espanha • 2–4 de junho
Canadá • 16–18 de junho
Áustria • 30 de junho–2 de julho
Grã-Bretanha • 7–9 de julho
Hungria • 21–23 de julho
Bélgica • 28–30 de julho
Férias de verão
Holanda • 25–27 de agosto
Itália (Monza) • 1º–3 de setembro
Singapura • 15–17 de setembro
Japão • 22–24 de setembro
Catar • 6–8 de outubro
Estados Unidos (Austin) • 20–22 de outubro
México • 27–29 de outubro
Brasil • 3–5 de novembro
Las Vegas • 16–18 de novembro
Abu Dhabi • 24–26 de novembro

PRÓLOGO
Dev

Outubro — Austin, Texas

Eu ferrei com tudo. Cacete, agora *ferrou de vez*.

    O engenheiro de pista está buzinando no meu ouvido, me enchendo de perguntas como "O que foi que aconteceu?", "Tá tudo bem aí?" e a mais importante de todas: "O dano ao carro foi muito grave?" Preciso responder, preciso avisar que estou consciente para que ele e a equipe fiquem tranquilos depois de terem me assistido derrapar no asfalto a mais de 150 quilômetros por hora e bater em cheio contra a barreira. Mas por ora a telinha que monitora meus sinais vitais no box vai ter que ser garantia suficiente de que estou bem, porque não consigo formular palavras. Não porque tem algo de errado comigo, mas porque meu cérebro só... não está presente. Está de folga. Saiu para fumar um cigarro. E não tem nada a ver com a batida.

    — Dev? — A voz preocupada de Branny soa no rádio, invadindo a névoa dos meus pensamentos. — Tá me ouvindo? Você tá bem? Repetindo, você tá bem?

    — Tô bem — balbucio, ainda segurando firme no volante. — Mas acho que o carro já era. Foi mal, galera. Vacilo meu.

    Como qualquer engenheiro que se preze, ele provavelmente vai querer investigar o problema, mas sabe que não deve perguntar no rádio, já que muita gente pode estar ouvindo. Vai esperar até a reunião de equipe e aí sim entregar minha cabeça numa bandeja para o CEO, o chefe de equipe e o mecânico-chefe. E não vou dar um pio, porque foi realmente culpa minha.

Não foi um problema com o carro, com a pista, com outro piloto, nada causado por um fenômeno da natureza. Nada disso. Eu cometi o maior dos pecados quando se está atrás do volante.

Eu me distraí.

Isso não deveria ter acontecido. Na verdade, *nunca* tinha acontecido, em todos os meus anos como piloto, muito menos nos meus cinco anos de Fórmula 1. Nunca permiti que minha mente fosse longe demais a ponto de frear muito em cima e perder o controle da traseira. Mal tive tempo de reagir antes de bater com tudo.

— Desligue o carro e volte para o box — instrui Branny.

Obedeço antes que algo mais dê errado. Só consigo imaginar o que os comentaristas vão falar sobre as possíveis razões da minha colisão. Quase consigo ouvi-los dizer: *Caramba, que pena! Mas o que importa é que ele está bem.*

Mas eu não estou bem. Longe disso, inclusive. Ferrei com tudo — e nem estou falando da batida.

Não consigo pensar em outra coisa, mesmo enquanto saio do carro destroçado que provavelmente vai dar um prejuízo de milhões de dólares à equipe. Talvez as coisas nunca mais voltem a ficar bem.

Tudo porque beijei Willow Williams ontem à noite. E agora meus dias estão contados.

CAPÍTULO 1
Willow

Sete meses depois
Maio — Nova York

Quase botei fogo no apartamento. De novo.

Fazer macarons não deveria ser tão difícil assim. Eles são tão pequenininhos e bonitinhos, e os ingredientes da receita são tão simples — só claras de ovo, farinha de amêndoa e açúcar. Então por que, *por que*, eu não consigo fazer ao menos uma fornada sem estragar tudo?

— Ah, não, ah, não, merda — murmuro, colocando uma luva térmica para tirar a assadeira fumegante do forno.

De acordo com o timer, os macarons ainda tinham que ficar mais cinco minutos no forno, mas os meus já viraram carvão. Das duas, uma: ou a receita informava a temperatura errada, ou meu forno de repente decidiu arder igual ao inferno. Aposto que é a segunda opção.

Estou desesperada para reproduzir o macaron clássico da famosíssima confeitaria Stella Margaux porque no mês passado a única unidade de Nova York fechou para reforma e eu nunca mais vou conseguir viver sem eles. Ficar sabendo disso quase me deixou com vontade de voltar a morar na Costa Oeste, onde tem uma Stella praticamente em cada esquina.

Por outro lado, talvez eu seja obrigada a voltar para San Diego e morar com minha família se não conseguir encontrar um emprego nos próximos meses. Vim para Nova York há quatro anos para fazer faculdade e tinha planos de ficar, se possível, pelo resto da vida. Meus pais foram uns anjos e bancaram meus estudos com a condição de que eu me sustentaria sozinha depois de me formar. Na verdade, eles provavelmente não se importariam de continuar me ajudando — e não teriam dificuldades financeiras se fizessem isso —, mas, por uma questão de princípios, não gosto da ideia. Nós fizemos um acordo e eu pretendo cumpri-lo, só não achei que seria tão difícil assim.

Dei um duro danado durante a graduação. Estudei comunicação com ênfase em marketing esportivo, me especializei em letras e fiz um estágio diferente por semestre. Com toda essa experiência, imaginei que seria tranquilo arranjar uma vaga no departamento de marketing de algum time profissional, o que seria meu emprego dos sonhos. Mas depois de incontáveis currículos ignorados, nenhuma resposta e zero entrevistas agendadas, depois de infinitos "Pode deixar que entraremos em contato", sigo desempregada.

Teria sido muito pior se eu não tivesse acabado de me formar, mas faz meses que estou me candidatando a vagas, porque já queria ter encontrado um emprego assim que pegasse o diploma. Meu irmão arranjou um emprego na área dele meses antes de se formar, então pensei que eu provavelmente conseguiria fazer o mesmo.

Haha. Coitadinha. Aqui estou eu atrás de trabalho, com a conta praticamente zerada e a duas horas de distância da Stella Margaux mais próxima. Não é bem o que eu chamaria de *auge da vida*, mas, cacete, pelo menos estou tentando.

— Tem alguma coisa pegando fogo aí? — pergunta Chantal, aparecendo na porta da cozinha com uma careta. Ela fareja o ar.

Suspiro e corro para abrir a janela, dirigindo um olhar para a minha colega de apartamento enquanto isso.

— Só meus sonhos e ambições.
— Imaginei. O cheiro é péssimo.

Essa eu não tenho como rebater.

— Já é a quarta fornada que estrago hoje — choramingo.

Em busca de um afago, vou até Chantal e apoio a cabeça no seu braço. Não chego a alcançar o ombro dela porque eu mal passo de 1,50 metro e ela é um anjo perfeito com mais de 1,80.

— A primeira fornada saiu meio sem açúcar, a segunda ficou solada, a terceira ficou crua e essa...

— Pegou fogo.

— *Deu uma queimadinha* — corrijo, me afastando com um olhar ameaçador. Mas não posso reclamar muito porque os macarons *de fato* meio que pegaram fogo em determinado momento. — Não está dando certo e não sei onde estou errando.

O que poderia ser uma metáfora e tanto para minha vida neste momento.

— Faz uma pausa — aconselha Chantal. A voz dela é firme, mas afetuosa. — Tenta de novo amanhã.

Ela está certa. É claro que vou dar uma descansada, sacudir a poeira e tentar de novo amanhã, como sempre faço. Ela sabe o quanto quero que minha vida seja perfeita e como fico mal por estar com tanta dificuldade para chegar lá. Como moramos juntas desde o primeiro ano da graduação, Chantal acompanhou de perto meus altos e baixos, e me sinto muito sortuda por ela ter encontrado o próprio emprego dos sonhos em Nova York como analista financeira e por isso ter decidido continuar na cidade. Não sei o que faria sem ela.

— Vou pedir comida pra ninguém ter que encarar essa zona de guerra — diz ela, pegando o celular no bolso. Ela está usando um short jeans que deixa à mostra as pernas compridas e a pele preta. — E será que você podia dar uma olhada no seu celular? Está vibrando no seu quarto faz um tempão. Já está me dando nos nervos.

Olho para ela com um sorriso envergonhado.

— Foi mal. Eu não queria me distrair, por isso deixei no quarto.

Ela arqueia a sobrancelha com um ar divertido.

— Você quer dizer que deixou lá pra não correr o risco de derrubar o celular dentro da massa de novo?

Minhas bochechas ficam quentes com a lembrança daquele dia.

— Isso aconteceu só uma vez!

Chantal joga as tranças por cima dos ombros ao sair da cozinha e as miçangas na ponta tilintam delicadamente. Eu mesma ajudei a escolher as cores, porque achei que dourado e azul-escuro combinavam perfeitamente com a temperatura, que está esquentando. É um último ato de rebeldia antes de ela arrumar o cabelo de um jeito "mais profissional" para começar no novo emprego na semana que vem. Seria ótimo se o mundo parasse de tentar impor pra gente o tipo de cabelo que meninas negras devem usar, mas essa ainda não é a nossa realidade.

Com um suspiro, desamarro meu avental e o penduro no gancho ao lado da janela. O tecido de algodão de um rosa pastel se agita com a brisa quente como se estivesse debochando, em silêncio, do meu fracasso. Nem me dou ao trabalho de checar de novo os macarons chamuscados antes de sair da cozinha, seguindo para o corredor que dá no meu quarto.

Passo pela porta de Grace e ouço um fragmento da conversa que ela está tendo no telefone. A julgar pelo grunhido esporádico e pelas (pouquíssimas) palavras em cantonês que aprendi com ela, Grace deve estar falando com a mãe. Ela provavelmente está tentando tranquilizá-la garantindo que não vai perder o voo de amanhã para Hong Kong, embora já tenha feito isso duas vezes.

Ela me mostra o dedo do meio quando me vê e sopro um beijo em resposta antes de entrar no meu quarto. O sol está entrando pelas cortinas, projetando uma sombra curta na minha mesa. Meu celular repousa em cima dela, esquecido entre alguns produtos de *skincare* e uma caneca cheia de canetas de gel com glitter. A tela do celular está apagada, mas, quando o pego, uma enxurrada de mensagens e ligações perdidas do meu irmão surge na tela.

A maioria das pessoas pensaria se tratar de uma emergência, mas esse é o jeitinho de Oakley. Se não consegue falar comigo — ou com qualquer pessoa, na verdade — na primeira tentativa, ele liga e manda mensagem sem parar até a pessoa atender. Ele não dá sossego.

Nem me dou ao trabalho de ler as vinte mensagens, que provavelmente são um monte de emojis e "atende!!!!!". Só toco no nome dele e coloco o telefone no ouvido, me jogando na cama bagunçada de frente para a janela, que dá para um prédio de tijolinhos vermelhos do outro lado da rua.

— Até que enfim — reclama Oakley ao atender o telefone.

— Eu estava ocupada — respondo, sem entrar em detalhes. Se eu contasse o meu fiasco culinário, ele nunca mais me deixaria em paz. — O que você quer?

— Quer ir para Mônaco?

Outra característica do meu irmão: ele vai sempre direto ao ponto.

Já estou acostumada, mas mesmo assim fico surpresa dessa vez.

— Mônaco? — repito. — Tipo, o país?

— *Sim*, Willow, o país — responde ele, sem a menor paciência. — Que lerdeza.

Reviro os olhos e mentalmente mostro o dedo do meio para ele.

— Credo, eu só tava querendo confirmar.

— E aí? — Consigo imaginar meu irmão fazendo gestos no ar para me apressar. Ele nunca tem paciência para nada. — Tá a fim ou não?

— Ué, claro que sim — respondo, ainda que esteja achando a oferta meio suspeita. — Quem não estaria? Mas por que está me perguntando isso?

— Porque estou indo pra lá na semana que vem e pensei que talvez você fosse gostar de ir junto. E é fim de semana de corrida, então...

Solto um grunhido que o interrompe.

— Mas é claro que isso tem a ver com corrida.

Durante a adolescência, a vida do meu irmão era só andar de kart, o que resultou em uma carreira próspera, embora breve, na Fórmula 3. No fim das contas, ele acabou largando tudo para ter uma vida "normal" e foi para a faculdade. Eu não trocaria a oportunidade de ser atleta profissional por nada neste mundo, mas essa é a diferença entre mim e Oakley: ele teve escolhas na vida. Eu não.

— Além disso — continua ele, como se eu não tivesse dito nada —, vai rolar um evento importante da minha empresa. Imaginei que você fosse gostar de se enturmar com os pilotos e depois assistir à corrida do paddock. Consegui ingressos, cortesia da SecDark.

Parte da experiência "normal" de Oakley na graduação foi estudar cibersegurança. Ele foi contratado no último ano por uma das empresas mais importantes da indústria, a SecDark Solutions, e nunca mais saiu de lá.

A empresa é tão bem-sucedida que passou a patrocinar vários times e atletas de diferentes esportes, entre eles uma equipe de Fórmula 1, o que explica a festa e os ingressos para o paddock. Se eu não tivesse tanto orgulho do meu irmão por ter subido na hierarquia de uma empresa tão próspera, estaria morrendo de inveja.

Mas já que também estou colhendo os louros do sucesso dele, não posso reclamar.

— Sei que não está fácil conseguir emprego — diz ele antes que eu tenha a chance de perguntar mais sobre o evento. — Mas pode ser uma boa oportunidade para fazer networking. Você não desistiu do sonho de trabalhar com marketing esportivo, desistiu?

Rolo na cama e paro de lado, meio em posição fetal. Fico mais constrangida com a gentileza de Oakley do que ficaria se ele me zoasse por estar desempregada.

Sempre sonhei em ter uma carreira ligada a esportes. Cresci apaixonada por beisebol e basquete, adorava assistir aos jogos com Oakley e nosso pai, sentir a energia eletrizante de uma multidão de torcedores. Eu me apaixonei na primeira vez que pisei num estádio com meu pai e nunca mais olhei pra trás.

Eu queria ser igual aos atletas nas quadras, nos campos. Queria correr para chegar até a base, fazer cestas do meio da quadra. Queria ouvir as pessoas gritando por mim, queria que meu nome ecoasse pelas arquibancadas e ficasse gravado no coração dos torcedores.

Infelizmente, meu corpo não permitiu que esse sonho virasse realidade. Ainda que o diagnóstico de hipermobilidade articular tenha demorado muitos anos e incontáveis consultas médicas, sempre senti que era diferente das outras crianças e que jamais conseguiria fazer certas atividades. Minha chance no beisebol terminou depois que desloquei o ombro durante a primeira aula do time infantil, e o basquete ficou fora de cogitação graças a todo o movimento e às fintas bruscas que meus joelhos simplesmente não conseguiriam suportar. Ser atleta não parecia fazer parte do meu destino.

Então, depois de anos aprendendo de longe e acompanhando de fora, acabei me contentando com o marketing esportivo. Assim eu ainda poderia estar imersa num universo que me trazia felicidade e compartilhar essa felicidade com outras pessoas. Isso se eu conseguisse arranjar um emprego na área, é claro.

— Não, não desisti — digo, dando um suspiro. — Ainda estou esperando a resposta de alguns lugares.

— Então vamos para Mônaco enquanto isso — insiste ele. — É sério, é o tipo de evento perfeito para fazer networking. Ou, sei lá, que se dane, pensa nisso como uma viagem de férias bancada por mim. Uma mistura de presente de formatura e presente de aniversário bem adiantado.

— Uau, um combo? — provoco. — Caramba, você é *tão* legal.

— Tá, falando sério: só estou te oferecendo isso porque a mamãe me obrigou.

— Será que devo então agradecer à mamãe pelo convite?

— Dá no mesmo — responde ele, ignorando meu comentário e retomando o raciocínio anterior. — Pensa só em todas as pessoas que você vai poder conhecer. Tem noção de quantos atletas e equipes vão estar presentes nessa festa? Se não conseguir uma oferta de trabalho até o fim da noite, pulo da ponte mais próxima.

Dou uma risada.

— Você pularia da ponte se eu recebesse uma oferta de trabalho ou não.

Nós dois herdamos o gene da aventura; a diferença é que eu conheço meus limites.

— Provavelmente — admite ele. — Mas falando sério, Wills, essa é uma baita oportunidade. E você nem vai ter que fazer nada, eu cuido de tudo.

Eu me viro na cama e fico de barriga para cima, olhando para o teto e brincando com a barra do meu vestido.

— Promete que não vai ser uma perda de tempo? — pergunto, hesitante, embora por dentro já esteja começando a ficar animada. — Não quero ficar fora por muito tempo e acabar perdendo possíveis entrevistas.

— Prometo. Você pode pegar o voo de ida na quarta e voltar na segunda de manhã.

Suspiro, pensativa. Ele tem razão. Pode ser uma oportunidade excelente de fazer networking. E quem não ia querer passar alguns dias em um dos lugares mais legais do mundo? Além do mais, quem sou eu para recusar uma viagem assim de graça?

— Tá, tudo bem — digo, antes de dar tempo para o meu cérebro mudar de ideia. — Vamos para Mônaco.

CAPÍTULO 2
Dev

Mônaco

Tenho quase certeza de que todo mundo nessa festa acha que eu tenho uma IST.

Só para constar, não tenho nem nunca tive, apesar das escapulidas que a mídia adora divulgar. Esse boato tem tudo a ver com a minha gestora de redes sociais — agora *ex-gestora* —, que se demitiu ao anunciar para o mundo inteiro em todas as minhas redes sociais que eu era o novo garoto-propaganda de um teste caseiro de IST de resultado rápido. Vejam só, que maravilha! Sem ele, eu não teria descoberto tão depressa que tenho clamídia! Infelizmente é um tipo resistente a antibióticos, mas não se preocupem: estou fazendo o tratamento certinho. Algumas pessoas simplesmente não dão sorte.

Os posts deram um ótimo resultado para a empresa do teste, mas para mim? Não consigo transar com ninguém há quase dois meses e a maioria das mulheres aqui nem sequer olha para a minha cara. É uma maldita catástrofe.

Sei que poderia processá-la por difamação, mas o estrago já está feito e não tenho interesse em prejudicar Jani. Esperar a poeira baixar é a melhor coisa a fazer neste momento. E, sendo sincero, talvez eu tenha *merecido* a revolta dela depois de tudo o que a fiz passar quando trabalhava para mim. Eu não era o mais agradável dos clientes, mas quem é que vai querer expor a vida inteira para o mundo, cacete? E mesmo assim Jani insistia nisso dia após dia. Até que eu explodi.

Infelizmente isso fez com que *ela* explodisse em resposta. Agora minha reputação está no esgoto, minha equipe está me dando um gelo e há boatos de que meus patrocinadores estão desconfiados de que eu talvez não seja a melhor pessoa para representá-los. Não posso me dar ao luxo de perdê-los — nem de perder essa grana —, porque, sem eles, vou perder meu lugar na Argonaut Racing.

— Pelo amor de Deus, dá pra levantar esse ânimo? Você vai espantar todas as mulheres com essa cara.

Ao meu lado, Mark beberica uma taça de champanhe na maior tranquilidade. O terno que está usando quase não serve em seu corpo e tenho enchido o saco para ele comprar outro. Os ombros de Mark forçam a costura das costas e o peitoral força os botões da camisa branca, que parece prestes a estourar e cegar qualquer infeliz que tenha o azar de estar no caminho. Só de olhar já dá para perceber que ele trabalha com algo relacionado a fitness, e ele nitidamente adora exibir o próprio corpo. Se Mark não fosse meu técnico de desempenho e um dos meus melhores amigos desde a pré-escola, eu acharia que ele é um desses babacas de academia.

— Que cara? — pergunto, levando minha taça de champanhe à boca e virando tudo de uma vez. Depois esfrego os lábios com o dorso da mão. — Cara de quem está prestes a acabar com a própria carreira e com as chances de fazer sexo, tudo de uma vez só?

Porque é exatamente assim que estou me sentindo.

Trabalhei demais para chegar onde cheguei e me recuso a sair da Fórmula 1 até que eu esteja pronto. A Argonaut Racing é a melhor equipe no grid? Haha, que piada. Mas se quero sair do pelotão do meio e ir para uma equipe de ponta, eles são minha melhor chance.

Ganhar um campeonato é o sonho de qualquer piloto, e minhas chances de alcançar essa conquista dependem do meu desempenho hoje. Comecei no programa de formação de pilotos da Argonaut quando era criança e até hoje só pilotei para eles, por isso sou leal à equipe em quase todos os aspectos, mas não posso ficar com eles para sempre se quiser vencer. E, sim, estar de olho no troféu pode ser otimismo demais vindo de um piloto que nunca venceu uma corrida sequer na F1, mas esse sou eu, um bundão que sonha alto.

O problema é que esses sonhos parecem estar cada vez mais fora do meu alcance. A menos que a NASA comece a projetar os carros da Argonaut, nunca vou conseguir ganhar um campeonato com eles. Eu com certeza não vou conseguir ganhar enquanto Zaid Yousef e Axel Bergmüller estiverem disputando a liderança, não importa o carro que eu estiver pilotando. Para ser sincero, já ficaria feliz em chegar em terceiro ou quarto lugar com a minha equipe atual, mas isso parece tão provável quanto o sol explodir amanhã.

Por enquanto, minha prioridade é continuar na Fórmula 1 até conseguir provar que meu lugar é no *mais alto* escalão desse esporte de elite. Só preciso ficar na minha e me sair bem a ponto de chamar a atenção dos mandachuvas das melhores equipes. Zaid provavelmente vai se aposentar daqui a um ou dois anos, então a Mascort com certeza deve estar pensando em um substituto. Ou talvez a Specter Energy decida contratar um novo piloto número dois para apoiar Axel — e, se for o caso, poderão contar comigo. Isso não vai me trazer a vitória que quero, mas pelo menos estarei um passo mais perto dela.

Mas nada disso vai ser possível se eu perder meus patrocínios e se a Argonaut encerrar o meu contrato, coisas que podem acontecer graças ao presentinho de despedida de Jani. A equipe pode não depender muito do dinheiro que eu rendo, mas ninguém quer um piloto que não contribui com nada além do próprio talento. É claro que isso é uma merda, mas é assim que esse mundinho funciona.

Depois desta temporada, tenho mais um ano de contrato pela frente e, se eu não corresponder ou superar as expectativas... porra, se eu ficar pensando demais no que pode acontecer, vou acabar me enfiando no buraco mais próximo e não sair nunca mais.

— Prometo que você vai conseguir transar de novo, Dev — garante Mark. — Mas só se parar de choramingar que nem uma criancinha.

Ele faz questão de ignorar a primeira parte da minha reclamação. Não sou o único a estar preocupado com meu futuro na Fórmula 1.

— Não estou choramingando — resmungo.

Mas ele tem razão. Estou choramingando *sim*. Sempre fui o cara sorridente, não o que vive mal-humorado. Não faz muito meu perfil.

— Só estou meio estressado, beleza? Hoje vai ser uma noite importante.

Ou melhor, está mais para uma semana importante. Hoje à noite preciso provar que ainda tenho alguma coisa a acrescentar ao mundo das corridas, que não sou um peso morto. Amanhã, preciso botar um sorriso no rosto e aguentar os compromissos com a imprensa pela Argonaut enquanto finjo que não odeio meu colega de equipe. Depois, na sexta-feira, preciso fazer um bom tempo durante o treino livre e ficar entre os dez primeiros na classificação de sábado, que é a única forma de conseguir pontos num circuito como o de Mônaco, onde as ultrapassagens são quase impossíveis; depois, no domingo, preciso correr como se minha vida dependesse disso.

E, de certa forma, acho que depende mesmo.

— Isso tudo vai passar — continua Mark, parecendo muito certo disso, mas sei que ele tem suas dúvidas também. — Se não acredita em mim — diz ele, fazendo um gesto com a cabeça em direção ao outro lado da sala —, pergunte para o Oakley. Você sabe que ele sempre joga limpo com você.

Eu me viro para onde Mark está apontando e vejo nosso amigo perto da porta que dá para a pista de dança, trocando apertos de mão e ganhando palmadinhas nos ombros.

Graças a Deus, cacete. Tenho a sensação de que esse babaca demorou anos para chegar e me salvar do tédio que esse tipo de evento sempre me causa.

Conheço Oakley desde antes de aprender a andar. Nossas famílias são vizinhas há décadas e nós dois crescemos juntos nos circuitos de kart. Somos os membros fundadores do Clube dos Pais Branquelos e Esquisitões: dois garotos frutos de relacionamentos inter-raciais de pais brancos (Oakley é negro e eu sou indiano) e que acabaram se aproximando por terem em comum a dificuldade para se encaixar no mundo do automobilismo graças à cor de nossa pele. E também porque nossos pais são de longe os caras mais esquisitões do planeta. Os dois são nerds, mas, levando em conta o trabalho de Oakley hoje em dia, ele não fica muito atrás na escala de nerdice.

Nem preciso dizer que somos amigos desde que me entendo por gente.

E eu quase estraguei tudo ano passado quando beijei a irmã dele.

Afasto depressa a lembrança antes que ela forme raízes na minha cabeça. Sei que não devo ficar remoendo isso; já pensei o bastante sobre o assunto e lidei com as consequências. Além disso, eu me recuso a deixar que essa situação interfira na minha amizade com Oakley; foi um erro isolado que nunca mais vai acontecer. Já aprendi minha lição.

Estou prestes a ir até Oakley quando meu agente aparece do nada e se planta na minha frente, bloqueando a passagem. Que maravilha.

O idiota do Mark se esquiva do homem sisudo e, rindo do meu azar, levanta a taça vazia de champanhe num brinde sarcástico.

— Depois a gente se fala, amigão — diz ele, antes de se mandar.

Logo atrás do meu agente vinha Chava, parecendo aflito; ele abre os braços no gesto universal de "Eu tentei". E não tenho dúvidas de que meu assistente de fato tenha tentado, mas é impossível deter Howard Featherstone quando ele bota na cabeça que vai transformar minha vida num inferno.

— Howard! — exclamo, abrindo meu famoso sorriso e fingindo entusiasmo. Sabia que ele estaria presente, mas achei que conseguiria evitá-lo por pelo menos mais um tempinho. — Como é que você está, hein?

— Já estive melhor, Dev — responde ele, indo direto ao ponto, e me observa com aqueles olhos frios. — Mas acho que você já sabe disso.

Tenho vontade de botar a língua pra fora e repetir o que ele disse em uma vozinha infantil, mas tento me ater ao fato de que sou um homem de 25 anos; a resposta apropriada, portanto, é mandar ele ir se foder.

Felizmente, fui muito bem treinado por uma equipe de marketing para saber que não posso fazer nenhuma das duas coisas em público, então forço uma expressão compreensiva, assentindo solenemente.

— Eu entendo — respondo. — Estamos passando por uma fase difícil.

Ele me olha de um jeito meio desconfiado, provavelmente ciente de que estou sendo dissimulado, mas não vai me confrontar para não correr o risco de acabar mudando de assunto sem querer.

— Sim, estamos. E já passou da hora de consertarmos as coisas. Já poderíamos estar fazendo isso se você parasse de evitar minhas ligações.

Rio e passo a mão pelo cabelo em um gesto de timidez fingida, embora não consiga resistir e dê uma levantadinha quase imperceptível no dedo médio ao baixar a mão. Eu não queria falar com ele porque sabia o que ele me diria. *Você tem que consertar as coisas, Dev. Arranje alguém para limpar sua imagem, contrate uma assessoria. Deixe que eles transformem você em um robô. Deixe que eles suguem sua alma e sua vontade de viver.*

— Desculpe — respondo, numa mentira ousada. — As últimas semanas foram uma loucura, você não faz ideia. Mas, escuta, viu a corrida no Azerbaijão? Consegui me classificar para o Q3 em...

— Já chega.

Não consigo não estremecer com a firmeza daquelas palavras. Ah, eu tô tão ferrado...

— *Ninguém* está contente com o seu desempenho — continua Howard, implacável. — Nem a sua equipe, nem os patrocinadores, nem eu. Ninguém. E parece que o mundo inteiro está rindo *de você*.

— Bom, estou acostumado com as pessoas rindo de mim — respondo, dando de ombros. — Sou um cara engraçado.

Aparentemente não era hora de fazer piada, porque antes que eu me dê conta ele já está com o rosto grudado no meu e as pintas de idade e as veias saltadas em seu rosto são as únicas coisas que consigo ver.

— Se continuar assim, você já era — ameaça ele. — Não vão querer ver você pintado de ouro nem na NASCAR.

Não gosto da forma como ele caçoa da NASCAR e dos seus circuitos ovais infinitos, e gosto menos ainda da forma como veio para cima de mim.

— Sugiro que dê um passo para trás, Howard — murmuro. — Este não é o lugar para fazer ceninha.

E eu *sinceramente* não quero ter que sair na mão com um homem de sessenta anos que acha que consegue esconder a calvície penteando o cabelo ralo para a frente.

Como se de repente se lembrasse de onde está, Howard se recompõe do acesso de raiva e recua um passo, hesitante. Bufando, ajeita o paletó e olha em volta para se certificar de que ninguém presenciou aquele momento, mas parece que a única pessoa a nos observar era Chava, com a testa franzida.

— Enfie uma coisa nessa sua cabeça — diz ele, mais contido e tomando o cuidado de manter a voz baixa. — Sua reputação está na sarjeta e não posso fazer nada se não me ajudar.

Suspiro. Não estou interessado na alternativa que ele me propõe, a mesma que já me ofereceu várias vezes antes.

— Olha só, se Axel conseguiu se reerguer depois de ser filmado cantando aquela música racista, ninguém vai morrer com esse papinho de IST falsa.

Howard balança a cabeça, como se não conseguisse acreditar em tamanha burrice.

— Você, mais do que ninguém, deveria saber que as pessoas acham mais fácil perdoar uma atitude racista do que um escândalo sexual.

Isso cala a minha boca na hora. Por mais que eu deteste admitir, ele tem razão. Infelizmente é assim que o mundo gira.

Aproveitando meu silêncio, ele aperta meu ombro, olhando no fundo dos meus olhos.

— Me deixa consertar as coisas pra você, Dev.

A pior parte é que eu sei que ele seria capaz disso. Howard pode contratar pessoas que vão varrer essa história toda para debaixo do tapete e me fazer voltar a ser o príncipe dos paddocks. Seria tão simples...

Mas eu já fiz isso antes, já abri mão do controle da minha imagem e permiti que fizessem o mundo inteiro acreditar que tenho a personalidade de um boneco de cera. Na época, não tinha autorização para falar sobre nada que chegasse perto de ser político ou "polêmico", ainda que o assunto a ser abordado fosse algo que afetasse diretamente a mim ou pessoas que amo. Eu não tinha permissão para expor minhas opiniões ou falar sobre as coisas nas quais acredito; precisava ser o modelo perfeito no qual as outras pessoas iriam se espelhar. E odiava isso, mas aceitava porque era o que todo mundo dizia ser o melhor para mim.

Fala sério.

Jani deveria ter sido o meio-termo: em vez de uma equipe inteira, ela havia sido contratada para cuidar das postagens de publicidade das minhas redes sociais e do que mais a Argonaut quisesse. A ideia era meio que explorar superficialmente algumas coisas da minha personalidade em posts pensados para os fãs, mas ela extrapolou os limites e quis começar a divulgar minha vida pessoal nas redes. Depois de insistir pela milésima vez para que eu compartilhasse coisas que não queria, fiquei de saco cheio.

Então é isso. Não tenho interesse em colocar minha imagem na mão de pessoas em quem não confio nem um pouco.

— Pode deixar que eu mesmo conserto — digo, embora minha voz quase não pareça estar vindo de mim. — Só preciso de um tempo.

— Você não tem lá muito tempo até as pessoas começarem a desistir de você. — Ele suspira e endireita os ombros. — Vou pegar uma taça de champanhe. Mas, quando eu voltar, vamos dar uma volta juntos para lembrar a todos de que você é uma pessoa agradabilíssima para se ter no paddock e nos outdoors. Entendido?

— Sim, senhor.

Tenho que me segurar para não prestar continência.

Parecendo ter percebido, Howard me olha com cara de poucos amigos, mas depois se afasta, me deixando sozinho com Chava.

— Caramba... — sussurra meu assistente, aproximando-se de mim. A pele escura dele é do mesmo tom que a minha, mas mesmo assim dá para ver que ele está corado pela vermelhidão de seu pescoço. Ele odeia Howard tanto quanto eu. — Que merda.

— Eu que o diga — resmungo. Minha vontade é de mandar um engradado inteiro de champanhe goela abaixo. — Preciso consertar as coisas.

— Tem alguma ideia de como? Sem ser contratando uma empresa de RP?

Faço que não com a cabeça.

— Não faço ideia, ainda. — Suspiro outra vez e apoio o cotovelo no ombro de Chava, de repente me sentindo exausto. — Tem coisa demais dando errado.

— Inclusive o fato de que todas as mulheres presentes estão olhando para você como se você tivesse sido amaldiçoado — diz Chava, aborrecido, quando um trio de mulheres usando roupas de grife passa nos olhando feio e faz questão de desviar de nós.

— E para mim também por tabela. Que saco, Dev.

— Não é culpa minha — replico, jogando a cabeça para trás. — Mas preciso transar com alguém. Pelo menos *esse* problema eu preciso resolver hoje.

É quase nula a chance de eu encontrar alguém aqui que não ache que estou tratando uma IST e queira ir para a cama comigo, mas pelo menos tenho que tentar. Só preciso encontrar uma mulher disposta a interagir por mais de um segundo comigo e explicar a situação ou tentar fazer piada com isso, porque no fim das contas é exatamente do que se trata: uma piada de mau gosto.

Simples assim. Faço coisas mais difíceis toda corrida. Isso não é nada.

Endireito a postura, entrego minha taça de champanhe vazia para Chava e tiro o cabelo da testa. Eu sou bonito e tenho um charme natural, então isso provavelmente vai ser fácil, fácil. Os últimos seis meses foram só uma onda de azar. Eu não me esforcei tanto quanto deveria. Mas agora? Vou sair vencedor.

Mas todos os meus planos vão por água abaixo no segundo em que Willow Williams entra pela porta.

CAPÍTULO 3
Willow

Apesar de a minha roupa ser mais cara do que o meu aluguel, me sinto extremamente malvestida no meio dessa multidão.

Sei que estou linda com meu vestidinho azul-bebê e esses saltos de quinze centímetros — ainda que eu esteja desafiando minha sorte *e* meus tornozelos com eles —, mas ainda me sinto deslocada. Nada como uma festinha em Mônaco para causar esse tipo de sentimento nas pessoas.

Mônaco. Só de pensar nesse nome já fico sem acreditar que estou aqui. Porque, falando sério, quem espera ser convidado de última hora para visitar um lugar que é sinônimo de riqueza e de carros em alta velocidade? Eu e meu passaporte que raramente sai da gaveta é que não.

Desembarquei em Nice à tarde, e Oakley mandou um motorista para me buscar no aeroporto. Eu praticamente grudei o rosto no vidro do carro de luxo no trajeto pela praia até Mônaco, deslumbrada com a água azul, o verde e as montanhas.

Se meu irmão não tivesse mencionado a corrida no fim de semana, teria deduzido sozinha só pelo número de ruas fechadas e iates milionários apinhados no porto. O caos que vejo é controlado e a agitação para o fim de semana é quase palpável no ar quente da primavera.

Fiz uma chamada de vídeo com Grace e Chantal para mostrar as paisagens enquanto avançávamos lentamente pelas ruas, mas quase caí para trás quando chegamos ao hotel.

Luxo não é novidade para mim. Meus pais levam uma vida boa e minha mãe gosta de coisas caras, mas eu nunca tinha visto uma extravagância como aquela. O prédio tinha colunas com o charme do velho mundo, além da fachada envelhecida, tudo adornado com flores roxas e amarelas que também pendiam sobre o pórtico. O saguão, de pé-direito alto e arte do século XVIII, poderia muito bem servir de cenário para um filme.

Quase soltei uma risadinha estridente quando um porteiro de uniforme bordô e chapeuzinho me perguntou com um sotaque inglês se poderia pegar minhas malas. Foi perfeito.

A suíte que Oakley reservou para mim era tão incrível quanto todo o resto: tinha uma vista linda do mar, uma banheira e uma cama grande o suficiente para dez pessoas. Ele claramente estava se sentindo generoso com esse presente meio de aniversário, meio de formatura, ou talvez a empresa dele ofereça mais benefícios do que imaginei.

Mas ainda não tive a chance de agradecer a Oakley porque ele passou o dia sumido. Mandou uma mensagem dizendo que estaria ocupado até a festa e que me encontraria no saguão do hotel, à noite.

Então passei as últimas horas me arrumando. Tomei um banho longo e hidratei o corpo inteiro antes de colocar o vestido que Grace me convenceu a comprar, apesar de eu quase ter tido um ataque cardíaco ao ver o preço. Mas valeu mesmo a pena porque o vestido é de fato *maravilhoso* e me senti deslumbrante usando ele... pelo menos até chegar à festa.

Sempre fui um pouco insegura em relação à minha aparência, e bastou uma olhada ao redor para querer me fechar em um casulo. Cada pessoa que vejo é, de alguma forma, mais bonita do que a outra, e aqui estou eu, com um metro e meio de altura, rostinho de bebê e o menor peito de Mônaco. É um conjunto de fatores que às vezes faz com que me perguntem onde estão meus pais quando saio sozinha.

Sinto inveja de mulheres como Chantal, cheia de curvas e com pernas compridas. Diferentemente dela, estou certa de que poderia ser substituída por um pedaço de papelão com uma foto do meu rosto. Ninguém nem perceberia a diferença.

Mas toda vez que começo a me sentir desse jeito, tento me lembrar das coisas de que gosto em mim. Adoro o brilho bronzeado que minha pele ostenta, independentemente da estação do ano. Adoro meus cachos (embora hoje à noite eu os tenha alisado até os fios ficarem escorridos). E, sim, na maioria dos dias, adoro poder sair por aí sem sutiã.

Com isso em mente, estufo o peito e ergo a cabeça, agradecendo aos céus pelos meus saltos. Sem eles eu não enxergaria nada nesse mar de roupas de grife.

Paro para observar o salão de baile, passando os olhos desde o teto de pé-direito alto com ornamentos dourados e sofisticados até o assoalho de madeira brilhante. Tem uma escultura de gelo no formato de um carro de Fórmula 1 exposta numa extremidade do salão (completa, inclusive com uma estrutura por onde servir shots) e um artista cuspindo fogo na outra. Claramente o orçamento foi alto, mas eu não deveria estar surpresa. Estamos falando de um esporte que sempre se resumiu a dinheiro, dinheiro e mais dinheiro.

— Wills!

Eu me viro na direção da voz de Oakley e vejo meu irmão acenando para mim ao lado do bar. Com um pequeno suspiro de alívio, vou até ele. Como sempre, Oakley está cercado por uma multidão de pessoas, mas se despede depressa e me encontra no meio do caminho.

Ele abre os braços, e eu o abraço com força por alguns segundos. Então se afasta, segura meus ombros e olha para mim.

— Você diminuiu?

Eu me desvencilho das mãos dele com uma careta e declaro encerrado esse momentinho de amor fraternal.

— Tenho a altura perfeita para dar uma cabeçada nos seus joelhos, esqueceu? Não me provoca.

— É melhor não provocar, mesmo. Principalmente com esses sapatos. — Ele olha de cara feia para meus sapatos de salto agulha. — Será que você deveria mesmo estar usando isso? Juro por Deus, se deslocar alguma coisa, eu *me recuso* a botar no lugar.

Reviro os olhos, mas a preocupação dele não é exatamente absurda, considerando o fato de que minhas articulações não gostam muito de ficar no lugar onde deveriam. Estou careca de saber que saltos, não importa quão bonitos sejam, não são uma boa ideia para mim. Mas isso nunca me impediu de amá-los, afinal só se vive uma vez. O negócio do Oakley são carros de corrida, o meu são sapatos.

Ainda assim, passo pelo menos uma hora por dia na academia ou em um tapete de ioga fazendo exercícios para fortalecer meu corpo e manter tudo no devido lugar. Com a ajuda da fisioterapia e de algumas cirurgias, hoje em dia não me preocupo tanto com lesões graves, mas tenho que estar sempre tomando cuidado. Por isso precisei ficar quietinha enquanto meu irmão ganhava o mundo e perseguia o próprio sonho de ser atleta.

Tento não me ressentir em relação a isso nem ficar pensando que queria não ser a parte da família que tem dor crônica e um tecido conjuntivo frágil, mas às vezes não consigo.

— Relaxa. Já faz tempo que não desloco nada. — Tento ignorar o comentário dele. — Mas bom saber que você não ajudaria, caso acontecesse. Você é péssimo.

Ele dá de ombros, sem se deixar afetar pelo insulto.

— Isso a gente já sabe. — Oakley me segura delicadamente pelo cotovelo e me guia em direção ao bar. — Vamos pegar algo para beber e procurar Dev. Ele deve estar por aqui em algum lugar.

Quase dou de cara no chão quando enrosco meus sapatos em pleno ar. Se Oakley não estivesse me segurando, eu provavelmente teria caído — e feio — pela mais simples menção de um nome.

— Dev? — repito, estremecendo ao perceber que minha voz sai estridente. Forço um pigarro e tento outra vez. — Dev Anderson? Ele está aqui?

Oakley teria percebido meu pânico se estivesse prestando atenção em mim em vez de estar de olho em uma loira bonitona.

Não vejo o melhor amigo do meu irmão há sete meses. Digamos que as coisas não saíram exatamente como o planejado da última vez que nos encontramos e eu ainda estou morrendo de vergonha.

— É lógico que ele está aqui — responde Oakley, enquanto abrimos caminho até o bar. — A SecDark patrocina a equipe dele.

— Ah. — Eu sabia disso. Só... esqueci. E com "esqueci" quero dizer: não fazia a mínima ideia. — Mas pensei... pensei que vocês patrocinassem outra equipe.

Não é possível que eu esteja *tão por fora* assim. Posso até não acompanhar a Fórmula 1 com o mesmo afinco com que acompanho outros esportes, mas não deixa de estar no meu radar. Assim como vários outros assuntos relacionados a Dev, o garoto por quem tive uma quedinha violenta basicamente a vida inteira.

Oakley solta um grunhido e levanta a mão para chamar o bartender, o que eu entendo como uma confirmação da minha dúvida.

— Nós começamos com a Deschamp, mas a Argonaut ganhou os donos com aquele papinho de "somos uma equipe totalmente norte-americana". A gente acabou trocando de equipe no ano passado. Mas a Argonaut ainda não teve nenhum pódio nesta temporada, então não está claro se foi uma boa ideia fazer essa mudança.

Faço que sim com a cabeça, tentando assimilar todas essas informações, mas minha mente já mergulhou em ansiedade. Meus olhos percorrem o salão em busca de Dev. Eu sabia que existia uma pequena chance de encontrá-lo por causa da corrida e me preparei para a possibilidade, mas agora me sinto em uma emboscada.

Oakley ainda está tagarelando sobre estatísticas de corrida, só que não estou mais ouvindo. De qualquer forma, não deve ter nenhuma novidade. Meu irmão poderia falar sobre esse assunto para sempre. Normalmente presto atenção porque sou uma irmã incrível... e também porque essas coisas me interessam, por mais que eu odeie admitir isso para ele.

Mas desta vez só estou fingindo prestar atenção e respondendo vagamente quando acho que devo. E quando meus olhos encontram uma pessoa familiar na multidão, não consigo mais responder nada.

O famoso sorriso de Dev — aquele que ele não tem medo de distribuir livremente — parece iluminar tudo ao redor. Juro que a sensação é de que o rosto dele foi feito para sorrir e mais nada além disso, e a barba por fazer que vejo em sua mandíbula definida apenas acentua o sorriso, que já é brilhante. Já vi vídeos no TikTok que conferem a ele o título de *melhor sorriso do paddock* e não tenho como discordar. Ninguém naquele grid — no passado, no presente e provavelmente no futuro — tem um bom-humor tão contagiante quanto o de Dev. Ninguém nem chega perto.

Era raro vê-lo sem um sorriso no rosto quando éramos crianças, e isso não mudou nem um pouco até hoje. Nenhuma preocupação parece afetá-lo. E não é que ele não leve as coisas a sério — não teria chegado tão longe na carreira se não levasse —, mas Dev tem a capacidade incrível de sempre ver o lado positivo das coisas, não importa o quanto possam parecer sombrias.

Sem a positividade dele, acho que eu não teria conseguido passar pelos momentos mais difíceis da minha adolescência, uma época em que eu odiava meu corpo por me impedir de fazer as coisas que eu mais queria. Parece exagero dar esse crédito a alguém, mas Dev, o sorriso dele e suas palavras de incentivo fizeram toda a diferença.

Como sempre acontece quando o vejo, sinto meu coração acelerar. Hoje, no entanto, isso vem acompanhado de um nervosismo que me dá vontade de vomitar. Ele está... bonito. *Muito* bonito. Mais do que eu lembrava.

Do meu lugar, tenho uma visão perfeita do perfil dele. O cabelo preto está mais curto nas laterais e mais comprido na parte de cima. Madeixas cacheadas caem pela testa de uma forma bagunçada que parece intencional, embora mais provável que seja resultado da maneira como Dev passa a mão constantemente pelo próprio cabelo. E o smoking... nenhum homem deveria ficar tão charmoso vestido de pinguim igual a ele, mas sei que muitas pessoas — inclusive eu — prefeririam ver Dev e seus ombros largos fora daquelas roupas.

No entanto, pelo que fiquei sabendo, as mulheres não estão fazendo fila ultimamente para ter esse privilégio — e eu também não deveria. Não por causa dos boatos sobre a IST, mas porque ele é proibido para mim. Nosso beijo é um segredo que pretendo levar para o túmulo.

— Lá está ele. — A voz de Oakley interrompe meus pensamentos mais devassos e traz meu foco outra vez para o presente. Percebo, pela visão periférica, que ele deve estar olhando na mesma direção que eu. — Vamos lá dar um oi.

— Hã?

— Você não ouviu nada do que eu disse? — Meu irmão me entrega uma taça de champanhe que parece ter surgido magicamente. Ele já estava bebericando um uísque enquanto eu secava o melhor amigo dele. — Acabei de ver o Dev. Quero falar com ele antes que meus chefes comecem a pegar no meu pé.

Oakley me segura pelos ombros e me faz andar antes que eu entenda o que está acontecendo.

Mas se tem uma coisa que eu sei com certeza é que não estou pronta para ver Dev Anderson de novo.

CAPÍTULO 4
Dev

Ferrou. Estou muito ferrado, merda.

Cinco minutos atrás, parecia impossível que eu me ferraria *ainda mais*, só que foi exatamente isso que aconteceu. Porque, com Willow aqui, vai ser foda. E no mau sentido.

Preciso ir embora desta festa. É minha única opção, porque se ela vier até aqui conversar comigo antes que eu consiga me recompor... bom, sei lá o que vou fazer, mas definitivamente não vai ser nada positivo, inteligente ou útil para salvar minha reputação.

Apesar de saber que preciso dar meia-volta e ir embora daqui na velocidade da luz, não consigo tirar os olhos dela.

Do outro lado da sala, ela dá uma olhada ao redor e seus ombros delicados ficam tensos enquanto procura por um rosto familiar na multidão. Se eu fosse um homem de mais coragem — o que é irônico de se dizer, já que meu trabalho é pilotar um carro a mais de trezentos quilômetros por hora por curvas sinuosas —, iria até ela, diria oi, diria que é bom vê-la outra vez e lhe ofereceria uma bebida. Só que, pelo andar da carruagem, há uma grande chance de que esse "oi" saia mais ou menos como um *"Que porra* você veio fazer aqui, hein?".

Mas ainda bem que eu sou um covarde, então fico plantado onde estou, atento aos passos dela.

Willow está usando um vestido longo de alcinhas tão finas que eu conseguiria arrancar com um mísero puxão. A forma como o tecido cai na altura dos seios dela enfatiza suas curvas delicadas, e, embora ela não tenha dotes extraordinários nessa região, isso nunca me impediu de gostar do que senti quando tive o privilégio de tocá-la. Observo a seda azul emoldurando seu corpo, chegando até a curva suave do quadril, imaginando a sensação de subir o vestido dela até a cintura, como fizemos da última vez que...

Merda. Mas que *caralho*. Não posso pensar nela dessa forma agora. Melhor dizendo: não posso pensar nela dessa forma *nunca mais nessa vida*. Sei muito bem disso. Na verdade, todo mundo sabe. Todo mundo viu o que aconteceu da última vez que um dos amigos de Oakley se meteu com Willow. E não terminou nada bem.

Eu estava quase me convencendo a me virar quando, de repente, o rosto dela se ilumina e ela abre um sorriso que me atravessa com o mesmo choque de adrenalina que sinto antes de entrar no carro para uma corrida. Mas, em vez de servir como um impulso para eu me mexer, aquilo faz com que eu fique paralisado, absorvendo a força da alegria dela.

Willow tem covinhas nas duas bochechas, bem fundas e que só aparecem quando ela está sorrindo ou dando risada — ou tentando *não* sorrir ou *não* dar risada. Elas surgem quando Willow comprime os lábios ou retorce a boca para o lado e algumas vezes até quando ela torce o nariz, pelo menos em um dos lados do rosto. Se em algum momento elas não estiverem visíveis, pode apostar que ela está dormindo ou muito entediada.

Nossa, como eu odeio saber disso com tanta precisão.

Minhas pernas chegam a bambear quando vejo para quem ela está sorrindo.

Oakley puxa a irmã para um abraço e eu finalmente — *finalmente* — desvio o olhar, porque não quero cometer o mesmo erro duas vezes.

E beijar Willow Williams foi o maior erro da minha vida.

— Terra chamando Dev. Onde você foi parar? *Tá dormindo?*

Eu me viro, voltando à realidade, e o rosto de Chava está a centímetros do meu. Mark já voltou de seu breve passeio e está ao lado dele, olhando para mim como se estivesse a segundos de chamar o médico da equipe.

— Você tá bem? — pergunta Mark, inclinando-se para perto e estreitando os olhos, provavelmente tentando enxergar a dilatação da minha pupila.

Eu me desvencilho dele, e Chava começa a rir. Os dois estão me zoando, como sempre; parecem se esquecer de quem paga o salário deles.

— Estou bem — resmungo, passando a mão no cabelo.

Mas me pego procurando Willow outra vez.

Por sorte ela não contou ao irmão sobre o nosso pequeno... incidente. Fiquei semanas achando que Oakley ia aparecer do nada lá em casa e me assassinar com as próprias mãos. Levando em conta o fato de que ele quase matou Jeremy pelo que ele fez com Willow, acho que meu medo não é tão descabido assim.

Mas Jeremy mereceu tudo o que aconteceu com ele; as coisas que fez foram muito piores do que um beijo roubado na escadaria de um hotel. Em comparação, sou praticamente inocente. Mesmo assim, o peso da culpa recai sobre mim feito um saco de cimento.

— A gente estava pensando em como arranjar alguém para transar com ele hoje à noite e aí ele entrou num transe — explica Chava. — Depois de tanto tempo sem dar uma corrida, ele deve estar com medo de esvaziar o tanque ainda na volta de aquecimento...

O comentário de Chava me quebra, e já estou gargalhando antes que consiga me impedir. Não consigo resistir a fazer uma piadinha autodepreciativa.

— Fala sério. Eu dou pelo menos duas voltas.

— É assim que eu gosto — zomba Chava, apertando minha bochecha.

Eu já teria demitido esse cara se ele não fosse um dos meus melhores amigos e a única razão que me faz ser pontual em meus compromissos.

— Mas e aí? A gente vai arranjar uma garota pra você ou não vai? — continua ele.

— O plano é esse — respondo. Estou torcendo para que isso tire Willow da minha cabeça. — Mas antes preciso de outra...

Não termino a frase porque Howard aparece ao meu lado novamente, dessa vez estendendo uma taça de champanhe na minha direção. Levando em conta a cara fechada dele, não parece ser uma tentativa de fazer as pazes.

— O que você vai fazer é pegar essa taça e me acompanhar — instrui ele. — Já perdeu tempo demais e a gente tem trabalho pra cacete.

Eu queria outra bebida, é claro, mas não daquele jeito.

— Pode me dar mais uma meia hora? — peço, tentando conter minha exasperação. Já estou de saco cheio desse cara respirando no meu cangote e pesando o clima. Mas aí explico: — Quero falar com umas pessoas antes. Depois prometo que vou bajular quem você quiser que eu bajule.

Howard empurra a taça contra o meu peito de forma tão brusca que o champanhe respinga na minha camisa.

— Quinze minutos — concede, o que é o bastante para evitar que eu meta a mão na cara dele. — Mas estou de olho em você.

Mais uma vez, a vontade de encher o saco dele é imensa. O cara parece um clichê ambulante de vilão. Sei que só quer garantir que eu consiga contratos melhores — para conseguir receber a melhor porcentagem possível desses contratos —, mas ele precisa aprender a ter bons modos.

Quando ele se manda de novo, bebo o champanhe (possivelmente envenenado) de uma vez só e entrego a taça vazia para o garçom mais próximo antes de olhar para Mark e Chava.

— Será que eu consigo escapulir pelos fundos?

Mark ri.

— Sem chance. Além do mais, Oakley vai ficar puto se você fugir antes de ele conseguir chegar até você.

Fico tenso da cabeça aos pés e dou uma olhada para o último lugar onde avistei Willow e Oakley no meio de toda aquela gente, mas eles não estão mais lá. Em vez disso, sinto um perfume inebriante de baunilha e me dou conta de que já é tarde demais para tentar fugir.

Não cumprimento os dois imediatamente. Em meio às saudações alegres, tapinhas animados nas costas e uns palavrões de camaradagem aqui e ali, tento processar que Willow está a passos de distância de mim pela primeira vez em mais de seis meses. Parece que já não faço ideia de como me comportar perto dela.

Fala sério, cara. Fica de boa. É moleza, só precisa agir normalmente.

Quando é minha vez de cumprimentar Oakley, abro um sorriso amarelo e deixo que ele me puxe para um abraço, torcendo para que não tenha subitamente desenvolvido a habilidade de ler mentes.

— É bom ver você, babaquinha — diz ele em meu ouvido, batendo tão forte em minhas costas que quase descompassa as batidas do meu coração.

Droga. Talvez ele *saiba* o que eu fiz, afinal.

Mas não há nada além de afeto no olhar de Oakley quando ele se afasta e me segura pelos ombros. Ele ainda é meu melhor amigo. O cara com quem cresci andando de kart, com quem fui unha e carne até a Fórmula 3. Se ele não tivesse decidido abandonar as pistas, tenho certeza de que ainda assim estaria ao meu lado hoje em dia.

De certa forma, fico feliz por não estar. Já vi amizades demais serem destruídas pela competitividade, e a maioria dos pilotos que conheço não são próximos uns dos outros, não há nada além de conexão profissional. A verdade é que somos colegas de trabalho. Eu não compartilharia meus segredos mais íntimos e profundos com eles. Mas com Oakley? Ele é meu parceiro.

Bom, ele pelo menos *era*, até o dia em que fiz uma coisa que jamais vou poder contar para ele.

Chava sabe do meu segredo e me olha com um olhar sugestivo quando Oakley se posiciona ao meu lado e abre caminho para uma visão livre de Willow. Mark a abraça e aí chega a minha vez, mas de repente parece que meus pés estão colados ao chão.

Não sei como consigo, mas no instante seguinte chego mais perto, abro os braços e a envolvo, tudo isso enquanto meu cérebro ainda tenta registrar o que está acontecendo.

Willow mal chega até a altura dos meus ombros, e é tão pequena que me surpreendo mais uma vez com o quanto seu abraço é apertado. Sempre pensei nela como delicada, suave, gentil. Mas embora ela *pareça* ser frágil, já a vi malhando feito um monstro. Tenho certeza de que, se bobear (e ela estivesse determinada no dia), essa garota conseguiria me usar como peso no supino. E ela sempre foi determinada.

Mas isso não quer dizer que Willow seja invencível. Ela tem uma questão de saúde que faz com que sofra mais limitações do que a maioria das pessoas, mas subestimá-la é um erro grave. Ela é mais forte do que os outros pensam.

Prolongo o abraço por tempo suficiente para sentir seu perfume suave e relembrar que meus sentimentos por ela são meramente platônicos, razão pela qual aquele beijo foi tão inapropriado.

Pelo menos é disso que tento me convencer.

Ela sorri meio hesitante após o abraço e olha para mim com aqueles olhos escuros, passando uma mensagem clara: *Por favor, não crie um climão.*

Bom, ela *definitivamente* não precisa se preocupar com a possibilidade de um climão maior do que esse. Mas não vou dar com a língua nos dentes, nem que isso signifique ter que evitá-la pelo resto da noite.

Será que isso seria meio mal-educado da minha parte? Talvez, mas cada um sabe o que faz para evitar uma morte lenta e dolorosa pelas mãos do melhor amigo.

E, falando nele, Oakley passa um braço pelo meu pescoço e pergunta como está indo a temporada, me poupando de ter que jogar conversa fora com Willow. Sei que Oakley acompanha minha carreira, o que significa que sabe que cheguei em oitavo no Azerbaijão e que não consegui terminar em Miami — o ponto mais alto e o mais baixo da minha carreira até o momento —, então baixo a voz e falo:

— Preciso te contar o que aconteceu semana passada com Nathaniel na Itália. — Acho que ele vai gostar da fofoca sobre meu colega de equipe. Além disso, eu não perderia a oportunidade de zoar aquele cara. — *Spoiler:* não tinha nada de errado com o carro que ele bateu.

Dou as costas para Willow enquanto Oakley pede que eu conte a história toda. É uma distração excelente, embora a risada melodiosa de Willow preencha todo o ambiente ao nosso redor enquanto conversa com Chava e Mark. Faço o possível para ignorá-la e continuar tagarelando até que Oakley está praticamente chorando de tanto rir. O mesmo aconteceu comigo quando soube dessa história: Nathaniel vomitou dentro do próprio capacete graças à intoxicação alimentar que ele jurou para a equipe que já tinha passado. Com o susto, acabou perdendo o controle por uma fração de segundo, o que fez com que batesse direto nas barreiras.

Oakley ainda está secando os olhos quando algo atrás de mim chama a atenção dele e faz com que seu sorriso desapareça imediatamente.

— Droga, meus chefes estão me chamando — diz ele, acenando em resposta. — Espero que isso não demore muito. — Ele se volta para a irmã. — Você vai ficar bem aqui, Wills?

Estou de costas para Willow, mas completamente ciente da presença dela atrás de mim.

— Claro. Com certeza — garante ela. — Vai lá.

Oakley assente e me dá uma tapinha no ombro.

— Não se divirtam muito sem mim.

Quando ele se afasta, não tenho escolha e volto a me virar para Chava, Mark e *Willow*. Chego a sentir vontade de sair correndo para procurar Howard, mas isso já seria loucura demais, não importa o quanto eu queira evitar essa interação.

— E aí? — arrisco, alternando meu olhar entre cada um deles enquanto tento secar o suor das minhas mãos na calça. — O que é que...

— Ih, sabe de uma coisa? Preciso de outra bebida — interrompe Chava, arruinando minha tentativa de entrar na conversa. — Mark, vem comigo. A gente traz bebidas para a Willow e o Dev, assim eles não precisam atravessar essa multidão.

Mark olha para a bebida em sua mão com uma careta, alheio às intenções de Chava.

— Mas eu não quero...

— Quer *sim*.

Apesar dos meus olhares desesperados, Chava segura Mark pelo bíceps inchado sob a camisa e o arrasta em direção ao bar.

Por mais que eu queira pedir licença e ir conversar com literalmente qualquer outra pessoa, não posso ignorar Willow. Em parte porque Oakley me daria uma dura por ser babaca com a irmã dele, mas principalmente porque, no segundo em que olho para ela, parece que fico paralisado no lugar outra vez.

Nunca fui assim com ela. Não me sentia tão nervoso, travado e... *desconfortável* na presença de Willow. E não é como se estivéssemos sozinhos pela primeira vez na vida. Longe disso. Quando éramos crianças, parecia que passávamos mais tempo juntos do que separados. Eu não diria que éramos amigos, mas éramos uma presença constante na vida um do outro.

Ficávamos conversando enquanto eu esperava que Oakley terminasse de se arrumar para sairmos ou sentados na cozinha lá de casa quando minha mãe fazia *jalebi*, nos empanturrando a cada fornada quentinha. Travávamos guerras de pipoca quando nossas famílias iam ao cinema juntas. Uma vez ela chegou até a passar horas comigo quando tive uma concussão e não havia mais ninguém que pudesse ficar de olho em mim. As coisas entre nós nunca foram estranhas.

Até agora.

Ela olha para todos os lados menos para mim, segurando com força a taça de champanhe entre as mãos. Saber que ela está se sentindo tão desconfortável quanto eu me traz certo consolo, mas preciso parar de ser um bunda-mole e consertar essa situação.

Então, determinado a dissipar aquele climão, pigarreio, desejando ter um drinque em mãos tanto porque minha boca está mais seca do que o deserto quanto para poder contar com uma dose de coragem líquida.

— Então, Willow — começo, xingando mentalmente a mim mesmo quando a tentativa de parecer despreocupado soa mais como desprezo. Descarto a estratégia, sabendo que não vai funcionar. Não com ela. — Como estão as coisas?

Os olhos castanhos e expressivos dela finalmente se voltam para mim, e os dedos em torno da taça se afrouxam ligeiramente.

— Tudo certo — responde Willow. Seu tom ofegante me causa uma sensação que *não deveria* causar. — E com você?

A última coisa que quero fazer é falar de mim, então mudo de assunto.

— Você acabou de se formar, né? Foi mal por não ter comprado nenhum presente de formatura. Era o mínimo que eu poderia ter feito.

— Você está muito ocupado — responde ela, dispensando meu pedido de desculpas. — E essa viagem aqui para Mônaco foi presente do Oakley. Vamos fingir que o presente foi dos dois e está ótimo.

Relaxo um pouco com a brincadeira e com o indício de um sorriso no canto de seus lábios volumosos, contente ao perceber que ainda conseguimos encontrar um senso de normalidade mesmo em uma situação tão esquisita.

Solto uma risadinha.

— Fico feliz em aceitar o crédito pelo esforço de outra pessoa.

Ela também ri da minha resposta e percebo que fica tão aliviada quanto eu por termos reencontrado certo equilíbrio.

— Tenta tirar mais uma semana de folga — continuo. — Oakley e eu podemos alugar um iate.

Estou brincando, mas não muito. Talvez seja divertido mesmo se alugarmos um iate. Mas devo ter dito algo errado, porque o sorriso desaparece do rosto de Willow.

Merda. O que foi que eu fiz dessa vez?

— Não preciso tirar folga porque não estou trabalhando — conta ela, baixando a cabeça de forma quase imperceptível. — Já me candidatei a tantas vagas que perdi a conta, mas não recebi resposta da maioria. Acho que vou ter que começar a procurar uma vaga fora do marketing esportivo.

Que ótimo, deixei ela triste por ainda não ter conseguido um emprego. Mas ela se formou há o quê? Umas duas semanas, no máximo? Não é todo mundo que tem a sorte de ser contratado tão rápido assim. Pelo menos é o que eu acho. Não que eu já tenha feito parte do mercado de trabalho.

Sei que às vezes sou um babaca, e geralmente de propósito, mas dessa vez escolho não ser.

— Mas tenho certeza de que você vai achar alguma coisa. — Tento tranquilizá-la, mas fico com vontade de dar um chute em mim mesmo. — Não esquente muito a cabeça com isso.

— Hum... é, talvez.

Ela coloca uma mecha do cabelo atrás da orelha e sigo o movimento de seus dedos, o que me lembra que ela fez exatamente a mesma coisa logo antes de eu...

— Mas chega de falar de mim — diz ela, interrompendo meus pensamentos antes de a lembrança tomar forma. — Você tem passado muito tempo nas manchetes ultimamente. Está tudo bem?

É minha vez de fazer uma careta, aborrecido por ela ter tocado na ferida que é a minha reputação. Já fico com raiva só de ela saber o que está acontecendo!

— Ah, é. Pois é. As coisas já estiveram melhores.

Estamos quites agora que ambos já disseram algo que fez o outro se sentir mal, mas Willow sempre tenta aliviar as coisas quando o clima pesa, então ela sorri e brinca:

— Então quer dizer que a empresa de testagem de IST *não está* te pagando milhões de dólares para fazer propaganda pra eles? Fui enganada.

Isso me faz dar uma gargalhada genuína.

— Que decepção, né? Eu já trouxe tanto engajamento para a marca que eles *deveriam* estar me pagando. E, na real, o produto é ótimo.

Willow continua sorrindo, mas há um indício de preocupação em seu olhar.

— Você já usou?

Ah, não, que merda. Agora ela acha que os boatos sobre a IST são reais. Será que eu não consigo calar a boca?

— Estou dizendo que essa é a opinião geral — respondo, depressa. A *última* coisa de que preciso é que esse boato contamine mais pessoas. Com o perdão do trocadilho. — Quer dizer, testagem rápida e simplificada nunca é uma coisa ruim. Além do mais, é bom ter um produto assim de fácil acesso, ainda mais em lugares como este, em que as pessoas não são tão cuidadosas quanto deveriam. — Abro o braço em um gesto amplo para o pessoal reunido ali, um lugar cheio de novos-ricos e alpinistas sociais. — É melhor prevenir do que depois começar a sentir ardência quando faz xixi.

Ela fecha os olhos como se não acreditasse no que está ouvindo, balançando a cabeça em um movimento sutil.

— Nossa...

Dou de ombros. É verdade.

Camisinhas só funcionam até certo ponto, e nem todo mundo usa direito, então qual o problema em tomar cuidado? De qualquer forma, sempre achei uma merda todo o julgamento atrelado a ISTs, ainda mais agora, que estou sendo vítima disso sem nem ter contraído nada. Talvez eles pudessem *mesmo* ser os patrocinadores perfeitos, no fim das contas.

Willow respira fundo e se empertiga. Os olhos dela se fixam em mim outra vez, mas agora há um brilho astuto. Já fazia um tempo que ela não entrava em contato com o meu senso de humor, mas vem reagindo do mesmo jeito de sempre — com teimosia, tentando não me dar corda, por mais difícil que seja não rir. Ela me acha engraçado. Só não quer admitir isso.

— Mas, afinal, o que aconteceu por trás daqueles posts? — pergunta ela depois de se recompor. — Você foi hackeado?

Suspiro e ajeito minha gravata-borboleta.

— O lance é que minha gestora de redes sociais ficou de saco cheio de mim e pediu demissão. Aquele foi seu presente de despedida.

— Vou ser sincera, nem li o post inteiro. Só vi uns prints por aí de gente que compartilhou. — Ela dá um sorriso afetado e eu tento ignorar o quanto gosto de vê-la desse jeito. — Parece que agora você é meio que uma celebridade.

— Sou. Obrigado por finalmente perceber. — Pego meu celular e abro o Instagram. — E *você* não perde por esperar.

Meus dedos cheios de calos tocam as unhas cor-de-rosa de Willow quando passo o aparelho para ela.

Ela rola a tela devagar, lendo a legenda imensa que Jani redigiu com tanto esmero. Não consigo desviar o olhar. A expressão de Willow vai de neutra a consternada em uma fração de segundo, mas pelo menos consigo ver um pouco de suas covinhas quando isso acontece.

— Uau, você irritou mesmo essa moça — diz ela, com os olhos arregalados num misto de pena e divertimento.

Pego meu telefone de volta, e nossos dedos roçam novamente no processo.

— Tá bom, eu admito, eu sempre batia de frente com ela.

Willow passa os olhos pelo meu rosto e a leveza de sua expressão imediatamente dá lugar à apreensão.

— Dev, o que foi que você fez?

Tenho uma lista quilométrica de pequenos delitos, mas escolho o pior de todos.

— Eu... cancelei o voo dela na Austrália depois da corrida e larguei ela lá.

— *Mentira*.

Ergo as mãos como se estivesse me rendendo.

— Em minha defesa, ela ficou o dia inteiro me pentelhando para eu gravar um vídeo com aquele filtro de bebê sexy, sabe, esse aí que todo mundo tá usando em tudo quanto é lugar. Aí, depois de um treino bem frustrante, ela enfiou o celular na minha cara... e foi isso. Cancelei a passagem. E não falei pra ela.

Willow bate no meu peito com as costas da mão.

— Que babaca!

— Eu nunca disse que não era.

Ela solta um suspiro exasperado e depois fica me olhando em silêncio, como se estivesse me analisando. Por fim, pergunta, hesitante:

— Você não postou mais nada desde que isso aconteceu?

Balanço a cabeça.

— Não tenho o menor interesse em alimentar minhas redes sociais. Tenho um milhão de outras coisas para fazer.

Tipo pilotar um carro veloz sem bater.

— Então está desperdiçando uma oportunidade megavaliosa de recuperar sua reputação — opina ela, franzindo a testa. Consigo perceber que ela está analisando a situação do ponto de vista do marketing, o que faz sentido, já que é formada nisso. — Aquele post obviamente causou muitos danos. Por que você não deixa a equipe de redes sociais da Argonaut cuidar das coisas, pelo menos por enquanto? Ou contrata uma assessoria particular?

Eu me retraio.

— Porque fica muito na cara quando alguém contrata uma empresa de RP. Todos os posts são iguais, sem graça nenhuma, sem personalidade, sabe? — Não preciso listar meus outros motivos para achar isso. — E não confio na Argonaut para melhorar minha imagem.

— Ah, vá, até parece — retruca ela. — O grande propósito deles é ajudar você.

Solto uma risadinha.

— É, não sei, não. Eles estão tão ocupados puxando o saco do meu companheiro de equipe que nem sequer se lembram da minha existência. Depois de tudo o que rolou, o máximo que me aconteceu foi o diretor da equipe me passar um sermão de cinco minutos. E só. Desde que meu companheiro e o pai dele apareceram com uma tonelada de dinheiro, eles simplesmente... começaram a me ignorar.

A boca de Willow se entreabre em surpresa, e olho para seus lábios. São carnudos e macios, e o inferior é um pouco mais cheio que o superior, como se ela estivesse sempre fazendo beicinho. Sexy pra caralho.

E isso é *exatamente* o que eu *não deveria* estar pensando.

— É sério? — pergunta Willow.

— Sério — confirmo, obrigando meus olhos a encararem os dela. — Não estão preocupados comigo, só enrolando até que meu contrato acabe, já que são mão de vaca demais para me pagarem a multa de quebra de contrato.

— Que droga.

E é mesmo uma droga, principalmente porque eu deveria ser o piloto principal. Eu me formei na escola de pilotos deles. Sou o único a pontuar com certa consistência, enquanto meu companheiro vive fazendo merda em toda corrida. Fiquei em décimo terceiro lugar no Campeonato de Pilotos, e só por causa disso não ficamos em último lugar no Campeonato de Construtores. Mas se minhas conquistas não são o suficiente para merecer o apoio deles, então não sei o que seria. E já que meu contrato ainda dura um tempo, estou sem saída por enquanto. Mas um dia vou ter a oportunidade de mudar de equipe.

Talvez. Pelo amor de Deus, eu espero que sim, porra.

Mas quem é que vai me contratar se eu não conseguir provar que valho a pena?

Em vez de dizer tudo isso para ela, dou de ombros e finjo deixar para lá, como sempre faço quando tem alguma coisa me chateando.

— Fazer o quê, né?

Mas a Willow não está disposta a deixar nada para lá e as engrenagens de sua mente já estão funcionando.

— Não precisa ser assim — afirma ela, e percebo que seu tom é de empolgação.

Sei que Willow está segurando a onda porque, quando ela fica entusiasmada de verdade com alguma coisa, a voz dela falha um pouquinho. E ela odeia isso, diz que fica parecendo emocionada demais, mas eu discordo. Isso só mostra que ela se importa.

E mais uma vez fica claro que eu conheço bem demais essa garota.

— Você pode conseguir a atenção deles, Dev — insiste ela, voltando a segurar a taça de champanhe com ambas as mãos. Desta vez por empolgação, não por estar desconfortável. — Você precisa se colocar em evidência de outras formas. Arranje patrocinadores novos e fãs dispostos a gastar dinheiro com produtos da equipe. Você e eu sabemos que quem dita as regras nesse meio é o dinheiro. Se você aparecer com um cheque cheio de zeros, não vão mais ignorar você.

Cruzo os braços, impressionado — e um pouco intimidado — com a capacidade de Willow de elaborar uma estratégia como aquela em cinco segundos. Não sei como ela ainda não foi contratada. É óbvio que ela é determinada e boa em resolução de conflitos, a funcionária perfeita.

Pra ser sincero, se pudesse, eu a contrataria para resolver isso para mim.

Willow ainda está falando e seus olhos brilham enquanto ela bola um plano. Mas já não estou ouvindo, porque de repente tenho uma ideia que deveria ter me ocorrido antes.

Eu poderia contratar Willow para consertar a minha reputação tenebrosa.

É genial. Tá, tudo bem, talvez Oakley não goste da ideia, mas seria algo estritamente profissional. Ele não tem motivos para achar que algo inapropriado aconteceria entre mim e Willow, e nós dois sabemos que não podemos permitir que isso aconteça de novo. Com a ajuda dela, eu poderia me tornar o piloto principal da Argonaut. Talvez até mesmo ser contratado por uma equipe melhor.

Willow conseguiria me ajudar nessa. É nítido que entende do assunto, tem até diploma nisso. E, o mais importante, deseja, de verdade, o meu sucesso. Torce por mim e por Oakley desde a época das nossas corridas de kart e segue torcendo por mim até hoje. O que mais eu poderia querer?

Ela ainda está falando, mas as palavras escapam da minha boca antes que me dê conta.

— Acho que sei como consertar isso. Tudo isso.

Ela para de falar, franzindo a testa.

— Como?

Respiro fundo. É agora ou nunca.

— Com você, Willow. É de você que eu preciso.

CAPÍTULO 5
Willow

É de você que eu preciso.

O cenário que meu cérebro cria ao ouvir as palavras de Dev passa longe de ser apropriado para o tipo de relação que temos ou para o lugar onde estamos. Só espero que ele não tenha percebido o tanto que fiquei vermelha e que não seja capaz de sentir o calor que irradia do meu corpo, porque estou praticamente tão quente quanto a superfície do Sol.

Foi tão difícil fingir que não tinha nada de mais acontecendo depois que Chava e Mark se afastaram que comecei a tagarelar sobre marketing e gestão de crise em uma tentativa de evitar silêncios constrangedores, mas aí ele abriu a boca e disse que *precisa de mim*.

Acho que vou desmaiar. Ou vomitar. Talvez as duas coisas? Ai, meu Deus, não sei.

Ele está olhando para mim, atento e cheio de expectativa. Tudo o que consigo fazer é olhar para ele, boquiaberta feito um peixe.

— Pode... repetir? — peço, surpresa por qualquer coisa que eu esteja dizendo ser coerente.

Fico esperando que ele diga a mesma coisa de uma maneira diferente e diminua a intensidade da forma como me olha, porque Dev está me encarando como se meu rosto tivesse todas as respostas do universo. É claro que não tem, então eu queria muito saber o que exatamente está passando pela cabeça dele.

Mas a expressão de Dev não se atenua. Nem um pouco. E no segundo seguinte ele está me segurando pelos ombros e chegando ainda mais perto. A proximidade permite que eu sinta o cheiro do perfume dele e de alguma outra fragrância muito única que só Dev exala.

— Você é exatamente do que eu preciso, Willow.

Minha versão de quatorze anos teria derretido numa poça ouvindo uma confissão dessas de Dev. Mas a minha versão de 21 recua e ergue as mãos. Não gosto nada do rumo que essa conversa está tomando. Nós já cometemos nossos erros; não precisamos continuar errando.

— Preciso que você me explique sua linha de raciocínio — digo, lentamente. — Porque isso não está fazendo muito sentido pra mim.

Ele pestaneja e parte da reverência em seus olhos se dissipa. Mais um segundo se passa e ele solta meus ombros, dando um passo para trás.

— Ah, merda. Foi mal — murmura ele, olhando em volta, provavelmente para verificar se alguém notou. — Eu me empolguei.

— Percebi. — O calor do toque de Dev se prolonga em minha pele, mas tento ignorar a sensação. — Mas então... dá pra explicar?

— Sim. Vou explicar. Ok. — Ele respira fundo com as mãos unidas como se estivesse prestes a implorar ou a rezar. — Willow... acho que você pode me ajudar. Acho que pode salvar a minha reputação. Quero contratar você para essa função.

Fico sem palavras outra vez enquanto meu cérebro tenta processar o que ele acabou de me dizer. Dev quer... me contratar? Para salvar a reputação dele?

— Isso é algum tipo de piada? — pergunto, olhando ao redor em busca de uma equipe de filmagem ou de um cara gritando "te peguei!". — Foi o Oakley que pediu para você fazer isso?

Dev faz uma careta e deixa as mãos caírem ao lado do corpo.

— Como assim? Não. A ideia só surgiu enquanto você estava falando. — Ele umedece os lábios e me olha como se estivesse pensando nas palavras certas para formular uma frase.

É bom que ele pense bem, porque não sei se aguento nem mais um pouco desse papo de precisar de mim.

— Quero que me ajude a fazer todas aquelas coisas que você estava dizendo que dariam um jeito nessa situação toda. Você é perfeita. — Credo, de novo com esses elogios que fazem meu coração estremecer. — Ficou claro pra mim que você sabe como lidar com situações como essa, e seria um prazer ter você trabalhando comigo. E aí, o que acha?

Bom, neste exato momento, não consigo achar nada. Não acredito que ele está me oferecendo isso.

— Mas por que eu? — pergunto, por fim. — Tá, tudo bem, eu tenho uma noção do que fazer. Mais ou menos. Mas não quer contratar uma pessoa com mais experiência? Alguém que tenha um histórico profissional? Alguém que de fato já tenha trabalhado com isso?

Dev balança a cabeça.

— Já tentei e não deu certo. Além disso, eu... — Ele respira fundo outra vez, desviando os olhos por um segundo antes de voltar a me encarar. A vulnerabilidade em seu rosto me pega de surpresa. — Já não consigo mais confiar em muita gente, entende? Pensar em me abrir para qualquer um me dá um medo do cacete.

— E você confia *em mim*? — pergunto, em tom de deboche.

Fico me sentindo meio mal quando vejo a boca dele se curvar para baixo, mas preciso que ele pense muito bem no assunto antes de ter certeza de que quer me contratar.

— É sério — continuo. — A gente se conhece desde criança. Sei de todas as coisas que você e meu irmão já fizeram. O meu presentinho de despedida deixaria esse aí da sua última gestora no chinelo. Nós dois sabemos que eu teria mais material para uma possível chantagem do que qualquer outra pessoa.

— Só que você jamais faria uma coisa dessas — rebate ele. — Você não é assim.

É minha vez de fazer uma careta.

— Você não tem como saber.

— Tenho, sim.

Ele diz isso como se me conhecesse de verdade. Talvez ache que sim pelo simples fato de nos conhecermos há muito tempo, mas a gente quase não se viu nos últimos anos. Tem muita coisa que ele não sabe sobre mim.

— Se você nunca nos dedurou nem para os nossos pais, jamais contaria para o resto do mundo as coisas que Oakley e eu já fizemos.

— Tá, tudo bem, mas e se você me irritasse e eu desse uma de Jani?

— Como eu disse, você não é assim.

Meu Deus, que cara teimoso. Não gosto que me digam quem eu sou e do que sou capaz, mas ele tem razão. Não acho que eu teria coragem de acabar com a imagem de uma pessoa desse jeito, não importa o que ela tivesse feito comigo. Se não fiz isso nem quando flagrei meu ex na cama com outra garota, o crime de Dev teria que ser especialmente hediondo para que eu considerasse me vingar.

Dev junta as mãos mais uma vez.

— Eu pago o que você quiser — insiste ele. — Me dá um valor que eu dou um jeito.

Meu estômago desaba como se eu estivesse em queda livre. Isso está parecendo mais um suborno do que uma proposta de emprego.

— Sei que seus pais e seu irmão ajudam você com grana, então esse provavelmente não é o maior atrativo — continua ele, o que só faz com que minha cara fechada se intensifique. — Mas seria ótimo para nós dois. Tudo o que você precisa fazer é viajar comigo pelo mundo por alguns meses e depois colocar isso no currículo. Pense bem em como seria ótimo ter isso na parte de "experiências". E não só por isso, mas você também poderia se gabar por ter recuperado minha imagem. É uma situação em que todo mundo sai ganhando. E, é claro, você não precisa trabalhar para mim para sempre. Só até minha reputação não estar mais na sarjeta.

— Nunca gerenciei redes sociais pessoais — explico, balançando a cabeça. — Todos os meus estágios foram para marcas e equipes. Não sei se consigo...

— Consegue, sim — interrompe ele, com os olhos fixos em mim. — Não estou tentando puxar seu saco quando digo que você é a pessoa ideal para isso. Você me conhece, conhece esse esporte e sabe como consertar essa bagunça. É só fingir que eu sou uma marca, só que um pouco mais... humana. Essa volta por cima precisa parecer o mais autêntica possível, como se eu mesmo estivesse por trás da coisa toda, por mais que eu saiba que isso é impossível.

Em silêncio, penso na proposta dele, mordendo o lábio. Não queria nem sequer considerar a oferta, mas... estou tentada. Fica difícil dizer não vendo o brilho nos olhos dele e a confiança que demonstra ter em minhas habilidades — mesmo que não tenha como Dev saber com certeza que consigo fazer o que ele está me pedindo. Ninguém nunca acreditou em mim desse jeito. Pelo menos ninguém que pudesse me contratar.

— Wills, por favor — implora ele, agora com a voz mais suave.

O tom amolece minhas pernas e faz com que minha determinação quase vá pelo ralo. Além disso, o que ele está dizendo faz bastante sentido. Ficaria *mesmo* bom no meu currículo. Ótimo, na verdade. E, se tudo der certo, em alguns meses posso conseguir um emprego e voltar para minha vida em Nova York. Essa oportunidade pode me entregar o sucesso que tanto quero de mão beijada e, no meio-tempo, eu estaria ganhando dinheiro e não precisaria voltar para a casa dos meus pais em San Diego.

Se estou tão determinada assim a me virar sozinha, esta é a oportunidade perfeita para provar que consigo fazer isso.

— O que acha? — insiste Dev. Ele chegou tão perto de mim que não consigo ver mais nada. O resto da festa é só um cenário. — Podemos até estabelecer um prazo-limite para o seu trabalho. Que tal o casamento de Alisha?

A irmã dele vai se casar em agosto e, visto que já estamos praticamente em junho, seria um acordo de apenas dois meses e meio. Tipo um frila. Já fiz bicos várias vezes ao longo da vida, então por que não? A única diferença é que dessa vez eu estaria fazendo o que amo em vez de trabalhar em uma sorveteria ou como garçonete.

Termino o que resta do meu champanhe e deixo Dev pegar a taça da minha mão. No mesmo momento, ele a faz desaparecer como em um truque de mágica. O mundo ao redor parece uma ilusão, mas estou prestes a tomar uma decisão muito real.

— Beleza — concordo, antes de ter tempo para pensar demais. — Eu aceito.

O modo como o rosto de Dev se ilumina me faz recuar como se eu estivesse olhando diretamente para o Sol.

— Ai, meu Deus, obrigad...

— Com uma condição — interrompo, antes de me perder no sorriso dele. — Só aceito se Oakley estiver ok com isso.

A alegria nos olhos dele parece murchar um pouquinho, embora ainda seja capaz de cegar uma pessoa. Sorrio também. A energia de Dev é tão contagiante que seria impossível evitar.

— Fechado — acata ele, olhando para algo atrás do meu ombro. — Mas não conte para ele até amanhã, tá legal? Quero me divertir hoje sem ter que me preocupar com o que ele vai dizer.

Eu não deveria me importar tanto com a opinião do meu irmão, mas depois do que aconteceu com Jeremy, acho justo saber o que ele pensa antes de tomar uma decisão. O fim da amizade deles não foi culpa minha, eu sei, mas ainda me sinto culpada por ter contribuído para o distanciamento do grupo de amigos de Oakley. Agora, quando vou fazer algo que envolva os amigos dele, inclusive aceitar uma oferta de emprego, acho importante falar com ele antes.

Dev parece concordar. Ele fez parte da confusão. Dev, Chava e Mark ficaram do meu lado, mas os outros dois amigos deles defenderam Jeremy. O resultado foi uma grande carnificina.

— Tudo bem, posso esperar — concordo.

No mesmo momento, sinto um cotovelo se apoiando em meu ombro, que já é o descanso de braço oficial do meu irmão.

— Dev, seu agente parece que vai explodir a qualquer momento — anuncia Oakley, que parece, graças a Deus, não ter ouvido nossa conversa. — Vá fazer o que ele quer para podermos dar o fora daqui e irmos para uma festa de verdade.

Me desvencilho do braço de Oakley e balanço a cabeça.

— Estou fora — digo, quando Mark e Chava voltam, trazendo as bebidas que prometeram quando me abandonaram com Dev. — Estou com jet lag e não quero acordar mal amanhã.

Chava me entrega uma taça de champanhe cheia e depois me estende a palma da mão virada para cima.

— Você pode nos dar um bolo hoje à noite, mas só se dançar comigo. Podemos?

Não deixo de notar que a pergunta foi dirigida a Oakley, que vejo assentir em minha visão periférica. Eles juram que eu não percebo, mas todos têm pisado em ovos comigo desde a catástrofe com Jeremy. Se eu ainda não estivesse tão envergonhada, talvez os repreendesse por isso. Mas, por enquanto, vou deixar a coisa rolar.

Ainda assim, estou otimista e acredito que Oakley vá achar uma boa ideia eu trabalhar para Dev. Quanto mais penso nisso, mais fico animada. Quero que isso dê certo. E sinceramente? Viajar pelo mundo por alguns meses para acompanhar um esporte emocionante não me parece nada mau. Além disso, meu irmão não tem motivos para não gostar de uma ideia que me beneficiaria tanto. A situação poderia ser diferente se ele soubesse do pequeno deslize entre mim e Dev no ano passado, mas parece que estamos de acordo em manter isso em segredo.

Aceito a mão estendida de Chava e dou uma olhada por sobre o ombro para Oakley e Dev. Não tenho ideia do que o meu irmão vai dizer sobre a proposta.

Mas acho que amanhã vou saber qual é meu destino.

CAPÍTULO 6
Dev

Depois de uma hora de puxação de saco com Howard ao meu lado, invento uma dor de cabeça para não ir à boate com Mark, Chava e Oakley. Mark me manda de volta para casa com dois analgésicos, um isotônico, uma bolsinha de gelo e a recomendação de um programa de meditação guiada. Foi difícil convencê-lo a sair — ele sempre foi um profissional dedicado e superprotetor —, mas finalmente estou sozinho e posso pensar no que fiz.

Lado bom: contratei uma pessoa para salvar minha reputação. Lado ruim: essa pessoa é a irmã do meu melhor amigo.

Oakley não manda em Willow, mas ele nunca permitiria que ela se metesse em uma situação em que pudesse se machucar, fisicamente ou não. Depois das coisas pelas quais ela passou, não me surpreenderia se ele não gostasse da ideia.

Se for o caso, vou retirar a proposta. Sem discussão. É o melhor a fazer, porque, se a oferta ainda estiver de pé e Oakley for contra, Willow vai acabar brigando com ele. Não vou me meter entre os dois irmãos, porque isso só vai gerar mais drama, e nenhum de nós quer isso.

Eu provavelmente não deveria ter dado a ideia para começo de conversa, mas acredito mesmo que ela pode me ajudar nesse *rebranding*. Além de ser capacitada profissionalmente, ela me conhece. Sabe quais são meus limites. Além disso, Willow também está familiarizada com o esporte, já que ela cresceu nesse meio. E eu nem precisaria explicar nada sobre minha história porque ela estava lá em quase todos os momentos. É a solução perfeita.

Tiro meus sapatos sociais desconfortáveis na entrada do apartamento sem me dar ao trabalho de acender as luzes. Vou até o quarto guiado pelo brilho opaco da cidade que atravessa as janelas, decidido a não continuar remoendo essa história. É melhor ir dormir e ver como me sinto em relação a isso amanhã. Nunca tomei boas decisões com a mente cheia de champanhe.

Amanhã de manhã, quando minha cabeça estiver descansada, volto a pensar nisso. Mas essa ideia já me parece a melhor que tive em muito tempo.

Willow vai conseguir ajeitar tudo para mim. Tenho certeza disso.

Sonho com aquela noite outra vez, a noite do ano passado que resultou na pior decisão que já tomei. Talvez seja um pesadelo, ainda não sei. Estou podre de bêbado e Willow também. Ela está apoiada na parede ao meu lado enquanto Oakley coloca as tripas para fora na cabine à nossa esquerda. Ele vomita e geme, prometendo que nunca mais vai beber, embora todo mundo saiba que ele vai fazer tudo de novo no dia seguinte.

Oakley quase botou tudo para fora antes de conseguirmos arrastá-lo até o banheiro, e nós dois chegamos à conclusão de que entrar junto com ele na cabine seria um pouco demais. Então ficamos esperando do lado de fora que ele termine para levá-lo de volta ao hotel, onde ele vai passar o resto do aniversário na cama. Eu poderia cuidar disso sozinho, mas Willow, como boa irmã que é, quer garantir que Oakley fique bem.

— Só estou fazendo isso porque minha mãe vai me matar se acontecer algo com ele — afirma ela.

Willow pode até fingir que não, mas eu sei qual é a verdade: ela jamais admitiria, mas *se preocupa* com o irmão. É maluquice. Eu nunca confessaria o mesmo sobre minha irmã (embora também seja verdade).

Alisha está em algum canto da boate com o noivo e nossos amigos, todos celebrando o aniversário de Oakley. Por sorte, consegui que todos viessem até o Texas para a comemoração, já que o calendário de corridas exigia que eu estivesse em Austin durante a semana. Reunir o pessoal sempre resulta numa baguncinha divertida, não importa onde a gente esteja.

Eu me encosto na parede fria de concreto e fecho os olhos enquanto o mundo gira. Posso até não estar botando para fora o que comi, mas bebi tanto quanto Oakley. Continuo de olhos fechados até ouvir Willow balbuciar:

— Não, obrigada. Na verdade, eu vim com meu namorado.

Demoro um pouco para entender o que está acontecendo na minha frente: Willow está encostada na parede, com os ombros tensos, tentando se esquivar do babaca que está invadindo seu espaço pessoal. O cara dá uma olhada rápida para mim, mas volta as atenções para ela depressa.

Namorado. Willow disse que estava com o namorado. Eu me dou conta de que ela está se referindo a mim. Deve ser só uma desculpa para fazer com que aquele idiota a deixe em paz, porque, até onde sei, ela não está namorando ninguém, e, se estiver, essa pessoa certamente não está aqui. É ridículo que ela não possa simplesmente dizer "não" ou "não estou a fim" e ser respeitada. Caras como aquele só respeitam outros homens.

Mas, ao que parece, aquele imbecil em particular não respeita ninguém, porque nem pestaneja com a menção de um namorado ou com o fato de eu estar plantado ali. Ele se inclina para mais perto e sussurra algo no ouvido de Willow, que faz uma careta de repulsa. Não preciso ver mais nada.

Eu juro que não queria brigar. Eu precisava estar bem para a corrida no fim de semana, mas acabaria com aquele babaca de camisa polo em dois segundos se fosse preciso.

Não perco mais tempo e puxo Willow pelo braço, colocando-a atrás de mim. Abro um sorriso largo para mascarar minha raiva quando fico frente a frente com o babaca.

— O namorado sou eu — digo, sentindo o rosto queimar de ódio. — E você precisa sair de perto da minha namorada agora.

Willow está me empurrando pela cintura, numa tentativa de me tirar do caminho para que ela possa lidar com isso sozinha. Mas Oakley me comeria vivo se eu não a protegesse, e prefiro lidar com a raiva de Willow do que com a do irmão dela. Além do mais, eu não teria ficado de braços cruzados assistindo ao Camisa Polo praticamente encurralando quem quer que fosse, muito menos alguém que é importante para mim. Nem fodendo.

O cara tem a decência de recuar um passo. Ele não está exatamente no auge da sobriedade, mas os punhos estão cerrados na lateral do corpo.

— Quem você está pensando que...

De repente, ele fica boquiaberto e arregala os olhos. Eis o momento em que ele me reconhece e tudo aquilo acaba.

— Caralho. Você é o Dev Anderson — balbucia ele, erguendo as mãos e parecendo empolgado. Que otário. Mas pelo menos ele não está tentando me dar um soco. — Cara, foi mal, eu não sabia que ela era sua namo...

— Tá tudo bem — respondo, rangendo os dentes.

Não está tudo bem, mas sei que não posso criar confusão. Se eu fizer isso, vai virar notícia. Por isso preciso tirá-lo da minha frente antes que eu faça algo insensato, tipo machucar a mão ao quebrar o nariz dele.

— Vá curtir o resto da noite, cara — digo.

Depois de mais alguns segundos me olhando com o queixo no chão, ele finalmente se afasta a passos trôpegos. Willow não parou de cutucar minhas costas nem por um segundo. Respiro fundo e me viro para encará-la.

Eu me antecipo antes de ela começar a brigar comigo, porque ela faria isso com certeza absoluta.

— Antes que você grite comigo — começo, erguendo as mãos —, eu sei que não está tudo bem, e, se eu não tivesse que evitar virar notícia por causa de idiotices, eu teria acabado com a raça daquele escroto.

Mas, em vez de me detonar, Willow sorri.

— *Na verdade*, eu ia te agradecer. Mas bom saber.

Fico sem reação. Estou bêbado demais para processar a resposta dela.

— Você... não está bolada?

Não é possível que ela não esteja bolada. Não faz sentido. Willow não odeia quando outras pessoas se metem nas brigas dela? Será que a verdadeira Willow foi abduzida por alienígenas e substituída por um anjo misterioso e compreensivo?

— Não, não estou bolada — responde ela com uma risadinha.

Só então percebo o quão perto ela está de mim. Estamos um de frente para o outro, praticamente nos tocando. O cheiro do perfume dela me envolve. Se eu já não estivesse muito bêbado, com certeza ficaria agora.

— Aquele cara não ia me deixar em paz de jeito nenhum. E, para falar a verdade, o que você fez foi meio sexy.

Um instante de silêncio se passa, e ela cobre a boca com a mão, como se tentasse conter o que acabou de dizer.

Mas eu ouvi muito bem. E, pelo visto, meu pau também ouviu, porque está pulsando dentro da minha calça como quando vi Willow pela primeira vez naquela noite.

Ela está usando o vestido mais curto do universo, uma peça que desenha as curvas dela de maneira quase criminosa. O tecido é preto e leve e tem um laço delicado na nuca, implorando para ser desfeito. Oakley tentou fazer com que ela voltasse para o hotel e trocasse de roupa, até olhou para mim esperando apoio, mas me mantive de bico calado e fui conversar com nossos outros amigos. Como eu iria reclamar de um vestido que eu já estava imaginando no chão do meu quarto?

Willow é linda, não tem problema eu admitir isso. Também não tem problema admitir que não é de hoje que sei disso. Mas nada disso importa porque esses pensamentos estão completamente fora de cogitação, sempre estiveram, e o único limite que eu desafio é o limite de velocidade quando estou na pista.

Mas isso não quer dizer que eu não fique tentado, é claro.

— Ai, que merda — diz ela, rindo descontroladamente. — Desculpa, eu não deveria... Não deveria ter falado isso. Não quero deixar as coisas estranhas entre a gente, juro por Deus.

Balanço a cabeça, principalmente para tentar afastar os pensamentos proibidos que ando tendo.

— Relaxa, está tudo bem. Fico feliz em ser seu namorado de mentirinha sempre que você precisar.

Talvez eu ficasse feliz em ser o namorado de verdade também.

Ainda rindo, Willow inclina o pescoço e encosta a cabeça na parede, seus cachos delicados caindo sobre os ombros. Ela está bêbada, e eu também estou, porque só consigo pensar em como ela fica linda mesmo naquela luz fluorescente horrível.

— Ainda bem que você não me disse esse tipo de coisa anos atrás — murmura ela, encarando o teto.

Eu franzo a testa ao ouvir aquele comentário aleatório.

— Como assim?

Ela balança a cabeça, ainda sem olhar na minha direção.

— Sério, eu quero saber — insisto. — Fiz algo errado?

Naquele momento, ela me encara. Os olhos de Willow são tão escuros que quase consigo ver meu reflexo neles, mas há um feixe, um quarto da íris do olho direito, que é como caramelo derretido. Dourado e intenso. Alguns diriam que isso é uma imperfeição, uma anormalidade, mas para mim é tão... Willow.

— Você não sabe mesmo? — pergunta ela.

— Não sei o quê?

Então ela confessa uma coisa que muda o rumo da noite. Talvez o rumo da minha vida.

— Que eu tinha uma quedinha por você.

O mundo inteiro começa a girar, e não dá para dizer que é por conta dos sete shots de tequila que tomei.

— Tinha?

— Sim. Mas isso faz *muito tempo* — diz ela, acenando no ar para mudarmos de assunto e quase batendo no próprio rosto. — Foi coisa de criança. Besteira. Achei que você soubesse. — Ela ri mais uma vez, um riso doce e inocente. — Era tão escancarado que chegava a ser constrangedor.

— Eu não sabia! — digo.

Mas já estou analisando todas as interações que tivemos ao longo da vida. O que foi que eu deixei passar? *Como eu não percebi?* E, se eu tivesse percebido, será que as coisas seriam diferentes hoje?

— Por que você... por que nunca me contou?

— Foi só uma quedinha adolescente — responde ela, mas o sorriso torto permanece. — Não é como se fosse recíproco. E depois o Jeremy me chamou para sair...

Jeremy. *O filho da puta do Jeremy.* A verdadeira definição de lixo humano. Traidor, mentiroso, uma pessoa horrível até o último fio de cabelo.

Fico maluco por ter considerado ele um amigo por tanto tempo só porque crescemos juntos. Os sinais sempre estiveram lá, mas a gente ignorava. Fazíamos vista grossa. A gente tentava se convencer de que as piadas, os comentários quase misóginos e a forma como ele falava com as meninas eram normais, não significavam nada. Ele era um cara legal. Todos nós éramos.

Mas a verdade era que nenhum de nós era legal de fato, porque protegíamos Jeremy das consequências. Acreditávamos na palavra dele quando ele dizia que as ex-namoradas eram umas doidas varridas que só sabiam cobrar as coisas dele. Defendíamos Jeremy quando ele era chamado de cafajeste — claramente a garota com quem ele estava saindo não tinha entendido que o relacionamento dos dois não era exclusivo. Até achávamos graça quando ele contava sobre a série de coisas que as stalkers malucas faziam para atrair a atenção dele.

Quando ele começou a ficar com Willow, todo mundo achou uma boa ideia, inclusive Oakley. Os dois estudavam na mesma universidade em Nova York. Jeremy era veterano e Willow, caloura. Era um arranjo ideal, na verdade. Ele poderia cuidar dela, ser alguém conhecido em meio ao caos de uma cidade nova. Nós até dizíamos, de brincadeira, que só podia ser o destino; que já estava escrito que eles ficariam juntos.

— E todos nós sabemos no que isso deu.

Willow dá de ombros e seu sorriso diminui.

Sim, sabemos. O relacionamento terminou com ela ligando para o irmão em prantos e com Oakley pegando um avião para Nova York. Terminou com Jeremy no hospital ameaçando prestar queixa e com nosso grupo de amigos partido ao meio. No fim, as ameaças não deram em nada, mas as coisas mudaram por completo depois daquilo.

Mas agora fico imaginando o que teria acontecido se eu tivesse chamado Willow para sair antes de Jeremy. Será que as coisas teriam sido diferentes?

— Se eu soubesse, eu teria...

Não termino a frase, sem saber o que eu teria feito se ela tivesse me contado.

Já faz algum tempo que tento fingir que não sinto atração por ela, especialmente desde que fui com Oakley visitá-la na faculdade alguns anos atrás. Mas sempre pensei que sair com ela extrapolaria um limite que eu nunca quis ultrapassar. Oakley poderia ter aceitado a situação, exatamente como foi com Jeremy no início, mas ainda assim parecia... errado. Como se eu estivesse traindo meu melhor amigo, não importa o quanto eu desejasse aquilo. O quanto eu desejasse Willow.

— O que você teria feito, Dev? — questiona Willow, já que não concluo o pensamento.

Ela está me observando atentamente, com os lábios vermelhos entreabertos.

Não sei. Não faço a mínima ideia do que teria feito naquela época. Mas, neste momento, estou com vontade de recuperar o tempo perdido. E que se danem as consequências.

Só me dou conta de que minhas mãos estão nos quadris de Willow quando ela as cobre com as suas, macias e quentes. Tenho certeza de que ela vai me afastar, mas então ela corre a ponta dos dedos pelos meus braços, devagar, com delicadeza, até pousar as mãos sobre meus cotovelos. Com um aperto delicado, ela faz um convite para que eu a puxe para mais perto, e não penso duas vezes — até que a porta se abre ao nosso lado.

Dou um salto para trás quando Oakley sai cambaleando do banheiro, ainda com uma cara horrível.

— Vamos embora — resmunga ele, olhando para mim e depois para Willow.

Acho que não me afastei o suficiente. Pela forma como Oakley estreita os olhos, ele provavelmente enxerga a culpa estampada em meu rosto.

— Peraí... Que porra vocês dois estavam fazendo?

— Nada — responde Willow no mesmo instante. No caso dela, o que a denuncia é a voz. Ela se aproxima para segurar o braço do irmão. — Anda, vamos embora.

— Não, peraí. — Oakley levanta a mão e seu olhar sem foco se alterna entre nós. O fato de estar bêbado não vai impedi-lo de ligar os pontos. — Não mintam pra mim, porra. O que vocês estavam fazendo?

Willow puxa o braço dele, tentando fazê-lo andar.

— Estou falando sério. Não aconteceu nada, Oak. Estávamos esperando você.

Mas ele não se mexe. Seu semblante se endurece e ele se desvencilha das mãos de Willow. Voltando a atenção exclusivamente para mim, ele cutuca meu peito com o dedo.

— Você beijou minha irmã?

— Quê? — gaguejo, e sei que minha reação não me ajudou muito. — *Não*. Claro que não, porra.

Talvez eu estivesse prestes a beijar, mas isso era outra história.

Não me atrevo a olhar para Willow, torcendo para que ela não me interprete mal. Ela parece entender e segura o braço de Oakley outra vez, puxando-o para olhar para ela.

— Eu literalmente estou usando batom vermelho — diz Willow, gesticulando dramaticamente para o próprio rosto e para a boca linda que ela tem. — Se tivéssemos nos beijado, Dev estaria com o rosto todo vermelho, seu idiota.

— Sim, eu ia estar parecendo um palhaço, cara — complemento. — E, com todo o respeito, Wills, esse tom de vermelho não está na minha paleta.

Atrás do irmão, Willow revira os olhos, mas Oakley parece relaxar.

— Ah — resmunga ele. A raiva que sentia parece se esvair depressa, dando lugar a um olhar vazio e embriagado que é mil vezes melhor. — Beleza. Tá bom. — Ele passa o dorso da mão pela testa e depois deixa o braço cair na lateral do corpo. — Mas nem pense em tentar.

Acordo suando frio e com a roupa de cama embolada entre as pernas. Afasto os lençóis e me levanto da cama, depois pego meu celular e vou direto para a cozinha. Abro o armário e tateio em busca de um copo, então procuro o contato de Mark no telefone com uma das mãos enquanto encho o copo com água gelada com a outra. Estou tremendo.

— Se você está ligando para saber se cheguei bem, pode ficar tranquilo, mamãe. Volte a dormir — diz Mark assim que atende.

Ignorando a brincadeira, coloco o telefone no viva-voz e o deixo no balcão.

— Mark, acho que fiz merda.

Ele solta um grunhido.

— Juro que vou ficar puto se você se machucou fazendo alguma coisa idiota. Não posso perder você de vista nem por um segundo...

— Não é nada físico.

— Tá bom... — Ele parece estar recalculando a rota. — Então o que foi que você fez?

Passo os dedos pelo cabelo, ainda abalado pelo sonho e pelo aviso de Oakley. Um aviso que ignorei logo depois, naquele mesmo fim de semana.

— Eu contratei uma gestora de redes sociais.

Mark fica em silêncio por um instante e, por fim, pergunta:

— Mas por que isso é ruim? Você precisava mesmo de uma. A menos que... Ah, não, não me diga que contratou Jani de volta.

— Pior ainda. — Solto o corpo na banqueta mais próxima, em frente à ilha de mármore. — Eu contratei a Willow.

O silêncio que segue é carregado de tensão. O choque de Mark do outro lado da linha é quase palpável.

— Contratou porra nenhuma.

Fecho os olhos e baixo a cabeça.

— Pior que contratei.

— Então demite ela — ordena Mark. — Agora.

— Não posso — respondo com um suspiro. — Eu mesmo ofereci o emprego. Preciso da ajuda dela.

— Então você fez merda *mesmo*. Preciso te lembrar do que aconteceu da última vez que vocês passaram tempo demais juntos?

Claro que ele não precisava. Nunca vou me esquecer de Austin e de como fui parar nas barreiras de proteção na trigésima sétima volta porque não conseguia parar de pensar em Willow e em nosso beijo. Quando finalmente cheguei aos boxes depois de pegar uma carona na motoquinha da vergonha acompanhado de um agente tagarela, disse ao diretor de equipe que cometi o deslize de iniciante de travar as rodas de trás, mas bastou um olhar duro de Mark para que eu falasse a verdade.

— Você bateu correndo em casa, Dev — ralha ele. — Em casa!

— Obrigado, eu notei — resmungo, esfregando os olhos como se isso fosse apagar da minha mente o rosto de Willow e a imagem do meu carro destruído. — Mas, tecnicamente, Vegas é a minha c...

— *Cala a boca* — interrompe ele. — Isso é uma ideia péssima e você sabe disso. Ela é uma distração. E não só isso, nós dois sabemos que Oakley vai te castrar se você der em cima dela. Ou você esqueceu como ele me tratou quando tive a audácia de dizer que ela estava bonita?

Sim, é verdade, Oakley estava atento depois do que aconteceu com Jeremy. Nós mal podíamos olhar na direção de Willow sem que ele nos fuzilasse com os olhos. Ele foi ficando mais tranquilo com o tempo, mas o aviso de outubro passado foi um lembrete do que ele seria capaz de fazer pela irmã.

— Mas só porque ele sabe que você é um canalha — brinco, tentando aliviar a tensão.

— Como se você fosse muito melhor — retruca Mark. — Quer que eu te lembre do que aconteceu em Monza no ano retrasado?

— Foi um caso isolado — argumento. — Como é que eu *não* terminaria na cama com cinco mulheres depois de conseguir meu primeiro pódio na Fórmula 1?

— Você ficou em terceiro por um triz, e só porque quatro pilotos foram penalizados.

— Um pódio é um pódio, meu querido. Só não comemora quem é bobo.

— A questão nem é essa — continua ele. — O Oakley nunca mais vai deixar nenhum de nós chegar perto da Willow depois do que...

— Eu sei — interrompo, abatido.

Levo o copo de água à testa, torcendo para que o líquido gelado coloque algum juízo na minha cabeça.

— E não dá para culpar o cara. O Jeremy acabou com ela. — Ele solta um longo suspiro. — E ela está acabando *com você*.

— Ah, *vai se ferrar*. Que comparação ridícula.

— Estou falando sério. — O tom de voz de Mark deixa isso muito claro. — Você não pode deixar essa garota te afetar dessa forma de novo, Dev. Se você quer seguir em frente com isso, a relação de vocês tem que ser puramente profissional. Pelo seu bem e pelo bem da sua amizade com o Oakley.

Sinto a culpa queimando no meu peito. Ele tem razão. Preciso manter distância de Willow, trabalhando com ela ou não.

Mas depois de vê-la hoje, depois de sonhar com o que ela disse para mim naquela noite de bebedeira no ano passado, é mais fácil falar do que fazer.

Porque Willow já dominou minha mente, e eu não faço ideia de como me livrar dela.

CAPÍTULO 7
Willow

Agradeço aos céus pelo jet lag, do contrário eu não teria dormido nada na noite passada.

Dev e a oferta de emprego que ele me fez foram as primeiras coisas em que pensei ao acordar, sentindo o estômago embrulhado e a cabeça pesada. Antes de despertar de vez, me pergunto por um breve momento se por acaso a noite anterior não teria passado de uma alucinação, mas o mar resplandecente de Mônaco que vejo pelas portas de vidro da varanda acaba com qualquer resquício de dúvida, assim como o vestido que usei no evento ontem, jogado numa cadeira no canto do quarto. A meia dúzia de mensagens de Oakley me avisando que está chegando e subindo para o meu quarto também servem como uma prova concreta. Eu realmente estou aqui. E Dev realmente me contratou para tentar salvar a reputação dele.

Resmungando, saio da cama e me arrasto até a porta quando ouço a típica batida elaborada de Oakley do outro lado. É algo que costumávamos fazer na época em que brincávamos de Soberano do Castelo em nossa casa na árvore. A entrada só era permitida com a batida secreta, mas hoje em dia fazemos para anunciar nossa presença um para o outro.

Sem nem mesmo conferir o olho mágico, abro a porta pesada, tomando cuidado para não colocar muito peso no quadril. Aprendi na marra a usar mais a força do meu tronco, ainda que seja limitada. Não estou a fim de deslocar o quadril outra vez ou de passar horas em um hospital em Mônaco tentando colocá-lo no lugar.

— Quer fazer o que hoje? — pergunta Oakley, marchando quarto adentro.

Não são nem nove da manhã e ele já está de banho tomado e pronto para sair.

Eu, por outro lado, ainda estou de pijama — um lindo pijama de mangas longas cor-de-rosa de linho, é claro, mas ainda assim é um pijama — e meu cabelo está uma bagunça, já que não me dei ao trabalho de prendê-lo ontem à noite, muito menos de enrolá-lo com um lenço.

— A gente poderia procurar um cassino, fazer compras, encher a cara num iate — sugere ele. — Você que manda. Hoje é contigo.

Não sei se quero fazer nada disso. O que realmente preciso é conversar com Dev para saber por onde ele quer começar. Quanto mais penso a respeito, mais me dou conta de como esse trabalho vai ser complicado, o que me causa um leve ataque de pânico. E se eu não conseguir fazer o que ele espera? Ele não teria insistido tanto para me contratar se não acreditasse que sou capaz de fazer isso, não é? Eu sei que ele vai me apoiar, apesar de ainda não estar tão tranquila quanto à coisa toda.

Hoje seria um dia perfeito para entender mais a fundo as expectativas dele. Quintas-feiras são os dias da imprensa, sempre cheios de entrevistas, sessões de fotos e produção de conteúdo para as equipes e patrocinadores antes da corrida. Eu poderia ficar por perto como ouvinte e ir aprendendo o caminho das pedras com ele.

Mas antes de mais nada... preciso conversar com meu irmão. Nada disso vai acontecer sem a aprovação dele.

Oakley se joga na minha cama, ficando com as pernas para fora e os pés no chão. Ele me encara, esperando uma resposta. Eu queria muito ter tido tempo para tomar café antes de fazer isso, mas tudo bem. Respira fundo.

Eu me sento na cadeira onde joguei o vestido na noite passada, coloco as mãos entre os joelhos e tento me acalmar.

— Podemos fazer qualquer uma dessas coisas — digo, tentando soar o mais despreocupada possível. — Mas posso falar com você sobre uma coisa antes?

Impaciente, Oakley faz gestos circulares no ar para que eu fale logo.

Inspiro fundo e solto o ar devagar.

— No fim das contas, você tinha razão quando disse que eu ia arranjar um emprego na festa.

Ele se senta num movimento ágil que eu jamais conseguiria fazer, não importa o quanto eu fortaleça meus músculos.

— Sério?

Eu faço que sim com a cabeça. Quando ele sorri e seus olhinhos escuros se iluminam, sinto meu estômago embrulhar.

— Wills, que ótima notícia! Eu *sabia* que você ia conseguir. Para quem vai trabalhar?

Merda. Hora da verdade.

— Você tem que prometer que não vai ficar bravo nem tentar me convencer de que não posso fazer isso, ok? — exijo, embora sem muita firmeza. Ele vai fazer o que quiser de qualquer forma.

Oakley ri.

— O que está rolando? Você por acaso aceitou ser namorada de aluguel de um dos chefões de cabeça branca?

— Eca. *Não.* — Eu jogo meus cachos para trás do ombro. — Mas obrigada por me achar bonita o suficiente para ser contratada como tal.

Ele joga um travesseiro em mim, me obrigando a tentar segurá-lo antes de ser atingida no rosto.

— Sério. O que é? — pergunta ele outra vez. — Para de fazer mistério, odeio isso.

Eu aperto o travesseiro contra o peito, como se ele pudesse me proteger do julgamento que eu sei que está por vir.

— Dev quer que eu faça a gestão das redes sociais dele temporariamente — confesso depressa, falando tudo de uma vez. — Pelo menos até limpar a imagem dele depois da confusão com Jani sem precisar contratar uma agência grande.

Oakley me encara em silêncio com uma expressão indecifrável.

Ah, não. É isso. Ele vai me proibir. E, mesmo que eu tente argumentar, Dev vai dar para trás se meu irmão não concordar.

Mas, para minha surpresa, Oakley pergunta, parecendo confuso:

— Por que eu ficaria bravo? — Ele chega mais perto da beirada da cama. — Essa é uma ótima porta de entrada para a sua carreira. E, além disso, o seu currículo vai ficar sinistro. — Ele olha ao redor do quarto, pensativo. — Não sei como não pensei nisso antes. É genial.

Quase tive que buscar meu queixo no chão.

— Está mesmo de acordo com isso?

Será que foi tão fácil assim? Achei que ele fosse dar um piti e ameaçar me mandar de volta para Nova York no próximo voo.

Talvez eu quisesse isso também. Talvez eu quisesse ser convencida a pular fora. Eu sei que é só a minha ansiedade tentando falar mais alto, mas talvez eu esperasse que outra pessoa fosse apontar os pontos negativos que eu ainda não fui capaz de enxergar. Deve haver alguma coisa que não estou vendo.

Oakley dá de ombros.

— Claro que sim. Só queria ter pensado nisso antes para levar o crédito.

— E você não se importa de eu trabalhar para um dos seus melhores amigos? — insisto, ainda esperando uma desculpa.

— Não, não me importo. — Ele fica em silêncio por um instante e depois continua, sua expressão atenta: — Olha, eu sei que disse que não quero você se envolvendo com outro amigo meu, mas isso seria uma relação profissional. Não é... pessoal.

Oakley tem razão, e talvez eu tenha subestimado sua capacidade de diferenciar Dev e Jeremy. Além disso, ele não sabe nada sobre o beijo.

Mas ainda tenho minhas próprias ressalvas, não importa o quanto eu queira esse emprego.

— E se Dev me demitir e me deixar sozinha na Austrália, como fez com a Jani? — provoco. — O que você faria?

Ele ergue um dedo.

— Antes de mais nada, o Grande Prêmio da Austrália já passou, então isso seria impossível. — Ele ergue mais um dedo. — Em segundo lugar, ele não seria louco de te deixar sozinha em lugar nenhum. Mas, se você fizer merda e for demitida, aí é problema seu. — Ele baixa o primeiro dedo, deixando apenas o dedo do meio levantado. — Então não faça merda.

Eu jogo o travesseiro nele e dou uma gargalhada quando o acerto em cheio, direto no rosto. Parece que os reflexos dele ficaram meio enferrujados desde que parou de correr.

— Ainda bem que você está indo embora — resmunga Oakley, colocando o travesseiro na cama. — Agora é a vez do Dev de te aguentar.

— A gente mal se vê mesmo. Você está sempre ocupado em Chicago — digo, bufando, e me levanto da poltrona. A sensação é de que acabei de tirar o peso de uma bigorna dos ombros.

— E vai ser apenas por alguns meses, só até o casamento da Alisha.

Não é de agora que noto um olhar melancólico em Oakley quando menciono a irmã mais velha de Dev, mas ele afasta a emoção depressa.

— Que seja. Vá se vestir para sairmos. Quero ficar bêbado antes do almoço e torrar minha fortuna.

Eu resmungo, mas vou até a mala para pegar uma roupa.

— Acho que você está superestimando o número de zeros na sua conta bancária.

— E como é que você sabe? — Ele franze os lábios e me observa. — Calma aí, isso significa que você precisa falar com o Dev? Quando você começa oficialmente?

— Não sei — confesso, dando uma olhada nos vestidos e cardigãs e ignorando meu coração acelerado. — Eu quis falar com você antes de acertar os detalhes.

Oakley murmura algo que não consigo entender.

— Tá bom. Pode ligar para ele e dizer que o irmão mais velho malvado não se importa. Só não piore as coisas para o Dev. Ele já está queimado o suficiente.

Eu reviro os olhos. Escolho um vestido com estampa de florezinhas cor-de-rosa e tênis branco. Minhas articulações não vão sobreviver a longas caminhadas pela cidade sem um calçado ergonômico, por mais bonitas que sejam minhas sandálias de tira.

— Liga você — retruco. — Eu nem tenho o número dele. Além do mais, ele provavelmente vai preferir ouvir essa notícia de você.

A primeira parte é mentira. É claro que eu tenho o número do Dev, a menos que ele tenha mudado nos últimos sete meses. E quanto a ele preferir falar com Oakley, bom, não é *exatamente* mentira, mas estou nervosa demais para falar com ele. Não parece um bom sinal para nossa relação de trabalho, mas acho que somos capazes de recuperar a antiga camaradagem depois de alguns dias.

Pelo menos é o que eu espero. Pelo amor de Deus, não sei como vou fazer isso se nem sequer consigo falar com ele.

Oakley reclama, mas tira o celular do bolso, dá alguns toques na tela e depois coloca o aparelho na cama.

A voz de Dev está rouca quando ele atende, e eu não consigo deixar de pensar no que ele fez depois da festa de ontem.

— Fala.

— Oi. Você está no circuito? — A pergunta de Oakley é dirigida a Dev, mas ele está olhando para mim como se avaliasse minha reação.

Ouço o som dos lençóis dele do outro lado da linha, e de repente sou atingida pela imagem mental de Dev sem roupa na cama, a pele marrom contra os lençóis brancos e as partes íntimas praticamente descobertas. Um estalo que me pega desprevenida, mas gosto da ideia mais do que deveria.

— Não, ainda não saí de casa — responde ele. — Por quê?

— Venha buscar sua nova funcionária no caminho, então.

Há uma longa pausa antes da pergunta:

— Está falando sério?

— Oi, Dev! — grito.

— Willow. Oi. — Ele pigarreia, e sua voz parece se estabilizar e voltar um pouco ao normal. — Oak, então você concordou?

— Concordei — diz meu irmão. — Só estou chateado por não ter pensado nisso antes.

— Ah. Caramba. Beleza. Então passo para pegar você, Wills.

Antes que eu tenha chance de entrar em pânico com a ideia de ficar sozinha com Dev, Oakley acrescenta:

— Vamos todos. Também quero um tour pelo backstage.

— Você já sabe como é — comento, mas me sinto aliviada por tê-lo por perto como uma distração e ao mesmo tempo um lembrete de que não posso ficar pensando em Dev do jeito que ando fazendo. — Você já correu várias vezes, literalmente era piloto também.

— Não da F1 — rebate Oakley. — E o otário do Dev parecia estar sempre ocupado demais para me mostrar a pista.

Dev respira fundo do outro lado, parecendo exasperado.

— Tá bom, vamos juntos.

— Como uma família feliz — zomba Oakley.

— Bom, Willow — diz Dev, enquanto encaro o celular ao lado da perna do meu irmão. — Bem-vinda à Argonaut. Espero que goste de vermelho, branco e azul.

Dev não estava brincando quando me falou sobre o esquema de cores. Parece que a bandeira norte-americana foi vomitada em cima dele e de 99 por cento das pessoas dali. É como se o slogan da Argonaut tivesse ganhado vida. Todas as pessoas com quem conversamos na sala de integração da equipe desde que chegamos cinco minutos atrás têm sotaque americano, e o uniforme da equipe, short azul-marinho com uma camisa polo listrada em vermelho e branco, grita patriotismo. Ou nacionalismo bizarro.

Pego o celular para uma rápida pesquisa enquanto esperamos nosso café e descubro que a Argonaut se orgulha de ser uma empresa que contrata apenas funcionários dos Estados Unidos, desde as fábricas até os pilotos. O proprietário e presidente, Buck Decker, um bilionário do Texas que enriqueceu graças ao petróleo, assumiu a equipe há dois anos e implementou a regra cem por cento americana, além de colocar o filho, Nathaniel, como o outro piloto da Argonaut, ao lado de Dev. Antes disso, a equipe era um pouco mais internacional, mas sempre foi patriota.

Guardo o telefone de volta na bolsa quando Oakley me entrega um latte de baunilha fumegante, meu favorito. Pelo menos não vou ter que me preocupar em conseguir cafeína enquanto estiver na estrada com Dev. Sinceramente, a entrada do motorhome da equipe parece mais um saguão de hotel de luxo do que uma estrutura que é montada e desmontada todo fim de semana em algum lugar diferente do mundo.

Um bar retangular requintado ocupa todo o centro, com mesas altas espalhadas ao redor e TVs posicionadas a poucos metros por todas as paredes. Há também pequenas máquinas de venda automática cheias de bebidas da marca que patrocina a equipe, ilhas com petiscos e o que parece ser uma cabine de fotos. Até penduraram algumas plantas para dar um toque de verde ao espaço.

O uniforme é a única coisa que destoa. Dev fica bem em tudo, mas até nele as roupas parecem meio ridículas, como se ele fosse uma criança obrigada a usar uma roupa escolhida pela mãe para um desfile do Quatro de Julho. Não que houvesse chance de a mãe dele fazer isso; tia Neha jamais teria esse mau gosto.

Mas, mesmo parecendo um bobo, Dev dá de dez a zero em qualquer um aqui. As mangas da camisa polo ficam esticadas nos bíceps musculosos e os botões da gola estão abertos apenas o suficiente para mostrar um pouquinho de pele por baixo. Se o short fosse mais curto seria quase obsceno, mas, do jeito que está, deixa à mostra suas coxas firmes, e, por um instante, tenho a impressão de ter visto um vestígio de tinta preta aparecendo por baixo da bainha. Mas aí ele se mexe e eu perco o ângulo.

Não tenho intenção de olhar nos olhos dele assim que levanto o rosto, mas, quando isso acontece, o olhar dele se demora um pouco em mim. É como se ele soubesse que eu o desejava e estivesse refletindo sobre a melhor maneira de me dizer para parar. Mas quando olho com mais atenção só vejo admiração, como se ele mal pudesse acreditar que estou aqui. Que isso realmente está acontecendo. E eu sinto a mesma coisa.

Ele finalmente desvia o olhar e indica com a cabeça um corredor nos fundos.

— Venham comigo.

Solto o ar aliviada quando ele se vira e atravessa a multidão como se fosse dono de tudo. Ele cumprimenta as pessoas quando passamos, completamente à vontade. É mais atraente do que deveria ser.

— Antes de mais nada, precisamos falar com a verdadeira luz da minha vida — diz Dev, olhando por cima do ombro. — Patsy Beedle, gerente de comunicação da Argonaut.

Oakley e eu o acompanhamos e pouco depois Chava se junta a nós a caminho dos escritórios na parte de trás do motorhome. Ele também está usando o uniforme tenebroso, o que me parece um mau sinal. Já percebi que todos os funcionários da equipe e os pilotos precisam usá-los.

— Fiquei sabendo que agora você é da equipe do Dev. — Chava dá um sorriso de lado. — Posso ajudar você com o que precisar, tipo reservas de hotel e passagens para quando formos cair na estrada.

Eu sorrio em agradecimento, feliz por ter mais um aliado por aqui.

— Obrigada — digo. — Foi tudo tão... inesperado. A proposta de emprego me pegou de surpresa.

— Pegou a gente de surpresa também — diz outra voz.

Olho para trás e vejo Mark vindo até nós. Apesar de ele estar sorrindo, não me parece o sorriso autêntico que já vi tantas outras vezes. Nunca tivemos grandes problemas, mas acho que ele não gosta tanto assim de mim. Não posso culpá-lo. Se eu não tivesse me envolvido com Jeremy, ele não teria sido obrigado a escolher um lado e não teria perdido vários amigos no processo.

Retribuo o sorriso torcendo para que o meu pareça um pouco mais genuíno. Por ser técnico de desempenho de Dev, Mark está sempre com ele. Se eu for cuidar das redes sociais de Dev, isso significa que também vou ter que ficar na cola de Mark. Não poderemos evitar um ao outro, então, para o nosso bem e o de Dev, espero que a gente consiga se tratar com cordialidade.

À frente, Dev para abruptamente. Dou uma olhada para ver o que aconteceu e me deparo com uma mulher ruiva franzina de meia-idade usando o uniforme da Argonaut. Só que o dela é um pouquinho diferente: a parte de baixo é uma saia lápis azul-marinho e ela usa também um lenço estampado com estrelas. Pelo seu sorriso, parece que ela está prestes a distribuir fatias de torta de maçã, mas seu olhar é de quem possivelmente envenenou a torta com arsênico.

— Ah, achei você — diz Dev, animado e sorridente. Ele passa o braço pelos ombros estreitos da mulher e os dois se viram para mim e para Oakley. — Esta é Patsy. Ela me segue para cima e para baixo para garantir que eu não meta a equipe em encrenca dizendo algo calunioso para a imprensa.

A mulher solta um suspiro cansado.

— Não é isso que eu faço, sr. Anderson.

As vogais arrastadas e o sotaque carregado sugerem que ela é de algum lugar do sul dos Estados Unidos. Ela conseguiria insultar todos os meus antepassados e fazer soar como um elogio.

Dev dá de ombros.

— Mas é quase isso, né?

Patsy abre a boca para argumentar, mas desiste e simplesmente assente.

— Para falar a verdade, é, sim — admite, balançando a cabeça. Depois olha para ele e franze a testa. — Mas o que está fazendo aqui tão cedo? Eu geralmente tenho que mandar alguém trazer você arrastado para cá às quintas-feiras.

— Não é verdade — diz Dev para Oakley e para mim com um sorriso sem graça.

Aham. Sei.

— Eu sou muito pontual. — Ele faz um muxoxo para disfarçar. — Enfim, Patsy, queria apresentar minha nova gestora de redes sociais, Willow Williams.

Estendo a mão e ela a aperta com firmeza, mas há uma ruga de confusão em sua testa.

— Muito prazer — diz Patsy antes de soltar minha mão e olhar de volta para Dev. — É só ela?

— Só ela — confirma ele de maneira resoluta, quase como se a desafiasse a contestá-lo.

Conheço a mulher há menos de um minuto, mas já sei o que ela vai dizer a seguir:

— Dev, já falamos sobre isso. Você precisa contratar uma equipe inteira...

— Eu preciso é que você tire umas belas férias com seu marido no interior da Toscana. — Ele é gentil ao interrompê-la e sorri como se estivesse se oferecendo para pagar as férias por pura bondade de coração, não porque quer que ela pare de pegar no pé dele. — Eu juro que a Willow é a melhor das melhores. Você vai piscar e ela já vai ter ajeitado tudo.

Duvido que Patsy acredite no que está ouvindo, mas ela faz a gentileza de se virar para falar comigo.

— Bem, srta. Williams, é um prazer ter você conosco. Nós duas trabalharemos juntas para garantir que esse danado não se meta em mais... confusões.

— Mal posso esperar — respondo diligentemente.

As mulheres são minoria por aqui — no automobilismo em geral, na verdade —, então vai ser bom ter por perto uma mulher determinada que nitidamente não tolera as palhaçadas de Dev.

— Peça meu contato para um dos rapazes e não hesite em me procurar. — Ela se volta para Dev e se desvencilha do braço dele. — Preciso de você aqui em uma hora para autografar os cards oficiais e fazer algumas filmagens. Agora vá pentelhar outra pessoa.

Então Patsy segue o rumo dela, nos obrigando a abrir espaço quando passa por nós. Se eu me sinto um pouco intimidada perto dela? Sem dúvida. Mas estou igualmente impressionada e ansiosa para trabalharmos juntas.

— E essa aí é a mulher dos meus sonhos! — exclama Dev com um suspiro. — Minha mãe é única pessoa que me dá mais medo do que ela.

Oakley ri.

— Tia Neha vai adorar saber disso. — Ele dá uma olhada em volta, nitidamente louco para irmos logo até os carros. — Podemos ir para os boxes agora?

Dev estende o braço, fazendo sinal para que Oakley vá na frente.

— Fique à vontade.

No mesmo instante, meu irmão dispara entre a multidão. Mark segue logo atrás, mas um toque leve em meu braço me faz desacelerar o passo. Olho para trás a tempo de ver Dev baixando a mão.

Para não pensar no quanto eu gostaria que ele a tivesse deixado lá, tomo um gole do meu latte e acabo queimando a boca. Preciso muito *segurar a onda*.

— Tudo certo até aqui? — pergunta ele, estudando meu rosto. Quando eu assinto, ele continua: — Patsy dá muito medo, mas ela ainda vai te ajudar muito. Lillie e Ransom trabalham com as redes sociais da equipe e Konrad é o nosso fotógrafo principal, então se você um dia precisar de conteúdo da equipe para postar, pode falar com eles.

Assinto outra vez e vasculho minha bolsa para pegar um caderninho e minha caneta cor-de-rosa favorita. Eu poderia colocar essas informações no bloco de notas do celular, mas me lembro melhor das coisas quando escrevo à mão. Além disso, fica mais difícil de perder do que seria na bagunça tecnológica que é meu celular.

Segurando o latte na dobra do braço, anoto o nome das pessoas e o que elas fazem, depois olho novamente para Dev. Ele está sorrindo, mas não é o sorriso amistoso de sempre. Esse é mais pessoal. É o mesmo de ontem à noite. É meio como se ele estivesse impressionado comigo. Tenho que me controlar para não ficar vendo coisa onde não tem.

— Você não precisa trabalhar neste fim de semana — continua ele. — Use esse tempo para ver como as coisas funcionam. Depois, na segunda-feira, quando voltar para casa, passe na sede em Dallas. Tecnicamente eu sou seu chefe, mas você também é funcionária da Argonaut, então precisa cuidar de todas as questões legais por lá. Vou pedir para Chava enviar o contrato de trabalho hoje à noite para que você possa revisá-lo com cuidado.

Eu tinha esquecido que Chava ainda estava ali até vê-lo pelo canto do olho batendo continência.

— Também preciso saber o seu tamanho para encomendarmos esse uniforme lindo para você.

Não consigo disfarçar a careta que toma conta do meu rosto, e os dois começam a rir. Fico feliz que estejam contentes com o fato de que em breve vou ter a infelicidade de usar o uniforme da Argonaut também.

— O vestuário não é lá essas coisas, mas os benefícios são ótimos — comenta Chava, fazendo um gesto para meu latte, que de fato é um dos melhores que já tomei. — Espere até o almoço. É praticamente uma estrela Michelin a cada refeição.

— Só se for *pra você* — resmunga Dev. — Mark me daria uma surra se eu tentasse comer algo além de peito de frango e legumes.

Chava revira os olhos.

— Pelo menos você conseguiu convencer o chef a usar os temperos secretos da sua mãe.

O sabor familiar deve ajudar, mas sei que deve ser difícil para Dev seguir uma dieta tão restrita. Ele precisa tomar cuidado para não ganhar peso nem perder massa muscular, porque cada quilo economizado no carro é importante quando o assunto é desempenho. Ele não corre em uma quadra nem arremessa bolas, mas mesmo assim é um atleta de elite.

A questão alimentar explica parcialmente por que Oakley saiu do mundo das corridas. Parte da "normalidade" que ele buscava era não ter que monitorar cada caloria que colocava na boca. Ele não estava feliz, hoje sei disso, mas na época eu tinha inveja de ele pelo menos ter tido a oportunidade de seguir um sonho. Às vezes acho que ainda tenho.

Tento pensar em outra coisa, afinal estou seguindo meu sonho agora. Uma versão adaptada, lógico, mas estou no motorhome de uma equipe da Fórmula 1 falando sobre contratos e benefícios de trabalho. Estou fazendo o que é preciso para alavancar minha carreira. E ainda por cima com pessoas que conheço praticamente a vida toda.

E tudo isso graças a Dev. Olho para ele, prestando atenção na maneira descontraída como ele brinca com Chava. Ele emana confiança, com uma das mãos no bolso do short, os ombros relaxados. Meu coração dispara ao observá-lo, mas tenho certeza de que é só a cafeína em minhas veias.

— Isso está acontecendo mesmo — murmuro sozinha.

Mas Dev deve ter ouvido, porque ele se vira para trás e me olha enquanto Chava se afasta, mexendo no celular.

— É — diz em voz baixa. — Está acontecendo.

Acho que sei o que ele está pensando, porque é a mesma coisa que eu: vamos mesmo fazer isso. Vamos ajudar um ao outro. Vamos tentar tirar algo de bom de duas situações desastrosas.

E vamos ter que tomar muito, muito cuidado para não cometer outro deslize.

CAPÍTULO 8
Dev

Por um acaso do destino, não me classifico em décimo lugar como eu esperava. Nem em nono. Nem mesmo em oitavo. Estou em sétimo lugar no grid de largada.

Talvez Willow seja meu amuleto da sorte, porque nunca imaginei que chegaria tão perto dos primeiros colocados, especialmente em um carro da Argonaut. Nathaniel comeu minha poeira e acabou ficando em décimo terceiro. Não que seja uma posição ruim, considerando o fato de que eu e ele sempre ficamos da metade para trás, mas o pai dele com certeza está arrancando os cabelos por eu ter ficado na frente hoje.

Que seja. Buck pode espernear o quanto quiser. Não estou aqui para afagar o ego de Nathaniel, vim para ganhar pontos para a equipe e para continuar firme no meu propósito de sair desse inferno vermelho, branco e azul.

Amuleto da sorte ou não, estou desde quinta sem ver Willow direito. Tomei café brevemente com ela e Oakley de manhã, depois os vi de relance no box quando o típico caos de dia de corrida começou. Ela tirou algumas fotos minhas e do carro — mas só pouco antes de eu entrar no carro, seguindo à risca o conselho que dei para ela durante nosso tour na quinta-feira.

— Algumas coisas que você precisa lembrar quando estiver fotografando — orientei, enquanto passávamos pelo box. Oakley estava ocupado falando com um dos meus mecânicos, longe o bastante para não poder nos ouvir. — Primeira, não poste fotos em que telas de computadores estejam visíveis. Segunda, nunca fotografe o carro quando estiver sem os pneus ou caso haja qualquer componente interno à vista. E, por último, tente não tirar muitas fotos da traseira do carro no geral. Não queremos que nenhum adversário tenha acesso a muitos detalhes.

— Sem fotos da bunda — disse ela, assentindo com uma expressão séria e tomando notas em um caderninho. — Entendido.

— Willow Williams! — exclamei. Eu quase tropecei ao me virar, genuinamente maravilhado com a piadinha atrevida. Aquela carinha de inocente engana. — Que atrevimento é esse?

Eu estava abusando da sorte. Deveria só ter dado risada e mudado de assunto na mesma hora em vez de incentivar o comportamento, mas aquela brincadeirinha me deixou querendo mais.

Ela levantou a mão e fez um círculo no ar com a caneta. A ponte de seu nariz ficou um pouco corada, mas, fora isso, Willow se manteve impassível, embora tenha feito questão de não olhar para mim.

— Foi só uma brincadeira. Deixa isso pra lá.

— Você está passando tempo demais comigo — provoquei, ignorando o frio na barriga que senti. — Já estou contagiando você. Imagina só como você vai estar no verão?

Isso fez com que ela olhasse para mim. Seus olhos escuros se iluminaram, embora o restante de seu rosto continuasse sério.

— Vou fingir que você não usou a palavra "contagiar".

— *Willow.*

Ela finalmente riu, um riso leve, melódico, mas logo virou de costas para dar uma olhada em uma bancada de ferramentas e peças.

— Não sou criança, Dev. Eu posso andar com os garotos mais velhos.

E esse é o problema. Ela realmente cresceu e não posso mais contar com minhas defesas de sempre para controlar a atração que sinto por ela. Eu sabia que estava em uma enrascada assim que a vi no evento da SecDark quarta-feira à noite, mas essa tensão só aumentou desde então, principalmente por ter ficado perto dela, ainda que brevemente, todos os dias depois disso. Como diabos vou passar pelos próximos meses sem jogar tudo para o alto e fazer algo que Howard descreveria como "desaconselhável"?

Mas não posso pensar nela agora. Não quando estou no grid, prestes a fazer a volta de apresentação. No segundo em que me sentar no banco do carro, minha mente tem que estar limpa, minha atenção focada apenas na pista à frente. Todos os problemas em que me meti podem esperar.

Porque estamos em Mônaco, *baby*. E eu vou dar um verdadeiro show.

Bom, só se for um show de horrores.

A parte mais difícil de ir tão bem na classificação é manter a colocação da largada. Estou dando tudo de mim desde que a corrida começou, há 53 voltas, mas ainda faltam 25 e há uma grande chance de eu não conseguir terminar.

O carro está começando a perder estabilidade, os freios ficam menos responsivos a cada curva, quase perdi minha asa dianteira quando uma Omega Siluro me acertou numa curva seis voltas atrás, e meus pneus traseiros também já não estão lá muito bem. A única coisa que me ajudou foi ter feito um pit stop de menos de três segundos, o que evitou que eu ficasse muito para trás a ponto de não conseguir recuperar as posições perdidas com a parada.

Se eu mantiver o ritmo e continuar assim, vou terminar na sétima posição. Obviamente não é o pódio, e, sim, talvez seja otimismo demais pensar que Vanderberg, que está respirando no meu cangote, não vai me ultrapassar, mas acho que pode dar certo.

— Continue firme — instrui Branny pelo rádio. — A distância para Kivinen é de 2,6 segundos.

Não é algo que ouço com frequência. Geralmente só chego perto de Otto Kivinen ou dos carros da Mascort quando sou retardatário e recebo bandeiras azuis para sair da frente deles. Otto e Zaid estão sempre literalmente quilômetros à minha frente, então essa é uma surpresa interessante. Duvido que eu tenha chance de ultrapassar Otto, mas meu engenheiro de pista parece estar mais otimista.

Isso indica que há algo de errado com Otto, e Branny confirma isso para mim. O piloto número dois da Mascort está com problemas. Isso pode me garantir uma vantagem, mas também pode ser uma cilada se eu forçar demais e não conseguir fazer com que os pneus durem até o fim da comida.

— Nesse ritmo, você vai estar à frente de Kivinen em três voltas. Repito, três voltas.

Porra, ok, tudo bem. Mas Otto não vai desistir facilmente, mesmo que esteja com problemas, o que significa que vamos ter que lutar pelo sexto lugar. E, se for preciso, será que consigo fazer isso com o combustível que me resta e os pneus deteriorados? É uma tarefa de extremo equilíbrio evitar que o carro me deixe na mão e, ao mesmo tempo, levá-lo ao limite.

Antes que eu tenha tempo para pensar muito, a asa traseira de Kivinen aparece bem à minha frente. Tento ultrapassar pela esquerda, mas ele prevê minha jogada e me bloqueia. É de se esperar vindo de um homem que está na Fórmula 1 há dez anos; ele já conhece todas as estratégias possíveis.

Mas também não cheguei ontem e aprendi uma ou duas coisas em minhas poucas temporadas.

Então passo a perna nele.

Vou para a esquerda, para a direita, para a esquerda outra vez, depois volto para a direita, mas só um pouquinho. Então, quando Kivinen tenta bloquear a direita, avanço pela esquerda.

No momento em que ele percebe o que estou fazendo, já não dá mais tempo para me fechar — estamos lado a lado. Eu fecho o carro dele na curva seguinte e, quem diria: ultrapasso o fodão do Otto Kivinen.

— Mandou bem — elogia Branny. — Mantenha o ritmo.

Não vou conseguir fazer melhor do que isso, mas cruzar a linha de chegada em sexto lugar é sinônimo de vitória. A não ser em Miami, quando tive um problema mecânico e não terminei a corrida, consegui pontuar em todas as etapas. Para efeito de comparação, Nathaniel só conseguiu isso duas vezes em seis Grandes Prêmios — sete depois de hoje. Segundo Branny, ele terminou em P15 aqui depois de perder duas posições logo no início. Se isso não é algo a ser considerado ao decidir quem deve ser o piloto número um da equipe, não sei o que é.

Mas é claro que, se a imprensa perguntar, não há hierarquia de pilotos na Argonaut. A equipe não prioriza um em detrimento do outro, isso seria um absurdo, porque acreditamos na igualdade, um grande valor americano. Só que é óbvio que há prioridades na equipe, e Nathaniel segue reinando absoluto, graças aos bilhões na conta bancária do papai.

Mas isso vai ter que mudar se meu desempenho continuar sendo melhor do que o dele.

Sigo até o parque fechado e desligo o carro, ouvindo meu lado do box celebrar pelo rádio. Pouco depois vou até eles, sou agarrado por dezenas de braços e recebo palmadinhas nas costas que parecem vir de um milhão de mãos. Eu nem sequer peguei o pódio, mas, para a Argonaut, foi um resultado fantástico.

Só que aquelas não são as pessoas com quem quero comemorar primeiro.

Agradeço aos membros da equipe que tornaram a vitória possível ao mesmo tempo que tento enxergar as pessoas na outra seção do box, onde amigos, familiares e convidados VIPs ficam para assistir à corrida. Não vou mentir, estou procurando por Willow. Só que é o rosto de Oakley que encontro primeiro.

— Você correu muito bem, cara — parabeniza ele quando me aproximo, sorrindo e me puxando para um abraço. — Quase fiquei com vontade de voltar a correr.

— Não volta, não. O nível subiu depois que você saiu — brinco, enquanto ele me dá uma palmadinha nas costas.

Ele solta uma gargalhada escandalosa em resposta e dá mais uma boa palmada nas minhas costas antes de me liberar.

Eu afasto o cabelo molhado da testa, ainda procurando Willow. De repente, sinto uma mão pequena segurando meu pulso e, ao me virar, inclino o pescoço para baixo e encontro o que estava buscando: lá está Willow, sorrindo para mim.

— Foi incrível! — grita ela, tentando se fazer ouvir em meio ao barulho da multidão celebrando as pessoas que estão no pódio.

Eu rio. Willow dá pulinhos de empolgação mesmo no espaço limitado que tem. Ela ainda é a mais baixinha ali, mesmo na ponta dos pés. Eu também não sou tão alto assim — ter uma estatura maior ou ser mais encorpado teria atrapalhado meu desempenho nas corridas —, mas a forma como Willow olha para mim faz com que eu sinta que tenho dois metros.

Sem pensar duas vezes, eu a puxo para mim. Envolvo seus ombros em um abraço que a faz resmungar e reclamar de como estou nojento, mas, mesmo assim, ela não deixa de me dar um abraço forte. Por um momento, perco a noção de onde estamos e de quem está nos observando e aproximo meu rosto de seu cabelo. Em êxtase, respiro fundo — estava louco por aquele cheiro doce de baunilha. Até então eu não tinha me dado conta do quanto vinha ansiando por isso.

Que ridículo que eu tenha sido reduzido a... isso. Estou cheirando o cabelo de uma garota porque o perfume me faz lembrar do dia em que pude tocá-la.

Eu me desvencilho do abraço e seguro o rosto dela com ambas as mãos, fazendo com que Willow me olhe nos olhos.

— Você aguenta fazer parte dessa loucura por mais um tempo? Ainda quer fazer isso?

— Mais do que qualquer outra coisa.

A alegria com que ela responde quase faz com que eu me incline para a frente para vê-la mais de perto.

Estou sorrindo mais do que antes e nem sequer sabia que isso era possível. Pisco para ela e depois me afasto, indo falar com um grupo de pessoas que disputa minha atenção, pronto para mais uma rodada de abraços e tapinhas nas costas. Se eu continuasse olhando para Willow, teria feito algo que definitivamente não deveria estar passando pela minha cabeça, muito menos com o irmão dela ali do lado. Mas, logo, logo, Oakley vai embora, e a única coisa que vai me impedir de fazer algo insensato serei eu mesmo. E eu nunca disse que tinha autocontrole.

CAPÍTULO 9
Willow

Ainda estou com a adrenalina lá no alto por conta do Grande Prêmio quando vou para a cama.

A Fórmula 1 é um espetáculo incomparável. A paixão pelo esporte é arrebatadora, desde os pilotos até os torcedores. Fazer parte disso foi o maior dos privilégios. Até a festa pós-corrida, mais uma vez patrocinada pela SecDark, pulsava com a energia vibrante do dia e parecia estar longe de terminar quando fui embora. Eu teria ficado mais se não tivesse que voar para Nice amanhã de manhã cedo, e se minhas pernas não estivessem doendo de tanto ficar em pé. Mas pelo menos tive um gostinho do mundo da elite antes de me despedir.

Mal posso esperar pelas próximas. Já estou completamente viciada nesse negócio todo.

Ainda não caiu a ficha de que vou poder aproveitar tudo isso de perto nas próximas semanas. Vai ser muito trabalho, sem dúvida, e o calendário é rigoroso, mas sinto que estou preparada para o desafio. Tanto é que estou um pouco chateada por ter que voltar para os Estados Unidos amanhã e perder o Grande Prêmio da Espanha. Mas o lado bom é que vou direto para o Texas visitar a sede da Argonaut Racing e conhecer o lugar onde a magia começa.

Não consigo desligar a mente depois do dia agitado que tive e fico me revirando na cama. Não é só pela empolgação por assistir à corrida na área VIP. É mais provável que seja, na verdade, por causa de uma coisa específica que não sai da minha cabeça — o momento em que Dev me puxou e me deu um abraço suado, quente (em termos de temperatura) e apertado depois da corrida. E a forma como ele segurou meu rosto, como se fosse o movimento mais natural do mundo, como se ele não se importasse com quem estava vendo. Como se não houvesse mais ninguém no box inteiro.

Foi tudo muito inocente; Oakley nem sequer percebeu. Só que pareceu muito mais do que realmente foi. Foi como o momento nas escadas, algumas noites depois de eu ter feito a confissão mais constrangedora da minha vida — quando contei que tive uma quedinha por ele durante anos, desde a infância até a adolescência.

Para ser sincera, eu *ainda* tenho uma quedinha por ele, um sentimento que sempre pairou pelas esquinas do meu coração. É algo que mantenho a sete chaves, mas ainda está lá. Ficou adormecido enquanto eu estava com Jeremy, quando me apaixonei por um cara que achei que fosse me tratar bem, mas voltou à tona quando meu coração foi partido.

Oakley esteve ao meu lado depois de tudo o que aconteceu e me ajudou a juntar os cacos que restaram de mim depois de um relacionamento de traição e *gaslighting*. Mas Dev também esteve lá. Não tão frequentemente quanto meu irmão e com certeza não no mesmo nível — não foi ele quem fez o Jeremy ir parar no hospital com o nariz quebrado e algumas costelas fraturadas —, mas suas pequenas atitudes já ajudavam muito.

Ele me mandava mensagens para saber como eu estava, além de enviar fotos de onde quer que estivesse no mundo naquela semana. Também mandava receitas que encontrava na internet por e-mail, porque sabe que cozinhar me ajuda a relaxar quando estou estressada. Ele até me enviou um alvo de dardos que mandou fazer com o rosto do Jeremy estampado. Foi uma besteira e um desperdício completo de tempo e dinheiro, mas me fez rir, principalmente quando arremessei os dardos bem na cara de Jeremy.

Agora que vamos trabalhar juntos, é hora de enterrar esse crush novamente, talvez até colocar um cadeado para garantir. Não pode haver distrações, nada que manche minha reputação profissional. Esta é a chance que tenho de provar minha competência.

Por falar em trabalho, Chava já me enviou os dados de login para as redes sociais de Dev. Como não consigo dormir, penso em usar esse tempo para estudar seu conteúdo. *Talvez* eu já esteja meio familiarizada com a conta dele, ou, pelo menos, com tudo o que ele postou até o aniversário de Oakley no ano passado, quando parei de segui-lo e o silenciei porque estava com vergonha.

Foi por isso que não vi o escândalo da IST de imediato, mas fico feliz que tenha sido assim.

Pego meu laptop na mesa de cabeceira e o apoio na barriga, estreitando os olhos quando a tela se acende em uma luz azul forte. Abro uma nova janela do navegador e começo pelo Instagram, digitando o e-mail e a senha de Dev. Hesito antes de clicar em entrar. Prendendo a respiração, espero a página carregar e solto o ar em um grunhido quando vejo todos os ícones do aplicativo acompanhados de pontos vermelhos de notificação.

O feed do Instagram, por outro lado, está vazio. Ele deve ter ocultado tudo depois do trágico post de Jani. Isso por si só vai me economizar várias horas, já que significa que não vou precisar encarar milhares de comentários horríveis. As DMs dele, por outro lado, provavelmente devem ter se tornado uma terra de ninguém.

Antes de lidar com elas, vou até os posts arquivados. O presente de despedida de Jani está lá, como na noite em que Dev me mostrou, junto com outras centenas de posts antigos. Como não estão publicados, não há razão para perder tempo com eles, mas mesmo assim me pego vendo um post após o outro, parando por mais tempo do que deveria nas fotos em que ele está sorrindo para a câmera. A risada de Dev é tão contagiante que mesmo uma simples foto me obriga a tentar conter um sorriso e o calor que sinto no peito.

Não dá para negar, Dev é muito gostoso. As fotos dele sem camisa no lounge dos pilotos com o suor escorrendo pelo abdômen trincado não estão ajudando na tarefa de reprimir esse crush. Eu *deveria* estar analisando a conta dele com um olhar profissional. *Deveria* estar pensando em como incorporar elementos do antigo feed em algo novo e em como elaborar uma direção criativa para posts futuros. E eu *deveria* estar tomando notas com estratégias para fazer tudo isso.

Em vez disso, estou pensando em como seria passar os dedos pelos cachos do cabelo dele, pensando em beijar aquele maxilar com a barba por fazer, depois descer e descer...

Fecho meu laptop e o quarto mergulha na escuridão.

É o chacoalhão do qual preciso. De agora em diante, esse tipo de pensamento está proibido. Vetado. Banido. Não preciso da dor de cabeça resultante de um crush e não vou deixar que isso interfira no meu trabalho com Dev.

Além do mais, concordamos em seguir em frente depois do incidente do ano passado e acho que está dando certo. Só preciso ficar longe de shots de tequila ou de qualquer outra coisa que me faça dar com a língua nos dentes e tudo vai ficar bem.

Não tenho motivo algum para me preocupar.

Chantal está me esperando quando chego em casa na tarde de quarta-feira, pronta para me ajudar com as malas. No plural. Tive que comprar outra na sede da Argonaut para trazer todas as coisas da equipe.

— É bom que tenha se lembrado de comprar um presente para mim — avisa ela, olhando para trás com um sorriso enquanto arrastamos minhas malas até o quarto.

Ajeito a alça de minha bolsa pesada sobre o ombro e vou atrás dela.

— Passei num Starbucks em Mônaco para comprar a caneca, como você me pediu.

Ela dá um gritinho de felicidade e me conduz até meu quarto, depois se joga na minha cama e me olha com expectativa. Deixo minha bolsa ao lado da mala e desabo no chão, dolorida e exausta depois de passar uma semana dormindo em quartos de hotel e entrando e saindo de aviões. Estou desesperada para dormir na minha própria cama por pelo menos algumas noites, já que em breve volto para os aviões e os quartos de hotel por um tempo. Não vou conseguir um descanso nem nas férias de verão, já que terei que ir para o casamento da Alisha na Califórnia. Não sei se meu corpo vai aguentar.

— *Então...* — começa Chantal, me despertando dos meus pensamentos. Ela fica de bruços e apoia os cotovelos na cama, olhando para mim. — Conta tudo. Aliás, calma aí. — Ela vira o corpo para pegar o celular no bolso do short. — Vamos fazer uma chamada de vídeo com a Grace. Ela vai me matar se você não contar isso pra ela.

— São três da manhã em Hong Kong — digo, abrindo o zíper da primeira mala.

Se eu não desfizer as malas agora, não vou desfazer mais e vou acabar me enrolando para lavar as coisas e guardar de novo quando for a hora de viajar com Dev.

— Ela disse que não tem problema — responde Chantal com um gesto distraído. O toque familiar já se faz ouvir no meu quarto. — Você sabe que ela dorme supertarde.

É verdade. Quando não estou sofrendo com o jet lag como foi no fim de semana, sou uma pessoa matinal. Grace e eu nos encontrámos mais de uma vez às cinco da manhã, quando eu estava me levantando para ir à academia e ela estava indo para a cama. Em dias assim, nos sentávamos juntas na cozinha com nossas respectivas canecas — café para mim e chá de camomila para Grace. Meu coração fica um pouquinho apertado ao pensar nisso. Não verei Grace nem Chantal nos próximos meses.

Grace atende como se não fosse tarde da noite, exigindo que Chantal vire a câmera para que ela possa me ver.

— Desembucha logo, minha filha — ordena ela, segurando o celular perto demais do rosto. Ela está empolgadíssima para ouvir a fofoca. — Quero saber tudo nos mínimos detalhes.

Obedeço e começo a fazer um resumo da loucura que foram os últimos dias, tentando ser breve, mesmo com as interrupções das meninas. Quando termino de contar tudo, minha roupa suja já está organizada em pilhas de cores distintas, e Grace está praticamente explodindo de empolgação pelo telefone.

— Você é a garota mais sortuda do mundo, juro por Deus — diz ela, pulando tanto de alegria que sua imagem não passa de um borrão. — Eu seria capaz de *matar alguém* para estar nessas corridas, e você simplesmente chegou e entrou.

— Sim, porque estou *trabalhando* — enfatizo, pegando a mala cheia de roupas da Argonaut. Tiro uma camisa polo listrada em vermelho e branco e bordada com nomes de diversos patrocinadores e a viro para a câmera. — E vou ter que usar isso aqui todos os dias em que estiver lá.

As duas fazem uma careta, e Chantal finge ânsia de vomito.

— Caramba... isso aí não é legal, não.

— Deveria ser proibido usar essas cores juntas, a não ser que seja em uma bandeira ou em um picolé — concorda Grace. — Mas que seja. Dá para dar um jeito. E Dev vai continuar babando por você, não importa o que esteja vestindo.

Dou uma olhadinha para a câmera. É verdade que espero que Dev goste do que vê. Nada vai acontecer entre a gente, isso é óbvio, mas, mesmo assim, não há problema em querer que ele me ache atraente... Não é?

— Vamos mudar de assunto — digo.

Chantal vira o celular para que ela e Grace possam me dar o mesmo olhar irritante e depois aponta a câmera para mim outra vez.

— Era melhor não ter contado sobre a confissão bêbada e sobre o beijo do ano passado, se não queria que a gente *shippasse* vocês dois — diz Grace, em tom inocente. — Porque, a meu ver, vocês são tipo... O par perfeito.
— Para com isso — ralho, jogando a camisa de volta na mala.
Eu concordaria, mas há obstáculos demais entre mim e Dev. Meu irmão, para começo de conversa. E, na verdade, eu nem sequer sei se *Dev* gostaria de ser algo além de meu amigo. Não podemos ignorar o maior obstáculo de todos: o fato de que ele se tornou meu chefe.
— Quero manter o profissionalismo — explico.
— Aham — murmura Chantal, claramente sem acreditar. — Gracie, amorzinho, quanto tempo você acha que vai demorar até os dois começarem a transar?
— No máximo três semanas — responde Grace sem hesitar.
Sinto meu rosto ficar quente e mostro o dedo do meio para as duas, o que causa uma sonora gargalhada em resposta. Eu me abaixo e pego várias camisas, saias e calças da mala e as jogo numa pilha de patriotismo que estou rezando para não manchar na máquina de lavar.
— Você contou ao seu irmão sobre o que aconteceu com Dev no ano passado? — pergunta Grace. — Por isso você está tão decidida a não fazer nada? Ele proibiu?
Ergo a cabeça e olho para Grace.
— Claro que *não* contei. E nem vou, porque não existe nada para contar. Foi um erro bobo que ficou no passado.
Com certeza. Bom... mais ou menos. Ok, quem estou tentando enganar?
Chantal faz um muxoxo.
— Por favor, né? Você está prestes a viajar pelo mundo com um cara por quem você é obcecada desde sempre. Você realmente acha que vão *manter o profissionalismo*?
Respiro fundo, um pouco nervosa, e jogo o cabelo por cima do ombro.

— Tem que ser assim. Não vou arruinar minha carreira, que nem começou, diga-se de passagem, para ficar com um cara que, tecnicamente, é meu chefe. Não sou tão irresponsável assim.
— Eu seria mil vezes mais irresponsável por um gostoso que nem o Dev — contribui Grace, abanando o rosto com a própria mão. — Ele sabe que você tem uma quedinha por ele. É melhor tentar alguma coisa logo para descobrir se é recíproco.
— Eu *tinha* uma quedinha por ele — corrijo. Meu rosto esquenta ainda mais com a mentira. — Verbo no passado. Não tenho mais.
— Sim, claro — responde Chantal, sem me dar atenção. — Você ainda gosta daquele garoto. Mas não julgo. Ele é o cara dos sonhos.
— Tá bom, vamos supor que eu *esteja* a fim dele. — Jogo as mãos para cima. Não importa o quanto eu negue, elas não vão me deixar em paz. — Vamos supor que eu ainda tenha um crush arrebatador por ele. Eu não poderia fazer nada. Além disso... — Eu suspiro e abaixo a cabeça. — Vocês se esqueceram de toda a situação com o Jeremy?

As meninas ficam em silêncio. *Isso* elas entendem.

Não posso e nem vou estragar mais nenhuma amizade do meu irmão. Oakley não duvidou de mim nem uma vez quando contei o que aconteceu com Jeremy: simplesmente saiu em minha defesa no segundo em que precisei. Nunca vou conseguir agradecer o suficiente ao meu irmão pela lealdade e por ter acreditado em mim. Não posso retribuir ficando com outro amigo dele, não importa o quanto meus sentimentos sejam verdadeiros ou há quanto tempo eles existam. Não vou correr o risco de criar confusão outra vez.

— Tá bom — concorda Chantal —, talvez ele não seja sua melhor opção como namorado. Mas não tem nada de errado em dar uns beijos escondido.

— *Chantal.*

— É sério! É a situação perfeita! Vocês vão estar viajando juntos, ficando nos mesmos hotéis. Seria tão fácil simplesmente escapulir para o quarto dele e...

— Nem pensar.

Ela joga as tranças para trás e olha para mim com atenção.

— Pense bem. Talvez alguns orgasmos proporcionados por alguém que não você mesma te deixem menos chatinha.

Respiro fundo, mas, antes que eu mande Chantal cuidar da própria vida — e dizer que nem me lembro da última vez que tive um orgasmo —, Grace suspira com um ar sonhador do outro lado da chamada.

— O verão é a estação do amor, Willow — diz ela, atraindo minha atenção para o telefone outra vez. — Por que não dá uma chance?

— Não com ele. — Preciso encerrar o assunto antes que elas tenham mais ideias mirabolantes. — Prestem atenção, nada vai acontecer. Não posso fazer isso.

Chantal vira o celular para ela. Não preciso ver o rosto de Grace para saber que ela está espelhando o revirar de olhos de Chantal.

— Vocês nem sabem do que estão falando — resmungo.

A risada de Grace reverbera pelo meu quarto como se ela estivesse lá.

— Pode dizer o que quiser, meu bem, mas ninguém conhece você como a gente.

Já descansada depois de passar uns dias em casa, abro o laptop para ver o esquenta do Grande Prêmio da Espanha enquanto mexo no guarda-roupas tentando decidir o que vou levar para os meses que for passar fora. Tenho que usar o uniforme horroroso nos fins de semana de corrida, mas provavelmente vou poder vestir o que quiser nos outros dias. Mesmo assim está sendo difícil escolher.

Com exceção de uma corrida em Montreal, todas as outras que estão por vir serão na Europa, então pelo menos não vou precisar me preocupar com mudanças climáticas drásticas de um lugar para o outro. Mas primeiro, segundo Chava, Dev quer que eu vá encontrá-lo em San Diego para a pausa antes do Grande Prêmio do Canadá, daqui a duas semanas.

Não estou com muita vontade de ir para casa. Vi meus pais quando eles vieram a Nova York para minha formatura e não estou animada com a ideia de dormir no meu quarto da infância, mas, nas palavras de Chava, a viagem não é opcional. Então parece que estou indo para a Califórnia mesmo.

— Você está bem? — pergunta Chantal, encostada no batente da porta do meu quarto. — Já faz um tempo que você está encarando essa pilha de bandeiras.

Abaixo o volume dos comentaristas tentando prever o resultado da corrida e suspiro.

— Estou tentando decidir o que levar. Quero tomar cuidado para levar tudo o que preciso para os países em que vamos passar.

— Arrasa nos carimbos do passaporte, gata — diz ela. — Estou morrendo de inveja por ter que ficar aqui e ainda por cima *trabalhar presencialmente*. Eca.

— E é pra sentir inveja mesmo — provoco. — Mas acho que... Droga. Meu passaporte.

Chantal ri, e eu me levanto depressa e pego da cômoda a bolsa que levei para Mônaco. Quando encontro o livreto azul, respiro aliviada. Não conseguiria chegar a lugar nenhum sem ele.

— Tem certeza de que vai fazer isso? — pergunta ela enquanto coloco o passaporte em cima da cômoda, onde vai ficar à vista. — É uma oportunidade incrível, não me leve a mal. Mas não deixa de parecer meio... caótico.

— É caótico *mesmo* — concordo, voltando a me sentar no chão. Quando me acomodo, abro meu caderninho para conferir a lista de itens que preciso levar. — Mas, sim, tenho certeza. É o que eu quero.

Um sorrisinho malicioso surge no rosto de Chantal.

— Quer dizer que você quer que Dev...

— Calada! — grito, jogando a caneta nela.

Ela se desvia com facilidade.

— Nós duas sabemos a verdade — sussurra Chantal, entrando no quarto e empurrando meu nécessaire para mim com os pés de unhas vermelhas. — Mas tudo bem. Vou parar de falar nisso. Por enquanto.

— Obrigada — murmuro, pegando uma caixa à minha esquerda. — Que gentileza da sua parte.

Chantal se agacha ao meu lado, ignorando meu sarcasmo.

— Essa aí é a Farmácia da Willow?

Seguro a caixa com ambas as mãos e dou uma chacoalhada. Todos os frascos de anti-inflamatórios, suplementos para articulações e comprimidos para emergências balançam lá dentro. Antes eu tinha vergonha de viajar com um verdadeiro arsenal de remédios, sem falar nas bandagens elásticas, mas acabei aceitando que, se quero me sentir confortável e preservar minha mobilidade, é simplesmente fato que precisarei da Farmácia da Willow, como é carinhosamente chamada. Por que ter vergonha de algo que não posso mudar em mim?

— É. Pronta para viajar comigo — respondo, colocando a caixa na mala. Não posso perdê-la de vista de jeito nenhum.

— Tem academia nos hotéis?

Levanto minhas faixas elásticas de treino para mostrar a Chantal antes de colocá-las na mala de mão.

— Acredito que sim, mas é melhor prevenir do que remediar.

— Vê se continua fortalecendo essas articulações. E toma cuidado, está bem?

— Não sei que cuidado é esse que você espera que eu tenha se está tentando me convencer a cavalgar em paus alheios por aí.

Pega de surpresa pelo meu comentário, Chantal solta uma gargalhada escandalosa e se joga de bunda no chão, segurando a barriga e morrendo de rir. Reviro os olhos e tento conter um sorriso.

— Cara, adoro esse lado seu — diz ela após um suspiro, quando finalmente para de rir. — Você era tão meiga quando nos conhecemos, e agora é um monstro!

Eu sorrio e dou um tapinha em seu braço com as costas da mão.
— Isso é culpa sua.
E não vou admitir isso para ela, mas Dev também tem me influenciado ultimamente. É difícil não relaxar estando em contato tão frequente com o humor duvidoso dele. Além disso, quero que ele entenda que não sou mais uma garotinha ingênua que ruboriza com qualquer coisa. Talvez eu fosse quando estava com Jeremy, e até mesmo por um tempo depois disso, enquanto me recuperava, mas estou prestes a entrar em uma nova fase em minha vida. Não quero que continuem me olhando dessa maneira.
— Eu estraguei você. — Chantal seca uma lágrima imaginária, depois me abraça, me balançando para a frente e para trás enquanto encena um choro. — Meu bebê cresceu. Caramba, vou sentir tanta saudade sua.
— Eu só viajo daqui a uns dias, não estou indo embora agora — resmungo, mas deixo que ela continue nos balançando. — Você poderia pelo menos me ajudar a querer ficar com saudade de você.
— Sua pestinha — balbucia ela, segurando minha cabeça contra o peito. — Minha pequena mente do mal.
— Você é péssima.
A música de abertura da Fórmula 1 começa a tocar ao fundo, como um lembrete de onde estarei nos próximos meses, imersa no mundo das corridas, a quilômetros da minha zona de conforto e longe dos meus amigos.
Por isso deixo Chantal me esmagar como se eu fosse uma boneca enquanto o rosto dos pilotos aparece na tela do laptop. Prendo a respiração quando Dev surge, olhando para a câmera com um charme indiscutível. Não faz diferença que todos os outros homens também tenham olhado diretamente para a câmera; nenhum deles me causou a mesma sensação, como se estivessem olhando no fundo dos meus olhos.
Apenas Dev. E, de repente, não estou mais tão confiante na minha capacidade de manter nossa relação no âmbito platônico.

CAPÍTULO 10
Dev

Estou contanto os dias até a chegada de Willow.

Tecnicamente, ela só precisaria viajar na semana que vem, quando iria para o Canadá, mas pedi que Chava reservasse um voo para trazê-la até San Diego antes disso. Precisamos começar a trabalhar em minha imagem quanto antes. Não temos muito tempo e, depois do último fim de semana, preciso de algum tipo de vitória.

Se meu sexto lugar em Mônaco não foi o suficiente para provar que ela é meu amuleto da sorte, o desastre no Grande Prêmio da Espanha com certeza foi. Não existe outra explicação. Bateram em mim por vários lados cinco segundos depois da largada e tive que sair da corrida porque os danos ao carro haviam sido graves demais para que eu pudesse continuar.

Outros três pilotos estavam envolvidos, e a porcaria da FIA decretou que tudo não passou de um acaso infeliz, embora tenha sido culpa da imprudência de Lorenzo Castellucci. Se não começarem a penalizá-lo ou adverti-lo, o cara vai acabar matando alguém um dia desses.

— Tem certeza de que não sofreu uma concussão? — ouço a voz de Chava nos alto-falantes do meu carro. Ou melhor, do carro que peguei da minha mãe. — Você odeia buscar pessoas no aeroporto e eu sou seu assistente, não é para isso que eu sirvo?

— Estou bem. Aproveite o dia de folga com sua família, seu mané — respondo, manobrando para entrar na rampa de acesso ao terminal de desembarque. — E se você fizer um bolo *tres leches* hoje, é bom guardar um pedaço para mim.

Antes de virar meu assistente, Chava estudava gastronomia. Ele desistiu depois de perceber que só gostava de cozinhar por diversão, não como profissão, e veio trabalhar para mim. Era para ser algo temporário, só para driblar a decepção dos pais, mas, quatro anos depois, ele ainda está aqui. Azar do mundo culinário, sorte a minha.

Chava suspira.

— Você sabe que Mark vai te matar se você...

A ameaça à minha vida é interrompida quando a mãe de Chava grita ao fundo, do outro lado da linha:

— *¡Salvador, ven acá!*

— Parece que a mamãe está chamando — digo, abrindo um sorriso que o irritaria. — E vê se me manda bolo! Eu mereço, depois de quase ser assassinado pelo Castellucci.

Chava desliga depois de murmurar algo extremamente ofensivo em espanhol e alegrar meu dia com sua boca suja. Eu não estava brincando quando disse que merecia um agrado depois do último fim de semana. E não tenho dúvida de que ele vai aparecer na casa dos meus pais mais tarde com um pote de plástico cheio de bolo e um recado da mãe dizendo que está rezando por mim. Vou precisar das duas coisas se quiser sobreviver ao resto da temporada.

Toda vez que entro num carro, assumo um risco. Sempre há a chance de eu não voltar inteiro. Os avanços na tecnologia de segurança já salvaram minha vida várias vezes, mas pilotos como Lorenzo colocam essa tecnologia à prova sempre que as cinco luzes vermelhas se apagam.

Minha sorte é que ele costuma largar lá na frente, perto dos carros da Mascort e da Specter Energy. Mas sua última volta rápida no Q3 da classificação no sábado foi interrompida por uma bandeira vermelha, o que fez com que ele ficasse em oitavo.

Eu suei a camisa para ficar em décimo, e por isso acabamos meio perto um do outro na largada. Eu deveria ter imaginado que ele tentaria abrir caminho à força, e, quando isso aconteceu, colidiu com outro carro e os dois saíram girando e levando junto todos os que estavam próximos, inclusive eu.

O motivo pelo qual a D'Ambrosi ainda está com ele é um mistério, já que tudo o que ele faz é arruinar as chances de a equipe levar o campeonato. A Scuderia é uma equipe lendária. O nome deles é sinônimo de Fórmula 1, da elite das corridas, e eles têm uma legião de fãs que atravessa gerações. Mesmo com todo o terrorismo na pista, Lorenzo é o cara mais importante da equipe. É o garanhão italiano, orgulho do paddock e filho de um tetracampeão mundial da Fórmula 1. Chega a ser incrível quando não está batendo o carro, preciso admitir, mas é desleixado: ele é jovem e arrogante demais e, por isso, não tem medo de nada.

Aos 25 anos, ainda sou relativamente novo, mesmo para os padrões das corridas, mas esse cara, aos 21, faz com que eu me sinta um velho ranzinza brigando com a própria sombra quando estou reclamando dele.

Uma buzina ao longe me distrai dos devaneios sobre Castellucci quando paro no terminal no aeroporto. Sei que dirigir um carro é literalmente meu trabalho, mas fazer isso no mundo real é um pesadelo do cacete. Pelo menos na pista só tenho que me preocupar com dezenove babacas, não milhares.

Ligo o pisca-alerta e aumento o volume do rádio para abafar os sons externos enquanto me preparo para esperar. De acordo com o rastreador de voo, o avião de Willow aterrissou vinte minutos atrás. Ela deve sair pela porta a qualquer momento, se é que já não saiu.

Dou uma olhada nas pessoas que passam por ali quando a música tema de um filme de Bollywood dos anos 1990 começa a tocar. O homem canta versos poéticos sobre o sorriso de uma mulher e sobre o que acontece em seu coração ao vê-la. É muito cafona, e eu jamais admitiria que ouço esse tipo de coisa com frequência, mas a música me faz lembrar de quando ficava deitado no chão da sala de casa, brincando com meus carrinhos enquanto minha mãe via filmes e falava alto no telefone com nossa família na Índia.

Também jamais vou admitir que as letras em hindi fazem ainda mais sentido quando Willow aparece, o rosto iluminado por um sorriso de surpresa quando me vê saindo do carro.

Como na letra da música, algo *definitivamente* começa a acontecer em meu corpo ao vê-la — mas não é no coração.

— Oi — cumprimenta ela, ofegante.

Willow quase desaparece entre as malas que está trazendo, uma de cada lado. Os cachos em sua cabeça estão um pouco despenteados e o vestido verde-claro esvoaça enquanto ela passa a palma das mãos nos quadris.

— Desculpa, não... não sabia que era você quem viria. O Chava disse que seria ele.

Pego as alças das malas para não colocar as mãos na cintura dela. Toda vez que vejo Willow, reajo de maneira cada vez mais intensa, o que é um *péssimo* sinal para minha promessa de manter nosso relacionamento estritamente profissional.

— O Chava tinha umas coisas para resolver — digo, levando as bagagens para o porta-malas do SUV preto. — Hoje serei seu motorista. Pode entrar.

Willow segura a bolsa na altura da barriga e se dirige para o lado do carona, e aproveito o momento, enquanto isso, para me recompor antes de estar em um espaço fechado com ela. Quando falei para Chava que poderia buscar Willow no aeroporto — tá bom, quando eu *insisti* em buscá-la —, estava pensando mais em acelerar a questão da melhora das minhas redes sociais. Não imaginei que o sorriso dela faria meu coração disparar ou que estaria tentando controlar meu pau ao ver o jeito como o vestido dela fica justo nas coxas.

E aqui estou eu, ajeitando o volume na calça jeans depois de guardar as malas, sentindo meu estômago doer de nervosismo e culpa. Meu Deus, eu daria qualquer coisa por uma fatia de *tres leches* agora. Ou talvez um soco na boca.

Depois de guardar as malas, entro no carro também. Sinto o rosto arder quando percebo que a música romântica ainda está tocando e flutua entre mim e ela, o que me faz girar o botão do volume até o mínimo em um gesto apressado. Quando a melodia cessa, não sei o que é pior — a música melosa de Udit Narayan ou o silêncio tenso que se instala quando a desligo.

— Podemos ir? — pergunto, tentando ignorar o climão.

Willow faz que sim com a cabeça e coloca o cinto de segurança.

— Obrigada por ter vindo me buscar. Não precisava.

— Não tem problema. — Desligo o pisca-alerta e dou partida no carro, prestando atenção nos retrovisores enquanto entro com o SUV do tamanho de um tanque na fila para sair do aeroporto. — Pelo menos assim não fico pensando em como meu fim de semana foi uma merda.

— Pois é. Eu vi a corrida. Foi complicado mesmo.

Solto uma risada amarga.

— "Complicado" é apelido. Mas estou feliz por você ter chegado. Acho que você é meu amuleto da sorte.

Ela solta um grunhido e finalmente me viro para encará-la.

— Não coloque esse peso nas minhas costas! É pressão demais.

— Já era. E é melhor você corresponder às expectativas — brinco. — Tenho a intenção de conquistar o pódio no domingo que vem.

— Ah, sim, claro. Isso é *moleza*. — Willow ri, enquanto a voz do GPS me diz para virar à esquerda no cruzamento à frente. — Se eu for mesmo seu amuleto da sorte, o que vai ser de você quando eu for embora?

Concentrado em entrar na faixa à esquerda e dirigir na defensiva para que esses cuzões não acabem batendo no meu carro — já chega disso —, pergunto:

— Quem disse que eu vou deixar você ir embora?
As palavras saem da minha boca antes que eu tenha tempo de considerar todas as maneiras erradas como elas podem soar.
Willow acha graça, felizmente interpretando a pergunta como uma brincadeira, e sua risada irônica preenche o carro.
— Ah, é? Vai me fazer de refém?
Apesar de não ser totalmente brincadeira, entro na onda e faço uma voz grave e sinistra:
— Vou, sim. Diga à sua família que o resgate é de um milhão de dólares. Aí eu penso em deixar você ir embora.
Willow está sorrindo quando me atrevo a olhar para ela de novo, as covinhas marcadas e os olhos quase fechados.
— Isso não vai ajudar na sua reputação. Quer dizer, manter uma garota inocente e indefesa em cativeiro? Não vai pegar nada bem.
Acelero e viro à esquerda bem quando o semáforo fica amarelo.
— Não acho você tão inocente assim.
O clima muda no mesmo instante. Droga, eu deveria ter guardado esse pensamento para mim. Minha mãe sempre diz que minha incapacidade de calar a boca é uma maldição e, neste momento, quase concordo com ela.
Willow respira fundo.
— Tá, acho... acho que a gente precisa falar sobre o elefante na sala.
— Já te pedi para não mencionar o tamanho do meu nariz — choramingo, tentando distraí-la para evitar a conversa que está por vir. Não quero falar sobre isso agora. Nem em nenhuma outra hora. Só vou me complicar ainda mais. — Você *sabe* que meu nariz me deixa inseguro, Willow.
Willow parece querer rir, e eu sorrio, aliviado, mas ela consegue se segurar.
— Dev, estou falando sério — diz ela, embora o tom risonho indique o contrário. — E eu não sabia que você tinha se rendido à pressão dos padrões de beleza eurocêntricos. Que triste.

Não consigo evitar uma risada com esse último comentário. Ainda fico surpreso quando ela tira onda comigo. Ela era assim quando éramos pequenos, sempre brincando comigo e com Oakley. Mas, conforme foi ficando mais velha, isso foi se perdendo, como se uma carapaça estivesse se fechando em torno dela em vez de se abrir. Willow ficou... quieta. Reservada. Parecia que sua leveza tinha evaporado. Aos dezoito anos, quando fui para a Europa competir em tempo integral, eu e ela quase não nos falávamos mais.

E foi assim por anos. Só depois do desastre com Jeremy é que fiz um esforço consciente para me reaproximar dela, para me certificar de que a garota radiante com quem eu havia crescido não tinha deixado aquela luz se apagar completamente. Começou como um favor para Oakley: eu dava uma checada em como ela estava e mandava notícias para ele. Mas, no fim, eu é que comecei a me interessar pelo bem-estar dela.

As coisas sempre foram muito tranquilas entre nós. Não tínhamos conversas profundas, nem trocávamos mais do que algumas mensagens a cada duas semanas, mas ela estava voltando a se abrir, mesmo que um pouquinho de cada vez.

Por isso fiquei tão surpreso quando ela confessou que tinha uma quedinha por mim. Foi ousado, nada parecido com algo que aquela Willow reservada teria feito, sob efeito de álcool ou não. Foi como um vislumbre da antiga Willow, a garota valente que eu havia conhecido. Aquela que mergulhava de cabeça em tudo.

Aquela que me faz sentir coisas que eu não deveria.

— Tudo bem — aceito, resignado. — Vamos conversar.

Finalmente paramos num sinal vermelho, então aproveito a oportunidade para olhar direito para ela. Se é o que Willow quer, vou deixar que ela guie a conversa. Não quero cavar minha própria cova. Já estou com metade do pé lá dentro, de qualquer jeito.

Ela morde o lábio inferior, encarando o trânsito lá fora.

— O que aconteceu no aniversário do Oakley no ano passado... — começa ela, retorcendo os dedos sobre o colo. — Eu não... não me arrependo, viu? Não vou ficar aqui sentada fingindo que menti sobre meus sentimentos ou que odiei o que aconteceu, mas acho que nós dois sabemos que foi um erro.

Ainda em silêncio, apenas concordo com a cabeça. Ela tem razão. Foi *mesmo* um erro. E foi um erro varrer as coisas para debaixo do tapete, como ela insistiu que eu fizesse naquela noite, ainda que eu não quisesse. E ainda não quero, mas a decisão não é só minha.

— Parece que esse assunto está pesando na nossa relação — continua Willow, falando depressa. Ainda está olhando para fora, mas um leve rubor começa a aparecer em suas bochechas.

— Só quero que a gente consiga seguir em frente como amigos. Sem clima estranho, sem flertes. A gente consegue, não consegue? Deixar essas coisas no passado e ficar de boa um com o outro?

Se é o que ela quer, vou dar o meu melhor para que seja assim, por mais difícil que possa parecer.

— Claro que sim — respondo, pisando devagar no acelerador quando o semáforo abre. — Me desculpa se fiz você se sentir desconfortável.

— Não fez — diz Willow, virando-se para mim.

Ela está de pernas cruzadas e seu vestido subiu um pouco. Estou dando tudo de mim para manter os olhos no trânsito.

— A gente tá numa boa, juro — garante ela. — E estou feliz por estarmos trabalhando juntos.

Eu me agarro à chance de mudar de assunto antes que possa estacionar o carro e enfiar as mãos por baixo daquele vestido.

— Por isso trouxe você pra cá esta semana. Queria que começasse a trabalhar nisso quanto antes.

De volta a um território conhecido, ela parece se animar.

— Então tá. Estive pensando no que fazer para anunciar seu retorno às redes sociais. Você precisa começar do zero. Deixar o passado no passado, sabe? — Ela observa as palmeiras do outro lado da janela por um instante, depois olha para mim outra vez. — Está a fim de surfar hoje?

Olho de volta para ela, interessado.

— Precisa perguntar?

Nunca deixo passar uma oportunidade de estar na água. Meu amor pelo surfe só perde para as pistas de corrida.

— Beleza, que bom, porque tenho uma ideia — anuncia ela, nitidamente preparada para me convencer, caso eu apresentasse resistência. — Para a nossa primeira postagem, quero tirar algumas fotos suas saindo da água. Uma coisa meio "O nascimento de Vênus", mas uma versão sua. O renascimento de Dev. Um Dev novinho em folha.

— Está querendo me ver pelado, Willow? — provoco, virando a esquina e entrando no bairro onde nossos pais moram. — Não precisava de tantas desculpas. Era só pedir.

— Dev. — Ela se recosta no assento. — O que foi que eu *acabei* de dizer?

Solto um grunhido de frustração. Os flertes para mim são automáticos, principalmente com ela.

— Nada de flertes. Beleza, foi mal. Mas, fala sério, essa você me deu de bandeja.

— Tudo bem, é verdade — concorda ela. — Mas agora chega, tá?

Ela está impondo esse limite para o meu bem ou para o dela? Saber que ela não se arrepende do que aconteceu entre a gente é o tipo de coisa que eu não precisava ficar sabendo, porque com certeza não me ajuda a ignorar o aperto insistente no peito e a voz na minha cabeça que me diz para mandar um grande *foda-se* pra tudo isso e flertar com ela livremente.

Chegamos, enfim, e paro o SUV na frente da calçada que nossas famílias compartilham. Estaciono logo atrás da crise de meia-idade do meu pai, um carro esportivo Mascort 241, o mesmo que quase me rendeu um processo da Argonaut quando postei uma foto com ele nas redes sociais. Como eu amo o ego frágil da minha equipe.

— Vou só pegar umas coisas e encontro você aqui daqui a vinte minutos. Daí te levo pro meu lugar favorito na praia — aviso, enquanto saímos do carro.

Sem mais nenhuma palavra, tiro as coisas de Willow do porta-malas e as levo até a porta da frente da casa dela. Quando me viro para ir para a minha, a mão dela pousa em meu braço, atraindo minha atenção.

— A gente vai dar um jeito nisso — diz Willow, suave. — Eu prometo.

Será que ela está falando da tensão entre nós ou da minha reputação?

Como não sei a resposta para essa pergunta, apenas concordo com a cabeça. É a primeira vez na vida que fico sem palavras.

Tá aí mais uma coisa pela qual Willow merece levar crédito: ela não é apenas meu amuleto da sorte, mas também a única pessoa que sabe como me deixar sem saber o que dizer.

CAPÍTULO 11
Willow

A pele dourada de Dev brilha como se os raios de sol tivessem sido feitos especificamente para reluzir sobre ela.

Estou morrendo de vergonha pelo tanto que fiquei olhando para ele. E com "olhando" quero dizer "encarando meio boquiaberta". Praticamente babando. Estou com tanta vergonha que minha vontade é de *me jogar no fundo do oceano e nunca mais aparecer*, mas pelo menos só fiquei tão vidrada nele nas últimas duas horas por culpa do meu trabalho.

— O que acha de umas fotos com a roupa de neoprene nos quadris? — sugiro, falando alto, em meio ao som das ondas.

Por Deus, espero que o sol tenha me corado o suficiente para disfarçar meu rubor inegável ao dizer essas palavras.

Dev balança a cabeça e o cabelo escuro dele espirra água por todo lado.

— Eu já não falei sobre essa sua mania de querer me deixar pelado, Willow? — responde ele, já tirando os braços da roupa de tecido preto emborrachado enquanto se aproxima.

Ignoro a brincadeirinha e levanto a câmera novamente, tirando uma foto atrás da outra enquanto Dev sai da água. Não sou a melhor das fotógrafas, mas tive algumas matérias na faculdade, então sei usar uma DSLR. Meu objetivo hoje é conseguir algumas imagens que mostrem a essência de Dev.

As pessoas precisam saber quem ele é de verdade, mas só até o ponto em que ele estiver disposto a mostrar. Não faz sentido invadir a privacidade dele; isso faria mais mal do que bem e nos levaria de volta à estaca zero.

— Está bom assim? — pergunta ele, com a roupa de neoprene abaixo da linha da cintura. Os músculos definidos de sua pelve descem em V igual a uma seta, apontando para um tesouro escondido ali embaixo. Bom, talvez não tão escondido assim, já que o material é bem justo. — Ou prefere que eu fique como vim ao mundo?

— Está bom assim! — grito, mantendo a câmera na frente do rosto para esconder qualquer coisa que minha expressão possa revelar. — Pode se virar um pouco? Olha para a água.

Dev faz o que pedi, mas a visão das costas dele não acalma meus hormônios. O cara é simplesmente... trincado. Da cabeça aos pés. Não dá nem para contar todos os gominhos do abdômen dele. Eu me sinto uma tarada por ficar olhando para ele dessa forma.

Já vi Dev sem camisa várias vezes, mas preciso admitir que ele envelheceu como vinho. Talvez Chantal tivesse razão. Talvez não tenha problema fazer as coisas no sigilo, afinal quem em sã consciência conseguiria resistir a um homem como ele?

Tento pensar em outra coisa imediatamente porque *nada de bom* resultaria disso. Já deixei claro para Dev que não pode acontecer nada, mas os comentários que ele fez no carro deram a entender que não sou a única a sentir coisas que extrapolam a amizade. Isso tanto massageia meu ego como serve de sinal de alerta em minha cabeça. Mas vai ser muito mais difícil resistir se a atração for mútua.

— Pronto, acho que já temos tudo! — Solto a câmera sobre o peito e aceno para ele, que está no limite das ondas. — Quer ver?

Quando ele se aproxima, arrasto o dedo pelo visor da câmera, mostrando as fotos e achando graça quando ele ri com gosto de algumas que definitivamente não o favoreceram. Parece natural estarmos ali, juntos, e tudo o que eu quero é que a leveza entre nós se mantenha enquanto estivermos trabalhando em parceria.

— Ficaram muito boas — aprova Dev, jogando-se na areia ao lado de sua prancha de surfe. Então se apoia nos braços e se inclina para trás. — Pode postar a que você quiser. Confio em você para vender o meu peixe.

— Muito corajoso da sua parte. — Ajeito meu vestido nas coxas antes de me sentar ao lado dele para olhar as ondas. Acho que fiquei apreensiva em voltar para San Diego, mas não posso negar que senti falta da praia, mesmo me considerando uma garota da cidade hoje em dia. — Vou escrever alguma coisa sobre recomeços e resiliência na legenda. Daí, vamos começar a postar conteúdos sobre os fins de semana de corrida e de publicidade também, mas equilibrando tudo com posts mais pessoais.

Olho para Dev, sem conseguir prever como vai reagir à minha próxima pergunta.

— Você se sentiria bem mostrando o casamento da sua irmã? Não precisa ser nada com ela ou sobre o evento em si, só algumas fotos suas na festa para mostrar que você é próximo da família. As marcas adoram esse tipo de conteúdo.

Dev joga a cabeça para trás e abre um sorriso.

— Pode admitir, você quer tirar fotos minhas coberto de *haldi* e usá-las para me chantagear depois.

— Melhor não ficar me dando ideias — aviso. — Pode ser que eu coloque isso em prática.

— Acho que gosto das suas ameaças. — O sorriso dele aumenta. — E isso não foi um flerte, é apenas um fato.

Eu balanço a cabeça, me segurando para não sorrir também. Sinto um frio na barriga, como se uma avalanche estivesse acontecendo dentro de mim.

— Você é impossível.

— É bom se acostumar logo, porque vai ter que me aguentar por um tempo.

Poderia ser bem pior.

— Vamos. — Dev se levanta em um salto e estende a mão para mim. A parte de cima da roupa ainda está dependurada sobre os quadris. — É a sua vez de entrar na água.

— Acho que não. — Eu me acomodo ainda mais, afundando os dedos na areia. — Estou bem por aqui.

— Deixo você subir na minha prancha — propõe ele. — Lembra como você implorava para o Oak te deixar usar a dele?

Claro que lembro. O que quer que meu irmão estivesse fazendo, eu também queria fazer, desde jogar futebol até andar de kart e aprender a surfar. Só que, diferente de Oakley, que podia fazer tudo aquilo sem se preocupar, eu quase sempre acabava me machucando. Até mesmo atividades de baixo impacto eram um risco para a minha saúde. Conforme fui ficando mais velha, fui me retraindo, experimentando menos coisas novas, dizendo a mim mesma que estava feliz em continuar na minha bolha. Que me contentava em me manter em segurança.

Mas Dev nunca me tratou como uma coisinha frágil. Enquanto Oakley não me deixava fazer nada com eles porque ficava preocupado, Dev quase sempre o convencia a me deixar tentar. Sempre conheci meus próprios limites, é claro, mas vê-lo insistir a meu favor amolecia meu coração toda vez.

— A água está gelada demais — recuso de novo, ainda que goste do convite e de perceber que ele se lembrou daquele detalhe sobre mim. — E eu não trouxe roupa de banho.

Ele aponta um dedo na minha direção, olhando fixamente para mim.

— Eu ainda vou te fazer entrar na água. Escreva o que estou te dizendo.

— Aham. Tá bom.

Abro minha bolsa para ver que horas são no celular, mas me esqueço de fazer isso quando vejo a tela se acender com várias mensagens do meu irmão.

> **OAKLEY:** Espero que vc n tenha estragado tudo no trampo!!!! (Brincadeira, sei que n estragou, senão Chava já teria vindo fofocar)

> **OAKLEY:** Mas ele me contou que vc voltou pra San Diego. Manda um oi pra mamãe e pro papai

> **OAKLEY:** E pede pra mamãe parar de me mandar tantas receitas. Aposto q essa mulher acha q eu vivo de delivery

> **OAKLEY:** Nem pense em contar pra ela q vivo mesmo

> **OAKLEY:** Mas as coisas com Dev estão indo bem? Vc tá bem?

Ver as mensagens de Oakley depois de flertar com Dev quase faz com que eu me sinta como se tivesse sido pega em flagrante fazendo algo errado. Sem falar nas horas que passei secando o cara, coisa que eu nunca teria feito se meu irmão estivesse presente. Sinto o peito apertado de tanta ansiedade, mas as mensagens de Oakley são um lembrete extremamente necessário de que preciso controlar meus sentimentos.

> **WILLOW:** Tudo certo, ainda não fui pro olho da rua!! Dev provavelmente vai começar a postar algumas coisas em breve. Fica de olho lá

Pigarreio depois de enviar a mensagem, tentando me recompor.
— Acho melhor irmos para casa — digo, olhando para Dev enquanto guardo meu celular de volta na bolsa. — Quero começar a editar essas fotos para publicar o primeiro post.

Há um instante de hesitação, como se Dev tivesse percebido a mudança no ar, então ele assente e estende a mão de novo, dessa vez para me ajudar a levantar. Aceito a ajuda, e a sensação da palma da mão dele contra a minha faz com que uma onda de calor suba pelo meu braço. Ele me puxa para cima com delicadeza e coloca a outra mão em volta do meu cotovelo para não puxar meu pulso com muita força. Ensinei isso pra ele muito tempo atrás para garantir que minha articulação não saia do lugar.

São coisas assim, detalhes dos quais Dev ainda se lembra depois de tantos anos, que enfraquecem minha determinação em manter uma relação platônica com ele. Sério, se é assim que estou me sentindo depois de passar só três horinhas com ele, como vai ser daqui a três dias? Daqui a *três semanas*?

Eu me apresso em agradecer e puxo o braço para segurar a câmera de novo.

— Posso tirar mais algumas fotos de você caminhando? — Preciso de um minuto para me recompor. — Pra passar uma coisa meio "Estou voltando, vocês não perdem por esperar!".

Dev dá um sorrisinho sugestivo, pega a prancha e sai andando, depois grita olhando para trás:

— Sei que você quer me ver de costas para desfrutar dessa visão!

Voltamos para o SUV da mãe de Dev pouco depois. Ele vestiu uma bermuda e a camiseta, o tipo de roupa com que mais estou mais acostumado a vê-lo. A versão de Dev com smoking é de babar, e a versão de Dev com a roupa de corrida é de impressionar, mas a versão de Dev com roupas casuais? É a minha favorita.

— Será que podemos fazer uma parada antes de ir pra casa? — pergunto, quando estamos voltando para a rua.

— Claro. — Ele está relaxado no banco do motorista, com as mãos pousadas na parte inferior do volante como se dirigir um SUV de três toneladas mal exigisse sua atenção. É mais atraente do que eu gostaria de admitir. — Onde?

— Na Stella Margaux — respondo, abaixando um pouco a cabeça.

Fico constrangida, mas estou louca para ter um docinho para beliscar à noite quando estiver editando as fotos.

Ele franze a testa e me olha de relance.

— A loja de macarons?

— Isso.

— Que coisa — murmura ele, voltando a atenção para o trânsito. — Não sabia que você gostava desses negócios.

— Até demais pro meu gosto — confesso. — A loja deles em Nova York está em reforma, então faz tempo que não como. Tentei fazer em casa, mas... bom, não deu muito certo.

— Não foi você que disse que gosta de cozinhar para relaxar?

— Mas eu nunca disse que era boa nisso.

Dev parece ficar pensativo por um segundo, depois faz que sim com a cabeça e seus lábios se curvam em um pequeno sorriso, como se estivesse me imaginando estragando sobremesas.

— Justo.

Passamos cinco minutos em silêncio até pararmos em frente à loja lilás. O nome está gravado nas janelas de vidro em uma caligrafia cursiva muito elegante. Tudo na Stella Margaux é em tons pastel, desde as vitrines decoradas com macarons flutuando em nuvens até o teto repleto de pinturas no estilo de Michelangelo.

De acordo com várias reportagens comoventes, os murais das lojas são pintados por artistas marginalizados da comunidade local, e uma parte das vendas da rede é revertida para promover a educação artística em escolas públicas. Além de fazer os melhores macarons do mundo, a própria Stella Margaux é uma mulher exemplar, exatamente o tipo de pessoa que eu gostaria de ser.

Pena que minhas habilidades de confeitaria jamais chegarão aos pés das dela.

— Quais são seus sabores favoritos? — pergunta Dev, segurando a porta aberta para que eu entre.

— Adoro o de pêssego tropical e o de baunilha. — Assim que coloco os pés dentro da loja, o aroma do açúcar me envolve. É como estar no paraíso. — Eles também fazem um macaron incrível de lavanda e mel, mas os sabores clássicos são igualmente deliciosos. Vou pegar um de pistache para você experimentar, você vai adorar.

Mas antes que eu consiga chegar até o balcão para fazer meu pedido, Dev passa por mim e sorri para a mulher de vestido bufante cor-de-rosa do outro lado. Ela parece desconcertada ao vê-lo e imediatamente começa a ajeitar o cabelo, que já está perfeito. Nem sequer posso culpá-la por agir assim.

— E aí, tudo bem? — cumprimenta ele, dando uma olhada na vitrine de doces antes de olhar para ela. — Pode me dar dez de cada sabor?

— Dev — balbucio, olhando aterrorizada para ele. — Isso dá, tipo, uns duzentos macarons.

Não que eu tenha decorado o cardápio inteiro, incluindo os sabores sazonais... mas eu *talvez* tenha decorado o cardápio inteiro e saiba que vai dar *um monte* de macarons.

— Quer escolher a embalagem? — pergunta a atendente, sem hesitar. Ela faz um gesto delicado com a mão em direção à seleção de caixas decoradas à nossa frente.

Dev abre um sorriso e juro que consigo ver as pernas dela bambeando.

— Pode me surpreender.

— *Dev* — repito, segurando-o pelo cotovelo. — O que você está fazendo?

Ele dá de ombros, puxa a carteira e pega um cartão de crédito preto.

— Gastos profissionais. Você está em horário de trabalho. Além disso, quero entender o motivo da fama deste lugar. Já vi essas lojas no mundo inteiro, mas nunca tinha experimentado.

— Não vamos conseguir comer tudo isso!

— A gente divide com a sua família — diz ele. — E se Mark perguntar o que comi esta semana, a gente mente. Você vai me acobertar, né?

— Claro que vou — respondo. Como sempre. Mas continuo sem acreditar. — Você só pode ter ficado maluco.

— Ué, você falou que gostava desses doces, não foi? Não posso fazer uma coisinha pra te agradar? — Ele passa a mão pelo cabelo sem tirar os olhos de mim. — Você está me fazendo um favorzão. Isso aqui não é nada.

O que é que eu vou *responder* para uma coisa dessas?

Outra funcionária está no caixa contabilizando o total do pedido. Pressiono os lábios e fico observando enquanto ele entrega o cartão e conversa animadamente com as duas. Em meio a tudo isso, sinto uma onda de calor se irradiando em meu peito.

Minutos depois, ele me entrega sacolas e mais sacolas que vão do rosa-bebê ao amarelo-gema, cheias de caixas do meu doce favorito. Admito que uma vez comi quinze de uma vez só, um recorde que me deixou por horas num pico de energia por ingestão de açúcar, mas isso aqui vai muito além. Dev mais uma vez segura a porta aberta para mim ao sairmos e depois me ajuda a colocar todas as sacolas no banco traseiro do SUV.

— Eu devia tirar uma foto disso e mandar pro Mark — ameaço, sem muita firmeza, porque meu cérebro está ocupado demais repetindo que *ele comprou duzentos macarons só porque eu disse que gostava*.

Dev dá risada e abre a porta para mim, mas não antes de surrupiar uma caixa de uma das sacolas.

— Duvido que você teria coragem. Ele vai gritar com você também por ter me trazido aqui.

— Tá bom, tá bom. Não vou contar pra ninguém.

Para meu desespero, quando estou subindo no SUV, a brisa levanta a barra do meu vestido antes que eu consiga me sentar no banco. Meu rosto pega fogo em pensar no que Dev pode ter visto. Por sorte, coloquei a parte de baixo de um biquíni caso acabasse entrando na água, mas isso não ajuda a aplacar meu constrangimento.

Quando olho para Dev, no entanto, a expressão que vejo estampada em seu rosto está tão serena quanto antes, sem revelar nada. Ele abre uma caixa branca e laranja e arqueia a sobrancelha.

— Vai querer comer isso aqui comigo ou vai me dedurar? Fofoqueiros não ganham macarons.

Levanto meu mindinho.

— Juro que não vou te dedurar, promessa de dedinho.

Nossos olhos se encontram quando o mindinho dele se enrosca no meu. O contato parece provocar faíscas entre nós, me deixando ofegante. É como se estivéssemos fazendo algo perigoso, como se soasse um alarme de advertência para o qual eu deveria dar ouvidos. Só que o alarme me empolga, em vez de me assustar, e faz com que eu queira me aproximar mais, ultrapassar limites. Faz com que eu queira quebrar minha promessa de tomar cuidado — com meu corpo e meu coração — e fazer algo completamente imprudente.

Mas então Dev solta meu dedo. A onda avassaladora de desejo se abranda, e eu vou caindo na real. Sei que não devemos fazer isso. E, pela cautela que enxergo nos olhos de ônix dele, Dev também sabe.

— É melhor a gente começar a comer esse carregamento de macarons — sugere Dev.

A voz dele tem um toque de tensão, como se estivesse reprimindo as palavras que realmente gostaria de dizer.

Faço que sim com a cabeça e deixo que ele feche minha porta, aproveitando o momento para respirar fundo.

Se controla, porra, repreende a voz em minha cabeça.

Mas ela é rapidamente abafada pela lembrança da risada maliciosa de Chantal.

CAPÍTULO 12
Dev

Se fosse possível morrer de tesão acumulado, eu já estaria mortinho da silva.

Depois desse período de seca que parece ter durado uma vida inteira e de Willow me encarando com aqueles olhos castanhos que entregam coisas que seus lábios se recusam a dizer, tenho certeza de que meu pau vai literalmente gritar por ajuda a qualquer momento.

É claro que eu poderia tomar providências. A maioria das pessoas aqui — e, para ser sincero, a maioria das pessoas no geral — não sabe quem eu sou, então é improvável que o boato que me assombra tenha me acompanhado. Eu poderia sair para beber, flertar com uma garota desconhecida num bar qualquer e levá-la para casa. Mas, conhecendo minha sorte, alguma coisa daria errado e eu acabaria me envolvendo num escândalo novo, só mais uma coisa para irritar a Argonaut e finalmente acabar com a minha carreira.

E admito que tenho dinheiro e influência suficientes para arranjar o número de um serviço que faria com que uma mulher lindíssima aparecesse à minha porta, mas pagar por sexo não é muito a minha praia. Admiro muito as profissionais do sexo que gostam do próprio trabalho, mas acho que nunca serei o tipo de cara que contrata esses serviços, diferente de várias pessoas que conheço no paddock.

O que me leva à única opção que me resta, a qual tenho recorrido há semanas, e à inspiração que tenho usado desde aquela noite em Austin: minha mão em volta do meu pau e o pensamento fixo em Willow. E, depois de hoje, tenho material novo: o vento levantando o vestido dela, deixando à mostra a parte de baixo do biquíni com estampa de margaridas que mal cobria a bundinha linda e redonda que ela tem.

Fui cavalheiro no momento e fingi não notar. Mas agora? Minha mente está mais suja do que banheiro de rodoviária enquanto ela entra em casa e se vira para fechar a porta, despedindo-se de longe com um sorrisinho.

Corro para casa e subo direto para o meu quarto, indo depressa para o banheiro. Para minha sorte, meus pais foram para Malibu visitar o local do casamento de Alisha, porque depois da tarde com Willow, estou quase explodindo de tesão. Agradeço aos céus pelas caixas de macarons que pude deixar no meu colo a caminho de casa. Se não fosse por isso, eu provavelmente teria afugentado Willow para sempre.

Tiro a roupa e entro no chuveiro num piscar de olhos. Encosto a cabeça nos azulejos gelados e seguro meu pau enquanto a água cai sobre minha cabeça. O sorriso dela é a primeira coisa a se materializar em minha mente. Lábios cheios, língua rosada saindo para umedecê-los, covinhas marcando as bochechas. Então penso no pescoço dela, na curva de seus seios marcada no algodão fino de seu vestido. Penso na brisa levantando o vestido. Penso nas estrias delicadas que mapeiam seus quadris e sua bunda, como se me convidando a traçar cada uma com a ponta dos dedos, a mergulhar entre suas coxas e arrancar suspiros abafados de sua boca. Penso em sentir a boceta dela me apertando, penso em levá-la ao extremo até fazê-la gritar meu nome e se desmanchar sob o meu toque.

Gozo em tempo recorde, de olhos fechados e me apoiando em um dos antebraços. Seria muito constrangedor se tivesse mais alguém em casa, mas foda-se. É isso que Willow e o celibato forçado após um escândalo fizeram comigo. Parece que voltei a ser adolescente.

Quando termino o banho, enrolo uma toalha na cintura e pego outra para secar o cabelo. Sinto uma pontada em um músculo do ombro quando levanto o braço. Merda. Já fazia tempo que eu não me jogava nas ondas como hoje. Com certeza vou estar todo dolorido amanhã, e já que dei a semana de folga para Mark, não tenho ninguém para me ajudar em caso de lesão. Decido então colocar um short e ir para a banheira de hidromassagem no quintal, minha fisioterapeuta improvisada.

O sol já está quase se pondo quando saio para o deque, e as luzes que meu pai instalou se acendem automaticamente acima da minha cabeça. A banheira de hidromassagem fica dois degraus abaixo, na parte inferior do deque, que mal se enxerga da casa. Há uma cerca alta à esquerda que separa nosso quintal do quintal dos Williams. A pequena abertura que Oakley e eu fizemos em um dos cantos ainda está lá; nunca foi coberta, ainda que nenhum de nós dois consiga passar por ela hoje em dia. A passagem é utilizada apenas por Herman, o são-bernardo deles, e até para ele tem ficado meio difícil por conta do tamanho.

Depois de tirar a lona que cobre a banheira de hidromassagem, coloco um pé de cada vez lá dentro e me sento, afundando até que meu corpo fique totalmente submerso. Jogo a cabeça para trás e solto um suspiro quando meus músculos começam a relaxar pouco a pouco. Ao pressionar um dos botões, os jatos ficam mais fortes e começam a massagear meus ombros, mas me distraio quando uma luz se acende na casa ao lado.

De onde estou, consigo ter uma visão do segundo andar da casa dos Williams. A luz vem da janela do quarto de Willow, e as cortinas estão abertas. Lá está ela, segurando uma caixa laranja com uma das mãos e um macaron com a outra. Ela para e dá uma mordida no doce, inclinando a cabeça para trás e mastigando como se estivesse em êxtase, os cachos escuros caindo pelas costas. Parece que alguém chama seu nome, então Willow olha para trás, seus lábios se movendo, e se dirige à janela.

Prendo a respiração, esperando pelo momento em que ela vai me pegar no flagra. No entanto, seus olhos permanecem fixos na porta enquanto ela puxa a corda da persiana, fechando o vislumbre que eu tinha de sua vida.

Estou começando a achar que estar com ela por horas a fio não tem mais sido o suficiente. Só Deus sabe como aguentei passar meses sem vê-la depois da péssima decisão que tomamos — ok, tudo bem, a péssima decisão que *eu* tomei. Mas agora que ela voltou para a minha vida... é, acho que estou ferrado. Completamente ferrado.

Então, faço a única coisa que está ao meu alcance: fecho os olhos e mais uma vez me perco na lembrança da noite em que tudo mudou.

É uma noite de sábado em Austin — *aquela noite* — e estou fazendo o possível para conseguir pegar na porra do sono.

Mark já massageou meus ombros e meu pescoço para que eu não fique todo duro quando entrar no carro no dia seguinte. Chava já explicou nossos planos de viagem para o México na próxima semana. Jani já conseguiu me irritar com seus videozinhos, e trinta minutos atrás, depois de horas jogando videogame comigo, Oakley foi embora do meu quarto de hotel para que eu descanse um pouco.

Mas estou sem sono. Tudo porque não consigo parar de pensar em Willow.

Ela não sai da minha cabeça desde a noite de quarta-feira, quando estávamos todos bêbados no clube comemorando o aniversário de Oakley. Ela, com aquele vestido curto, aqueles cachos soltos, o tipo de sensualidade que atrai meu olhar. Willow sempre está bonita, mas com toda aquela pele à mostra e com aquele brilho nos olhos... porra. Era a mulher dos meus sonhos.

Ainda sinto o calor da pele dela, de seus quadris macios sob minhas mãos, das mãos dela por cima das minhas. Ainda consigo ouvi-la sussurrando: *O que você teria feito, Dev?*

Essa é a questão. Ainda não sei o que eu teria feito se tivesse percebido antes que ela gostava de mim. Venho me torturando com isso desde que ela me fez essa pergunta, tentando analisar cada interação que tivemos ao longo dos anos, tentando entender se tive uma brecha para fazer alguma coisa.

Mas se os sentimentos dela por mim eram tão óbvios assim, como foi que não percebi nada? Como pude deixá-la de lado por tanto tempo quando eu poderia ter tido tudo o que mais queria? Será possível que eu seja tão distraído assim?

A resposta vem quando a porta do banheiro é escancarada e sou furiosamente acusado de beijar a irmã dele. Oakley. *Oakley* é a razão pela qual eu não enxerguei todas as pistas e sinais e toda aquela porra de letreiros de neon que Willow tinha erguido para mim. Oakley esteve lá para interceptá-los todas as vezes, manteve as cortinas fechadas diante dos meus olhos e me obrigou a colocar Willow na categoria *família*. Fez questão de que eu a visse apenas como a chatinha irritante com a qual crescemos e nada além disso.

Mas Willow *não é* da minha família. Não é minha irmã caçula. Nunca foi irritante ou chatinha. Não para mim. Nunca.

Mas sempre mantive distância dela. Sempre estive a três passos, sempre desviei o olhar. Tentei me convencer de que ela era uma extensão de Oakley, quando, na verdade, Willow sempre foi uma pessoa completamente independente. Eu é que demorei todo esse tempo para me dar conta disso.

Afundo o rosto no travesseiro com vontade de gritar. O universo só pode estar de brincadeira com a minha cara. Os deuses que controlam meu destino devem estar tirando onda comigo, porra. Só pode ser isso, ou eu não estaria me sentindo como se tivesse sido atropelado por um caminhão de sentimentos só porque uma garota confessou que gosta de mim. Ou gostava, pelo menos. Mas, pela forma como ela reagiu, acho que isso ainda é real.

Não sou convencido a ponto de achar que posso ter qualquer mulher do mundo, mas piloto carros de corrida, ganho milhões de dólares e tenho uma beleza e um sorriso que abaixam calcinhas num passe de mágica. Além disso, posso dizer que agrado todo mundo, mães e filhas, sendo um sujeito ousado e galanteador metido a engraçadinho que rouba a cena em entrevistas. Eu sou *irresistível*, e as mulheres sempre deixaram isso bem claro. Normalmente sem nem precisarem usar palavras.

Então, não, declarações de amor e piscadas intencionais não me são estranhas. Eu sei lidar com a situação quando alguém se declara e também com as lágrimas que brotam quando digo que não é recíproco. Sei como evitar esse tipo de envolvimento que vai, com certeza, acabar em drama. Sei identificar um problema.

Só que Willow faz com que eu queira mergulhar de cabeça nisso tudo. Ela me faz ter vontade de sair da cama e ir atrás dela, porque só fazendo isso talvez eu tenha uma chance de conseguir dormir esta noite. Eu a odiaria por atrapalhar meus rituais num fim de semana de corrida se não estivesse tão encantado por ela — e se não estivesse paralisado pensando em palavras não ditas e certos toques que passaram longe de ser inocentes. Porra, preciso me recompor.

O que mais me deixa maluco nessa história, entretanto, é pensar que nós simplesmente... jogamos tudo fora. Depois que Oakley me disse para jamais dar em cima da irmã dele, não toquei mais no assunto com Willow. Nem no dia seguinte, no café da manhã, quando estávamos os dois com uma ressaca infernal. Nem na sexta-feira, quando ela deu um pulo na pista antes de sair com as amigas em Austin. Nem hoje, quando ela me parabenizou por ter conseguindo o 12º melhor tempo na classificação e se sentou tão perto de mim no jantar que eu podia ter iniciado uma conversa particular sem levantar suspeitas da parte de Oakley.

Estamos os dois fingindo que nada aconteceu, como se palavras comprometedoras jamais tivessem saído daquela boca tão linda. Mas não consigo mais fingir, tenho que...

Uma leve batida na porta me faz desistir do meu plano incipiente de ir até o quarto de Willow para dizer o quanto ela mexeu comigo. Com um suspiro, eu me levanto e visto uma camiseta e uma calça de moletom. Não quero atender de cueca, ainda que provavelmente seja alguém que já me viu com muito menos do que isso ao longo dos anos. Acho que já fiquei pelado na frente de Mark mais vezes do que de qualquer outra mulher com quem já transei.

Mas quem está parada na soleira da minha porta não é Mark, nem Chava, nem Oakley. Nem mesmo Jani ou Patsy querendo encher meu saco.

É a causa de todos os meus problemas.

— Oi — cumprimento Willow, piscando. Surpreso. Droga, será que fui eu que a trouxe até aqui? Será que ela leu meus pensamentos? Será que estou prestes a descobrir que, na verdade, sou um bruxo? — O que você veio fazer aqui?

Ela não me olha diretamente; os olhos dela passam do meu rosto para o quarto atrás de mim.

— Queria saber onde Oak está — responde, torcendo os dedos na altura da barriga. — Acabei ficando trancada do lado de fora do nosso quarto quando fui até a máquina de venda no corredor. Pensei que ele estivesse aqui e vim pegar a chave dele.

Balanço a cabeça, em parte para afastar os pensamentos que povoavam minha cabeça até ela chegar. Não a conjurei com a força da mente, mas isso com certeza parece uma conspiração do destino. Resta saber se é a meu favor ou contra mim.

— Ele foi embora faz mais ou menos meia hora. — Oakley provavelmente está no bar do hotel flertando com três mulheres ao mesmo tempo. — Se quiser, posso ir até a recepção com você para pedir outro cartão.

Quando vejo suas bochechas corando, estou quase achando que ela vai negar e dar no pé. Mas, em vez disso, Willow assente e solta um suspiro de alívio.

— Não vai te atrapalhar?

Nem um pouco, principalmente porque foi o destino que a trouxe até minha porta. Por que não aproveitar?

— De jeito nenhum — respondo, apalpando os bolsos da minha calça de moletom para garantir que estou com meu próprio cartão para abrir a porta quando voltar. — De qualquer forma, o quarto está no meu nome, então é até mais fácil se eu for.

— Valeu — diz ela, dando um passo para o lado para me dar passagem depois que calço meu tênis. — Eu fui burra demais. Esqueci a chave em cima da cômoda.

— Acontece — digo, estendendo o braço para que ela siga na frente até os elevadores.

— Na verdade, tudo bem se a gente for de escada?

Abro um sorriso travesso.

— Continua com medo de elevador?

Eu me aproximo e ela ergue o queixo, obstinada, como se me desafiasse a zombar dela. O que eu com certeza vou fazer.

— Eu evito sempre que posso — diz Willow.

— Você ficou presa *uma vez*, Wills. — Não consigo não rir. — Por cinco minutos. Uma eternidade.

— Uma vez foi mais do que o suficiente — retruca ela, bufando e me olhando de cara feia. — Agora todos os meus pesadelos têm a ver com ficar presa em um elevador que despenca de repente. Meus joelhos preferem o elevador, mas minha ansiedade não.

— Tá bom, tá bom. Vamos de escada.

Abro a porta corta-fogo e a seguro para que Willow passe primeiro. Estamos no nono andar, então não vai ser coisa rápida, mas acho que isso é uma vantagem para mim. Assim vou ter tempo para pensar nas coisas que quero dizer, dizê-las de fato e ainda lidar com as consequências da conversa.

Willow se agarra ao corrimão à esquerda, dando um passo de cada vez como se estivesse com medo de tropeçar. Está usando tênis confortáveis junto com um vestido leve branco, mas entendo a cautela. Pequenos descuidos para ela podem causar estragos grandes. Sei bem como é.

Quando chegamos ao oitavo andar, finalmente pigarreio, torcendo para que isso ajude a desacelerar o ritmo do meu coração. Não estou nervoso, então não faz sentido que isso esteja acontecendo. Não, não estou nem um pouco nervoso...

— Willow, queria falar com você sobre aquela noite em que... — começo.

— A gente não precisa falar disso — interrompe ela, os olhos fixos nos degraus enquanto começamos a descer mais um lance de escadas.

Ainda bem que temos mais sete andares pela frente. Essa claramente não vai ser uma conversa fácil.

— Acho que precisamos, sim — replico.

Ela solta um suspiro, mantendo a cabeça baixa e os olhos também.

— Será que a gente não pode só deixar isso pra lá? Eu falei algumas coisas que não deveria ter dito e coloquei você numa posição desconfortável. Me desculpa, tá legal? Vamos esquecer isso e seguir em frente.

Fico sem reação, surpreso com aquele pedido de desculpas.

— Você não precisa se desculpar.

— Claro que preciso. Ficou um clima estranho entre a gente.

— Não ficou, não. — Umedeço os lábios, tentando ganhar tempo para formular uma resposta e decidir como conduzir a conversa. — Mas você me fez perceber umas coisas.

Aquilo faz com que ela olhe para mim. Willow levanta o rosto e me observa, atenta, com uma expressão arredia, mas cheia de expectativa.

E então ela tropeça.

A corrida me fez desenvolver reflexos quase sobre-humanos que fui aperfeiçoando ao longo de inúmeras horas de treinamento, então nem penso no que estou fazendo quando estendo o braço para segurá-la. Envolvo a cintura de Willow com as mãos e a puxo contra o peito, quase levantando os pés dela do chão. Com o choque, ela arfa e agarra meu braço, pressionando o corpo contra o meu como se eu fosse uma boia em mar aberto.

Gosto da sensação que isso me traz mais do que estou disposto a admitir.

— Caramba! — exclama Willow, recompondo-se e recuperando o equilíbrio aos poucos antes de soltar os dedos trêmulos de meu antebraço. — Obrigada por ter impedido que eu quebrasse todos os ossos do corpo. Foi por um triz.

Eu jamais permitiria que ela se machucasse. Nem agora, nem nunca. Principalmente agora, que estou começando a entender o que ela despertou dentro de mim.

Meu coração está disparado. Tenho certeza de que ela consegue sentir.

— Você está bem?

Ela assente, o que deveria fazer com que eu a soltasse, mas não consigo me afastar. O corpo de Willow está quente e macio contra o meu, e seu perfume doce entorpece todos os meus sentidos. Sou pego de surpresa ao constatar que poderia tê-la abraçado assim muito antes se não tivesse sido tão relapso.

— Estou — responde ela, quase num sussurro. — Pode me soltar agora.

— Acho que não quero.

E essa é a minha confissão. Não é nada diferente da confissão de Willow, mas ela apenas ri em resposta, como se fosse uma piada, e recosta a cabeça em meu peito.

— Eu consigo ficar em pé sozinha — garante ela, exibindo as covinhas profundas enquanto sorri. — Não precisa se preocupar, não vou tropeçar de novo.

— Não foi isso que eu quis dizer, Willow.

Ela fica imóvel por um instante, depois levanta a cabeça devagar. Não há nem sinal daquele sorriso, e, pela expressão em seu rosto, não acho que vá me pedir para explicar.

Mas não tem problema. Vou explicar do mesmo jeito porque não posso mais guardar isso para mim, ainda que não estejamos no lugar mais romântico para se falar sobre esse tipo de coisa. Pelo menos vai virar uma história engraçada.

— O que você me disse no dia do aniversário do Oakley... — murmuro, soltando-a um pouco para conseguir posicioná-la ao meu lado. Não quero perder nem mesmo um instante de suas expressões. — Não consigo parar de pensar nisso. De pensar em você.

— Dev, não... — sussurra ela, desvencilhando-se de mim para se apoiar no corrimão. Ela o segura com ambas as mãos. — Você não precisa fazer isso. — Ela parece engolir em seco e suas palavras soam mais assertivas quando volta a falar: — Você não precisa me reconfortar. Eu estou bem. Já superei isso.

— Reconfortar? — repito, sem acreditar no que estou ouvindo. — É isso que você acha que estou fazendo?

— Claro que é. — Ela desce um degrau, ainda segurando o corrimão, e faço o mesmo, sem hesitar. — Você se esforça para fazer as pessoas se sentirem bem quando elas fazem merda. Você é assim. É a sua marca registrada.

Aquilo me pega de surpresa e me deixa desnorteado. É claro que gosto de viver tranquilo e me manter longe do caos, mas isso não significa que esteja constantemente tentando agradar as pessoas ao meu redor. Né?

Merda. É isso que ela pensa? Será que eu faço isso *mesmo*? Será que é isso que estou fazendo agora?

A resposta é um grande e sonoro *nem fodendo*. Não estou fazendo isso para que ela não se sinta mal com o que me contou. Fiz isso porque estou tão a fim dessa garota que não consigo nem dormir à noite. Estou tão vidrado nela que mal me importo com o fato de não estar preparado para a corrida amanhã. O que ela me contou naquela noite simplesmente abriu portas que estavam trancadas por cadeados que já estavam enferrujados, e agora estou lidando com as consequências disso. E sou egoísta o suficiente para querer que ela fique na zona de perigo junto comigo.

— Não tem nada a ver com reconfortar, Wills.

Ela desce mais um degrau, chegando ao patamar do andar seguinte. Eu a acompanho. Ela mantém as costas contra a parede de concreto o tempo todo e o queixo erguido numa postura desafiadora.

— E você não fez nada de errado — insisto. — Só me disse como se sente.

Ela solta uma risada sarcástica, mas não recua.

— Pois é, e eu estava tão bêbada quando falei aquilo...

Com mais um passo, fico de frente para ela. Cara a cara. Cercando-a.

— Então significa que o que você disse não era verdade?

Willow me encara e dessa vez não desvia o olhar. Os lábios dela se curvam para baixo e ela me observa com atenção, embora eu não saiba o que está tentando ver.

— Que diferença faz? — pergunta, finalmente.

— É que não consigo tirar você da cabeça. — Seguro Willow pela cintura e ela arfa, surpresa. Eu continuo: — Não consigo parar de pensar no que teria acontecido se o Oakley não tivesse aparecido. — Deslizo a mão pelas costas dela, pressionando suavemente, puxando-a na minha direção. — Não consigo parar de pensar no que eu queria que tivesse acontecido.

— O que você... — Willow interrompe o que ia falar, sua boca se abrindo e voltando a se fechar, como se não acreditasse no que estou dizendo. Franze a testa e, com um suspiro, coloca uma mecha de cabelo atrás da orelha, ignorando-a quando volta a se soltar.

— Se isso for uma porra de uma brincadeira...

O palavrão me deixa com vontade de rir, mas a vulnerabilidade em seu rosto faz com que o riso morra em minha garganta. Ela realmente não acredita em mim. Mesmo com minhas mãos em seu corpo, mesmo depois de eu dizer que não consigo parar de pensar nela. Mesmo assim Willow acha que é uma pegadinha.

— Não é brincadeira — digo, devagar, tomando cuidado como se estivesse falando com um animal arisco pronto para fugir. — Talvez pareça que isso veio do nada. E talvez tenha vindo mesmo, não sei. Mas, Willow, o que você disse me fez perceber que... — Estou nervoso e me faltam palavras, mas ficar falando não está surtindo efeito nessa situação, então talvez seja hora de mudar de tática. — Quer saber? Foda-se.

Então finalmente faço a única coisa em que consigo pensar há dias: afundo os dedos no cabelo macio de Willow, inclino a cabeça dela para trás e levo seu rosto em direção ao meu. Os lábios dela estão entreabertos e ela arregala os olhos, atenta, mas não se afasta quando a seguro pelo quadril com a outra mão.

Estamos tão próximos que consigo ver cada detalhe do feixe caramelo de sua íris.

— Dev... — murmura ela, ofegando contra o meu peito. Mas não como um aviso. Soa mais como um pedido.

O resto do mundo se torna nebuloso quando nossas bocas finalmente se encontram. Queria poder dizer que não foi assim, que foi tudo um engano, que não era o que eu esperava, que o beijo foi horrível e que quis interrompê-lo o mais rápido possível.

Mas seria mentira. A única coisa que posso fazer é trazer Willow para mais perto e deixar que o calor suave que emana de seu corpo irradie sobre o meu. Só posso segurar o cabelo dela e deslizar minha língua por sua boca. Só posso fechar os olhos e me perder nela por completo.

Ela me aceita, retribui meu beijo, me dá o que quero, e sua reação diz tudo o que eu precisava saber. Deve saber exatamente o que estou sentindo, porque pressiona a palma das mãos contra meu peito, depois segura meus ombros e nos aproxima ainda mais. Ela se entrega e eu aceito.

Meu corpo se incendeia como se houvesse fogo correndo em minhas veias, alimentado pelos gemidos sutis de Willow e por sua respiração entrecortada. É muito melhor do que sonhei.

Ela ofega contra minha boca quando aperto o braço em volta de seu corpo e a levanto do chão. Em um movimento ágil, Willow coloca as pernas em volta da minha cintura e agarra meu cabelo com força, sem me soltar. E, nesse momento, eu desejo que nunca solte. Ela me tem nas mãos pelo tempo que quiser.

Quando seguro Willow contra a parede, fico livre para levar minhas mãos até suas coxas e a bainha de seu vestido. Afoito, empurro o tecido, subindo-o até a cintura. Sinto o calor entre as pernas de Willow pressionado contra minha barriga, como um convite para escorregar meus dedos até sua calcinha de algodão, para avançar sob o elástico da virilha.

E eu poderia fazer isso. Eu *quero* fazer isso. Seria tão simples, e estou tomado pelo desejo de sentir um pouco mais dela. Suas coxas macias já são tentadoras o suficiente, e a maneira como ela joga os quadris contra meu corpo vai acabar me deixando maluco.

É impossível que ela não esteja sentindo o quanto eu a desejo, mas precisamos parar antes que as coisas fujam do controle. Preciso ter certeza de que queremos a mesma coisa.

— Willow. Porra — sussurro, recuando um pouco para recuperar o fôlego. Encosto a testa na dela, sentindo que acabei de ser arrastado de um sonho. — Agora você acredita em mim?

Willow arfa como se tivesse corrido uma maratona. Se limita a concordar com a cabeça, olhando fixamente para minha boca com olhos turvos.

Não consigo me segurar e acaricio os quadris de Willow, ainda com as mãos debaixo de seu vestido.

— Você não é a única a ter esse tipo de sentimento, está vendo? Desculpa por ter demorado tanto para perceber.

Quando ela abre a boca para responder, uma porta se fecha com um estrondo em algum andar abaixo de nós. Ela se assusta e isso basta para acordá-la do transe em que se encontrava. Willow pisca rapidamente diversas vezes e me dirige um olhar atônito.

No mesmo instante, tira as mãos dos meus ombros e as pousa sobre meu peito novamente, mas dessa vez para me afastar.

Por mais que seja contra a minha vontade, seguro sua cintura com firmeza e a coloco no chão outra vez.

— Aliás, quer... quer saber de uma coisa? — balbucia ela, ajeitando o vestido. — Posso descer até a recepção sozinha.

Levo alguns segundos para entender o que ela está dizendo. Então... é isso? Ela realmente vai fingir que aquilo não acabou de acontecer?

— Ainda precisamos conversar sobre...

Willow levanta a mão e fecha os olhos. Inspira profundamente antes de voltar a olhar para mim.

— Isso não deveria ter acontecido — declara ela. As palavras são como uma lâmina afiada rasgando meu peito. — E não vai voltar a acontecer. Nunca mais. Nós dois sabemos por quê.

A lâmina corta ainda mais fundo, porque sei que ela tem razão.

— Escuta, e se a gente...

— Dev, não começa — interrompe ela, firme. — Não. Vamos esquecer que isso aconteceu.

O problema é que não consigo. Acho que nunca vou conseguir. E agora que senti o gosto de Willow — doce e suave como o melhor dos pecados — nunca mais vou conseguir tirá-la da cabeça.

O jorro de água em meu rosto me desperta e eu me levanto depressa, confuso. Meu coração ainda está acelerado pela lembrança quando sou arrastado de volta à realidade. Sentado, olho em volta, procurando o culpado, e vejo Chava no deque. Solto um grunhido e relaxo o corpo outra vez; pelo menos não estou prestes a ser assassinado.

— Cara, há quanto tempo você está aí dentro? — pergunta ele, parecendo preocupado. — Você está mais vermelho do que o Mark depois de pegar cinco minutos de sol.

A pele clara do coitado do nosso amigo costuma ficar da cor de um pimentão quando ele toma sol. Nunca passei por esse infortúnio — Deus abençoe a melanina —, mas, ao que parece, ficar imerso em água praticamente fervente causa o mesmo efeito visual.

— Dormi sem querer — resmungo, mentindo, e esfrego o rosto com as mãos. — Obrigado por me resgatar antes que eu me afogasse.

— Seria um jeito bom de se livrar do seu contrato — zomba Chava. Então estende o braço, segurando um pote de plástico. — Trouxe o bolo que você pediu.

— Sabia que ser seu amigo tinha lá suas vantagens.

Eu me sento na borda da hidromassagem, ainda com os pés dentro da água. Depois de tirar os sapatos, Chava se senta do meu lado e mergulha os pés na água também, colocando o pote entre nós.

— O que você fez durante o dia? — pergunta ele, mexendo os pés na água de forma preguiçosa. — Vi sua prancha lá na frente. Saiu pra pegar onda?

Faço que sim com a cabeça e passo a mão pelo cabelo, ainda tentando me ancorar ao presente enquanto o ar ameno da noite refresca meu corpo.

— Saí. Willow queria tirar umas fotos minhas surfando, então ficamos um pouco na praia.

— Ah, então a *Willow* queria passar um tempo com você? Entendi.

Mergulho a mão na hidromassagem e jogo água em Chava. Ele xinga e enxuga o rosto.

— Foi puramente profissional, seu cuzão.

— Claro, claro — responde ele, tentando se secar. — Quando vai admitir que está a fim dela?

Olho de relance para a casa dos Williams. A chance de nos ouvirem é quase nula, mas abaixo a voz mesmo assim.

— Quando tiver certeza de que Oakley não vai me assassinar.

— Ou seja, no dia de São Nunca — diz Chava. — Mas, cara, falando sério? Eu te diria para simplesmente ir em frente e lidar com as consequências depois.

— Isso porque você não tem medo de morrer.

Ele solta uma risadinha.

— Você faz coisas perigosas todos os dias. — Ao dizer isso, Chava me olha com uma expressão que me deixa completamente confuso outra vez. — O que seria um risco a mais?

CAPÍTULO 13
Willow

Acordo com a respiração de Herman na minha cara.

Com um grunhido, afundo as mãos no pelo do são-bernardo e tento empurrá-lo para o lado. É claro que ele não se mexe. Herman pesa quase o mesmo que eu, e minha força nem chega perto de ser páreo para o quanto ele me ama.

— Herman. — Abro um olho. — Amigão, você tem que sair daí. Juro que te amo, mas será que você poderia me dar um espacinho?

Ele bufa, quente e barulhento, mas sai de cima de mim e desaba ao meu lado. Faço carinho em sua cabeça grande e aliso suas orelhas antes de me sentar na beira da cama. Espero um pouco para ter certeza de que não vou ficar zonza, depois levanto, feliz ao perceber que minha visão não fica cheia de pontinhos pretos. De acordo com o relógio na mesinha de cabeceira, é um pouco depois das sete, mas, para ser sincera, estive em tantos fusos horários nos últimos dias que a concepção de tempo, no geral, tem me parecido cada vez menos real.

Meu laptop está aberto na mesa ao lado da cama junto com vários bichos de pelúcia, e na parede logo atrás há um pôster de um grupo de k-pop pelo qual eu era obcecada na época da escola. A tela do meu computador está apagada, mas um toque no teclado cheio de migalhas de macaron a acenderia, revelando o Photoshop aberto e o documento do Word em que escrevi várias legendas para os futuros posts de Dev. Todas pareceram muito boas às três da manhã. Veremos se vou mudar de ideia à luz do dia.

Mas isso pode esperar até que eu encontre Dev de novo, o que pretendo fazer... daqui ao máximo de tempo possível. Cheguei perto demais de tomar decisões equivocadas ontem e preciso estabelecer um pouco de distância para desenvolver anticorpos contra o charme dele. Tem hora que não sei se ele percebe que parece estar flertando o tempo todo, mas às vezes acho que sabe exatamente o que está fazendo e o efeito que tem sobre qualquer pessoa. Especialmente sobre mim.

Mas passei anos varrendo esse crush para debaixo do tapete. Quando falei demais numa noite de bebedeira, não esperava que nada fosse acontecer. Na verdade, tentei ignorar a lembrança daquela conversa com todas as minhas forças. Foi *ele* quem deu o primeiro passo. Foi Dev quem me prensou contra a parede, levantou meu vestido e me fez sentir partes dele que eu nunca imaginei que sentiria.

Mas eu não me opus. Na verdade, só parei quando ele mesmo se afastou. E, naquele momento, eu nem sequer queria parar, mas o medo tomou conta de mim e acabei descendo sete lances de escada feito uma velocista.

Tem dias em que penso que queria ter ficado. Que queria ter continuado com as costas contra a parede e as pernas em volta da cintura de Dev. Quem sabe o que teria acontecido? Pelo menos não estaríamos reféns de toda essa atração que precisa ficar adormecida. Eu daria tudo para que as coisas voltassem a ser o que eram antes de eu estragar tudo.

Mas agora já é tarde demais. Com toda a certeza.

Com um gemido, eu me sento no tapete de ioga próximo à janela. Preciso me alongar e fazer alguns exercícios de força antes de começar o dia. Minha lombar está doendo por causa do voo de ontem, e só vai piorar com todas as viagens que tenho pela frente, mas me recuso a reclamar. Quero esse trabalho, quero estar com Dev e toda a equipe, e vou fazer tudo o que estiver ao meu alcance para que a dor não me atrapalhe.

Herman me observa da cama e, quando meu celular vibra na mesinha de cabeceira, ele se limita a erguer a cabeça. Dá uma olhada para mim como se me dissesse para levantar a bunda do chão para ver o que é.

— Por que não traz o celular pra mim? — sugiro, mas tudo o que Herman faz é grunhir e deitar a cabeça na cama outra vez.

Eu me levanto e vou até o aparelho. Meu coração imediatamente *desaba* quando a mensagem surge na tela.

> DEV: Minha mãe está te convidando pra tomar café da manhã aqui em casa

O plano de evitar Dev vai ter que esperar um pouquinho.

O cheiro de masala chai me envolve quando entro na casa dos Anderson — não lembro quando foi a última vez que bati na porta antes de entrar. Uma vez lá dentro, tiro os sapatos e chamo Dev.

— Willow! — exclama a mãe dele. A voz gentil parece vir da sala de estar. — Venha aqui! Venha ver essas fotos engraçadas do Dev.

— Mãe.

Ouço Dev reclamar assim que entro na sala. Ele está sentado no chão em frente à mesinha de centro, onde a mãe espalhou uma pilha de fotos.

— A gente se conhece desde criança — diz ele para a mãe. — Willow testemunhou de perto todos os meus momentos mais constrangedores.

— Nem todos.

Com um sorriso de orelha a orelha igual ao que foi herdado pelo filho, ela acena para que eu me aproxime. A pele da mãe de Dev é alguns tons mais escura do que a dele, e o cabelo preto na altura dos ombros está repleto de fios brancos. É nítido que Dev puxou a beleza dela.

— Preciso da ajuda de vocês. Estou separando fotos para a apresentação de slides do casamento.

— Quão comprometedoras são essas fotos? — pergunto, me acomodando no chão ao lado dele para dar uma olhada nelas. Faço o possível para ignorar os olhares de Dev. — Um bom material de chantagem viria a calhar.

Dev fecha a cara quando Neha ri e me passa uma foto dele quando bebê, tomando banho com um patinho de borracha em cima da cabeça.

— Que tal essa?

Já pego o celular para tirar uma foto.

— Melhor do que eu esperava.

Dev joga os braços para o alto, contrariado, mas parece saber que não adianta reclamar.

Passo os vinte minutos seguintes ajudando Neha a escolher fotos de Dev e Alisha crianças, depois ela me leva até a cozinha. Lá ela me serve um copo de chai e coloca um prato cheio de khaman dhokla com vários potinhos de chutney ao lado e, *ainda por cima*, uma omelete à minha frente. Então fica observando atentamente enquanto como cada pedacinho.

Quando já estou quase estourando de tanto comer, ela pergunta:

— Então... você começou a trabalhar para o Dev, né?

Encaro Dev do outro lado da mesa. Ele passa o dedo pelo que resta do chutney de coentro em seu prato, e, quando o coloca na boca, preciso desviar o olhar. Não posso arriscar que minha mente vá aos lugares perigosos para os quais uma visão como essa me levaria enquanto a mãe dele está na minha frente.

— Isso — respondo, segurando meu copo de chai quente contra o peito. — Ele acha que consigo limpar a imagem dele nas redes sociais e topei porque sou maluca.

Ela concorda, satisfeita, balançando a cabeça.

— Que bom. Ele precisa de muita ajuda para arrumar essa bagunça. — Com isso, Neha lança um olhar de desaprovação para o filho. No entanto, seu rosto se suaviza quando olha de volta para mim. — Além do mais, sempre achei que vocês dois combinavam.

Se eu estivesse com o chá na boca quando ela disse essas palavras, tenho certeza de que teria me engasgado. Dev, por sua vez, não teve a mesma sorte: começa a tossir e bater no peito com a mão fechada, depois se vira para a mãe e diz algo em guzerate que não chego nem perto de entender. Em contraste com o tom sério de Dev, ela inclina a cabeça para trás e ri em resposta. Pela cara amarrada dele, aquela não parecia ser a reação esperada.

Ele afasta a cadeira da mesa, trincando os dentes.

— Willow, quer me mostrar o que já fez até agora?

É nítido que Dev quer uma desculpa para encerrar a conversa com a mãe e interromper o assunto. Espera... ele está *ficando vermelho*?

Um pouco hesitante, concordo com a cabeça, devolvendo meu copo à mesa.

— Está tudo no meu laptop. Nem pensei em trazer.

— Não tem problema — diz ele, já na porta. — A gente pode ir na sua casa. Vamos.

Bom, acho que o café da manhã acabou. Sorrio para a mãe dele, me levanto e agradeço pela refeição.

— Até breve, Willow — despede-se ela, segurando minha mão carinhosamente. — Volte pra jantar qualquer dia. Dev *vai adorar*.

Solto uma risada atrapalhada e vou atrás de Dev. Ele está parado em frente à porta de entrada, pressionando a lateral do celular com o polegar, impaciente, e abre a porta quando me vê. Coloco meus sapatos depressa e ele me conduz para fora. Fico com vontade de perguntar o que foi que deu nele, mas a maneira como parece evitar meu olhar me faz mudar de ideia.

— Estou indo para Dallas amanhã — anuncia ele, a caminho da minha casa. — Preciso treinar no simulador que fica na sede.

Fico confusa. Ele insistiu para que eu voasse de volta para casa e agora está me deixando aqui sozinha?

— Ah, nossa. Pensei que ficaríamos aqui até irmos para o Canadá.

— Pode admitir que vai ficar com saudade, Willow. Não tem problema.

Quase reviro os olhos, mas vejo o sorriso dele e, em vez disso, dou uma cutucada nas costelas de Dev. Parece que está voltando ao normal depois daquela conversa desastrosa com a mãe.

— Cala a boca. É que pensei que você queria criar mais conteúdo. Parece que não aproveitamos tanto a viagem.

— Desculpa. — Ele não parece estar sendo sincero. — Eu só soube que a equipe queria que eu voltasse ontem à noite. — Seu tom brincalhão fica amargo de repente. — Parece que estão preocupados com o meu desempenho, mesmo tendo sido Nathaniel que bateu o carro nas duas últimas corridas, e não eu.

Olho para Dev, percebendo a tensão em seu rosto.

— Estou com um pressentimento de que vocês dois não são lá grandes amigos.

Dev bufa. Já estamos na porta da minha casa.

— É. Tipo isso.

Ele não desenvolve a resposta, então não insisto. Quando entramos, aceno para meu pai, que está em seu escritório no hall de entrada. Está sentado na cadeira ergonômica, e o corpo magro curva-se diante das quatro telas de computador à frente. Antes de Oakley começar a correr, meu pai era engenheiro de software, e, depois que parou de gerenciar a carreira do meu irmão, decidiu voltar a trabalhar, embora não fosse necessário. Minha mãe é uma cirurgiã cardiotorácica de renome, então ele não precisa fazer isso, embora eu ache que só quer ter algo para se ocupar. Sei que ele sente falta da época em que Oakley pilotava.

Papai retribui nosso cumprimento com um aceno entusiasmado, mas um segundo depois se distrai com algo em uma das telas. Abro um sorriso quando ele se vira para o computador e continuo em direção às escadas, com Dev em meu encalço.

— Então, vamos nos encontrar em Montreal? — pergunto a ele quando chegamos ao andar de cima.

Estou chateada porque vamos ficar quase uma semana longe um do outro, mas pelo menos teremos esse tempinho juntos. Para trabalhar, é claro.

— Isso. Se não tiver problema — responde ele.

Faço que sim com a cabeça e abro a porta do meu quarto.

— Não, tudo bem. Eu tenho conteúdo o suficiente para fazer posts e stories diários até nos encontrarmos de novo. Mas eu agradeceria se você tirasse umas fotos enquanto estiver por lá.

— Por você, faço qualquer coisa.

Demora um segundo, mas aquelas palavras e o significado em potencial que carregam me atingem em cheio. Dev parece ter percebido a mesma coisa porque, quando olho para ele, apressa-se em consertar:

— Quis dizer que faço qualquer coisa que você precisar para as redes sociais.

Depois do deslize do dia anterior e da situação com a mãe dele no café da manhã, não acredito naquela resposta. Mas me obrigo a engolir, porque do contrário precisaríamos ter mais uma conversa sobre como as coisas precisam se manter na esfera profissional.

— Valeu — respondo, com um sorriso contido. Pego o laptop e o levo até a mesa. — Peraí, vou abrir as fotos que quero te mostrar.

Dev resmunga alguma coisa, concordando, e abro a pasta das fotos que separei. Editei todas em preto e branco, menos a que vai finalizar o carrossel, em que Dev está com a prancha de surfe debaixo do braço. Ele caminha para longe, mas virado o suficiente na direção da câmera para que seja possível ver seu sorriso. O ângulo não está perfeito e ele está estreitando os olhos por causa do sol, mas parece... feliz. Aquele é o Dev que conheço desde pequena.

O Dev que eu quero que o mundo inteiro conheça.

— Caramba, não acredito que você ainda tem isso — diz ele atrás de mim, rindo.

Não me mexo, ainda olhando para a foto, porque só Deus sabe o que ele encontrou. Meu quarto está cheio de relíquias da infância. Quando me viro, ele está mostrando o elefantinho de pelúcia que deixo na mesinha de cabeceira há tanto tempo que nem sei quantos anos faz. É como se Ellie sempre tivesse estado ali, tanto que mal me lembro da presença dela. Mas, de repente, fico com uma sensação diferente a respeito de Ellie.

Porque foi um presente de Dev de anos atrás.

Ele conseguiu Ellie para mim numa feirinha de rua. Nossos pais tinham deixado Dev e Oakley com a tarefa de cuidar de mim naquele dia, e, quando vi os elefantes de pelúcia em uma das barracas, não consegui pensar em outra coisa. Oakley ameaçou chamar minha mãe se eu não sossegasse, mas Dev deu de ombros e disse que ganharia um para mim, já que eu queria tanto. E foi o que ele fez.

Mesmo com doze anos de idade, ele tinha uma coordenação motora melhor do que a da maioria dos adultos, e, menos de cinco minutos depois, a mulher da barraquinha nos entregou a pelúcia. Dev segurou o elefante por um momento, saboreando a vitória, depois me deu. Se eu tivesse que apontar o momento em que me apaixonei por ele, talvez tenha sido esse.

Desconcertada, eu me levanto depressa e vou até ele.

— Deixa ela aí!

Dev segura Ellie acima da minha cabeça e olha para ela.

— Não acredito que você guardou esse troço.

— Claro que guardei — respondo, irritada, tentando pegar o brinquedo que Dev continua segurando fora do meu alcance. — A Ellie é bonitinha demais para ser jogada fora.

— *Ellie?* — repete ele, ainda rindo. — Ellie, a elefanta?
— Eu tinha *nove anos*, Dev. Desculpa aí se não é o nome mais genial de todos. Agora *me devolve*.

Salto para tentar pegá-la, me apoiando nele para tomar impulso, mas Dev passa um braço em volta da minha cintura e me ergue do chão. Depois, sem grande cerimônia, me solta em cima da cama. Não é nada delicado, mas ele é cuidadoso o suficiente para não machucar nada além do meu ego.

Mesmo assim, fico fervendo de ódio.

— Seu idiota!

Mas, cacete, a verdade é que todo aquele contato acendeu alguma coisa dentro de mim.

Ele olha com carinho para Ellie, ignorando a minha presença.

— Você realmente é obcecada por mim desde sempre.

Estou tão embasbacada por ele estar jogando isso na minha cara daquele jeito que com certeza meu queixo está no chão. Nunca me arrependi tanto por não ter conseguido segurar a língua depois de tantas doses de tequila. Talvez a gente precise *mesmo* ter outra conversa, porque, se Dev continuar assim, vou morrer de vergonha antes mesmo de começarmos a consertar a imagem dele.

Mas antes que eu consiga repreendê-lo, Dev diz:

— Ainda bem que é recíproco.

Por alguma razão, aquela é a pior coisa que ele poderia ter dito.

Ainda estou jogada na cama, sem palavras, quando ele coloca Ellie no lugar com cuidado e vai tranquilamente até a escrivaninha, como se não tivesse acabado de dizer algo de abalar estruturas.

Um minuto antes, ele se corrigiu, tentando evitar falar coisas com duplo sentido, e aí depois... me solta uma *dessas*. Bastou um bichinho de pelúcia para que tudo mudasse.

— Quer me mostrar as fotos? — pergunta Dev, numa naturalidade com a qual não conseguiria tratá-lo nem em sonho no momento.

Demora um pouco até eu conseguir me desenrolar do edredom e ir até a escrivaninha também, meio desnorteada. Se uma coisa dessas já basta para que Dev me tire do eixo, meus problemas são maiores do que eu pensava.

— Aham.

Minha voz treme e pigarreio para disfarçar.

Eu me levanto e vou até ele. Dev chega para o lado e eu me acomodo na cadeira. Passo devagar pelas fotos, prendendo a respiração quando ele apoia a mão na beirada da mesa e se inclina para mais perto. O perfume dele misturado ao aroma das especiarias que a mãe usou para o café da manhã preenchem o ar. Isso me conforta e faz meu coração martelar, e quando o peito dele toca meu ombro, juro que estou prestes a entrar em combustão.

Por fim, ele assente e se afasta um pouco, mas não o bastante para que eu sinta que não estou cercada. Levanto um dedo para indicar que tenho mais coisas para mostrar e abro o documento do Word com a legenda que escrevi para a publicação.

Em minha visão periférica, vejo que ele está lendo o texto. Para ser sincera, é mais uma redação de dois mil caracteres do que uma simples legenda, explicando por que ele desapareceu — contando que cometeu um erro e foi injusto com alguém que, por sua vez, devolveu com injustiça — e também o que está acontecendo na vida dele (sempre elogiando a Argonaut). No fim, escrevi algumas coisas otimistas sobre recomeços e a nova imagem que ele quer apresentar para o mundo. Acredito que o resultado tenha ficado orgânico e genuíno, mas sem ser excessivamente sentimental. Como se tivesse vindo do próprio Dev.

Quando termina de ler, ele tira a mão da mesa e recua. Giro na cadeira para observar sua reação, ansiosa com a possibilidade de ele não ter gostado das palavras que escolhi. Não me importo se precisar fazer outra legenda, e o feedback dele vai me ajudar a escrever uma segunda versão mais redonda, então...

— Ficou perfeito.

O medo evapora e solto um riso de surpresa.

— Sério?

— Sim, sério — repete ele, sentando-se na ponta da minha cama.

Ele se acomoda de pernas meio abertas e apoia os cotovelos nas coxas fortes, inclinando o tronco para a frente. Tudo isso sem tirar os olhos de mim. Dev não está sorrindo, não está brincando. Está falando sério quando diz que gostou.

— Eu amei. Deveria ter contratado você muito antes.

Reprimo meu contentamento, mas mesmo assim me sinto aquecer de dentro para fora.

— Parece que meu diploma em letras veio a calhar — brinco. Ele não ri, então pigarreio outra vez. — Está pronto para postar?

Ele faz que sim com a cabeça.

— Vamos nessa.

Depois de alguns ajustes finais e mais uns cliques, copio, colo e carrego as imagens nos lugares pertinentes. Tudo o que preciso fazer agora é clicar em *publicar*.

— Toma — digo, entregando o laptop para Dev. — Faça as honras. No fim das contas, a reputação é sua.

Mas ele me devolve o computador.

— Não. O esforço disso é todo seu. Pode postar.

Seguro o laptop em meu colo novamente, franzindo a testa.

— Tem certeza?

— Como eu já disse antes... confio em você.

Ok. Beleza. Meu coração pode estar saindo pela boca, mas vamos lá.

Para minha surpresa, minha mão não treme quando levo o cursor até o botão. Olho para Dev uma última vez e, quando nossos olhares se encontram, minha preocupação desaparece. É o que ele quer, e é o que eu quero também. Vamos nos esforçar para consertar as coisas. Juntos.

Então eu clico.

CAPÍTULO 14
Dev

Ótima notícia: agora só *algumas pessoas* acham que tenho ISTs!

Willow tem trabalhado muito nos últimos dias e postado diariamente em todas as minhas redes sociais — e em outras que eu nem sabia que existiam — para tentar limpar minha imagem. E, pelos comentários que ela separa e me manda por mensagem todos os dias, parece que as coisas estão indo bem.

Hoje finalmente voltamos a nos ver. Estamos no motorhome que a Argonaut montou no circuito de Montreal, tomando café da manhã e conversando. Em breve tenho o *track walk* para reconhecimento de pista, depois um *meet and greet* e depois uma reunião de estratégia, mas quero aproveitar enquanto ainda tenho um tempo livre. É uma típica quinta-feira de agenda cheia, e para completar ainda preciso comparecer ao jantar de um dos patrocinadores à noite. Infelizmente, ainda não consegui pensar em uma desculpa para escapar dessa.

— O que as pessoas estão comentando hoje? — pergunto a Willow, cutucando com o garfo os ovos mexidos que Mark trouxe para mim.

Ela está olhando para o celular com a cabeça abaixada e um sorrisinho satisfeito.

— Que seu sorriso é a oitava maravilha do mundo.

— E é, mesmo.

Eu não deveria ter sentido tanta saudade dela, mas a semana que passamos longe um do outro pareceu um mês, foi como se uma pequena parte de mim estivesse ausente. Ela está de volta à minha vida há apenas algumas semanas e já conseguiu se infiltrar em todos os meus pensamentos. Estou com medo do que vai acontecer quando nos separarmos no final do verão.

Esse é um dos motivos pelos quais fui embora de San Diego mais cedo. É claro que eu precisava mesmo treinar no simulador e conversar com a equipe da fábrica em Dallas, mas não era tão urgente quanto dei a entender para Willow. Eu poderia ter adiado a viagem por pelo menos alguns dias, mas precisava sair de lá, principalmente depois que minha mãe riu *olhando nos meus olhos* quando eu disse que nada ia acontecer entre mim e Willow. E só fiquei ainda mais confuso quando vi o bichinho de pelúcia que dei para Willow quando éramos crianças.

Saber que ela havia guardado o brinquedo, Ellie, ao lado da cama por tanto tempo — a confirmação visual de que ela passou anos gostando de mim — fez uma chave girar na minha cabeça. E, quando ela encostou em mim para pegar o elefante da minha mão... Pelo amor de Deus, foi um milagre que eu tenha conseguido apenas jogá-la na cama e falar alguma baboseira sobre reciprocidade, porque tudo o que eu queria era abraçá-la e beijá-la até que ela me implorasse por mais.

Tentei disfarçar e voltar ao assunto de antes, no caso o trabalho que a contratei para fazer, mas eu já tinha quebrado nosso acordo. Por sorte, Willow deixou passar, provavelmente porque não queria falar sobre nossa situação. E o que ela poderia ter dito, no fim das contas? Eu sabia quais eram as regras e as ignorei completamente. Brigar comigo por quebrá-las não teria mudado nada.

Hoje estamos rindo à toa de novo, como se tudo o que aconteceu na semana passada tivesse ficado para trás. Também ajuda o fato de estarmos acompanhados. Chava está sentado à nossa frente, vendo minhas redes e lendo em voz alta os comentários de que mais gosta.

Até Mark está participando. Ele pega o celular de Chava e começa a ler em voz alta, rindo:

— "Com clamídia ou não, eu surfaria nessa prancha" — lê ele, olhando para mim. — Parece que suas chances estão melhorando, cara. Talvez você consiga transar outra vez antes de morrer.

Eu me esforço para não olhar na direção de Willow quando respondo com uma risada forçada:

— Talvez minhas chances aumentem quando as pessoas pararem de usar meu nome junto com o de uma IST.

— É uma questão de tempo — promete Willow, e finalmente me atrevo a olhar para ela. Ela está impassível, como se não estivesse incomodada com o comentário de Mark. — Inclusive, como um dos comentários falava, daqui a pouco "vai chover xoxota na sua horta" outra vez.

Chava cospe o suco de laranja que estava tomando e molha a mesa inteira. Irritado, uso meu guardanapo para secar algumas gotas que espirraram em meu braço.

— *Meu Deus do céu*, Willow — exclama ele em meio a um misto de tosse e risada. — Eu nem sabia que você conhecia essa palavra.

Ela dá de ombros, sorrindo. A faísca em seus olhos escuros faz com que o short do meu uniforme de repente pareça apertado.

— Eu conheço muitas palavras.

Claro que conhece. E é óbvio que ali mesmo, na frente de todo mundo, minha imaginação é invadida pela imagem de Willow com as pernas em volta da minha cintura, sussurrando em meu ouvido todas essas... *palavras* que ela conhece.

Eu me levanto depressa, ficando meio de lado para esconder o volume que se formou em minhas calças.

— Perdi a noção do tempo — declaro quando todos me olham sem entender. — Tenho que ir falar com Patsy, ver se ela enfim me colocou na coletiva de imprensa de pilotos. Talvez hoje seja o dia em que ela finalmente vai me dar permissão para dizer para os repórteres que Nathaniel é um filho da... — Eu me lembro de onde estou e de quem pode estar ouvindo e não termino a frase. — Um garoto muito legal, querido e bonito que respeito muito.

— Aham — zomba Chava, rindo da minha cara junto com Mark.

Willow franze a testa e olha de mim para Mark, depois para Chava e então volta a me encarar. Talvez seja melhor que ela não saiba quanto odeio meu colega de equipe, para que isso não acabe transparecendo sem querer nas coisas que ela posta.

Além disso, para ela, gosto de ser o Dev alto-astral, o Dev que apresenta soluções, o Dev que sempre vê o copo meio cheio. Willow não precisa saber sobre o pesar e a insatisfação que me atravessam. Não quero fazer isso com ela ainda.

Mas se a Argonaut continuar a me passar a perna, ela e o resto do mundo vão conhecer um lado meu que nem imaginam que exista.

Quem fala que o mundo da Fórmula 1 é repleto de grandes emoções e entretenimento está mentindo descaradamente.

— Se eu pegar no sono, fique de olho para eu não derrubar o champanhe — cochicho para Mark, lutando contra a vontade de me deitar sobre a mesinha em que estamos.

Alguns eventos de patrocinadores são divertidos, mas este está um porre. Quem poderia imaginar que relojoeiros suíços eram tão *entediantes*?

Mark veio como meu acompanhante. Quando eu não consigo levar os dois juntos, ele e Chava se revezam. Talvez eu tente incluir Willow nesse rodízio em breve. É uma tentativa desesperada de passar mais tempo com ela? Com certeza. Eu me importo? Nem um pouco.

Mark se vira para mim, parecendo estar se divertindo.

— Desde que você pegue no sono com o braço levantado para mostrar essa coisa brilhante no seu pulso, acho que ninguém vai se importar.

Ele provavelmente tem razão. Sacudo o braço para que o punho da camisa escorregue e deixe à mostra o relógio reluzente. Eu provavelmente nunca mais vou ter que pagar por um relógio na vida. Preciso admitir que, às vezes, as vantagens desse universo são incríveis.

Mas, para o meu azar, uma das grandes desvantagens está vindo em minha direção.

— Olha quem está chegando — sussurra Mark pelo canto da boca. — Não vá fazer merda.

Avisto Buck e Nathaniel Decker e forço um sorriso que sai mais exagerado do que o pretendido.

— Eu *jamais* faria isso.

Mark solta um suspiro e se endireita na cadeira, empurrando os ombros para trás. Ele é mais alto do que a maioria dos homens presentes, então isso não é realmente necessário, mas sou grato por meu guarda-costas improvisado. Não que eu *precise* desse tipo de proteção. Preciso mesmo é de alguém que me segure se Buck quiser bancar o espertinho com suas famosas alfinetadas.

— Buck — cumprimento com uma simpatia falsa quando ele e o filho se aproximam. — Que bom te ver.

O proprietário da Argonaut está usando botas de caubói e um chapéu de feltro e sorri com frieza para mim. Ele me odeia, mas mesmo assim não me tirou imediatamente da equipe depois do meu escândalo, então o seu ódio ainda não supera o fato de ele precisar de mim. Infelizmente, não sei quanto tempo isso vai durar, e pelo contrato é só ele pagar a multa para me tirar se quiser, então vou fazer o possível para ficar em bons termos com ele.

— Dev — diz ele, inclinando a cabeça de forma que a aba do chapéu esconde seus olhos por um instante. — Que bom que resolveu aparecer.

Eu faltei a *uma* festa de patrocinadores no ano passado porque estava muito gripado e até hoje esse cara fala disso. Toda vez que o vejo — o que não é frequente, graças a Deus, já que ele está muito ocupado administrando o império maligno para comparecer a tantas corridas —, ele me dá mais motivos para odiá-lo também.

— Não perderia esta festa por nada. — Olho para Nathaniel, que parece estar entediado. Pela primeira vez, não posso culpá-lo. — Como vão as coisas, Nate?

Apenas algumas pessoas podem chamá-lo pelo apelido e eu não sou uma delas, então faço questão de chamá-lo assim sempre que tenho a oportunidade.

Ele ergue o queixo protuberante.

— Tudo bem. — Seu sotaque texano é apenas um pouco mais leve que o do pai. — Animado para o fim de semana.

Claro que está. A equipe vai fazer de tudo para agradá-lo, então só posso imaginar o inferno que vão fazer comigo para que isso aconteça.

— Acho que vai ser uma boa corrida, se o tempo estiver bom.

Nathaniel parece prestes a dizer algo, mas o pai o interrompe.

— Vejo vocês de manhã no paddock — diz Buck. Ele está se despedindo, dando um aviso e fazendo uma ameaça, tudo de uma vez. — Faça o favor de socializar esta noite. Quero que vejam que você deu as caras. Para falar a verdade, estou surpreso por ter chegado a tempo. Você e sua turminha não são conhecidos pela pontualidade.

Aceno com a cabeça, mordendo a língua para não mandar Buck *para a casa do caralho*.

— Sim, senhor.

Ele olha de relance para Mark e parece não o reconhecer, depois coloca as mãos atrás das costas e vai embora, seguido por Nathaniel. Pela primeira vez, me sinto mal por meu colega de equipe. Com um pai como Buck, não é de se admirar que ele tenha ficado assim.

Depois que eles somem de vista, eu me viro para Mark.

— Se aquele homem me mantiver na equipe até o fim do meu contrato, vou ficar chocado.

— Até parece que ele vai gastar dinheiro para se livrar de você — zomba Mark, mas um vislumbre de dúvida surge em seu rosto. — A equipe estaria entre as últimas se não fosse pelos seus pontos. Ele precisa de você.

Mas só até encontrar alguém melhor. No entanto, para além das três principais equipes, há pouquíssimos pilotos mais rápidos do que eu. Melhor dizendo, entre os outros quatorze não há *ninguém* mais rápido. Eu só precisava de um carro melhor e do apoio da equipe para me ajudar a provar isso.

— Veremos por quanto tempo.

Meu celular vibra no bolso e, quando o pego, vejo uma notificação na tela. *Dev Anderson acaba de publicar uma nova foto.* Criei contas falsas para seguir os meus perfis principais depois de todo o bafafá com Jani, principalmente para poder acompanhar o que as pessoas estavam dizendo sobre mim pós-sumiço. Spoiler: não tinha nada de positivo. Parei de ver depois de dois dias muito ruins.

Parece que Willow está com a mão na massa, embora esteja um pouco tarde para um post. Ela provavelmente está no quarto do hotel, algumas portas depois da minha, já de pijama e deitada na cama. Pelo menos esse era o plano quando falei com ela mais cedo. Gosto de imaginar essa cena mais do que deveria.

— Por que você está com esse sorriso idiota na cara?

Volto para a realidade e dou de cara com Mark.

— Oi?

Bloqueio a tela do celular e o coloco de volta no bolso sem ver o que Willow postou. Compartilho quase tudo com o cara que está ao meu lado, mas quero guardar isso para mim por mais um tempo. Não preciso ser julgado por ele.

— Não é nada importante.

Mas Mark me conhece muito bem.

— É a Willow?

Respiro fundo e confesso:

— Ela postou alguma coisa. Eu estava vendo a notificação.

Mas também conheço Mark muito bem e sei que ele não acredita no que eu digo. Ele acabou de testemunhar uma reação abobalhada demais por conta de uma notificação que não deveria ter recebido mais do que uma olhada de relance.

— Entendi — diz ele bem devagar. — Eu vi como você estava olhando para ela hoje mais cedo.

Congelo sob seu olhar incisivo e tensiono a mandíbula com força para não me incriminar ainda mais.

— Você sabe que nada pode acontecer — avisa ele, baixando a voz ao entrar no modo sermão. Eu sei que em momentos assim é melhor ficar quieto e deixar que ele fale. — Pare de alimentar essa ideia. — Mark faz um gesto para a festa ao nosso redor. — Escolha qualquer mulher aqui. Tire isso da sua cabeça. Você só acha que está a fim de Willow porque está pensando com a cabeça de baixo. Posso te garantir que quando você transar com alguém vai desencanar dela.

Talvez ele acredite mesmo nisso, mas nenhuma mulher chamou minha atenção esta noite. Se isso não é prova de que ele está errado, não sei o que é.

Forço um sorriso, determinado a tirar Willow da conversa.

— Você acha que minha barra já está limpa o suficiente para que isso aconteça? — pergunto, tentando usar um tom bem-humorado, mas tudo o que consigo sentir é uma gota de suor gelado escorrendo pelas minhas costas.

— Isso só não aconteceu ainda porque você está tenso demais.
— Aparentemente, Mark decidiu que não vai mais pegar leve. — E agora está usando essa história como desculpa porque quer alguém que não pode ter.

A verdade é um soco no estômago.

— Você não sabe o que está dizendo — retruco.

— Sei, sim. — Ele continua me olhando fixamente, sem se dar ao trabalho de esconder a decepção no olhar. — Se a possibilidade quase garantida de estragar sua amizade com Oakley não é suficiente para convencer você a ficar longe da Willow, pense no que isso vai significar pra ela. Pense no que o vínculo com você vai fazer com a carreira dela. Se vocês se envolverem e isso vier à tona, ninguém mais vai contratá-la depois que ela parar de trabalhar com você. Todo mundo vai pensar que ela sai por aí transando com atletas para subir na vida. Você quer mesmo que isso aconteça?

Sinto meu sangue gelar nas veias e emudeço. É claro que não quero que isso aconteça. Ela merece as melhores coisas do mundo e é em parte por isso que ofereci o emprego a Willow, para começo de conversa — para ajudá-la a crescer e ter sucesso. A última coisa que eu quero é estragar tudo.

— Não faça isso, Dev — murmura Mark. — Você vai estragar tudo para todo mundo.

Vou para a cama sozinho.

Se essa noite serviu de termômetro, minha reputação com as mulheres está melhorando. Ao contrário dos últimos meses, algumas tiveram a coragem de se aproximar de mim, e eu não hesitei em usar todo o meu charme. Mas quando finalmente fiquei sozinho e fui buscar outra bebida, dei uma olhada na notificação que tinha recebido mais cedo e minha vontade de dormir com qualquer outra pessoa foi para o ralo.

Willow postou uma foto do *meet and greet* em que estou com a cabeça inclinada para trás, rindo ao lado de um grupo de garotas *desi*. Elas estão segurando um cartaz feito no Photoshop em que apareço bem no meio, retratado como o herói de um filme de Bollywood, enquanto os outros pilotos foram editados como meus dançarinos. Achei aquilo muito engraçado e tirei várias fotos com elas, mas não percebi que Willow também estava registrando o momento.

A legenda diz: "Já tenho um plano B caso a Fórmula 1 não dê certo", que é a mesma piadinha que eu fiz com as meninas. Mas Willow não estava tão perto, e com todo o barulho da multidão não tem como ela ter ouvido.

Se Jani tivesse feito a postagem, ela teria escrito algo brega, algo que eu não diria nem em um milhão de anos, mas Willow entende meu humor e sabe o que combina com meu perfil.

Ela *me conhece*.

Fui embora da festa logo depois — não estava a fim de flertar com mulheres que não me interessavam. Mark olhou para mim com uma cara de desaprovação quando me despedi, mas não me importei. Por que desperdiçar minha energia com algo que eu não queria?

Mas ainda que eu tente me distrair, o que ele disse continua ressoando na minha cabeça.

Não quero arruinar a carreira de Willow antes mesmo dela decolar. O mundo é cruel com as mulheres de uma forma que nunca vou entender, e pode ser que, ao se envolver comigo, Willow fique marcada pelo resto da vida. Não posso arriscar que isso aconteça, não importa o quanto eu a deseje.

A opinião de Oakley por si só não é suficiente para me impedir, mas o risco para a carreira de Willow, combinado com as outras consequências — como provavelmente o fim do nosso grupo de amigos —, é.

Talvez.

Que merda.

Será que é?

Não pretendo magoar Willow se ficarmos juntos, mas não sou nenhum vidente, não posso prever o que vai acontecer. Mas, se eu tivesse que escolher entre partir o coração dela e nunca mais poder correr, eu me afastaria da F1 em um piscar de olhos.

Aflito, afundo o rosto no travesseiro na tentativa de sufocar meus pensamentos, mas ainda estou respirando e tudo o que consigo ver é o sorriso tímido de Willow. Minha garota não tão inocente assim.

Eu sabia que estava me metendo em problemas desde o aniversário de Oakley, mas agora estou mais envolvido do que jamais pensei que estaria.

A consequência da minha noite insone foi uma péssima sessão de treino na sexta e uma classificação em décimo terceiro lugar no sábado. Não é algo inédito, mas Nathaniel ficou em décimo segundo por dois milésimos de segundo, e isso me mata. Buck está feliz e todo mundo na garagem parece aliviado. Eu, por outro lado, estou tentando não azedar as coisas antes mesmo de a corrida começar.

Já na sala de descanso, Mark me obriga a fazer exercícios de tempo de reação enquanto Chava e Willow estão sentados no sofá, ambos trabalhando para manter o bom funcionamento da minha vida.

— Reid tem espaço no jatinho dele, se você quiser um voo particular amanhã — avisa Chava assim que acerto a última luz acesa no painel. — Ele disse que todos nós estamos convidados. Esta semana ele vai voltar para casa, então vai ter que voar para Dallas de qualquer maneira.

Reid Coleman é o terceiro piloto dos Estados Unidos no grid. Se a Scuderia D'Ambrosi não o tivesse pescado na F2 primeiro, tenho certeza de que a Argonaut estaria de olho nele. Reid é a personificação do garoto americano: cabelo dourado, olhos azuis e pele clara, embora ultimamente esteja com o bronzeado de alguém que passou as férias em um lugar quente. Ele é o meu exato oposto, de cabo a rabo. Há dias em que tenho certeza de que a Argonaut só me contratou para ganhar pontos de diversidade, mas essa é uma conspiração que nunca vou compartilhar com ninguém.

Reid e eu dividimos um apartamento em Mônaco logo após termos sido contratados por nossas respectivas equipes. Não éramos nada além de garotos recém-saídos da adolescência e que, de repente, estavam vivendo o sonho de pilotar no nível mais alto do automobilismo. Sem dúvida posso atribuir a ele o crédito por ter me mantido são naquele primeiro ano. Sem ele, talvez eu tivesse enlouquecido.

Nós nos afastamos um pouco desde então. Faz parte da vida, é o que acontece quando se está em equipes diferentes, mas ainda podemos contar um com o outro.

Eu aceno com a cabeça, ajustando meu macacão de corrida na cintura.

— Eu topo. Prefiro não voar com a equipe de novo.

Principalmente se eles encontrarem um jeito de me sacanear hoje. Como sempre, estou tentando ver o lado positivo, mas, quando se trata da Argonaut, isso fica mais difícil a cada dia.

Willow pigarreia.

— Quando você diz que todos estão convidados — diz ela, erguendo as sobrancelhas —, eu também estou inclusa?

Chava passa um braço em volta do pescoço dela e a puxa para mais perto, levantando a mão como se estivesse prestes a bagunçar o cabelo dela como fazia quando éramos crianças. Mas antes de fazer isso de fato, ele desiste. E acho que tomou a decisão certa — duvido que Willow ia gostar se alguém desmanchasse seus cachos.

Uma fisgada inesperada de ciúme atravessa meu peito ao vê-los tão perto um do outro. O jeito que Chava a segura não passa de uma brincadeirinha de irmão mais velho, e a mão que ela coloca no peito dele é apenas para evitar que ele a aperte com mais força. Mas, apesar de saber disso, meu sangue borbulha em um momento em que eu deveria estar calmo.

— Dã. É claro que inclui você — diz Chava, sorrindo para ela, alheio ao aumento da temperatura do meu sangue. — Você é uma de nós agora.

Tudo dentro de mim está gritando para afastá-lo dali, para mandar Chava tirar as mãos dela. Mas, antes que meu ciúme possa falar mais alto, Mark me lança um olhar de advertência com seus olhos azuis. Então respiro fundo para me recompor e diminuir minha frequência cardíaca. Que merda. Não posso me estressar antes de entrar no carro. Pilotar com raiva só vai me fazer beijar as barreiras da pista.

Tento ignorar a conversa de Chava e Willow e faço um sinal para que Mark pegue o dispositivo de tortura que usamos para treinos de pescoço. Mas Chava está listando as vantagens de voar em um avião particular, e as risadas de Willow pairam pelo ar e me atingem uma após a outra, como socos de verdade.

Não estou devidamente apoiado e Mark quase quebra meu pescoço ao puxar as faixas, mas tenho a sorte de conseguir me soltar das tiras antes que aconteça alguma coisa realmente grave. Ele vem correndo até mim, passando as mãos na minha cabeça e nos ombros perguntando se estou machucado, mas me desvencilho dele e me viro para o sofá.

— Vocês se importam de ir para a garagem? — peço, torcendo para que eles não consigam perceber a tensão em minha voz. — Preciso que o Mark mexa na minha lombar e não quero que vejam minhas intimidades. Sabem como é.

Os dois assentem e respondem de forma solícita, em seguida recolhem seus pertences e se dirigem à porta, mas não antes de Chava olhar para mim com uma expressão confusa.

Eles saem e Mark se volta para mim.

— Você está distraído — acusa ele, severo.

Pego o dispositivo de treinamento e o coloco outra vez.

— Estou tranquilo. Juro. O falatório me incomodou. — Eu aponto para a corda. — Você vai me torturar ou não? Sei que me ver sofrer te dá prazer, bonitão.

Ele ignora a brincadeira.

— Ela está afetando você.

— Por que você não cala a porra da boca?

Eu vomito as palavras sem conseguir me controlar, mas estou de saco cheio desses puxões de orelha. Respiro fundo e fecho os olhos, tentando me concentrar antes de abri-los novamente. Mark joga no meu time. Ele só está preocupado comigo.

— Foi mal, cara. Eu não deveria ter dito isso.

Ele assente, aceitando meu pedido de desculpas.

— Beleza. Eu entendo. — Ele faz uma pausa. — Mas, cara, você precisa colocar um ponto-final nisso.

Não sei o que ele quer dizer com isso. Colocar um ponto-final? Ou seja, demiti-la? Ou colocar um ponto-final nos sentimentos que desenvolvi? De qualquer forma, não sei se consigo fazer nenhuma das duas coisas.

— Vamos nos concentrar. — Entrego a corda para ele outra vez. — Tenho um colega de equipe que está precisando comer poeira.

Já estou mais calmo quando chego ao meu lado do box.

O ronco dos motores e o cheiro de óleo parecem fazer com que minha pressão arterial volte aos níveis normais. A adrenalina que corre em minhas veias agora tem a ver com a corrida que se aproxima e nada mais. Subo e desço na ponta dos pés enquanto troco uma ideia de última hora com Branny e Sturgill sobre estratégia. Sturgill é o chefe de equipe e não é má pessoa, mas é pau-mandado de Buck. E, embora a prioridade devesse ser marcar pontos para a equipe, independentemente do piloto a obtê-los, Sturgill nunca escondeu que, na verdade, a prioridade *dele* é deixar Buck contente.

Dito isso, ele já me defendeu em algumas situações e o respeito muito por isso. É uma pena que ele não possa fazer isso com mais frequência.

Quando a conversa termina, vou até onde Chava está ajudando Willow a ajustar seu fone de ouvido. Ela é tão cativante que quase tenho que desviar o olhar. Willow é como um raio de sol, iluminando tudo e todos ao redor, me puxando em sua direção como se ela fosse um ponto de luz e eu, uma mariposa.

— Nunca estive tão bonita — diz Willow a Chava, emoldurando o próprio rosto com as mãos para exibir o fone de ouvido vermelho-vivo.

Ela pintou as unhas para combinar com as cores da equipe e seus dedos anelares estão decorados com um toque de glitter.

Willow é a única pessoa aqui que consegue ficar bem com o uniforme da Argonaut. Ela está com a saia justa azul-marinho que valoriza seus quadris, a blusa polo com um nó na frente e os cachos amarrados em um rabo de cavalo com uma fita estampada de estrelas. Seu visual é ao mesmo tempo esportivo e extremamente sexy.

Basta uma olhada para ela e já sei que não tem volta. Mas a verdade é que não quero que tenha.

Como posso colocar um ponto-final nisso, como Mark sugeriu, se ela parece ser um anjo na terra e ainda tem uma personalidade tão incrível?

Ela me vê e sorri com suas covinhas enquanto me aproximo.

— Boa sorte hoje.

— Não preciso de sorte — brinco, devolvendo o sorriso. — Eu tenho você.

Ela solta um grunhido e joga a cabeça para trás.

— Eu te disse para não colocar esse peso em mim!

— Vou terminar no pódio hoje só porque você está aqui.

— Você é impossível. — Ela suspira e faz sinal para que eu abra passagem. — Vou procurar o Konrad. Ele tirou algumas fotos ontem que eu quero postar no seu feed.

Eu me lembro da última postagem de Willow e dou um passo para o lado para que ela passe. Tudo o que ela fez até agora foi perfeito, dando aos fãs alguns vislumbres da minha vida que eles tanto pediam, mas nunca a ponto de me deixar desconfortável e sempre mantendo o equilíbrio entre conteúdos pessoais e profissionais. Ontem ela inclusive sugeriu uma série de posts com foco na minha relação com os membros da equipe, tipo um lance para mostrar minha gratidão e expressar reconhecimento por tudo o que fazem por mim. Em comparação, Jani só publicava fotos minhas sem camisa na academia. Era como se a estratégia dela fosse me pintar como um babaca egocêntrico.

Depois que Willow vai embora, olho para Chava e imediatamente reviro os olhos diante de sua expressão capciosa. Com sorrisinhos sugestivos de um lado e os comentários de censura de Mark do outro, é como ter um demônio em um ombro e um anjo no outro. Mas eu não sei quem é quem.

— É melhor não falar nada — ameaço.

— Estou quieto.

— Mas você estava pensando.

Um sorriso malicioso surge em seu rosto.

— Estava mesmo.

Suspiro e desvio dele para pegar meu capacete na prateleira.

— Não tenho tempo para isso.

Chava coloca as mãos atrás das costas e se inclina sobre os calcanhares, balançando o corpo para a frente e para trás.

— *Boa sorte hoje* — caçoa ele de forma teatral, imitando a voz de Willow.

— Eu vou matar você.

— Entre na fila, *cabrón*.

Quando entro no carro, todos os pepinos desaparecem.

O motor ronca atrás de mim. Meu capacete limita minha visão, de modo que o asfalto e os carros à minha frente são tudo o que consigo enxergar — e lá está Nathaniel à direita. Vê-lo ali me deixa ainda mais determinado. Meta número um de hoje: deixá-lo para trás o mais rápido possível, mas só vou conseguir se o Omega Siluro que está na minha frente sair do caminho.

E isso, é claro, não acontece.

Ele larga devagar, o que me obriga a ficar à direita, mas Nathaniel dispara com velocidade e acabo ficando atrás dele quando pegamos a primeira curva. Fico no cangote dele durante a primeira volta inteira e mantenho a calma. O ar sujo dele me atrasa em todas as curvas, mas o vácuo nas retas vale a pena. Quando minha asa móvel entra em ação, tenho certeza de que vou conseguir ultrapassá-lo.

Espero mais algumas voltas, aquecendo um pouco mais os pneus até que o carro e eu sejamos um. Estou em casa, pronto para acelerar, sabendo que o céu é o limite.

Mas tem um problema: meu colega de equipe não sai da frente nem ferrando.

Ele está na defensiva, como se a própria vida dependesse disso, o que vai ser um desastre para seus pneus, principalmente tão no começo da corrida. O engenheiro de pista provavelmente está dizendo para ele ir com calma e tentar preservar a estratégia de duas paradas para pneus novos, mas esse sujeito está louco para estragar tudo.

— Preciso ultrapassá-lo — digo a Branny pelo rádio, ignorando seus apelos para que eu saia da asa traseira de Nathaniel. — Estou pelo menos meio segundo mais rápido que ele.

Branny fica em silêncio por um instante antes de bater o martelo:

— Negativo, você não tem permissão para ultrapassar.

Sou pego de surpresa. Se as coisas continuarem assim, nenhum de nós dois vai pontuar. Para que isso não aconteça, tenho que ultrapassar meu colega de equipe ou várias pessoas à nossa frente precisam ter problemas consideráveis. Por que eles não me deixam fazer o que é melhor para nossa posição no Campeonato de Construtores?

Na verdade, essa é uma pergunta ingênua. Eu já sei o motivo.

— Então diga a ele para me deixar passar — exijo.

— Negativo — recusa Branny imediatamente. Ele não considerou meu pedido por nem sequer um segundo. — Siga assim.

Que palhaçada. Até os comentaristas devem estar vendo que meu ritmo é melhor do que o de Nathaniel. Se ele me deixasse passar, eu facilmente ficaria segundos à frente dele e teria chance de alcançar uma das McMorris em décimo.

Mas não, estou preso atrás do imbecil do meu colega de equipe que só sabe verificar os retrovisores quando estou atrás dele.

Passo mais sessenta voltas enfurecido, xingando mentalmente Nathaniel e Buck e todas as pessoas que puxam o saco deles, até que cruzo a linha de chegada.

Se já não tinha feito isso antes, acabo de me decidir.

Preciso me mandar daqui.

CAPÍTULO 15
Willow

— Parece que não sou seu amuleto da sorte no fim das contas.

Em um cantinho afastado da garagem da Argonaut, Dev passa a toalha no cabelo molhado de suor para tirar os cachos soltos da testa e os bagunça com a mão. Mesmo depois de uma corrida exaustiva perseguindo o colega de equipe, ele ainda consegue estar lindíssimo.

Mas o Dev que está diante de mim agora é um homem que mal reconheço. Escondido ali para que ninguém o veja, ele tem os ombros caídos e a boca curvada. Sua angústia é palpável.

Dev tentou se esconder de mim também, mas logo percebi que havia algo de estranho no seu sorriso. Então vim atrás dele na hora em que entrou no box e pegou em silêncio uma garrafa de água e uma toalha com Chava — que aparentemente sabia que deveria deixar Dev em paz.

Ele tentou protestar quando percebeu que eu o acompanhava, mas ficou calado depois do comentário sobre o amuleto. Desde então, ainda não falou uma palavra sequer, então só me resta observá-lo enquanto tento pensar em uma maneira de melhorar o clima.

Ouvi o rádio da equipe quando o engenheiro de pista disse que ele não tinha permissão para ultrapassar o outro piloto da Argonaut. O resultado foi o décimo segundo lugar para Dev e o décimo primeiro para Nathaniel. Nenhum deles marcou pontos.

Não é de se admirar que Dev esteja abatido e esgotado. Foi muito esforço em vão.

Eu posso ser nova na equipe, mas é impossível não notar a tensão entre o lado de Dev e o de Nathaniel no box. É óbvio quem é a prioridade, o que sem dúvida tem um pouco a ver com o dono da equipe. Não sei ao certo por que Dev odeia tanto Nathaniel, mas com o tempo vou arrancar a história completa dele. Por enquanto, ver de perto como a equipe trata Dev explica muita coisa.

Desde que comecei a trabalhar como gestora de redes sociais para ele, meu objetivo era chamar a atenção dos chefões da Argonaut para que enxergassem o valor de Dev para a equipe, mas acho que entendi tudo errado. Talvez eu precise elaborar um novo plano de ação, porque, pelo que tenho visto até agora, essa equipe nunca vai pensar no melhor para ele enquanto Buck Decker estiver no comando.

— Quando as entrevistas acabarem venha me encontrar no hotel, está bem? — peço.

Há uma longa pausa antes de ele responder meio secamente:
— Tá.

Abusando da minha sorte e dos nossos limites, fico na ponta dos pés e ajeito um cacho que caiu em sua testa. Não deixo de notar a surpresa em seus olhos ao fazer isso, mas decido seguir em frente como se nada tivesse acontecido.

— Pronto — digo, sorrindo para Dev e sentindo meu coração bater um pouco mais rápido. — Agora você está pronto para as câmeras.

Passa das onze quando alguém bate na minha porta.

Saio da cama e me aproximo, pousando a ponta dos dedos na superfície lisa da porta para checar o olho mágico. Não consigo ver o rosto do homem que está no corredor do hotel. Seu braço está estendido para se apoiar contra o batente e ele tem o queixo encostado no peito, mas não há dúvidas de que é Dev.

Ele levanta a cabeça devagar quando abro a porta. Está de banho tomado e roupas limpas, mas seu semblante continua tão melancólico quanto estava mais cedo na garagem. Para minha surpresa, ele está usando uma camiseta azul-marinho com a logo da Argonaut e uma calça jeans. Depois do que aconteceu hoje, era de se esperar que ele escolheria vestir algo sem a marca da equipe, mas acho que, assim como foi com a ordem recebida durante a corrida, ele não teve escolha.

— Oi — cumprimenta ele, a voz grave e rouca.

— Oi.

Eu me afasto da porta e estendo o braço em sinal para que ele entre.

Ele me observa por um instante antes de tirar a mão do batente da porta e se arrastar quarto adentro. Dev para na entrada e tira os sapatos sem usar as mãos, então segue em direção à poltrona no canto. Com um suspiro, ele despenca sobre o assento e recosta a cabeça na almofada. Seus joelhos estão separados, e os cotovelos pendem sobre os apoios de braço. A postura é aberta, mas extenuada, e mesmo assim não consigo deixar de me imaginar engatinhando entre suas pernas, colocando as mãos em suas coxas...

Pelo amor de Deus, garota. Se controla.

Continuo parada à porta por mais um instante, tentando me recompor, depois vou até a cama. Eu me sento na beirada mais próxima a ele, coloco as mãos sobre minhas pernas e o observo.

— Você está bem? — pergunto, finalmente, embora a resposta seja óbvia.

Ele fecha os olhos e seus cílios roçam o topo de suas bochechas. Quando os abre novamente, seu olhar encontra o meu.

— Vou ficar.

Em outras palavras, Dev *nem de longe* está bem. Mas é claro que ele jamais diria isso. Não Dev, o cara que está sempre alegre.

— Quer conversar? — insisto.

— Na verdade, não.

Eu concordo com a cabeça e deixo o silêncio pairar entre nós. Pedi a ele que me encontrasse porque queria pensar em uma nova estratégia para que outras equipes além da Argonaut o notassem, mas claramente não é o momento para esse assunto. O estado dele é péssimo, dá para ver que está travando uma batalha interna sobre a qual não sei nada. E provavelmente nunca saberei.

Mesmo que eu não possa falar sobre estratégias ou insistir para que ele tente se abrir, não quero que volte para o quarto e fique de mau humor sozinho. Claro que ele poderia procurar Chava ou Mark, mas duvido que faria isso. Conheço Dev há muito tempo e nunca vi esse tipo de vulnerabilidade. Muito me admira que tenha vindo até aqui. Quero que ele se sinta confortável para ficar.

Eu me levanto da cama, e ele parece levar um susto, mas seu olhar se torna um pouco mais presente enquanto me observa.

— Vamos ver um filme — decido, sustentando o olhar dele por um segundo antes de pegar o controle da TV na mesa de cabeceira.

Já estou logada na minha conta da Netflix porque assisti a um episódio de uma das minhas séries favoritas enquanto estava no FaceTime com Chantal mais cedo. Assim, quando ligo a TV, meu perfil aparece imediatamente, cheio de recomendações de séries de comédias românticas que o algoritmo acha que são do meu gosto. Mas não vou assistir a nenhuma delas esta noite.

— Você ainda gosta de terror? — pergunto, dando uma olhada de relance para ele.

Ele não parece tão amargurado quanto antes, mas franze a testa com minha pergunta.

— Você ainda se lembra disso?

— Se eu me lembro de quase morrer do coração toda vez que você e o Oakley decidiam fazer uma maratona de filmes? — pergunto, dando uma olhada nas sugestões de filmes na tela. — Hum, como eu ia esquecer?

Isso arranca uma risada dele, que soa engasgada como se tivesse esquecido como se faz para rir.

— Ainda gosto, mas não vou fazer você ver os filmes de terror que eu gosto.

Contenho um sorriso. Pelo menos ele parece querer ficar. Se a única coisa que eu conseguir for distraí-lo do que aconteceu hoje e ajudá-lo a lembrar que a vida é mais do que carros de corrida e todos os entraves políticos envolvidos, já vai ser uma vitória. Geralmente é Dev quem distribui sorrisos e traz leveza para a vida de todo mundo. Ele merece o mesmo. É a vez dele de ser paparicado.

— Eu topo. — Volto para a cama tomando cuidado para ocupar apenas um dos lados caso ele queira se deitar também. — Quer ver o quê?

Ele se senta devagar, olhando para mim enquanto espero sua resposta.

— Tenho uma coisa em mente, mas você tem que prometer que nunca vai contar para ninguém. Principalmente para o Chava. Ele me zoaria pelo resto da vida.

Eu esfrego as mãos como um vilão de desenho animado.

— Um segredo guardado até mesmo do Chava? Prossiga.

Dev ri e balança a cabeça, depois desvia o rosto, como se não quisesse me olhar nos olhos ao fazer sua confissão.

— Quando tenho um dia muito ruim... eu vejo um filme de Bollywood.

Eu continuo olhando para ele, esperando a informação chocante. Como ele não diz mais nada, eu franzo a testa.

— É isso? Você está agindo como se eu não soubesse que você queria ser cantor de trilha sonora quando tinha onze anos.

Ele olha depressa para mim com os olhos arregalados.

— É melhor guardar isso a sete chaves — ameaça ele, com o dedo em riste.

— Vou levar esse segredo para o túmulo — digo, me segurando para não rir. — Mas, falando sério, não me surpreende que você goste de fazer isso em um dia ruim. Quem não quer ver um dramalhão com números de dança quando está meio pra baixo?

— É um pouco mais... específico do que isso. — Ele respira fundo, solta o ar e diz depressa: — Eu geralmente coloco *Kal Ho Naa Ho*.

Não sou grande conhecedora do cinema indiano, mas vi muitos filmes de Bollywood quando era criança graças à tia Neha. Tenho certeza de que ela emprestou todos os DVDs de sua coleção para minha mãe ao longo das décadas em que foram vizinhas. E tem um filme que sempre se destacou para mim, por ter me deixado chorando por horas depois de terminar.

— Calma... *Kal Ho Naa Ho* é o filme que você gosta de ver quando está *triste*? Está de brincadeira?

Dev dá de ombros, mais uma vez evitando meu olhar.

— Não... É sério. É sobre ter orgulho de quem você é, de sua origem, de onde você vem, e viver a vida ao máximo, mesmo sabendo que você pode morrer a qualquer momento. Se isso não explica minha vida...

Beleza, entendi. Mas jamais imaginei que receberia uma resposta como essa.

— Faz sentido. Mas esse filme me fez chorar de soluçar na única vez em que o vi, então ele está proibido hoje. Escolhe outro.

Ele torce a boca, olhando em volta com o olhar perdido. Então parece pensar em algo e seu rosto se ilumina.

— *Devdas?*

Eu quase me engasgo.

— Você não pode estar falando sério.

— *Dil Se?*

— Você por acaso *quer* continuar triste?

Ele ri, mas dessa vez da forma afetuosa que eu conheço bem.

— Tá bom, tá bom. — Ele se rende. — Que tal *Om Shanti Om*?

— Ah, já saquei. — Eu balanço a cabeça com uma expressão sabichona, finalmente entendendo as escolhas de Dev. — O tema não é tristeza, é o Shah Rukh Khan.

E de repente lá está o sorriso que derrete o meu coração, mesmo sabendo que não deveria.

— Você me pegou. Com o rei Khan não tem erro.

— Eu topo ver *Om Shanti Om*. — Pego o controle remoto e digito o título na caixa de busca. Quando encontro a miniatura do filme, chuto o balde de vez e dou um tapinha no lugar vazio ao meu lado na cama king size. — Venha pra cá. Não quero que você fique com torcicolo virando o pescoço para ver a TV. O Mark me mataria.

O gesto é despretensioso, mas nós dois sabemos que isso ultrapassa os limites da nossa amizade, ainda que haja um vasto espaço e uma montanha de travesseiros entre a gente. Certa de que ele diria não e, em vez disso, arrastaria a poltrona para mais perto, fico surpresa quando ele se levanta e se aproxima da cama. Dev se ajeita cuidadosamente no colchão, primeiro com um joelho depois com o outro. Em seguida, pega um dos muitos travesseiros e o coloca entre nós para apoiar o cotovelo como se fosse um apoio de braço.

Perdi a conta de quantas vezes nos abraçamos, trocamos apertos de mão ou sentamos lado a lado em reuniões nos últimos dias, então eu não deveria ficar nervosa com a ideia de Dev estar sentado a menos de três palmos de mim. Mas aqui tudo parece íntimo. Não há mais ninguém presente e estamos literalmente na cama juntos, mesmo que não estejamos nem perto de nos tocar. A iluminação do quarto é suave graças ao abajur e o zumbido do ar-condicionado é o único som, então isso também não está ajudando.

Assim que ele se acomoda, eu suspiro e me acomodo do meu lado da cama. Vou fingir que tudo está normal, ainda que isso passe longe da verdade.

— Posso dar play? — pergunto, levantando o controle remoto. Mas, em vez disso, me sento na cama, abaixando o braço. — Calma aí.

Eu jogo o controle para ele e corro para o meu estoque de guloseimas na cômoda.

— Eu comprei umas coisinhas — explico, segurando dois pacotes de batatas chips. — Não dá para estar no Canadá e não comer batata chips de ketchup e de todos os sabores. Escolhe uma.

Ele coloca o indicador sobre a boca olhando de um pacote para o outro.

— Metade, metade?

— Excelente ideia.

Entrego primeiro o sabor de ketchup para Dev e volto para o meu lado na cama. Ele dá play no filme enquanto abro meu pacote e suspiro de satisfação com a primeira batata.

Somente quando os créditos iniciais terminam eu me dou conta de que não consigo entender uma palavra do que estão dizendo.

— Dev, preciso de legendas.

Ele parece confortável com o pacote de batatas e o controle remoto sobre a barriga.

— Ah, caramba. É verdade. Foi mal. — Ele se apressa em ativar as legendas. — Eu esqueço que nem todos foram obrigados a frequentar uma escola hindu.

— Entendo que você não tenha gostado, mas pelo menos você fala três idiomas! Eu morro de inveja — observo, enfiando a mão no pacote de batatas chips novamente.

— Cinco, na verdade — responde ele, distraído, prestando atenção na TV quando Shah Rukh Khan entra em cena. — Aprendi francês e italiano depois que me mudei para a Europa. Ficou mais fácil me comunicar no paddock. É meio vacilo esperar que todos falem inglês.

Eu olho para ele, esquecendo a legenda na tela. Se eu achava que Dev Anderson não poderia me impressionar mais, ele acaba de provar que estou enganada. E mais uma vez sinto aquele frio na barriga.

— Odeio você — reclamo. — Pare de ser bom em tantas coisas. Deixe algumas aptidões para o resto de nós.

Dev começa a rir. O som é familiar e flui tão naturalmente que me pergunto se o homem que chegou pouco antes é o mesmo que está deitado ao meu lado.

— Você também é boa em muitas coisas — responde ele, encontrando meus olhos do outro lado da cama. — Não se coloque para baixo, Willow.

No intervalo — Bollywood sendo Bollywood —, eu me levanto para me alongar enquanto Dev pega bebidas na máquina de venda no final do corredor.

Superamos o constrangimento inicial e voltamos a nossos velhos hábitos. Joguei ursinhos de goma nele quando ele cantou "Ajab Si" para mim como se estivesse se declarando, vaiamos o filme juntos toda vez que Mukesh apareceu e Dev até prometeu me dar réplicas de todas as roupas que Deepika Padukone usou depois de eu tê-la elogiado pelo menos meia dúzia de vezes, provavelmente só para me fazer calar a boca.

Entramos em nosso próprio mundinho, onde nada fora do quarto de hotel ou que não fosse relacionado à obra-prima cinematográfica a que estávamos assistindo importa. Espero que seja um escape para ele, uma chance de colocar a cabeça no lugar e se distrair de toda a chateação da semana, porque amanhã é um novo dia e não quero que essas preocupações o acompanhem. Não posso acabar com elas por completo, mas consigo deixar as coisas *um pouco* mais leves, mesmo que seja apenas vendo um filme com ele enquanto comemos porcarias que ele provavelmente deveria evitar.

A porta faz um clique e Dev entra no quarto, mas em vez de tirar os sapatos e voltar para a cama, ele coloca as águas e meu cartão de acesso na mesinha lateral da entrada e passa a mão pelo cabelo.

— Acabei de me dar conta da hora — diz ele, de cabeça baixa e com a expressão um pouco menos relaxada do que antes.

Eu me aproximo, parando a alguns metros da porta que Dev está segurando aberta com o pé.

— Acho que eu deveria ir dormir — explica ele. — Temos que ir embora bem cedo amanhã.

— Ah. — Não quero parecer decepcionada, mas deixo escapar mesmo assim. Tento forçar um tom mais descontraído. — Claro, tem razão. E eu ainda preciso fazer as malas, então...

— A gente termina o filme outra hora. — Sei que ele está falando sério pela forma como sorri para mim. — Tem certeza de que quer ir passar a semana em Dallas antes da Áustria? Se quiser voltar para Nova York, Chava pode alterar sua passagem.

Faço que não com a cabeça. Precisamos estar na Europa em uma semana para a próxima corrida. Além do mais, se Dev planeja passar um tempo na sede, é lá que eu devo estar. Ficarmos separados não vai ser bom para a criação de conteúdo, fora que podemos aproveitar o tempo na sede para conversar com os funcionários da Argonaut de lá. É a oportunidade perfeita para trabalhar no projeto de gratidão de Dev.

— Sim, tenho certeza — reitero. — Então nos vemos de manhã?

Ele concorda, segurando a porta aberta com a mão agora e se afastando lentamente.

— O carro para o aeroporto sai daqui às nove.

— Ótimo.

Há um momento de silêncio, como se nenhum de nós soubesse como encerrar a conversa. Não quero que ele vá embora. Será que ele está pensando a mesma coisa?

— Então tá — diz Dev, por fim, recuando um passo de forma decidida.

Vou até ele com a desculpa de fechar a porta só para vê-lo mais de perto e aproveitar esses últimos segundos juntos. Vamos nos ver de manhã, mas quero desfrutar desse momento antes que acabe.

Dev já está indo embora, mas então para e se vira para mim. Seu rosto se ilumina.

— Só mais uma coisa.

Seguro a porta com mais força e meu coração dispara.

— Sim?

— Quem tem o melhor tanquinho, eu ou Shah Rukh Khan em *Dard-e-Disco*?

A pergunta inesperada me arranca uma gargalhada. Não consigo fingir que não achei engraçado.

— Chega de biscoitar — repreendo.

Porque o tanquinho de Dev *é* o melhor. E isso quer dizer muita coisa.

Ele dá um sorriso de orelha a orelha.

— Boa noite, Willow — despede-se.

— Boa noite, Dev.

Ele coloca as mãos nos bolsos da calça e vai embora de ombros retos e cabeça erguida. Esse é o Dev que conheço, alegre e confiante. O desânimo que o acompanhava antes se dissipou.

Quando estou fechando a porta, um movimento mais adiante no corredor chama minha atenção. É Mark entrando no próprio quarto, mas não sem antes lançar um olhar severo para Dev, que caminha em sua direção. Dev mal olha para ele, mas aquilo me deixa intrigada.

Porque desconfio que Mark seja a razão que fez Dev ir embora.

CAPÍTULO 16
Dev

Reid Coleman conquistou minha garota.

Bom, tecnicamente Willow não é minha. E, tudo bem, Reid deixou todo mundo encantado no avião com as histórias de suas aventuras e com seu sotaque do sul. Mas, mesmo assim, a questão permanece. O calor sufocante do Texas também não ajuda a amenizar o ciúme, enquanto Chava, Mark, Willow e eu atravessamos a pista em direção ao SUV que nos aguarda. Mark fica para trás junto comigo, e Chava e Willow seguem na frente, narrando um para o outro uma história de Reid sobre paraquedismo e agindo como fãs obcecados.

— Você já me desculpou?

Olho de relance para Mark, ajeitando minha mochila no ombro.

— Não tenho nada para desculpar.

— Nós dois sabemos que isso não é verdade.

— Podemos fingir que é. — Ele respira fundo e mantém a voz baixa. — Só estou tentando fazer com que você continue focado.

— Não estou distraído — respondo, mas isso não alivia o semblante de Mark.

Ele se preocupa comigo; esse é o trabalho dele. Mas, para além disso, Mark também é um bom amigo. Atitudes assim não me incomodam, porque em 99 por cento das vezes ele está certo e eu preciso mesmo ser colocado nos trilhos. Mas não estou muito a fim de papo depois de seus alertas em relação a Willow e da maneira como ele praticamente me arrastou para fora do quarto dela ontem à noite.

— Olha, tinha sido um dia difícil. Ela só estava tentando me animar — explico, mas, quando as implicações dessas palavras me ocorrem, decido esclarecer as coisas antes que ele tire conclusões precipitadas. — Nós só assistimos a um filme. E, sinceramente? Isso ajudou. Ela...

Não termino a frase, tentando encontrar uma forma de fazê-lo entender a leveza que Willow traz para a minha vida e a forma como ela é o raio de sol que espanta a tempestade da minha cabeça.

— Ela colocou a minha cabeça no lugar — concluo.

Mark estreita os olhos.

— É muito crédito para se dar a alguém.

Talvez seja. Ou talvez não seja o suficiente. Porque ela impediu que eu fosse parar em um lugar sombrio ontem à noite e sua presença no momento é a única coisa que me ajuda a não pensar em como me sinto estagnado na Argonaut. Estamos prestes a entrar na cova dos leões da sede da equipe, mas, sabendo que ela estará lá também, não sinto medo.

Embalado pelo som da risada de Willow, admiro de longe seus cachos.

— Nada que ela não mereça.

A semana em Dallas é como um borrão de reuniões, sessões de treino particularmente longas e muitas horas no simulador. Quando partimos para a Áustria, já estou confiante de que posso percorrer o circuito de olhos fechados. E estou pronto para lutar outra vez.

Mas se a Argonaut vai me permitir fazer isso é outra história.

— Ok, hora da atualização semanal — anuncia Willow quando o avião chega a dez mil pés e somos autorizados a pegar nossos aparelhos eletrônicos.

Ela tira o laptop da bolsa e o abre. Ao ligar a tela, uma apresentação de slides surge. Ela veio preparada.

Não temos passado muito tempo juntos além das refeições. Andamos muito ocupados com nossas respectivas responsabilidades para fazer muito mais do que nos cumprimentar e tirar fotos rápidas. Estarmos sentados um ao lado do outro na primeira classe de um voo comercial parece um sonho, mas o aviso de Mark para que eu fique longe dela me vem à cabeça.

Ela pigarreia e começa a apresentação.

Willow merecia aplicar aquelas habilidades em uma escala maior, trabalhar para uma equipe que valorizasse sua dedicação e talento. Não quero estragar isso para ela. Então, em vez de me aproximar como eu gostaria, aceno com a cabeça e peço para que ela vire a tela em minha direção.

— O número de seguidores aumentou em média nove por cento em todas as plataformas — começa ela.

O primeiro slide mostra gráficos de crescimento de seguidores e engajamento. Depois que dou uma olhada, ela passa para o seguinte, que está cheio de logos de marcas de empresas com as quais eu ficaria mais do que feliz em trabalhar.

— Howard arranjou duas novas marcas para você. Estou com o material completo de cada uma delas, caso queira analisá-las mais tarde. Vamos garantir que façam sentido para você.

— Meu agente foi muito insuportável quando você conversou com ele? — pergunto, sem jeito.

Ela me lança um olhar penetrante.

— Você nem imagina quanto.

— Não me surpreende.

Aponto para a tela do computador, fazendo sinal para que ela continue.

— Ok, você pode descartar essa ideia se achar que é muito cedo, mas as apresentadoras desse podcast gostariam de entrevistar você. Ouvi quase todos os episódios que publicaram até agora e elas realmente sabem do que estão falando. Além de tudo, são muito engraçadas e estão fazendo sucesso.

Arqueio a sobrancelha. Willow fez tudo isso antes de saber se eu estaria interessado?

— Você ouviu todos os episódios?

— Quase todos — corrige ela. — Fiz o dever de casa. Também ouvi outros podcasts sobre F1 para ver se faziam o seu perfil, mas acho que esse é o melhor.

— Caramba, estou muito impressionado com você.

As palavras saem antes que eu me dê conta, mas, mesmo quando vejo o rubor subindo por seu pescoço, não as retiro. Ela merece aquele elogio e muito mais.

— Obrigada — murmura Willow, sem tirar os olhos da tela do laptop. Ela passa para o slide seguinte. — Enfim, vou pedir para o Chava agendar tudo. E aí temos...

Conforme ela continua, tento me concentrar na apresentação em vez de prestar atenção em seu rosto corado. Toda vez que ela faz uma sugestão, eu concordo. Willow sabe o que está fazendo, isso é nítido. Estou apenas seguindo o fluxo.

— Ok, vou coordenar com todo mundo e registrar as datas na agenda — diz ela, radiante, quando conclui o último slide.

Tenho que resistir à vontade de traçar a curva de seu sorriso com o dedo, porque isso *não* é algo que um chefe deva fazer. Mas a tentação é absurda, e quanto mais tempo passo com ela, mais difícil fica.

Talvez Mark estivesse certo. Talvez eu deva colocar um ponto-final nisso. Pela minha sanidade e pela reputação de Willow.

Só que essa lucidez desaparece sem deixar vestígios quando ela aperta minha mão. Willow está empolgada e é um toque breve, completamente inocente. Apenas uma manifestação de como se sente feliz por estar trabalhando com tudo aquilo. Duvido que ela tenha visto com outros olhos.

Com uma expressão alegre ainda no rosto, ela guarda o laptop, pega um caderno e se aconchega em sua poltrona. Willow rabisca uma página, mordendo o lábio inferior em concentração. E nesse momento sei que estou completamente fisgado. Não quero que ela esteja em lugar nenhum que não seja a meu lado.

Pelo menos não até o fim do verão e do nosso tempo juntos. E aí só Deus sabe o que terei que fazer para mantê-la por perto.

O domingo chega com um céu azul e um sol tão radiante quanto meu humor. Mais uma vez estou sentindo que nada pode me parar. É um descanso bem-vindo do peso que sentia sobre meus ombros.

Os treinos de sexta-feira transcorreram sem problemas e ontem me classifiquei em décimo primeiro. Para melhorar ainda mais o meu humor, Nathaniel vai largar em décimo sétimo, então é improvável que as instruções da equipe afetem minha corrida.

Eu o evito quando todos os pilotos se reúnem na carreta adaptada de um caminhão, no qual vamos desfilar, e cumprimento Thomas Maxwell-Brown com um sorriso e um soquinho no ombro, tirando sarro das fotos ridículas em um iate que ele postou na semana passada. O sujeito é mais metido do que um membro da família real britânica... da qual ele talvez faça parte, se alguém parar para analisar com atenção a linhagem de sua família.

Quando subo no caminhão, Zaid Yousef levanta o queixo, fazendo sinal para que eu ocupe o lugar livre ao lado dele — bem na grade e longe dos repórteres. Fico paralisado por um segundo antes de forçar meus pés a se moverem.

É ridículo, mas ainda fico fascinado quando vejo Zaid. Ele é só um cara normal contra quem estou competindo há anos, mas também é um deus aos meus olhos desde que eu era criança. Com sete títulos no currículo e um número quase infinito de recordes, ele é sem dúvida o maior de todos os tempos. E sendo um cara de pele marrom — o tipo de marrom do Oriente Médio, comparado ao meu marrom do sul da Ásia —, ele me mostrou que é possível que pessoas com a nossa cor alcancem o mais alto nível do automobilismo.

— E aí, beleza? — pergunta ele depois que trocamos um aperto de mão. Zaid tem o sotaque mais carregado, diferente de Thomas.

— Numa boa — respondo, tentando parecer descolado e falhando miseravelmente.

— Como está sua mãe?

Essa é outra coisa legal sobre Zaid — ele se lembra dos pequenos detalhes sobre você. Ele conversou com minha mãe *uma vez* e pergunta sobre ela até hoje.

— Está bem. Ainda não consegui convencê-la a parar de trabalhar, embora ela não precise mais fazer isso.

Zaid responde com um sorriso acolhedor e compreensivo.

— Minha mãe também é assim. Ela prefere morrer a deixar outra pessoa tomar conta da loja da família.

Ficamos conversando enquanto o caminhão dá a volta no circuito num desfile para os fãs, mas um operador de câmera me tira do caminho quando os entrevistadores se aproximam para fazer perguntas a Zaid sobre a possibilidade de ele conquistar o oitavo título do campeonato. Há um espaço livre ao lado de Reid, então vou até lá.

— Obrigado mais uma vez pelo voo até Dallas — digo, me aproximando. — Como foi voltar para casa?

— Foi bom descansar. — Ele apoia o cotovelo no meu ombro e acena para o público com a outra mão. — Apesar de a minha avó ter passado a semana inteira reclamando que nunca vou visitá-la.

Eu rio e aceno também, curtindo a animação da torcida.

— Diga a Dottie que estou com saudade da torta de maçã que ela faz.

— Pode deixar — diz ele, rindo. — Falando do Texas e de torta de maçã, você tem algum plano para o Quatro de Julho?

— Nada além dos compromissos da Argonaut. — Não vou para casa no feriado porque são só dois dias e temos o Grande Prêmio em Silverstone logo depois. — Vou direto para Londres me preparar para aquela palhaçada. E você?

— Então você vai ao jantar? — pergunta Reid. — Ainda estou decidindo se vou ter coragem de dar as caras lá, mas definitivamente não queria ir sozinho.

— Ah, a festa cafona da Argonaut? — Fico com vontade de revirar os olhos só de pensar nisso. Vai ser uma festa completamente norte-americana... no meio de Londres. — Eles vão me engolir vivo se eu não aparecer. Por favor, vá também para sofrer comigo.

Reid balança a cabeça, ainda virado para a torcida.

— Não, estou falando do jantar com Buck um pouco antes. É um lance mais íntimo, não é? Ele disse que só chamou os melhores, mas não sei se quero passar mais tempo do que o necessário perto daquele cara.

Sinto o chão se abrir sob meus pés. Franzindo a testa, olho para ele e pergunto:

— Que jantar?

Reid para de acenar e se vira para mim, franzindo a testa também. As câmeras estão filmando tudo isso, mas pelo menos não podem nos ouvir.

— Você não ficou sabendo?

— Não. Não fiquei.

Não me surpreende que Buck tenha planejado um evento extra, mas me surpreende que eu não tenha ficado sabendo — e que ele tenha convidado um piloto de uma equipe adversária.

Já estou com vontade de vomitar. É óbvio que Buck me quer fora da equipe, mas duvido que Reid tomaria meu lugar. Não consigo imaginá-lo abandonando a D'Ambrosi. Ele está feliz na Scuderia e passou o ano todo disputando as primeiras colocações. Por que abriria mão disso para pilotar para uma equipe mediana que não ganha há séculos?

Mas se Buck ofereceu dinheiro suficiente para que a mudança valha a pena, estou ferrado.

Tenho que me esforçar para manter o sorriso no rosto, para evitar que as câmeras percebam o turbilhão de sentimentos dentro de mim. Também não quero que Reid note.

— Você foi convidado por causa do contrato técnico, não foi? — sugiro em tom brincalhão. — Tenho certeza de que a D'Ambrosi pensa que vocês merecem estar em todas as nossas festas já que fabricam nossos motores.

— É verdade — concorda Reid, mas isso não me conforta. — Com certeza foi isso.

Meu estômago está se revirando quando paro em minha posição no grid, mas a náusea agora se mistura a uma raiva abrasadora.

O motor vibra enquanto flexiono os dedos ao redor do volante. Fiquei na minha e evitei todo mundo exceto meus engenheiros depois de descer do caminhão do desfile dos pilotos, tentando não desperdiçar o ódio que ardia em meu peito e que agora se alastra feito um incêndio.

Meu coração desacelera conforme as luzes vermelhas se acendem uma a uma e dá um solavanco quando todas se apagam de uma vez. Saio feito um tiro e imediatamente ultrapasso dois carros. Quando alcançamos a primeira curva, já estou em nono lugar. Mantenho a vantagem na lateral interna, ficando atrás de uma McMorris, e mesmo assim colado na asa traseira dela.

A diferença aumenta um pouco com o passar das voltas, mas vou conseguir ultrapassá-la logo se fizer mais um esforcinho.

Branny é como um mosquito zumbindo em meu ouvido. Eu me desconecto de tudo exceto das coisas importantes, dando respostas curtas quando necessário. Costumamos ter uma boa relação, mas não hoje. Não depois de eu ter descoberto que existe uma conspiração para me botar para escanteio, e ela está acontecendo bem debaixo do meu nariz.

Na vigésima terceira volta, estou na frente da McMorris e sinto que o carro está respondendo bem. Meus pneus estão segurando a barra, o equilíbrio é o melhor possível e estou usando toda a potência que tenho disponível.

Estou pilotando para provar o meu valor. Seja para a Argonaut ou para outra equipe, estou determinado a mostrar do que sou capaz e a razão pela qual mereço estar aqui. Há um motivo para eu ter sido o estreante do ano quando comecei; para que os patrocinadores tenham me procurado logo de cara; para eu ter vencido centenas de outros pilotos em minha trajetória até a F1. Estou aqui porque lutei por isso e vou continuar lutando.

Sigo adiante, determinado a diminuir a distância do carro à minha frente. Estou prestes a perguntar a Branny a quantos segundos estou do meu adversário quando ele fala no rádio:

— Há algo errado com o carro — alerta ele. — Você precisa parar. Diminua a velocidade e vá para o box. Repito, diminua a velocidade e vá para o box.

Fico atordoado e sem saber o que fazer. O carro parece tão íntegro quanto um carro da Argonaut pode estar.

— Qual é o problema? — questiono. — Não sinto nada de errado.

— Temos um problema — repete Branny, sem me dar nenhum detalhe.

Talvez ele não queira que nossos concorrentes saibam o que está acontecendo, mas eu é que estou dirigindo a porra do carro.

Ele poderia pelo menos me dar uma dica, para que eu pudesse ajudar a avaliar a situação.

— Fala logo! — vocifero.

Só que, mais uma vez, sou deixado no escuro.

— Não podemos arriscar — responde ele. — Box. Box. Agora.

Não me importa que o mundo inteiro consiga me ouvir xingar pelo rádio. Não me importa que eu praticamente exceda o limite de velocidade dos boxes ao entrar com o carro. Não me importa que meu capacete caia com um baque terrível no concreto dentro da garagem enquanto engenheiros e mecânicos correm de um lado para o outro.

Fervendo da cabeça aos pés, cerro os dentes para não dizer algo de que vou me arrepender a alguém que não merece. Abaixo a cabeça e me esquivo das pessoas determinadas a me parar para conversar, mas não consigo fazer isso agora. Não consigo. Não quero ouvir as justificativas.

Mas Sturgill, o chefe de equipe, está obstruindo a passagem para o corredor que dá acesso à saída. Não tenho escolha a não ser passar por ele. Eu me preparo para desviar, para evitar seu olhar e todas as baboseiras que ele vai me dizer, mas no momento em que passo ao seu lado sua mão se estende e ele agarra meu bíceps.

Estou prestes a gritar para que ele me solte, mas fico rígido diante do olhar severo dele. Da preocupação. Da inquietação sombria. Então deixo que Sturgill me arraste para perto. Quando nos aproximamos, ele coloca a boca perto do meu ouvido para que não haja chance de alguém nos escutar.

Seu hálito é quente em minha pele, mas meu sangue gela assim que ouço o que ele tem a dizer.

— Não havia nada de errado com o carro — murmura ele. — Foi ordem de Buck.

CAPÍTULO 17
Willow

No segundo em que Dev entra na garagem, eu disparo em sua direção.

Arranco meus fones de ouvido e os jogo no primeiro lugar que vejo, sem pensar duas vezes. Nem mesmo a dor nos quadris por ter ficado horas sentada em cadeiras duras ou passado muito tempo de pé pode me impedir.

Mas Mark tenta.

Ele agarra meu braço e me faz parar. Endireito os ombros e olho para ele com o semblante fechado. Por sorte, ele não me segurou com força demais para causar grandes danos.

Antes que eu possa abrir a boca, Mark balança a cabeça de um lado para o outro e diz:

— É melhor deixar o Dev sozinho.

As palavras são breves, mas firmes, e há pouca brecha para discussão. Mas discutir é exatamente o que eu vou fazer.

— Acho que vou arriscar.

Respondo de maneira igualmente firme, sustentando o olhar de Mark até que ele lentamente afrouxa o aperto em meu braço. Relutante, parece estudar minha expressão, e a ponta de seus dedos roça a parte de trás do meu braço quando ele finalmente me solta.

Ignoro o modo como ele diz meu nome como um aviso e me afasto, indo para os fundos do box, onde Dev desapareceu. Não sou rápida o bastante para alcançá-lo, mas acho que sei para onde ele está indo.

A porta da sala de descanso de Dev está fechada quando chego. Bato, mas não espero uma resposta antes de entrar.

Dev está do outro lado da salinha, olhando para o chão e andando de um lado para o outro com os dedos enterrados no cabelo. Seus ombros estão tensos sob a camisa à prova de fogo, como se ele mal estivesse conseguindo controlar a vontade de bater em alguma coisa. Seu macacão de corrida está caído em torno dos quadris, e, quando ele se vira ao ouvir o som da porta se fechando, sinto meu coração se partir com a dor que vejo em seu rosto.

Fico onde estou. Se ele me pedir para ir embora, vou sem questionar. Mas até que isso aconteça, permaneço aqui. Ele não precisa lidar com isso sozinho.

Ninguém gosta de desistir de uma corrida antes do tempo, mas com base na reação dele não se trata *apenas* de uma desistência. Tem algo mais em jogo.

— Preciso sair dessa equipe — declara ele, com a voz embargada. Dev finalmente abaixa as mãos, deixando o cabelo desgrenhado e cerrando os punhos ao lado do corpo. A raiva inflamada parece ter se transformado em frieza. — Não posso ficar aqui sendo sabotado toda hora. Estou jogando a porra da minha carreira no lixo.

Fico em silêncio. Ele precisa desabafar antes que isso o devore por dentro. Dev é sempre uma força positiva, sempre otimista, mas, pela primeira vez, está deixando transparecer sua frustração.

— Não tinha nada de errado com o carro — continua ele, afobado. — Sturgill disse que a ordem para voltar veio diretamente de Buck. Ele armou uma cilada para mim. Aquele desgraçado me sacaneou para que eu não envergonhasse o filho dele e para que eu parecesse menos atrativo para qualquer equipe que pudesse se interessar por mim. — Ele solta um grunhido de raiva e balança a cabeça, seu cabelo úmido caindo sobre a testa. — Tenho que sair daqui antes que eles decidam me descartar.

Por que fariam isso com ele? Não faz sentido. Dev é um piloto extraordinário. Ele sempre pontua, evitando que a equipe seja completamente aniquilada no Campeonato de Construtores, então por que acabariam com as chances de sucesso dele? Eles também sairiam perdendo.

— Você ainda não tem um ano de contrato? — pergunto. — Eles não são obrigados a aguardar até o fim desse período?

Dev bufa e balança a cabeça, voltando a andar de um lado para o outro.

— Esses contratos não significam nada. Já vi caras aceitarem uma grana para sair e depois não dirigirem nunca mais. Não quero que isso aconteça comigo. Não vai. Não vou permitir que aconteça.

Ele está ficando agitado de novo, como um tigre preso em uma jaula pequena demais. A Argonaut está podando Dev, e, embora esta seja a primeira vez que o vejo perder a cabeça por causa disso, tenho certeza de que não é a primeira vez que isso acontece.

Não cheguei a falar com ele sobre recalcularmos a rota na repaginação de sua imagem, mas, caso ele saia da Argonaut, vai precisar de toda a ajuda possível para encontrar outra equipe e continuar na F1.

— Se eles vão me foder, talvez eu deva retribuir o favor — continua Dev, parando novamente no meio da sala. Ele está olhando para mim, mas é como se seu olhar me atravessasse. — Talvez eu deva bater em todos os treinos, treinos classificatórios e corridas, para que eles tenham que gastar uma fortuna consertando o carro. Eles seriam penalizados toda hora com todas as modificações. Seria um desastre para todos os envolvidos, não apenas para mim.

Explodir daquela forma, pensar em sabotar tudo pelo que trabalhou a vida toda, é algo extremo da parte de Dev, mas ele está botando a raiva para fora e não posso culpá-lo por isso.

Mas, na tentativa de acalmá-lo, arrisco, devagar:

— Você não vai fazer isso, Dev.

Ele olha para mim, desnorteado, como se só agora notasse minha presença. Então seus ombros caem e ele fecha os olhos, nitidamente tentando se recompor. Quando os abre novamente, não estou mais falando com a fera enjaulada. Meu Dev está de volta, mesmo que sem a leveza de sempre.

— Willow — diz ele, soltando o ar dos pulmões e relaxando as mãos. — Me desculpa, eu não deveria ter dito essas coisas. Eu não estava falando sério, é que... — Dev não termina a frase, ajeitando o cabelo com uma risada cansada. — Que merda. Não sei mais o que fazer.

Mordo o lábio inferior, desejando poder oferecer uma solução além daquelas que já colocamos em prática.

— Enquanto a equipe não parar de me tratar como um peso morto, ninguém mais vai me querer — continua ele, arrasado.

Meu coração fica apertado. Parece literalmente impossível que nenhuma equipe vá querer Dev. Talvez sua reputação não seja das melhores no momento — embora esteja melhorando a cada dia —, mas seu desempenho nas corridas fala por si só. Ele lutou com unhas e dentes por cada ponto marcado na Argonaut. Não é preciso ser engenheiro para saber que o carro dele não está nem perto de se equiparar ao da Mascort ou da Specter Energy, mas ele raramente fica a mais de um segundo dos líderes nos treinos classificatórios. E nove em cada dez vezes ele termina melhor do que o colega de equipe *nepo baby*. A dedicação de Dev é nítida e só uma pessoa completamente ignorante não perceberia quanto ele se esforça. Ele tem tudo que é preciso para ser campeão, exceto uma equipe que possa — e queira — ajudá-lo a chegar lá.

E, sim, ele está falando sobre a carreira como piloto, mas eu queria poder dizer a Dev quanto seus amigos, família e fãs o amam, quanto ele é querido. Quanto *eu* o quero.

— Vamos resolver isso — prometo. Sinto vontade de me aproximar e agarrá-lo pelos ombros para deixar claro o que quero dizer, mas não faço isso. Ele precisa de espaço. — As coisas já estão começando a melhorar. Howard sabe que você quer sair?

Dev faz que sim com a cabeça e puxa o ar pelo nariz devagar, como se tentasse controlar seus sentimentos para poder se concentrar na lógica da coisa.

— Eu disse a ele para ficar de olho em outras equipes, mas não encontramos nada ainda. Ele fica me dizendo para continuar aqui, para dar tudo de mim e aumentar minhas chances quando o contrato estiver quase acabando, mas como eu vou fazer isso se a Argonaut nem me deixa correr?

Ele perde a serenidade outra vez e sua expressão se distorce em raiva e tristeza. A Argonaut tem o poder de esmagar todos os sonhos e ambições de Dev — e parece que já estão fazendo isso.

Não consigo mais me segurar. Ando a passos rápidos até ele, parando apenas quando estamos frente a frente, a palma das minhas mãos em seu peito. O coração dele está acelerado, martelando contra suas costelas. Estou ultrapassando todos os limites neste momento, mas Dev precisa saber que vai superar isso. E que estou do lado dele.

— Ei — digo, examinando seu rosto, e noto que o descontentamento em sua expressão diminui um pouco. — Vai ficar tudo bem. Vamos ajudar você a passar por isso e você vai assinar com uma equipe que realmente te valoriza. Pode não ser amanhã, nem no mês que vem, nem no final da temporada, mas você vai conseguir o que quer. — Eu reprimo a emoção que está surgindo. — Entendeu? Eu tenho certeza disso.

E farei o que eu puder para que isso aconteça.

Deslizo as mãos pelas costas dele e subo até as escápulas, depois me aproximo para abraçá-lo com força, pressionando minha bochecha em seu peito. Ele está tenso e não corresponde ao meu abraço. Por um momento, entro em pânico, aflita com a possibilidade de ter feito a coisa errada. Estou desafiando os limites da nossa amizade, do nosso relacionamento profissional, mas como posso deixá-lo desamparado quando está claro que ele precisa de mim?

Estou soltando Dev, pronta para me afastar, quando ele delicadamente envolve meus ombros com os braços. Sua testa encosta no topo da minha cabeça e ele me abraça sem aviso. Já abracei Dev inúmeras vezes, desde abraços rápidos com um braço só até abraços de urso, mas há algo muito diferente em como ele me abraça agora, como se fosse se partir em mil pedaços caso eu venha a soltá-lo.

Eu retribuo na mesma intensidade, fecho os olhos e respiro fundo contra a pele dele. Não me importo que ele esteja suado e com um leve cheiro de gasolina. Só quero apertá-lo e ficar ali para sempre. Nós nos encaixamos perfeitamente, como se eu tivesse sido feita para estar nos braços dele.

Ele também respira fundo em meio ao meu cabelo.

— Desculpa — diz, a voz abafada, sem levantar o rosto. — Eu sei que não foi isso que combinamos. Você deveria estar tirando fotos bobinhas de mim, não me tirando da beira do precipício.

— Não ligo — respondo, falando contra o tecido de sua camiseta. — Você tem todo o direito de ficar triste. Essa situação é uma merda.

Sinto o peito dele vibrar em minhas bochechas quando ele ri.

— Ouvir você falar palavrão é muito engraçado.

— Fica quieto.

Eu o aperto mais forte por mais um segundo antes de me obrigar a soltá-lo.

Sinto que, se não fizer isso agora, nunca mais vou conseguir.

Dev está com um sorriso cansado quando nos olhamos outra vez. Toco seu peito por um instante, sentindo o calor de seu corpo, e depois abaixo a mão com um suspiro.

— Obrigado por me ouvir desabafar — afirma ele. — E por me convencer a não destruir um carro de milhões de dólares.

Eu rio, mas estou sentindo aquele velho frio na barriga outra vez.

— Nem acredito que você me deixou estar com você em um momento que não fosse perfeito.

— Às vezes acontece.

O tom de Dev é carinhoso, mas seus olhos me observam com fervor. Acabo desviando o olhar, do contrário sei que vou ficar tentada a cometer outro erro.

— Quer terminar *Om Shanti Om* hoje? — pergunta ele, finalmente tirando os olhos de mim para pegar uma toalha na prateleira. Ele seca o rosto e seu olhar intenso parece desaparecer.

— Estou precisando rir um pouco. E acho que vai me fazer bem me concentrar no drama de outras pessoas por um tempinho.

Quero muito passar a noite com Dev, mas a razão fala mais alto.

— Mark vai aparecer para te fazer ir embora de novo? — questiono, minha voz amarga.

Ele solta uma risada seca, confirmando minhas suspeitas. Dev foi embora daquele jeito por causa de Mark.

— Vamos ver — diz ele enquanto abre uma garrafa de água. — Talvez ele nem sequer me deixe sair depois do toque de recolher.

Mordo a bochecha por dentro para me distrair da fisgada de mágoa. Vou até a poltrona e me sento, abraçando os joelhos contra o peito.

— Eu sei que o Mark não gosta muito de mim. — Nunca falei sobre isso, mas se Dev me ensinou algo hoje foi que é melhor falar sobre o que nos chateia do que guardar só para si. — Mas entendo o porquê.

— Hã? — Ele olha para mim, parecendo confuso. — Não é verdade.

Eu desvio o olhar ao responder.

— Não precisa fingir. Está na cara que ele não gosta de me ter por perto. Eu provavelmente faço com que ele se lembre de tudo o que aconteceu com Jeremy, de como estraguei a amizade de vocês com ele e os outros.

— Você não estragou nada. — A voz de Dev é firme e resoluta. — Você sabe disso, não sabe?

— Claro, claro. — Faço um gesto distraído no ar. — É que...

— Não, estou falando sério. — Ele coloca a garrafa de água na mesa e vem até mim, parando na minha frente. — Nada daquilo foi sua culpa. Jeremy era um filho da puta, por isso nos afastamos dele. E os caras que ficaram do lado dele? Outros filhos da puta. Nós crescemos juntos, pode até ser, mas isso não significa que temos que ser amigos para sempre. Não tenho interesse em perder tempo com pessoas que acham certa a forma como Jeremy tratou você.

Sinto uma onda de alívio com as palavras dele, um alívio do qual eu nem sabia que precisava. Mas isso não explica o fato de Mark não gostar da minha presença.

— Então por que Mark não gosta de mim? — pergunto de uma vez.

Eu me arrependo no instante em que as palavras saem da minha boca. Tenho uma necessidade muito grande de agradar, sempre me preocupo mais do que deveria com o fato de as pessoas gostarem ou não de mim. Isso diminuiu um pouco nos últimos anos, o que certamente pode ser atribuído à amizade com Chantal e Grace. O jeito delas de não se importarem com a opinião alheia acabou me influenciando, mas a necessidade de agradar todos ao meu redor e de ser querida por meus colegas está tão arraigada que não sei se algum dia vou conseguir me livrar disso. Por isso minha busca por emprego frustrada foi tão dolorosa, parece que ninguém gostou de mim o suficiente para me contratar.

E é por isso também que o comentário de Dev sobre ser indesejado me afetou tanto, porque sei o que é isso. Desde a falta de propostas de emprego e o relacionamento com Jeremy até o fato de eu ser a irmã mais nova que é frágil demais para fazer as coisas sem se machucar. Eu sei como é ser deixada de lado e como é se sentir excluída.

A expressão de Dev se suaviza e ele se agacha diante de mim, apoiando as mãos na parte externa dos meus tornozelos.

— Mark não odeia você — sussurra ele. — Eu juro.

Eu engulo em seco, desejando não me importar tanto com isso.

— Mas ele não me quer aqui. E ele não me quer *perto de você*.

O sorriso travesso que aparece no rosto de Dev faz meu coração disparar.

— Eu acho que você sabe o motivo.

Prendo a respiração e o observo. Ele desliza com delicadeza os polegares pelo meu tornozelo, logo acima das meias, e a maneira como seus olhos castanhos se aquecem me derrete por dentro.

— Não sei, não — minto, embora minha voz falhe e me dedure.

Mas é claro que Dev finge não perceber.

— Ele tem medo de que eu quebre nosso combinado e tente me envolver com você.

— Isso não vai acontecer — respondo imediatamente. Tento soar decidida, mas as palavras saem em um suspiro. — Ele não precisa se preocupar com isso.

— Mas ele se preocupa. E não sei se ele está tão errado assim.

Meu coração parece prestes a sair pela boca.

— Dev...

Não sei se o universo está tentando me ajudar ou conspirando contra mim, mas uma batida na porta me faz dar um pulo. Dev solta meus tornozelos.

— Os engenheiros estão esperando você — avisa uma voz grave do outro lado da sala. — Pode vir em cinco minutos?

Dev faz uma careta.

— Posso — responde ele, um pouco contrariado. — Vou já, já.

Depois de um segundo de silêncio, ele volta a olhar para mim. Sua expressão não está mais tão relaxada quanto antes.

— Parece que vou ter que encarar aquele bando de Judas.

Não sei ao certo como responder. Eu poderia voltar para o assunto anterior, esclarecer tudo, mas tenho medo do que vou deixar escapar se retomarmos a conversa. Tenho medo de dar com a língua nos dentes e dizer que o receio de Mark não é tão absurdo assim.

Então decido fazer uma brincadeirinha, que sai sem grande entusiasmo:

— Lembre-se, não destrua nenhum bem material.

E lá está o sorriso arrebatador que é só dele, cheio de dentes brancos e brilhantes, com uma pitada de malícia.

— Não posso prometer nada.

Ele apoia as mãos nos joelhos e se levanta, ficando de pé na minha frente outra vez. Penso em voltar ao box para pegar minhas coisas, mas antes que eu faça qualquer movimento, Dev segura meu queixo delicadamente e levanta meu rosto.

— Obrigado — diz ele, olhando em meus olhos. — De verdade. Eu precisava disso. Precisava de você aqui.

Sinto um nó na garganta e não consigo responder. Ele faz esses comentários de forma tão casual, como se fosse a coisa mais normal do mundo, mas toda vez sou atingida com o impacto de um soco. Ele não entende que não pode falar assim? Dev não pode fazer com que eu me sinta o centro de seu mundo quando eu deveria estar mais perto da margem.

— Eu sempre vou estar aqui — respondo finalmente.

Pode ser que eu tenha passado dos limites, mas não posso mentir. E, ao que parece, ele pensa o mesmo.

Ele segura meu rosto por um segundo antes de se afastar com um sorriso terno e íntimo, que apenas reforça o que acabou de dizer.

Nós dois sabemos o que queremos. Sabemos do que precisamos. Resta descobrir se temos coragem de fazer algo com isso.

CAPÍTULO 18
Dev

Nada diz tanto "Eu amo os Estados Unidos" como uma festa em Londres.

Tirando a localização, cada detalhe da boate em que estamos grita exatamente isso. Agora há pouco praticamente levei um tapa na cara de uma pinhata em forma de águia e tive a impressão de ter visto George Washington em carne e osso preparando shots de gelatina alcoólica no bar. Aposto que daqui a pouco vão começar a gritar *USA! USA!* naquele coro que ouvimos em estádios de futebol americano.

Ao meu lado, Chava está praticamente salivando em cima das modelos-barra-garçonetes que passam por nós usando apenas a parte de baixo do biquíni listrada em vermelho e branco e adesivos em forma de estrela com glitter cobrindo os mamilos. Não vou mentir que dei uma encarada neles, mas só para ter certeza de que não estava alucinando. As festas de Quatro de Julho de Buck sempre foram cafonas e exageradas, mas, cacete, esta aqui conseguiu se superar.

— Acho que estou produzida demais — comenta Willow, do outro lado, puxando a barra do vestido de seda.

O vestido é vermelho e tem alças finas que se cruzam nas costas. Assim que ela saiu do hotel, senti uma vontade imediata de levá-la de volta para dentro, dessa vez para o meu quarto.

Faz dois dias que Buck encerrou minha corrida prematuramente por causa de seu ego inflado e dois dias que eu disse a

Willow, com todas as letras, que estava disposto a romper nosso acordo de manter as coisas apenas no âmbito profissional. Ela entendeu o que eu quis dizer, mas não tocou no assunto desde então e não insisti.

Mas não sei por quanto tempo vou conseguir continuar agindo como se não estivesse completamente obcecado por essa garota.

— Você está perfeita — digo a ela, chutando o balde e desistindo de manter meu deslumbramento debaixo dos panos. Acho que agora vou começar a ser sincero. Falando mais baixo, acrescento: — Não que eu fosse reclamar se você estivesse usando um daqueles tapa-seios.

— Dev! — exclama ela, com um olhar horrorizado.

E, embora a expressão que me lança seja de espanto, a faísca implícita em seu olhar faz meu sangue ferver.

— Não tenho a menor vergonha de dizer isso. — Estou falando sério até demais e já cansei de ter que disfarçar. Segurando o cotovelo de Willow com uma mão, coloco a outra no ombro de Chava para guiar os dois. — Venham, acho que vi uma mesa de tacos.

Chava comemora, finalmente desviando a atenção das garçonetes.

— Não existe nada que represente tão bem os Estados Unidos quanto comida mexicana.

— E provavelmente é a melhor comida que vamos comer na Inglaterra. Vamos lá.

Chava vai na frente até a fila, pegando um prato e aguardando ansiosamente sua vez. Desacelero um pouco o passo, a mão ainda no cotovelo de Willow. Se ela questionar minha necessidade de encostar nela, vou dizer que é porque não quero que tropece nos saltos altos gigantes que está usando, embora não haja indício de que isso vá acontecer. Se Willow teve algum problema nas articulações ou sentiu dor durante a viagem até agora, não mencionou nada. Ou anda se sentindo melhor hoje em dia, ou está escondendo tudo de mim.

— Você está bem? — pergunto, em meio ao barulho das conversas e da música do AC/DC que toca ao fundo.

Willow assente e se inclina um pouco na minha direção, fazendo meu coração acelerar. Não sei se ela chegou a perceber que está fazendo isso, como se fosse natural para seu corpo procurar o meu. Isso me faz criar esperanças que definitivamente não deveria estar sentindo.

— Só estou um pouco cansada — responde, com um sorriso doce, aparentemente já tendo superado meu comentário sobre o tapa-seio. — Não sei como você viaja desse jeito e ainda consegue competir nas corridas. Minha cabeça está girando.

Quando me viro para olhá-la antes de responder, o corpo dela se move junto com o meu. Willow não está apenas se inclinando para perto de mim, como eu pensava. Na verdade, redistribuiu a maior parte do próprio peso para o lado direito do corpo, o que significa que está se apoiando em mim mais do que eu havia percebido. O lado esquerdo de seu quadril está levemente inclinado para o lado, como se estivesse tentando aliviar a pressão. Ela está claramente sentindo dor... e provavelmente muita.

— Por que não voltamos para o hotel? — sugiro, observando Willow com atenção em busca de mais sinais de desconforto. — Você não precisa ficar aqui se estiver com dor.

Ela franze a testa e endireita a postura.

— Eu disse que estou cansada, não com dor.

— Wills. — Minha expressão é séria. — Você está claramente desconfortável. A gente pode ir embora agora mesmo. Eu ligo para o Mark no caminho para que ele já prepare tudo para te ajudar a...

— Eu estou bem — interrompe ela, puxando o braço e se equilibrando sozinha naqueles saltos absurdos. — Tomei um anti-inflamatório antes de sairmos que deve fazer efeito em breve. Mas se eu precisar ir embora, posso ir sozinha.

Só por cima do meu cadáver.

Não vou deixar que ela suba um lance íngreme de escadas e saia pelas ruas de Londres sozinha. Willow não vai sair do meu campo de visão, assim vou ter certeza de que está bem.

Estou prestes a dizer isso, mas ela não me dá a oportunidade de argumentar.

— Você precisa ser visto o máximo possível hoje à noite. — Ela olha em volta para a aglomeração de pessoas e algo chama sua atenção atrás de mim. Provavelmente Buck e seu bando do Texas.

— Ainda não acredito que ele não convidou você para o jantar.

Meu senso de proteção recua um pouco com a lembrança. Ontem, no avião, contei a ela sobre o comentário que Reid fez. Willow e eu nos sentamos perto um do outro para eu atualizá-la, já que apaguei assim que voltei para o meu quarto de hotel depois da reunião com os engenheiros. Na verdade, foi bom eu ter me esquecido do nosso filme, porque, se eu tivesse compartilhado a informação naquele momento, ela não teria dormido em paz. "Raiva" é pouco para descrever o que ela sentiu quando contei os detalhes.

Se antes Willow não entendia por que eu preciso sair da Argonaut, agora ela entende. E concorda plenamente.

Tenho que encontrar uma equipe que me aceite, porque meu tempo aqui está acabando. Se eu não tomar cuidado, vou ficar sem trabalho na próxima temporada.

Isso não é necessariamente uma sentença de morte. Vários pilotos já desapareceram por um ou dois anos, até três, e voltaram com tudo. Mas não quero correr esse risco, não quero dar um passo atrás na carreira e descobrir que fui esquecido. Não causei um impacto assim tão grande no esporte para ficar impregnado na consciência coletiva por tanto tempo. Preciso deixar uma marca.

Preciso vencer.

— Fazer o quê. — Pego um prato e entrego para ela. — Vou procurar o Reid daqui a pouco e ver se consigo arrancar alguma informação dele.

— Acha que ele foi ao jantar?

Dou de ombros, alcançando o pegador na mesa de tacos.
— Não faço ideia. Mas é difícil dizer não para o Buck, mesmo que não se esteja interessado no que ele tem a dizer.

Enquanto coloco comida no prato de Willow, ela baixa a voz e diz, sem tirar os olhos de mim:
— E você acha que o Reid está interessado na sua vaga?
— Bom, a vaga de Nathaniel certamente não está em jogo.

Willow fica em silêncio, os lábios vermelhos franzidos, e nem mesmo reclama quando coloco cinco tacos em seu prato. Não espero que ela coma tudo, e ela de fato não come, mas, para minha surpresa, come três e meio quando encontramos uma mesa, apesar de manter o semblante sério o tempo todo.

Eu não a interrompo. Chava saiu para comer com um grupo de mecânicos, então fico em silêncio até que ela finalmente afasta o prato e se vira para mim.

— É hora de botar o pé na tábua — declara Willow, determinada.

Eu sorrio, mas minha pulsação acelera um pouco. Ela fica sexy tramando coisas.

— Botar o pé na tábua é comigo mesmo.

Ela se inclina na minha direção. Assume uma postura ereta, como se não estivesse mais sentindo dor. Os remédios provavelmente fizeram efeito, e o fato de ela não estar em pé certamente ajuda. Sem falar na distração de ter um problema para resolver.

— É hora de você dar uma volta para socializar — instrui ela. — Fale com o Buck e com todo mundo que estiver com ele. Fale com qualquer pessoa que pareça minimamente importante, mesmo que você não a reconheça. *Principalmente* se não reconhecer. Chega de ficar escondido e cabisbaixo. O escândalo já ficou para trás, a gente conseguiu melhorar bastante a sua reputação. É hora de partir para a ofensiva com todo o seu charme e trazer as pessoas para o seu lado.

Meu sorriso malicioso se transforma num sorriso de admiração. Adoro a forma como a mente dela funciona. Ela é um fenômeno, um gênio no que faz. E, não vou mentir, fico com um pouco de tesão vendo o quanto está investida nesse plano. E em mim.

— Este é só o primeiro passo — continua Willow. — Se prepare para colocar a cara no sol *de verdade*, inclusive para aparecer nas coletivas de imprensa de novo.

A Argonaut não me mandou a nenhuma desde que a publicação de Jani viralizou, embora colegas da mesma equipe em teoria precisem revezar.

Sempre inventam uma desculpa para que eu não participe, como, por exemplo, que estou me recuperando de uma infecção no ouvido ou que perdi a voz depois de um *meet and greet*. Não ficaria surpreso se eles dissessem à imprensa que uma baleia gigante saiu do oceano e me engoliu de uma bocada só — o que não é motivo para preocupação, porque estarei em condições de competir na próxima corrida.

Nunca reclamei. Ter que responder a uma série de perguntas invasivas depois do pandemônio causado por Jani? Não, valeu. Já tenho que responder a várias dessas na breve conversa com a imprensa após as corridas, embora nesses momentos sempre possa contar com Patsy para me tirar de lá depressa antes que as coisas desandem.

Mas se é o que Willow quer, vou ter que encarar.

— É hora de mostrar ao mundo que Dev Anderson está de volta — conclui ela, com um aceno decidido de cabeça.

— Não, não que estou de volta — corrijo, roçando os dedos em sua têmpora quando levo uma mecha do cabelo dela até atrás de sua orelha. Não consigo resistir à vontade de tocar a fonte de toda a sua inteligência. Talvez eu pegue um pouquinho por contato. — Quero que saibam que nunca fui embora.

Os olhos de Willow se iluminam e ela abre um sorriso radiante. Nunca quis tanto beijá-la.

— É isso aí — diz ela. — Você nunca foi embora.

Willow não estava brincando quando falou sobre pisar na tábua.

Meu engajamento nas mídias sociais disparou, estou negociando um novo contrato com uma empresa importante de tecnologia de condicionamento físico e alguns meios de comunicação tradicionais até entraram em contato com Howard interessados em entrevistas.

Não sei ao certo qual é o tipo de mágica que Willow tem feito nos bastidores nos últimos dias, mas está funcionando. Meu nome voltou para a boca do povo e nenhuma das conversas é negativa.

Hoje, porém, é minha vez de fazer a minha parte. Estou aguardando o início da coletiva de imprensa dos pilotos em Silverstone. Em alguns minutos, dividirei o sofá com Zaid Yousef, Thomas Maxwell-Brown, Axel Bergmüller e Reid Coleman. Zaid e Axel estão travando uma batalha acirrada pela liderança do campeonato, então as perguntas de hoje provavelmente vão ser direcionadas aos dois. Até eu estou ansioso demais para ver os dois rivais sentados lado a lado.

Quando Reid aparece, batemos as mãos em um cumprimento e ele acena de forma educada para Patsy ao meu lado. Juro, a diretora de comunicação da Argonaut só sorri quando o texano favorito dela está por perto.

— E aí, srta. Patsy. — O sotaque de Reid é sempre um pouco mais carregado quando ele está falando com um conterrâneo do sul. — Como é que vai, hein?

Patsy sorri para ele e dá uma palmadinha em seu braço.

— Estou ótima, querido. E você? Tem se cuidado?

— Sim, senhora — responde ele. — Estou fazendo o possível.

Depois de um ou dois minutos de conversa fiada entre os dois, somos autorizados a entrar na sala da coletiva, e já estou com vontade de vomitar. Por aquela breve interação, fica nítido que Patsy preferia mil vezes estar trabalhando com o menino de ouro do que comigo. Tenho que ver se consigo encurralar ele sozinho depois daqui para saber se foi ao jantar com Buck, já que não o vi na festa depois. Se meu tempo na Argonaut tiver terminado, preciso saber.

Reid e eu somos os primeiros a chegar ao sofá, aguardando os pilotos que podem se dar ao luxo de chegar atrasados. Thomas entra em seguida. Cumprimenta os jornalistas de forma calorosa antes de subir ao palco e mandar um oi do jeito mais britânico e estereotipado possível. Quando ele se senta do outro lado de Reid e os dois começam a conversar em voz baixa, passo os olhos pelo pequeno grupo de pessoas presentes.

Patsy está de guarda nos fundos, o celular a postos para gravar a sessão e mais tarde analisar cada palavra minha, mas quem eu estou procurando está ao lado dela, com um caderninho cor-de-rosa apertado junto ao peito e olhos castanhos atentos à sala.

Willow não está com os cachos amarrados com uma fita como é de costume quando está vestindo o uniforme completo da Argonaut. Dessa vez, seu cabelo está solto, e tudo o que quero fazer é segurá-lo, de preferência com ela sentada em meu colo. Nem me importaria se isso acontecesse aqui mesmo, neste sofá desconfortável.

A cada dia fica mais difícil e eu me envolvo um pouco mais. Faria qualquer coisa, em qualquer lugar, a qualquer momento com ela, desde que isso significasse tê-la comigo.

Acordo de meus devaneios quando outra figura entra na sala. Zaid. Ele acena e pede desculpas silenciosamente pelo atraso antes de subir ao palco. Nos cumprimenta com a cabeça e senta-se ao lado de Thomas. É o único no sofá que não está usando uma cor ou estampa extravagante. A camiseta dele é preta e prata, da Mascort, e a paleta discreta combina com sua personalidade.

Por um segundo, eu me permito imaginar como seria vesti-la, pilotar para uma equipe líder, disputar o campeonato com chances reais de vitória. Quem eu estou tentando enganar, aceitaria até estar vestido com o verde britânico de Thomas, da McMorris, atualmente em quarto lugar no Campeonato de Construtores. Ou, se a Scuderia D'Ambrosi me aceitasse, eu trocaria de bom grado meu vermelho, branco e azul por apenas vermelho. Se a oferta de Buck for boa o suficiente para convencer Reid a vir para cá, talvez possamos fazer uma troca. Mentalizo isso, desejando demais que se torne realidade.

Axel chega logo depois trazendo as últimas cores das equipes vencedoras: o azul-marinho e o amarelo neon da Specter Energy.

Ele mal olha para o resto de nós e vem na minha direção, fazendo sinal com a cabeça para que eu chegue para o lado. Tem bastante espaço na outra ponta do sofá, mas ele não quer se sentar ao lado de Zaid. Com o histórico desagradável entre os dois, o máximo de tempo que estão dispostos a passar juntos é quando estão no pódio, alternando entre o primeiro e o segundo lugar.

Eles também têm disputado entre si a liderança do campeonato mundial nos últimos quatro anos. Foi Axel quem venceu no ano passado, depois de uma temporada incrivelmente acirrada. Nesta temporada, Zaid está liderando, mas não por muito. A pontuação dos dois está tão próxima uma da outra que ninguém sabe quem levantará o troféu este ano. Mas, como sempre, estou torcendo por Zaid.

Com relutância, chego mais perto de Reid, que segue o exemplo e se desloca para mais perto de Thomas. Sendo justo, Axel me agradece ao se sentar, algo que não teria se dado ao trabalho de fazer quando era mais jovem e ainda mais babaca e egocêntrico. Levando em conta que passamos pelas Fórmulas juntos e temos a mesma idade, eu o conheço melhor do que gostaria. Reid e Thomas também correram com a gente. Nós quatro entramos para a Fórmula 1 na mesma temporada, mas enquanto entre nós três o clima sempre foi amigável, Axel se manteve distante.

Não posso culpá-lo por isso. Não existe nenhuma regra que determine que temos que ser mais do que colegas de trabalho. Ele e eu não somos amigos. Nunca fomos. Duvido que venhamos a ser, já que a conduta dele fora das pistas não é exatamente do tipo que quero ver nas pessoas que me rodeiam. Ele pode ir cantar letras de música com ofensas racistas bem longe de mim.

Steven Watters, o entrevistador, está sentado pacientemente de frente para o sofá, esperando que todos se acomodem. Agora que está todo mundo aqui, ele se volta para as câmeras e para o público, nos apresentando e dando início ao show.

Como era de se esperar, a maioria das perguntas é dirigida a Zaid e Axel, que estão em extremidades opostas, e todos os olhares do local alternam avidamente entre os dois. O clima é tenso, visto que ambos não terminaram a última corrida graças a uma manobra arriscada de Axel que deu errado. Sorte deles terem saído ilesos, mas se a disputa esquentar ainda mais, pode ser que essa sorte acabe.

— Dev, agora uma pergunta para você — diz Steven, vários minutos após o início da entrevista.

Sentindo o coração acelerar um pouquinho, pego o microfone pela primeira vez.

— Todos nós ficamos sabendo do... *escândalo* após o Grande Prêmio da Austrália. Você chegou a desativar suas contas nas redes sociais depois das alegações e sumiu por um tempo, mas parece estar de volta.

Fico feliz por ele ter ido direto ao ponto, apesar de a maneira afetada como mencionou meu *escândalo* ter sido quase risível. Se esse cara não fosse tão careta, eu estaria sendo obrigado a encarar uma pergunta bem mais cabeluda.

— Pois é, estou de volta. — Relaxo no sofá e coloco um braço no encosto. — A vida é chata demais sem um feed pra dar uma olhada quando se está fazendo o número dois.

A imprensa e os representantes da equipe acham graça e dão risada. Steven pigarreia, parecendo um pouco desconcertado com a minha resposta.

— Claro. Então... o que fez você voltar?

Com uma olhada para Willow e Patsy, resolvo me ater ao roteiro. Patsy me assusta muito na maioria dos dias, mas estou mais preocupado em decepcionar Willow.

Quando as risadas da plateia e dos pilotos ao meu lado se acalmam, pigarreio, ainda relaxado no sofá.

— Já era hora — respondo despreocupadamente, embora tome cuidado para não soar petulante. — Gosto de compartilhar partes da minha vida com meus fãs e torcedores. As redes sociais facilitaram isso e, sem elas, me senti afastado. Como se estivesse perdendo uma conexão importante.

Respiro fundo e analiso as pessoas à frente.

— Olha, eu sei que a internet pode ser uma terra sem lei. Tem gente que está sempre pronta para difamar e prejudicar os outros por lá. Mas também existem pessoas que me apoiam de forma incondicional. São o combustível para que eu continue lutando, para que eu continue dando o meu melhor. Não quero decepcioná-las, porque eu não estaria aqui, correndo atrás dos meus sonhos, se elas não estivessem ao meu lado. Quero batalhar por elas. Quero que elas conheçam minha melhor versão.

E isso também inclui a garota com um sorriso radiante do outro lado da sala que está fazendo um sinal de positivo com o polegar. Como alguém pode ver uma coisa dessas — *vê-la* — e não se derreter imediatamente? Não faço ideia. Só de olhar para Willow fico com vontade de dizer ao mundo inteiro que ela é a razão pela qual consigo me sentar neste sofá sem desmaiar de nervosismo. O tema da conversa não é dos mais confortáveis, mas estou fazendo isso porque ela me mostrou que essa é a melhor coisa a se fazer. E ela tem razão. Sem esse incentivo, eu ainda estaria me escondendo do mundo.

— Enfim. É isso. — Eu me obrigo a concluir a fala antes que confesse sem querer algo que não tenha como voltar atrás. — Podem ter certeza de que vocês vão até enjoar da minha cara.

Outra onda de risos abafados se espalha pela sala, mas minha atenção está fixa em Willow e na forma como ela leva a mão aos lábios para cobrir a própria risada.

Mantenho o olhar nela enquanto Steven fala com Reid e ouço apenas superficialmente a pergunta que ele recebe sobre o desempenho da D'Ambrosi no fim de semana. Willow está olhando diretamente para mim e há uma pergunta em seus olhos que faz com que seja impossível me concentrar em qualquer outra coisa. Respondo com uma piscadela. Mal reparo nos flashes, mas tenho certeza de que haverá um vídeo meu na internet em breve.

Mas eu não ligo. Deixe que eles se perguntem quem estou tentando conquistar. Só o que importa é que ela saiba. E que entenda que não estou mais escondendo nada.

— Reid! Peraí!

Ele se vira no corredor e me espera. Temos uma sessão de autógrafos com fãs logo a seguir, mas ele dispensa o próprio diretor de comunicação para que possamos ter um pouco de privacidade.

— Me surpreende que Steven tenha feito pelo menos uma pergunta para nós dois — diz Reid, quando eu o alcanço e me encosto na parede ao lado dele. — Deviam ter chamado só o Zaid e o Axel hoje em vez de fazer a gente ficar lá sentado vendo aquele espetáculo de merda dos dois se enfrentando.

— É verdade — respondo. Chego mais perto dele e baixo a voz antes de continuar. Não é sobre a rivalidade daqueles dois que quero falar. — Reid, queria te perguntar uma coisa... você chegou a ir ao jantar do Buck naquele dia?

Ele balança a cabeça negativamente, o que me deixa ao mesmo tempo aliviado e decepcionado.

— Não, tive outro compromisso. Também não fui à festa.

Solto um suspiro.

— Ah. Entendi.

— Dev. — Ele coloca a mão em meu ombro e o aperta de leve. — Não tenho o menor interesse em ir para a Argonaut, não importa o que o Buck ofereça. Estou feliz onde estou. E, cá entre nós — ele espia o corredor atrás de mim e depois olha por cima dos próprios ombros —, estou prestes a assinar um contrato novo com a D'Ambrosi. Vou ficar por mais três anos.

— Não brinca! — respondo, surpreso. — Que incrível. Parabéns, cara.

Ele aperta meu ombro de novo, me encarando com seriedade.

— Se você contar pra alguém, vou te ferrar tanto que o lance da Jani vai parecer brincadeirinha de criança.

— Minha boca é um túmulo.

Seguimos por caminhos diferentes um minuto depois disso, minha cabeça girando. Pelo menos não preciso me preocupar com Reid tomando o meu lugar. Buck terá que voltar à estaca zero se quiser encontrar outro piloto americano para fazer parceria com Nathaniel, o que me dá um pouco mais de tempo. Não me tranquiliza tanto assim, mas melhora, por enquanto.

Já consigo respirar de novo, embora seja uma respiração bem rasa.

Meu peito fica ainda mais leve quando uma mão macia pousa em meu braço.

— Pronto pra ir? — pergunta Willow, sorridente. — Você mandou muito bem hoje.

Relaxo sob o toque dela. Aquele mínimo contato é o suficiente para acalmar meus pensamentos.

— Minhas respostas corresponderam às suas expectativas?

— Até que sim — brinca ela, assumindo uma expressão séria no instante seguinte. — Estou muito orgulhosa de você. Toda essa história foi muito ruim, mas você está enfrentando de peito aberto e vai sair mais forte por causa disso.

— E *também* menos babaca com as pessoas que trabalham para mim — acrescento, brincando. — Pode acreditar. Nunca mais quero que algo parecido aconteça.

— Você não é babaca — responde Willow, ainda com o semblante sóbrio. Sinto alguma coisa se agitar dentro do meu peito. — Você só é humano. Todos temos dias bons e ruins, aguentamos o máximo que conseguimos até não dar mais e, às vezes, reagimos de maneira equivocada. — Ela desliza a mão até a minha e entrelaça nossos dedos. — Mas você está aprendendo a ser melhor e está seguindo em frente. É por isso que tenho orgulho de você.

Willow ainda teria orgulho de mim se eu me inclinasse para beijá-la aqui e agora? Porque isso é tudo o que quero fazer.

Quero sentir o gosto daquelas palavras em sua boca. Sei que seriam mais doces do que mel porque tudo nela é assim. Sinto aquela doçura deslizando por mim, penetrando minhas veias, reforçando a verdade das palavras dela. Fazendo com que eu queira viver de acordo com o que ela acredita que sou.

— Obrigado — me forço a responder. A palavra sai de forma meio abrupta porque quero dizer muito mais, mas não é o momento nem o lugar para uma declaração, ainda que todos os nossos grandes momentos tenham acontecido em lugares de merda tipo corredores de boate e escadas de hotel. — Você vem para a sessão de autógrafos?

Mudo de assunto porque, se ela disser qualquer outra coisa gentil, não vou responder por mim.

Ela assente.

— Vou ficar no meio do povo, gravando uns vídeos. Quando terminarmos a estratégia de agradecimento à equipe, quero me concentrar nos fãs. Talvez eu tente até entrevistar alguns hoje, bem rápido. — Willow dá de ombros como se não fosse importante, mas está arrasando. — Vai saber. Às vezes a gente consegue alguma coisa legal.

Só o fato de saber que ela estará lá, observando e ajudando, é o suficiente para que meus ombros relaxem. Se Willow acredita em mim, sou capaz de enfrentar qualquer coisa.

— O que você quiser fazer, eu topo.

Ela sorri para mim, e eu juro que mal sei o que fazer comigo mesmo. Estou completamente na dela.

CAPÍTULO 19
Willow

Com uma semana de intervalo entre as corridas e sem a menor vontade de ir para os Estados Unidos só para depois ter que viajar para a Hungria poucos dias depois, volto para Mônaco... com Dev.

Se quisermos seguir o plano de mostrar às outras equipes as vantagens de contratá-lo, a gente meio que precisa mesmo estar junto. E com *junto* quero dizer no sentido físico. Bom, não no sentido físico *literal*, mas geograficamente. Isso. Exato.

O que me salvou foi que Dev me hospedou em um hotel em vez de insistir para que eu ficasse no apartamento dele. Não tenho dúvidas de que ficou com vontade de oferecer, mas foi inteligente o bastante para não fazer isso.

Nos últimos dias, a tensão entre nós aumentou demais e parece estar prestes a explodir. Eu me distanciei o máximo que pude e continuei fazendo meu trabalho de forma profissional, por mais difícil que isso esteja começando a ser. Na verdade, *difícil* parece até eufemismo, a essa altura do campeonato.

No último fim de semana em Silverstone, ele largou e terminou em oitavo. Nathaniel, por outro lado, foi obrigado a largar dos boxes devido a uma substituição da caixa de câmbio, o que quer dizer que a equipe não tinha como atrapalhar Dev na tentativa de fazer Nathaniel parecer melhor do que realmente é. Dev ainda por cima usou o fracasso da semana anterior como combustível para se empenhar ao máximo, e vê-lo agir assim me fez querer trabalhar com ainda mais afinco. Estou determinada a tirar Dev da Argonaut e levá-lo para uma equipe que realmente mereça todo o talento que ele tem.

Mas isso significa ter que passar mais tempo com ele, o que, por *sua vez*, significa dar ainda mais atenção a esse crush. Pensei que as coisas não poderiam ficar mais complicadas, principalmente depois da festa do Quatro de Julho e da maneira como Dev piscou para mim na coletiva de imprensa. No entanto, meu coração transbordou quando ele contou aos fãs que eu era a pessoa responsável por alguns dos vídeos mais populares dele, ou quando apareceu com um latte de baunilha para mim antes da reunião da equipe no sábado porque me atrasei e não tive tempo de pegar.

Tenho tomado todo o cuidado do mundo para manter meus sentimentos rigorosamente na categoria *crush*, evitando outros rótulos. Nada de dizer que me apaixonei, mesmo que essa seja uma forma mais adequada de descrever o que estou sentindo. Não posso permitir que isso fique tão sério.

Por sorte, ele me deu um tempo para respirar e reorganizar minhas emoções ao insistir que eu tirasse alguns dias de folga durante o recesso. E, para melhorar ainda mais, a folga coincidiu com a viagem de última hora que Grace decidiu fazer depois de me ligar na sexta à noite para perguntar onde eu estaria na próxima semana. Ter o verão livre e não precisar se preocupar com dinheiro tem lá suas vantagens.

E é por isso que, neste momento, sinto o oxigênio se esvair dos meus pulmões enquanto uma das minhas melhores amigas me abraça. Ou talvez ela esteja tentando me matar, ainda não tenho certeza.

— Senti tanta saudade! — diz Grace, baixinho, conseguindo me esmagar ainda mais. — Ultimamente ando *tão* entediada. Eu precisava muito viajar para um lugar divertido.

— Você estava em Hong Kong — replico, quando consigo recuperar o fôlego. — Um lugar conhecido por ser um dos mais legais do planeta.

Ela faz um gesto com a mão, ignorando meu comentário depois de me dar um alívio muito necessário daquele abraço.

— Pode ser, pode ser. É uma cidade legal, mas não deixa de ser a cidade onde eu cresci. Mas aqui... — Ela usa a mesma mão para indicar o hotel diante de nós. — É *disso* que eu tô falando. Essas aqui são as férias de que eu precisava.

— Acho melhor você baixar as expectativas — digo, caminhando com Grace em direção ao lobby. Atrás de nós, um funcionário do hotel empilha as bagagens dela em um carrinho. Ela vai ficar aqui por uma semana, o que não a impediu de trazer seis malas. — Não sou de fazer apostas e definitivamente não tenho grana para passar mais de cinco segundos em um iate.

Mas a verdade é que os pagamentos de Dev e da Argonaut têm sido de cair o queixo. Vão ser o suficiente para me bancar com tranquilidade em Nova York pelo próximo ano mesmo que eu não encontre outro emprego depois deste.

Só de lembrar que Dev e eu vamos seguir caminhos distintos no final de agosto, daqui a apenas um mês, fico com um aperto no peito. As últimas semanas estão entre as melhores e mais emocionantes da minha vida. Vou sentir falta de toda a ação e do ritmo emocionante do esporte... e vou sentir falta de Dev.

Até mesmo pensar que não vamos mais nos ver até o final de semana me causa uma onda de tristeza. A presença de Grace serve de alívio, mas, mesmo assim... fico com saudade dele.

— E aí? Vocês já transaram?

Olho para Grace, atônita, e ela está com uma das sobrancelhas escuras arqueadas. O sorriso sugestivo em seu rosto deixa claro que já entendeu tudo.

— *Quê?* — balbucio, recuando um passo.

Ela faz um movimento circular com uma unha perfeita em riste diante do meu rosto.

— Esse olhar. Você estava pensando no Dev.

— Tava nada — retruco, rápido demais para parecer verdade.

— Estava *siiim*. — Grace cutuca minha testa com o dedo e ri quando afasto a mão dela com um tabefe. — Eu conheço essa sua expressão. Estava pensando num garoto, e o único garoto em quem você está interessada é o Dev. O que me leva à minha pergunta: vocês já transaram?

— Fala baixo! — exclamo, olhando em volta depressa para me certificar de que ninguém a ouviu e puxando-a pelo braço em direção ao lobby.

— O que foi? — reclama ela, sem conseguir acompanhar meus passos rápidos. — É uma pergunta séria. Preciso saber se ganhei a aposta que fiz com a Chantal.

Não consigo resistir à urgência que sinto em soltar um grunhido.

— Vocês são péssimas. E nenhuma das duas vai ganhar.

— Ah, vai dizer que você *não quer* transar com ele?

Dessa vez, alguns olhares se voltam para nós e arrasto Grace depressa até uma área com menos movimento perto dos elevadores para ter um pouco de privacidade.

— O que eu quero ou deixo de querer não importa — respondo. Tento soar firme, mas meu coração dispara, ameaçando deixar minha voz trêmula. — A gente trabalha junto e definitivamente não precisa dessa dor de cabeça ou da polêmica que isso causaria, não importa o que sentimos um pelo outro.

Ela inclina a cabeça, analisando meu rosto.

— Então a atração é mútua?

A voz de Dev ecoa em minha cabeça, dizendo o quanto ele gostaria de me ver com um tapa-seio igual ao da garçonete. Na hora, quase engasguei, mas também senti um calor que fez com que eu me perguntasse seriamente se notariam nossa ausência se eu o arrastasse até o canto escuro mais próximo.

Como não respondo imediatamente, Grace continua falando, girando uma mecha do cabelo escuro entre os dedos.

— Só estou perguntando porque tem um vídeo dele rolando pelas redes. Ele está piscando para alguém na plateia e as fãs estão pirando nisso. Você por acaso não saberia para quem ele piscou, saberia?

A pergunta soa inocente, mas sei aonde ela quer chegar. Não vou admitir que a piscadinha foi para mim.

— Não. Não faço ideia.

— Caramba. Quem diria.

Reviro os olhos. Não quero entrar nesse assunto — nem agora, nem nunca.

— Vai logo — resmungo, pegando Grace pelo braço outra vez e puxando-a para o elevador. — Vamos tirar você dos olhos do público.

Ela dá uma risadinha, mas me segue, praticamente saltitando.

— Acho bom me chamar para ser madrinha quando for se casar com o Dev!

Alguns dias depois, tenho a impressão de já ter visitado cada cantinho de Mônaco.

Grace pode até não ser daqui, mas é a melhor guia turística de todos os tempos, e tenho que admitir que a planilha que fez para garantir que não deixássemos de conhecer nada é respeitável. Já completamos quase tudo, mas ainda falta visitar alguns pontos.

Ela está explicando nosso itinerário do dia enquanto aplico um pouco de rímel, com o joelho apoiado na bancada do banheiro para ficar alta o suficiente e me enxergar no espelho. Esta suíte de hotel definitivamente *não* foi feita para pessoas que pararam de crescer no quinto ano.

— Depois disso a gente podia... — Grace interrompe a frase no meio, virando-se para o quarto com a testa franzida. — Acho que estou ouvindo seu celular tocar.

Começo a procurar meu telefone entre a maquiagem espalhada pela bancada. Eu poderia jurar que o tinha trazido para o banheiro, mas não está em lugar nenhum. Eu me desencosto da pia e passo por Grace, que está na porta. Corro e remexo na cama até finalmente achar o aparelho, que de fato está aceso e vibrando.

— Deve ser só o Oakley — digo a ela.

Passamos grande parte do dia anterior compartilhando memes bobos da Fórmula 1, coisa que tem sido nosso principal estilo de comunicação nos últimos tempos. Surpreendentemente, dá para expressar muita coisa com apenas uma foto de Thomas Maxwell-Brown.

Mas, para a minha surpresa, a ligação não é de Oakley.

Meu coração quase sai pela boca quando vejo o nome de Dev na tela. Hesito por uma fração de segundo antes de atender.

— Alô? — Estou vergonhosamente ofegante.

— E aí — responde ele. — Foi mal por atrapalhar sua manhã, mas preciso de você aqui.

Mais uma vez, fico desconcertada com a forma como Dev formula frases e não sei como responder, mas ele me salva da batalha que travo com as palavras e continua falando:

— Sei que disse que daria conta, mas acho que vou precisar de ajuda com o podcast — explica Dev. Solto a respiração. — Quando estou dando entrevistas, Patsy normalmente fica do meu lado, de olho para garantir que eu não diga nada que não devo. E nós dois sabemos que eu sou um idiota sem filtro, então talvez seja uma boa ideia ter alguém por perto para me avisar quando calar a boca. O que me leva à pergunta... você toparia ser minha Patsy hoje? — Ele faz uma pausa breve e depois volta a falar em um ritmo acelerado. — Quer dizer... a menos que você já tenha compromisso. Sei que está de folga, então...

— Vou adorar ser sua Patsy — interrompo, rindo. — Mas, só para avisar, uma amiga minha está aqui também, então...
— Ah, que merda, desculpa. Então esquece que eu te pedi isso, Wills. Vai se divertir.
— Não, imagina, está tudo bem. — Olho para Grace, que me observa com uma expressão curiosa. — Eu só ia perguntar se tem problema se ela for comigo.
— Claro que não. Quanto mais gente para me impedir de meter os pés pelas mãos, melhor.
Faço uma careta tentando conter um sorriso para que Grace não comece a me encher o saco por causa de Dev outra vez. Mas é claro que não dá certo. Porque não consigo parar de sorrir. No segundo em que encerramos a ligação, já sei que vou ser soterrada por uma avalanche de comentários devassos.
— Ok, então. A gente se vê daqui a pouco — digo.
Mal desliguei quando Grace se joga na cama ao meu lado.
— Então quer dizer que vou conhecer o Dev? — questiona ela, com um brilho no olhar que me parece mau sinal.
Eu me levanto do colchão com um impulso e me ocupo em organizar a bolsa que vou usar.
— Se você me envergonhar na frente dele, nunca vou te perdoar — ameaço. — Promete que vai se comportar?
Ela abre um sorriso idêntico ao do Gato de Cheshire.
— Mas *é claro* que prometo.

Meia hora depois, estou na frente da porta do apartamento de Dev, acompanhada por Grace, com as mãos suadas, pronta para bater. Mas antes que chegue a encostar na superfície de madeira maciça — e antes que Grace comece a me pentelhar para andar logo —, a porta se abre com uma lufada de ar. E lá está ele, me atingindo em cheio com a força de seu sorriso.

— Graças a Deus você chegou! — exclama Dev, com os olhos castanhos fixos em mim numa expressão de gratidão.

Acho que minha resposta é inteligível, mas meu cérebro entra em curto-circuito ao vê-lo. Grace me empurra para o lado e estende a mão para ele.

— Meu nome é Grace. — Ela está praticamente vibrando. — É um prazer *finalmente* conhecer você.

Juro que o sorriso de Dev chega até a mudar um pouquinho quando seu olhar passa para Grace. Não diminui nem deixa de ser verdadeiro, também não chega nem perto de sumir, mas fica... diferente. É o tipo de sorriso destinado a amigos, colegas e família. É diferente do sorriso que ele abre quando me vê.

Estou perdida em pensamentos sobre o que isso poderia significar e não consigo me concentrar na conversa deles até estarmos dentro do apartamento e Grace anunciar:

— Willow ficou perdidinha sem você nos últimos dias.

Eu me viro depressa para ela, em choque. Já estou a meio caminho de negar quando ela acrescenta:

— Juro, essa garota é viciada em trabalho. Não sabe relaxar.

Aquele esclarecimento me acalma um pouco, mas não impede que minhas bochechas comecem a pegar fogo.

— Pois é — digo, forçando um riso que mais parece um engasgo. — Ando trabalhando em algumas coisas. Não consegui aguentar.

— Está vendo? Ela só vai parar de trabalhar depois de morrer — continua Grace. Mas se distrai por um segundo com o simulador de corrida instalado no canto da sala de estar. — Ah, nossa, eu *tenho* que dar uma volta nisso.

Enquanto se apressa para se acomodar no assento baixo, eu me viro para Dev, constrangida.

— Peço desculpas desde já. Ela é meio sem filtro.

Dev dá uma risadinha, colocando as mãos nos bolsos da calça jeans.
— Não precisa pedir desculpa. — Ele está olhando na minha direção, mas o foco de seu rosto está em algo às minhas costas. — Gosto da honestidade dela.

Consigo entender o que ele diz nas entrelinhas. Ultimamente, ele e eu não estamos sendo muito sinceros um com o outro. Ainda estamos fugindo do elefante na sala, só olhando enquanto ele cresce mais e mais a cada minuto. Em pouco tempo, vamos ter que assumir o que sentimos ou deixar que o elefante nos esmague.

— Além disso, não quero que você se desgaste. — Dev finalmente olha para mim com uma ponta de preocupação nos olhos. — Fiquei mal por ter te ligado no seu dia de folga.

Eu balanço a cabeça, mas agradeço a preocupação dele.

— Não tem problema. Estou feliz por estar aqui.

O que é verdade. Alguns dias longe dele me deixaram com mais saudades do que eu imaginava. Tentei deixar os pensamentos sobre ele de lado e aproveitar meu tempo com Grace, mas não foi fácil. Grande parte da minha vida gira em torno de Dev neste momento. É difícil não pensar nele, sendo que o rolo da minha câmera está cheio de fotos dele, a cidade está repleta de mídia e mercadorias relacionadas à Fórmula 1 e tudo que mais quero é me aconchegar na cama ao lado dele outra vez para darmos risadinhas com um filme brega de Bollywood. Estou me sentindo igual a uma adolescente apaixonada tudo de novo.

Respirando fundo para me concentrar, faço sinal com a cabeça para o laptop dele na mesa de centro em frente ao sofá.

— Vamos começar?

O sorriso atrevido está de volta, aquele que é só meu.

— Está pronta para garantir que eu não diga nada que vá acabar de vez com a minha reputação?

Eu suspiro.

— Vamos ver o que podemos fazer.

Duas horas mais tarde, a entrevista já acabou, Grace já bateu o carro no simulador mais ou menos umas sessenta vezes e quase toda a maquiagem que passei já saiu com o tanto que chorei de rir das respostas inusitadas de Dev. Ele conseguiu encantar mais um grupo de pessoas e em nenhum momento foi ofensivo, cruel ou disse algo comprometedor.

As piadinhas e respostas sagazes que teve na conversa com as anfitriãs australianas fizeram com que horas parecessem minutos, o que me manteve tão entretida que quase esqueci que estava ali para impedi-lo de dizer algo que não deveria. No fim, ele nem precisava de mim ali. Já fez treinamentos extensos para falar com a imprensa e já deu entrevistas o suficiente para saber o que deve e o que não deve fazer. Eu era uma mera espectadora. Não que tenha me incomodado; aquilo só provou que meu crush não é infundado. Dev é mais do que digno de toda e qualquer adoração.

— Bom, não foi um show de horrores como eu pensei que seria — anuncia ele, depois de fechar o laptop.

Ele se alonga com os braços levantados e se recosta nas almofadas do sofá. Quando faz isso, é um desafio não encarar a faixa de pele que aparece entre o cós da calça jeans e a barra da camiseta preta ou as marcas de seus bíceps esticando as mangas. Meu Deus, ele é lindo. E, felizmente, parece não estar percebendo meus olhares.

Grace, entretanto, infelizmente percebe, e sua expressão maliciosa me informa que com certeza teremos que conversar sobre isso depois de irmos embora.

— Você se saiu muito bem — parabenizo, ignorando Grace e colocando meu caderno e meu celular de volta na bolsa.

Tirei algumas fotos dele que já publiquei e fiz anotações de algumas de suas respostas para extrair trechos para quando o podcast for ao ar.

— Elas provavelmente vão ter que tirar minhas risadas do fundo, mas isso é só mais um sinal de que todo mundo vai adorar.

Dev sorri em resposta, acompanhando com os olhos todos os meus movimentos. Eu me levanto e aliso o tecido do vestido leve que estou usando.

— Se fiz você rir, fico feliz — diz ele, relaxando os braços. — Isso é o que importa.

Grace emite um ruído estridente do outro lado da sala, mas eu a ignoro.

Dev não percebe ou prefere ignorá-la também. Mas, a julgar pela maneira com que me observa como se eu fosse a única pessoa na sala, eu apostaria na primeira opção.

É eletrizante e desconcertante ao mesmo tempo e me faz guardar minhas coisas rapidinho e inventar uma reserva fictícia para o almoço que Grace e eu não podemos perder. Se não fugir agora, vou acabar fazendo alguma besteira, tipo me sentar no colo dele, abraçá-lo e cobri-lo de elogios sobre como ele é incrível. O ego de Dev não precisa disso e eu certamente não preciso alimentar esse frio na barriga que me atormenta, então agarro Grace pelo cotovelo e me despeço antes de arrastá-la para fora do apartamento de Dev.

Quando chegamos ao elevador, ela se põe à minha frente com as mãos nos quadris.

— Gata — diz. E depois novamente, com mais ênfase: — *Gata*.

Solto um suspiro e me inclino contra a parede de aço atrás de mim. Vou precisar de apoio para essa conversa.

— Que foi?

— Você sabe que ele não precisava de ajuda, né? — Ela me encara com um olhar implacável. — Ele só queria ver você. E fazer você rir.

Grace tem razão, mas nunca vai me deixar em paz se eu admitir que sei disso.

— Claro que não.

— Willow. — Não há resquício de humor em sua voz. — E o jeito que aquele homem olhou para você quando abriu a porta? Nunca vi ninguém ficar feliz daquela maneira.

Mais uma vez, ela tem razão. Não adianta tentar negar. Mas reconhecer isso em voz alta significa que não é mais apenas uma fantasia ou uma simples ilusão. Grace percebeu também, o que significa que não é coisa da minha cabeça... e *isso*, por sua vez, quer dizer que não existem justificativas para não agir de acordo com meus sentimentos por Dev.

Merda, estou ferrada.

— É só o jeito dele — argumento, sem grande entusiasmo.

— Dev é conhecido por ter, literalmente, o melhor sorriso do mundo.

— Não estou falando do sorriso dele. Estou falando de como reagiu a você como um todo. O jeito como ele só... — Ela balança a cabeça, ainda muito séria. — Eu entendo que você queira manter as coisas no âmbito profissional. E entendo que nós, mulheres, somos tratadas com nomes e rótulos ofensivos quando nos envolvemos com homens em posições de poder. E chego até a entender, também, que você não quer estragar uma amizade do seu irmão. Mas, Willow, se você deixar esse homem escapar... vai ser uma covarde.

Como se para reforçar o que ela acabou de dizer, o elevador estremece e para no térreo. Eu me sinto como se tivesse acabado de passar por um terremoto.

— Vê se corre atrás do que você quer — conclui Grace. — E não se sinta culpada por isso.

CAPÍTULO 20
Dev

Está chovendo.

Não, não apenas chovendo, está caindo o mundo, e, neste momento, o circuito húngaro parece um lago. Se as coisas melhorarem, talvez possamos correr, mas, por enquanto, só nos resta sentar e esperar que a chuva passe.

— Sua vez de comprar.

— Que droga!

Do meu canto, rio meio de cabeça baixa, tentando não chamar a atenção para mim enquanto a equipe dos boxes se distrai jogando um jogo de cartas de criança no meio da garagem para driblar o tédio. Decidi pular essa rodada, mas dominei a partida de Uno que veio antes dessa.

Nathaniel desapareceu, evitando todo mundo como sempre, sem socializar. O bom é que ele não precisa disso; enquanto o papaizinho dele estiver no comando, seu lugar na equipe está garantido.

Ao contrário do meu.

Não me interessa mais lutar pelo meu espaço na Argonaut, mas vou me esforçar para manter boas relações com a maioria das pessoas daqui. Muitas delas me ajudaram demais, meus mecânicos e engenheiros, toda a equipe de suporte, até mesmo Konrad, que está sempre enfiando a câmera na minha cara. Todos eles merecem minha gratidão e não vou decepcioná-los.

Falando em pessoas que não quero decepcionar, Willow se aproxima vindo dos fundos da garagem, Patsy em seu encalço. Para minha surpresa, Patsy está sorrindo com a mão no ombro de Willow, como se a estivesse elogiando. Qualquer que seja o motivo, ela merece.

O episódio do podcast que Willow arranjou para mim foi publicado há três dias e, pelos trechos que ouvi e pelos comentários que vi on-line, a resposta do público foi extraordinária. Parece até que as pessoas voltaram a gostar de mim. Não que elas algum dia devessem ter me odiado, mas Willow me resgatou da beira do abismo e pareço ter caído nas graças do tribunal da internet de novo. É um milagre.

Não, na verdade não é um milagre. E não é um fenômeno de outro mundo. É Willow e sua mente brilhante.

E os elogios que ela está recebendo agora são apenas uma gota no mar de reverência que ela merece. Mas quero ser a pessoa responsável por parabenizá-la. Se ela permitir.

E esse é o problema. Não sei se ela vai permitir.

— Que cara é essa? — pergunta Konrad, parecendo ligeiramente enojado ao sair de trás da câmera. — Por que você tá parecendo que vai vomitar?

Ah, nossa, que ótimo, então minha cara de idiota apaixonado parece a de alguém que vai literalmente *vomitar* quando penso que os sentimentos de Willow podem não ser recíprocos. Bom saber.

Como não respondo, Konrad se afasta, possivelmente deduzindo que estou apenas apreensivo com a corrida. Francamente, a chuva não me incomoda e, de qualquer forma, corro um risco enorme toda vez que entro no carro. Então, correr em uma pista molhada, embora seja mais perigoso do que correr em uma pista seca, não me deixa nem de longe tão nervoso quanto ver Willow vindo em minha direção.

O cheiro doce e suave de baunilha chega antes quando ela se aproxima e para ao meu lado, observando o interior da garagem e a *pit lane* lá fora. Há um leve vinco entre suas sobrancelhas e os

olhos castanhos dela estão um pouco mais arregalados do que o normal quando se voltam para mim.
— Acha que vão cancelar a corrida? — pergunta.
Levo um segundo para registrar as palavras de Willow. Estou distraído demais pelo simples fato de vê-la e pela forma como meu coração bate descompassado no peito.

Nem mesmo o uniforme horrível da Argonaut consegue encobrir a beleza dela, mas a minha gatinha radiante nunca repara nos olhares que a acompanham... e são muitos. Já vi vários dos mecânicos ficarem olhando enquanto ela passa, mas uma encarada minha costuma bastar para que voltem ao trabalho.

Todos sabem que não devem mexer com ela, o que provavelmente significa que a fofoca já correu. Desde que ela não seja cabeluda a ponto de destruir a reputação de qualquer um de nós dois, não me importo. Só espero que Willow consiga não se importar também.

Dou uma olhada nos engenheiros, que estão observando o radar meteorológico em diferentes telas. Não sou meteorologista, mas parece que a chuva está se afastando do circuito. Então respondo:
— Acho que não.

Quase no mesmo instante, Sturgill atravessa a garagem e começa a dar ordens antes de voltar ao seu posto. Logo depois, uma mensagem da central de controle aparece em uma das telas do engenheiro, que a lê em voz alta, declarando que o atraso só vai durar mais quinze minutos.

Chegou a minha hora.

Estou prestes a me despedir de Willow quando sinto a mão dela em meu ombro, apertando-o suavemente.
— Toma cuidado, viu?

O olhar em seu rosto é de preocupação, mas isso é quase ofuscado por um brilho de expectativa, de admiração. Ela entende e respeita o risco que estou prestes a assumir e está preocupada com a minha segurança, mas ainda resguarda uma expressão de profunda confiança em minhas habilidades. Sabe que vou sair para correr e depois voltar para ela inteiro porque sou excelente no que faço.

— Eu sempre tomo cuidado — brinco, mas logo fico sério e cubro a mão dela com a minha para enfatizar minhas palavras.
— Prometo que vou tomar cuidado. Além disso, meu amuleto da sorte acabou de chegar.

Ela balança a cabeça, faz um bico e puxa a mão de volta, mas não antes de beliscar minha cintura como castigo pelo comentário.

— Não venho trazendo muita sorte para você até agora, mas tudo bem — diz Willow, com um suspiro resignado. — Pra cima deles, campeão.

Isso vai ser caótico.

Depois de uma volta de aquecimento e de cinco segundos sentado na minha posição no grid, fica bem óbvio. Não tem como não rolar uma carnificina. Dois carros derraparam no caminho até o grid. Um deles bateu, encerrando a corrida do piloto antes mesmo de começar. O outro se recuperou, embora uma situação como aquela consiga abalar a confiança até do mais confiante dos pilotos. Ele provavelmente não vai querer ficar se arriscando e vai ocupar a lanterna do grupo logo no final da primeira volta.

Eu? Tenho que ultrapassar sete carros e não pretendo me segurar. Se existe um ponto positivo em estar numa equipe que não investe em melhorias para seu carro ano após ano é que conheço os limites da minha máquina e sei o que posso e o que não posso fazer em uma pista tão escorregadia. E se tem uma coisa para a qual este pedaço de fibra de carbono presta é correr na chuva.

Seguro o volante com mais força, vendo as luzes vermelhas acima de mim se acenderem uma a uma antes de se apagarem.

Acelero e continuo em linha reta enquanto os carros à frente alternam entre direita e esquerda. Uma Omega Siluro diminui a velocidade à minha frente, o que me força a entrar à esquerda em uma abertura que milagrosamente aparece na hora em que preciso dela.
É assim que o desastre normalmente acontece.
Mas não comigo, porque hoje é claramente o meu dia.
A carnificina que previ começa a rolar, só que pior do que eu imaginava. Em uma fração de segundo, uma Mascort acerta uma McMorris, depois um carro da Specter Energy atinge uma D'Ambrosi em direção à área de escape. Consigo desviar e contorná-los, me esquivando e manobrando o carro, aí...
Não. Que porra é essa? Que *porra* está acontecendo?
Estou em segundo lugar.
Só tem Zaid à minha frente, e o spray da traseira de seu carro está a uma distância que não atrapalha minha visibilidade. Das seis primeiras posições, parece que ele foi o único piloto a escapar do estrago. Não consigo ver muita coisa pelos retrovisores ao dobrar a curva seguinte, mas vejo a disputa por posições e os detritos que continuam voando pelo ar. Droga, quando eu terminar a volta, vou ter que desviar de toda aquela bagunça para não estragar meus pneus.
— Pode ser que o safety car apareça em breve — avisa Branny pelo rádio. Menos de cinco segundos depois, ele informa: — Safety car acionado. Cuidado com a velocidade. Você está em P2. Bom trabalho desviando de tudo aquilo lá atrás.
Esse homem nunca foi de elogios, mas aceito o que me é oferecido.
— Pode me dar uma atualização dos outros pilotos? Preciso saber com quem terei que brigar para manter esta posição. Porque agora que estou aqui, não vou abrir mão.
Ele lista os cinco carros seguintes, mas Reid, Otto, Thomas, Lorenzo e Axel não são citados. Inferno do caralho. *Todos* os melhores pilotos foram eliminados, exceto Zaid. Existe uma

possibilidade de que alguns deles se recuperem e voltem, mas essa é a minha chance. Se eu aguentar firme, talvez consiga chegar ao pódio. Mas o safety car vai dificultar isso. A redução da velocidade vai agrupar o bando e os pilotos atrás de mim terão a oportunidade de me alcançar. E se ainda houver uma bandeira vermelha para interromper a corrida...

— Bandeira vermelha — diz Branny. — Volte para o box. Pare na *pit lane*.

Meu estômago se revira. Se reiniciarem a corrida, estarei no meio do grupo de novo e posso perder minha chance de pódio.

— Entendido.

Faço o que Branny disse e sigo Zaid até os boxes, alinhando o carro atrás dele e observando os mecânicos das equipes correndo com cobertores de pneus.

— Se estiver tudo bem, vou sair do carro.

Branny autoriza e me diz para ficar por perto. Seremos avisados antes do reinício, mas preciso descarregar um pouco da adrenalina que o início da corrida e o fato de estar em P2 me trouxeram.

Um dos mecânicos me ajuda a sair e outro traz um guarda-chuva enquanto tiro o capacete e a balaclava, embora já esteja encharcado. Pelo que estou vendo, a chuva já quase parou e, com o calor que está fazendo hoje, mesmo depois da chuva torrencial, a pista vai secar bem rápido.

O que significa que vamos ter que nos livrar dos pneus de chuva e trocar por pneus lisos, de pista seca, o mais rápido possível.

Paro para dar uma olhada nas telas meteorológicas e informar a Branny e aos engenheiros o que estou pensando, depois vou para a garagem, procurando uma pessoa. Mark tenta me alcançar quando entro, mas eu o dispenso e vou direto até os fundos. Sinto meus ombros um pouco menos tensos quando a vejo, e juro que Willow parece igualmente aliviada.

Preciso me esforçar ao máximo para não abraçá-la, embora não consiga resistir à vontade de segurá-la e puxá-la um pouco mais para perto. Aproximo o rosto do ouvido dela como se estivesse tentando iniciar uma conversa particular. Há câmeras por perto, então, se formos filmados, vai parecer perfeitamente inocente. E de fato é... mesmo que não haja nada de inocente no que sinto ao ficar tão perto dela.

Na verdade, não tenho nada para dizer a Willow. Tudo o que quero é estar perto dela, curtir sua presença e deixar que me ajude a ser mais otimista e a parar de pensar que provavelmente não vou manter a segunda colocação por muito tempo. Preciso de um lembrete de que sou capaz, mesmo que as probabilidades estejam contra mim. Vindos de Willow, basta um olhar e um sorriso para que eu me sinta confiante outra vez.

A forma como ela olha para mim é algo que passei a desejar ardentemente. Vou sentir mais falta disso do que imaginei quando nosso tempo juntos acabar.

Não há nem resquício de dúvida nos olhos castanhos que me encaram. Willow acredita em mim. Para ela, eu sou capaz de fazer qualquer coisa. Essa sensação me preenche, me faz acreditar que ela está certa, que eu *realmente* consigo fazer qualquer coisa, inclusive vencer a corrida, mesmo que haja um heptacampeão à minha frente.

— Umas palavras motivacionais cairiam muito bem agora — peço, embora já não precise mais.

A risada dela faz meu coração acelerar e um sorriso aparecer em meu rosto. Faço qualquer coisa para continuar ouvindo aquele som.

— Hum, vamos ver o que dá pra fazer. — Ela respira fundo e depois começa a falar: — Vi você e o Oakley competirem numa corrida de kart quando você tinha quatorze anos. Estava chovendo, e eu fiquei brava por meu pai ter me arrastado até ali naquele fim de semana porque tive que usar uma capa de chuva feia o tempo todo. Aquele negócio cobria toda a minha roupa, uma roupa que eu tinha escolhido para o caso de você me notar.

Eu me afasto um pouco para poder olhá-la nos olhos, mas ela segura meu braço, fazendo com que eu permaneça onde estou.

— Mas você não notou — continua Willow, num tom divertido. Estou louco para ver isso em seu rosto, mas ela não me solta. — Mas isso não importa. O que importa é que eu me esqueci completamente da roupa que estava usando e do meu cabelo absurdamente cheio de frizz assim que você disparou feito um tiro, como se não houvesse uma gota d'água no chão. Você não tinha medo de nada. Já o Oakley preferiu pegar leve, tomar cuidado. Ele terminou em quarto lugar. Mas você venceu.

Ao contrário do que Willow acredita, eu estava morrendo de medo o tempo todo, mas não deixei isso me deter. Aprendi bem cedo que dava pra sentir medo e ainda assim pilotar a toda velocidade.

— Sei que você ainda é o mesmo menino destemido de quatorze anos — continua Willow, com segurança e firmeza. — Então volte para lá e pilote igual àquele menino. Vá vencer.

Finalmente, ela solta meu braço e permite que eu me afaste. Observo sua expressão tranquila, as covinhas se destacando nas duas bochechas, embora seu sorriso seja pequeno e um pouco tímido.

Há um vestígio de rubor em seu rosto bronzeado, mas o olhar que me lança é radiante. Willow não está com vergonha ou constrangida. Está ciente das implicações de ter me contado aquela história, de ter confessado a quedinha que nunca passou, e tenho que dar tudo de mim para não beijá-la e demonstrar que a quedinha é muito mais do que correspondida agora.

— Caramba, esse foi o melhor papo motivacional que já ouvi. — Minha voz está um pouco rouca com todo o esforço para me controlar.

Ela faz uma reverência teatral, as covinhas afundando ainda mais nas bochechas quando sorri.

— Estou aqui para ajudar.

Espero que ela esteja falando sério, porque agora acho que não sei mais viver sem isso. Acho que não sei mais viver sem ela.

— Vamos recomeçar em quinze! — grita alguém atrás de mim, e sou obrigado a sair daquela bolha de felicidade e voltar ao mundo real. — Posicionem-se para a largada!

Eu suspiro, sabendo que preciso me concentrar de novo na corrida. Mas há anos não me sinto confiante como estou agora.

— É melhor eu voltar — digo, sem soltar o braço dela.

Willow assente, sem se desvencilhar de mim.

— Sim, é melhor você voltar.

— Não vai me dizer para tomar cuidado dessa vez?

Ela franze o nariz, e, cacete, quero beijá-la ainda mais.

— Não. Você sabe o que está fazendo.

— É, acho que sei.

Há um momento de silêncio entre nós enquanto tento me obrigar a ir embora, mas não é um silêncio estranho, nem desconfortável. Então finalmente tomo coragem e me afasto, depois de dar uma piscadela para Willow.

E isso basta para que eu seja engolido pela loucura outra vez. Mas minha determinação está renovada e estou de olho no pódio.

Volto para a *pit lane*, mas torço o nariz quando vejo os pneus intermediários no carro. Eles são muito melhores do que os pneus de chuva, mas não foram o que eu pedi.

— Eu pedi pneus lisos! — grito, ao chegar ao carro.

Um dos estrategistas balança a cabeça, virando o rosto na minha direção.

— Dev, não podemos...

— Coloque pneus lisos. — Não vou mais pedir. Não vou mais deixar que essas pessoas acabem com as minhas chances, porra. Dessa vez, não. — Eu conheço esta pista e já está sol de novo. Se quisermos manter nossa estratégia de parada sem perder a segunda colocação, coloque os pneus lisos *agora*.

— A Mascort optou por intermediários para Zaid — argumenta ele. — Os únicos saindo com pneus lisos são os que não têm nada a perder e estão dispostos a arriscar.

— Pois é, parece que eu também estou disposto a arriscar.

Ele não responde e se limita a me encarar. Tensiono a mandíbula, as mãos nos quadris. Não vou recuar. Ele pode até discutir comigo, mas, lá no fundo, sabe que estou certo. Todos eles sabem. Resta saber se estão dispostos a assumir o risco comigo.

— Tá. Beleza — cede o estrategista, com um suspiro. — Mas se você bater, a culpa vai ser toda sua. Cuidado com o que deseja.

Estar na P2 no grid é simplesmente surreal. Quase não consigo me lembrar da última vez em que estive tão na frente, ou de como era não ver nada além de uma pista maravilhosamente livre.

Mas há uma coisa da qual me lembro muito bem. Talvez eu ainda não tenha vencido um campeonato de Fórmula 1, ou mesmo uma corrida, mas sou um campeão da Fórmula 3 e da Fórmula 2 por mérito próprio. E campeões nunca se esquecem da sensação de vencer.

Eu estava certo sobre a pista. As manchas escuras de molhado desaparecem diante dos meus olhos enquanto espero que os treze carros restantes completem a volta de aquecimento. Há uma chance muito grande de eu derrapar em uma poça dessas, especialmente com esses pneus.

Ultrapassar Zaid será o maior desafio da minha vida, mas ele está largando com pneus intermediários. Não vão aguentar muito tempo e, sem dúvida, ele vai para os boxes mais cedo. A única pergunta é: será que vou estar à frente a ponto de manter a liderança quando ele fizer isso?

As luzes se apagam mais uma vez e largo quase mais rápido do que Zaid, mas ele tem uma saída melhor e preciso ceder na primeira curva. Voltamos a emparelhar logo depois, lutando pela posição enquanto me afasto dos carros de trás. Mas, na reta seguinte, eu o ultrapasso sem a ajuda da asa móvel, tudo por causa dos pneus.

Acabei de ultrapassar a porra do Zaid Yousef, meu ídolo, o homem que sonho em ser. Mas ele é sete vezes campeão por um motivo. Mesmo com pneus horríveis, ainda é mais experiente e tem um carro melhor, então cola na minha traseira imediatamente.

Mas a pista está muito seca para os pneus intermediários e ele recua um pouco, tentando encontrar ar limpo quando chegamos à próxima curva. Em breve ele terá que parar e vai perder tempo com a troca de pneus. Depois provavelmente vai sair atrás de vários outros carros, se não sair em último. Zaid vai ter que suar a camisa para ultrapassar todo mundo, e, se eu conseguir me esforçar mais e aumentar a distância entre nós, posso vencer.

Como eu já esperava, Zaid entra nos boxes quando concluímos a volta e meu próximo concorrente está vários segundos atrás, provavelmente graças à escolha infeliz de pneus também.

— Ok, Dev, você está liderando a corrida — diz Branny no meu ouvido.

A voz dele está um pouco mais estridente do que o normal, como se nem ele pudesse acreditar.

Não posso culpá-lo. A última vez que não tive ninguém na minha frente foi quando ganhei meu último campeonato de Fórmula 2. Mas liderar meu primeiro Grande Prêmio de Fórmula 1? Meu Deus, espero que não estejam me ouvindo rir pelo rádio.

Mesmo assim, mantenho o foco e o empenho. Com o passar das voltas, Zaid chega aos poucos no grupo de frente. Vou para o box trocar os pneus na volta 37, uma volta depois de Reid, que até então era o piloto mais próximo de mim. A parada é extremamente rápida, e volto à frente dele, embora esteja atrás de uma McMorris que ainda não fez a parada. Duas voltas depois, ela acaba indo para o box e eu volto a liderar a corrida.

Felizmente, é difícil fazer ultrapassagens neste circuito. E, por causa disso, tenho chance de vencer. Só preciso aumentar a distância entre mim e Reid e me defender como se minha vida dependesse disso quando Zaid voltar a aparecer.

Dá pra fazer isso. Dá pra vencer.

Branny continua me atualizando sobre as posições dos pilotos e meus tempos de volta, e tudo está dando certo, ainda que nada disso estivesse nos planos da Argonaut. Uma vitória pode não mudar muita coisa para eles, mas muda para mim.

O futuro parece mais promissor do que nunca.

Os momentos depois que cruzo a linha de chegada em primeiro lugar são um borrão.

Ouço o caos das comemorações pelo rádio enquanto me dirijo ao parque fechado e paro atrás da placa de primeiro lugar que achei que nunca mais veria. Depois sinto a emoção de minha equipe quando me aproximo da barreira. Recebo gritos de parabéns, tapinhas nas costas e abraços tão fortes que sinto que talvez tenham quebrado uma ou duas costelas minhas. Enxergo os cachos de Willow no meio de toda aquela gente, mas não consigo chegar até ela, por mais que tente.

Depois me levam para a pesagem e para a entrevista pós-corrida. Agradeço à equipe e à minha família e tenho a impressão de que não cheguei a soltar nenhum palavrão, mas vou ter que reassistir à entrevista mais tarde para saber como foi de verdade. Depois, vou para a sala de descanso com Zaid e Reid. Trocamos apertos de mão e eles me elogiam, mas não consigo lembrar com quais palavras exatas.

Mas, uma vez no pódio, tudo entra em foco total.

Eu consegui. Cinco anos na Fórmula 1, mais de cem largadas, e finalmente estou aqui. O hino nacional dos Estados Unidos começa a tocar, em meu nome e no da Argonaut. Nunca gostei tanto de uma música antes.

Então começa a chuva de champanhe quando Reid e Zaid apontam suas garrafas na minha direção, e retribuo o ato, rindo tanto que não sei dizer se o que escorre pelo meu rosto são lágrimas ou champanhe. É isso. Este é o momento pelo qual dei duro esse tempo todo e, agora que cheguei até aqui, quero mais. Mas, por ora, isso basta.

Quando o champanhe termina, posamos para as fotos do pódio e, em seguida, sou levado para me limpar antes das entrevistas. Não consigo parar de sorrir (não que eu quisesse) ao passar pelos corredores de volta ao motorhome, comemorando com todos que encontro pelo caminho. Queria que Willow aparecesse, mas ainda não a encontrei. Ela é a primeira pessoa que vou procurar quando as coisas se acalmarem. Essa vitória também é dela.

A adrenalina se abranda quando subo os degraus até minha sala. Mark vem atrás de mim, mas, depois de abraçá-lo com força, prometo que podemos fazer alguns exercícios mais tarde. Por enquanto, quero sentar e saborear minha vitória sozinho.

Eu consegui. Eu finalmente consegui, cacete.

Quando Mark se afasta, abro a porta da sala — e congelo onde estou.

As fotos são o que chamam minha atenção primeiro. Na parede imediatamente à minha frente, há uma colagem de fotos. Algumas são minhas, outras de fãs usando minha camisa, outras da minha família nas corridas de kart quando eu era criança. Há também cartas e cartazes, todos escritos à mão, todos comemorando minha vitória e mostrando a força absoluta da confiança que as pessoas depositam em mim. Tem até um retrato meu em um estilo moderno com cores vibrantes. Meu sorriso, claro, é a característica de destaque.

Mas é Willow, ajoelhada ali, ainda arrumando tudo aquilo, que faz meu coração bater mais forte do que eu jamais imaginei ser possível.

Ela se vira em um sobressalto quando a porta se abre. A foto em sua mão escorrega e cai no chão quando ela se levanta, apoiando-se na mesa de massagem ao seu lado, mas depois começa a torcer os dedos, nervosa.

— Pensei que você demoraria mais para voltar — diz ela. Sua voz está levemente embargada e seu sorriso é hesitante. — Não terminei ainda, mas... queria fazer uma surpresa.

Sinto a garganta apertada, bloqueando as palavras que quero dizer. Estou desidratado após a corrida, é claro, mas não é isso que me deixa sem palavras. É Willow.

— Você fez tudo isso para mim? — pergunto, assim que consigo formular uma frase. — E se eu não tivesse ganhado?

— Já faz um tempo que estou planejando isso — admite ela, ainda torcendo os dedos, mas o sorriso crescendo a cada palavra. — Não é um altar para a sua vitória nem nada assim. Só queria que tivesse noção de como é amado por tanta gente. Queria te relembrar as razões para continuar lutando pelo que você quer.

Fico grato pela demonstração de afeto, sem dúvida. Mas minha razão para continuar lutando está bem diante de mim.

Talvez seja a adrenalina. Talvez seja a imprudência que ainda corre em minhas veias. Ou talvez seja simplesmente a visão de Willow. Mas, qualquer que seja o motivo, ando na direção dela sem pensar duas vezes.

Paro só quando nossos pés se encontram. Estou tão perto que ela precisa inclinar o pescoço para olhar para mim. O olhar dela é confuso, mas receptivo, como se estivesse preparada para se decepcionar e, ao mesmo tempo, nutrindo expectativas. E eu estou disposto a dar o que ela quiser.

— Eu amei. — Tenho que me segurar para não falar que eu *a* amo. — Ficou perfeito.

Ela respira fundo, meio aliviada, e abre a boca como se fosse dizer algo. Mas as palavras morrem em seus lábios quando levo a mão à sua nuca.

— Você é perfeita — sussurro.

Olho para a boca de Willow e depois de volta para seus olhos. Quando sua expressão passa de confusa para afetuosa, percebo que não quero mais perder tempo. Já perdemos tempo demais.

Eu me aproximo para beijá-la.

CAPÍTULO 21
Willow

Sentir os lábios de Dev nos meus é como uma vitória só minha.

Ele é quem ralou, mas quem está colhendo a recompensa sou eu, ainda que não seja o prêmio que estava imaginando. Mas é exatamente isso que desejo. É o que sempre desejei.

Então eu retribuo o beijo.

A língua de Dev toca a minha, e meu corpo vibra em resposta. Ele tem um gosto doce como a bebida que toma depois de cada corrida para se reidratar, um toque de cereja e algo mais que não consigo identificar. É como um lembrete do que acabou de conquistar, e uma nova onda de alegria toma conta de mim.

Dev conseguiu. Ele venceu. E tudo isso com um carro pouco confiável e uma equipe que não o apoia como deveria. É uma vitória que ele merece comemorar da maneira que quiser. E se o que ele quer sou eu...

A barba por fazer dele raspa na minha pele e enfio os dedos em seu cabelo úmido de suor para puxá-lo para mais perto. Dev deixa escapar um gemido baixo e me puxa para si também, as mãos firmes em minha cintura, possessivas, quase incandescentes. Eu o agarro com mais força, grudando o corpo dele no meu, também possessiva à minha maneira, sem querer que isso acabe.

Só que isso não vai durar. É algo que está fadado a ter um fim e a data final de nosso acordo é a prova disso. Talvez essa seja só mais uma das vantagens do trabalho, que também vai acabar quando seguirmos caminhos diferentes. O mais provável é que termine assim que um de nós sair por aquela porta.

Deixo esses pensamentos de lado e me concentro no presente, em como a boca de Dev se conecta à minha, tomando tudo de mim e me dando mais ainda em troca. Inclino a cabeça como um convite e me derreto nas mãos dele, estremecendo quando os dedos dele traçam o caminho da minha cintura até a minha barriga, subindo até as laterais dos meus seios. Ele continua até minhas clavículas, depois meu pescoço, me arrancando arrepios, e termina a viagem acariciando meu rosto com tanto carinho que deixo escapar um suspiro engasgado. Estou ao mesmo tempo pedindo mais e agradecendo por sua ternura. Ele sabe o que fazer comigo, sabe do que eu gosto. Quando seus movimentos se acalmam e ficam mais leves, tenho a impressão de que ele sabe até mesmo que se isso durar mais tempo não vou conseguir parar.

O último beijo que me dá é demorado e, por alguma razão, mais doce que os demais, e ele acaricia minhas bochechas com o polegar enquanto lentamente acordo daquilo que parece ser um sonho.

— Estava com vontade de fazer isso de novo desde o ano passado — sussurra ele, com a boca colada na minha.

Tiro as mãos do cabelo de Dev e as deslizo até seu peito, enroscando os dedos em seu macacão de corrida. Ainda estou zonza e entorpecida pelo beijo, então faço a pergunta sem pensar:

— Então por que não fez?

A boca dele se contrai nos cantos.

— Se bem me lembro, nós dois decidimos juntos que seria uma má ideia.

Engulo em seco, mas não o solto, ainda que a realidade esteja pesando sobre nós novamente.

— Você tem razão. Decidimos mesmo.

Eu me sinto afundar cada vez mais. O fim já chegou. Estamos prestes a nos soltar e, mais uma vez, concordar que aquilo não passou de uma coisa no calor do momento, que não significou nada, mesmo que nós dois saibamos que não é verdade.

Só que as mãos de Dev não saem do meu rosto e o brilho em seu olhar me diz que ele não vai fugir do que está acontecendo.

— Se isso é uma ideia tão ruim — diz ele, a voz estrangulada —, por que estou com tanta vontade de beijar você de novo? Por que não consigo tirar você da minha cabeça? E por quê, toda vez que vejo você perto de outro homem, sinto vontade de acabar com ele para que nunca mais chegue perto de você? Você conseguiria responder a essas perguntas, Willow? Me explicar por que estou me sentindo assim?

Minha garganta se contrai quando ele olha para o meu corpo todo. A paixão que arde no olhar de Dev me faz querer ficar na ponta dos pés e beijá-lo mais uma vez só para que feche os olhos. Ele não pode me olhar desse jeito ou vamos acabar tomando decisões que não poderão ser remediadas.

Em vez disso, tudo o que consigo fazer é sussurrar:

— Eu não sei.

Dev solta meu rosto e suspira, abaixando a cabeça por um momento. Mas não se afasta. Ele me segura pela cintura outra vez. A mensagem que me passa é clara: não vai me deixar fugir.

E não pretendo fugir, mesmo. Não estou pronta para que isso acabe.

— Então me diz o que *você* está sentindo — insiste ele, deixando transparecer um leve desespero. — Me diz que não sou o único ficando maluco nessa história.

Respiro fundo. Não é possível que Dev não saiba como me sinto. Mas talvez nós dois precisemos ouvir da boca um do outro para acreditar.

— Você não é o único.

Dev encosta a testa na minha e balança a cabeça como se não conseguisse acreditar na situação em que nos metemos, embora ele mesmo tenha tomado a iniciativa, mudado a situação para nós dois.

— *Caralho*, Willow.
— Eu sei... — sussurro, apertando-o mais forte.
Olha só onde a gente foi se meter.
A mandíbula dele se contrai enquanto respira fundo e seus dedos pressionam minhas costas. O toque dele é o que me prende no chão em um momento em que eu poderia facilmente sair flutuando por aí.
— É muita coisa para assimilar, eu... eu sei — diz ele. — Mas não quero que mais tarde você fique pensando que isso aqui foi um erro. Não foi um erro para mim. Da última vez que aconteceu também não foi.
Não me arrependo de ter considerado a vez anterior um erro. Foi a maneira certa de agir naquele momento, a coisa certa a se fazer, mas não posso dizer o mesmo agora.
— Isso aqui não é um erro. — Estou falando a verdade, mas não é tudo tão simples. — Mas não sei o que essa coisa toda significa.
Podemos revelar todos os nossos segredos mais profundos, confessar tudo o que quisermos confessar, mas nada importa se não conseguirmos entender o que fazer a partir daqui.
Dev toma certa distância para olhar em meus olhos.
— Significa que não quero mais fingir que é fácil ficar longe de você. Cansei de agir como se não quisesse estar com você a cada segundo da minha vida. — Ele ajeita uma mecha do meu cabelo por cima do meu ombro e seus dedos se demoram em minha nuca. — Gosto de você, Willow. Gosto tanto de você que às vezes nem me lembro do motivo para não estarmos juntos.
Talvez ele não lembre, mas eu lembro. Meu irmão, meu trabalho, o risco de relacionamentos e reputações arruinadas... há muita coisa em jogo. E, mesmo assim, nada disso me impede de dizer:
— Eu também gosto de você. Muito.
Dev abre um sorriso brincalhão e presunçoso, mas quase consigo senti-lo vibrar de alegria com a minha declaração.

— Pois é, eu meio que já sabia. Não se esqueça de que você *já se declarou* pra mim sem querer depois de tomar um porre.

Dou uma tossida para segurar o riso.

— Cala a boca.

O humor que ele traz ao momento faz com que algumas de minhas preocupações desapareçam. É como se voltássemos a ser só nós dois mais uma vez. Dev e Willow, o palhaço do grupo e a menina que se segura para não rir de todas as piadas que ele faz.

Ele enrola um dos meus cachos no dedo, ainda sorrindo, mas agora com um olhar de ternura.

— Se eu calar a boca não vou poder dizer como eu me arrependo de ter deixado você se afastar naquela época. Eu deveria ter ido atrás de você.

Balanço a cabeça.

— Eu não teria te escutado, estava com vergonha demais.

— E agora? — Ele examina cada centímetro do meu rosto. — Ainda está envergonhada?

— Não. Nem de longe.

Ele se aproxima novamente e, desta vez, me preparo para o beijo. Então fecho os olhos e inclino a cabeça, esperando que sua boca toque a minha.

Mas uma batida forte na porta me faz recuar. Dev, no entanto, não me deixa ir muito longe. Reage mais rápido do que eu, passando um braço pela minha cintura e me segurando ali como se não tivesse a menor preocupação com a possibilidade de alguém entrar e nos ver assim.

Por sorte, ninguém entra. Apenas uma voz se faz ouvir da porta, avisando Dev que estão aguardando a presença dele para as entrevistas.

Ele responde por cima da minha cabeça e depois abaixa o rosto de novo para olhar para mim.

— As pessoas adoram interromper a gente, né?

Desvio o olhar, forçando um sorriso. Não acho engraçado esse negócio de sermos pegos.

Dev segura meu queixo, fazendo com que eu volte a olhar para ele.

— Ei — diz carinhosamente, dessa vez mais sério. — A gente volta a falar disso mais tarde, está bem? — Dev espera até que eu concorde sutilmente com a cabeça antes de continuar: — Tenho que encontrar a equipe, mas não estou fugindo de você. É óbvio que existe algo entre a gente. E precisamos descobrir juntos o que fazer a partir de agora.

Faço que sim, engolindo em seco.

— Sim, é verdade.

— E vamos conseguir.

A boca dele encontra a minha para um beijo de despedida que me deixa ofegante.

— Volta para o hotel — murmura Dev, afastando-se apenas o suficiente para conseguir falar. — Se arruma. A gente vai sair hoje à noite.

— Eu vi a corrida! — grita Chantal, quando atende a ligação. — Não acredito que o seu namoradinho ganhou!

Consigo até imaginá-la pulando de um lado para o outro em nosso apartamento enquanto estou aqui, me arrumando sozinha em mais um quarto de hotel idêntico a todos os outros em que já estive. Estou com mais saudades dela do que nunca agora que tenho algo importante para contar.

— É, foi uma surpresa e tanto — respondo, segurando o telefone entre a orelha e o ombro enquanto vasculho minha mala em busca de algo para usar à noite. — Você está... está muito ocupada agora? Qualquer coisa eu te ligo mais tarde.

— Fala sério. Como se eu tivesse coisa melhor para fazer. — Algo que soa como um pacote de batatas fritas faz barulho do outro lado da linha. Chantal deve estar se preparando para ver *Ilha do Amor*. Em um dia normal, eu estaria lá com ela. — Agora conta: o que está rolando?

Estou morrendo de vontade de contar o que aconteceu entre mim e Dev desde o segundo em que ele saiu pela porta e fiquei para trás, tocando minha boca e repassando a cena em minha mente. Foi... incrível. Maravilhoso. Eu me senti uma adolescente apaixonadinha, mas o que pode acontecer a partir de agora está me deixando ansiosa. Preciso muito de uma segunda opinião. Provavelmente vou obrigar Grace a me ouvir contar tudo isso de novo quando ela responder às minhas mensagens.

— Eu... — Nem sequer sei por onde começar essa conversa.
— Dev... ele... — Respiro fundo. Cacete, eu só preciso falar de uma vez. — Dev e eu nos beijamos hoje.

Ela solta um ruído surpreso que é seguido por um silêncio tão longo que me faz pensar que a ligação caiu. Mas não, ela ainda está na linha quando tiro o celular da orelha e olho a tela para verificar. E ainda bem que faço isso, porque o grito dela um segundo depois que tiro o telefone do ouvido poderia muito bem ter estourado meu tímpano.

— Eu *sabia* que isso ia acabar acontecendo!

Espero mais um pouco antes de colocá-la no viva-voz, depois apoio o celular ao lado da minha mala e me sento de pernas cruzadas.

— Sim, você e a Grace cantaram essa bola — murmuro, ainda sem acreditar no que aconteceu. — Eu deveria ter escutado vocês duas antes.

Teria me poupado de noites sem dormir e dias de ansiedade se não tivesse insistido que Dev e eu fôssemos apenas amigos. Mas, para falar a verdade, não me arrependo tanto assim do caminho que traçamos porque isso significa que nós dois tivemos que pensar bastante sobre a coisa toda. Tivemos tempo para deixar nossos sentimentos desabrocharem sem a pressão de isso ter que acontecer. Gosto de como chegamos até aqui. Gosto de como encontramos o caminho um para o outro. Acho que era para ser, mesmo que ainda precisemos resolver muitos detalhes.

— Eu perdoo você por esse equívoco — provoca Chantal. — Mas e aí, então quer dizer que vocês pararam de fingir que não estão apaixonados?

Meu rosto arde e congelo com a mão sobre uma pilha de vestidos.

— Eu... não, acho que aí já seria *demais* — gaguejo. — Mas... acho que também não somos mais apenas amigos.

A voz dela está mais suave quando volta a falar.

— Você não é só amiga dele já faz um tempo, gatinha.

Ela não está errada. Já faz tempo que estamos tentando driblar nossos sentimentos. Mas será que estou pronta para ceder à atração e ao magnetismo que existe entre nós?

— Eu *nem sei* o que espero dele — reconheço. — Um lance de uma noite só pra tirar isso da cabeça? Uma amizade colorida? Um namoro?

Listar as opções em voz alta faz com que tudo se torne meio real demais. Sentindo a ansiedade aumentar no peito, continuo a linha de raciocínio:

— Talvez o que a gente tenha nem possa virar algo maior do que um lance sem compromisso. Quando meu contrato terminar, ele vai continuar viajando pelo mundo e eu vou voltar para Nova York, e aí existem grandes chances de passarmos meses sem nos ver. Como um relacionamento funcionaria desse jeito?

— Vários pilotos são casados e têm família — observa Chantal. — Parece estar dando certo para eles. Por que não daria pra você e pro Dev?

De repente não consigo pensar em nenhuma razão, mas tenho certeza de que há milhares esperando para aparecer e nos passar uma rasteira. Será que quero arriscar tudo? Será que consigo apostar todas as fichas para tentar algo com ele?

— Não importa o que a gente decida, não vai ser fácil.

Essa é a única conclusão a que posso chegar no momento, porque a ideia de ficar sem Dev é igualmente difícil.

— Coisas fáceis são superestimadas — rebate Chantal. — O que importa é que vocês estejam felizes.

E essa é a questão: eu não sei como chegar a esse ponto.

Mas há uma coisa que sei.

— Estou com medo, Chantal — sussurro.

Estar com Dev significa me abrir para a possibilidade de ter meu coração partido outra vez. Não acho que ele vá me trair da forma como Jeremy fez, mas também não consigo me imaginar sendo a prioridade dele para sempre. Agora que a reputação de Dev está a salvo, ele pode ter a mulher que quiser, então por que se contentaria comigo?

Sou frágil e fraca como se tivesse sido toda feita com cola e elásticos de borracha. Há dias em que mal consigo acompanhar o ritmo frenético das movimentações da equipe ao redor do mundo, e não é menos que um milagre que eu tenha conseguido e que não tenha me machucado seriamente até agora. Alguém deveria colocar um adesivo bem na minha testa dizendo *Cuidado, frágil*.

Será que ele realmente estaria disposto a aguentar isso? E por quanto tempo?

E também tem meu irmão. Já destruí o grupo de amigos de Oakley uma vez, não quero ser a razão para que isso aconteça de novo. Se Dev e eu terminássemos, por mais que fosse de forma amigável, as coisas entre nós ficariam estranhas para sempre e isso, sem dúvida, impactaria a amizade dele com Oakley.

E mesmo que a gente *não* terminasse, se acabarmos nos casando, tendo filhos e sendo felizes para sempre, a amizade dos dois ainda assim mudaria. Será que eu conseguiria lidar com isso e ficar feliz com minha escolha mesmo sabendo que Oakley seria afetado de qualquer forma?

— Não consigo achar que ficar com Dev seja uma boa ideia — digo a Chantal, mas as palavras amargam minha boca.

Há um silêncio decepcionado antes de ela responder:
— Não é possível que você pense assim. De verdade.
Eu não penso, mas o medo fala mais alto. Neste momento, não sinto nada além de pânico correndo em minhas veias, ativando meu instinto de luta ou fuga e me deixando com vontade de sair correndo.

Mas *não quero* dar ouvidos ao medo. *Não quero* que isso me prive da felicidade que estar com Dev sem dúvida me traria, mesmo com as consequências e mesmo que por pouco tempo.

Eu me recuso a permitir que o medo me engesse. Não vou me deixar afogar pela correnteza de sentimentos que passa por mim para morrer na praia, vencida e destruída. Não vou deixar que isso me transforme em um arremedo de mim mesma, como já aconteceu antes, ou roubar a luz que voltei a cultivar dentro de mim após tanto esforço.

Então só me restam duas opções: posso ser egoísta, me colocar em primeiro lugar e mergulhar no desconhecido; ou posso ceder ao bem maior e acabar com tudo, mantendo o *status quo* intacto.

E isso significa que tenho que fazer uma escolha.

— Só tenho medo de precisar abrir mão de alguma coisa para ficar com ele — concluo, de maneira quase inaudível.

Chantal espera um pouco antes de responder, pensando no que acabei de dizer. Ela entende minhas razões para pensar assim, ainda que eu não explique minha linha de raciocínio. Conhece todas as minhas fraquezas e inseguranças e acompanhou todas as minhas versões: desde a garota inocente e ingênua que entrou na faculdade, passando pela jovem arrasada depois de Jeremy, até a mulher que sou agora, em parte graças a ela e Grace, que me ajudaram a me reerguer.

— Eu entendo isso — diz ela, finalmente. — E *sei* que dá medo. Mas, Willow... — continua, respirando fundo. As palavras seguintes que pronuncia são gentis, mas assertivas: — Você pode ter *tudo* com Dev. Por favor, não deixe que o medo fale mais alto.

CAPÍTULO 22
Dev

Meu celular não parou de tocar desde o final da corrida, assim como o de Chava e o de Mark. Acho que nunca falei com tantas pessoas na vida. Na real, acho que nunca tinha me dado conta nem de que conhecia tanta gente assim.

Estou no canto do meu quarto de hotel, conversando por vídeo com minha mãe, meu pai, minha irmã e alguns amigos que assistiram à corrida com eles. Está uma confusão de aplausos e brindes numa combinação de inglês e guzerate e não consigo entender metade do que estão gritando.

— Muito bem, *beta*, muito bem — elogia minha mãe, pela milionésima vez. Mas nunca vou me cansar de ouvir isso. O elogio dela vale ouro. — Traga esse troféu para casa porque eu quero vê-lo com meus próprios olhos.

— Se eu soubesse que você planejava ganhar, teria ido! — grita meu pai, com os braços em volta dos ombros da mamãe. — Estou tão orgulhoso de você, filho.

— Você não fez mais do que sua obrigação. — A alfinetada de Alisha vem do canto da tela. — É melhor aproveitar os holofotes agora, porque no mês que vem serão todos meus.

O noivo dela ri, cutucando-a no queixo.

— Ah, sim, todos seus. Não que o casamento seja *nosso*...

É nítido, pelo modo como olha para Alisha, que ele está completamente apaixonado. Será que é assim que olho para Willow? Se for, cacete, é um milagre que ninguém tenha notado.

E é um milagre que eu tenha aguentado até hoje para enfim beijá-la novamente. Mas, ao vê-la montando um mural para me mostrar como sou querido... não consegui me segurar.

Mas agora eu e ela temos muito a discutir. Sabemos que essa conversa já vem sendo protelada há algum tempo, mas sem dúvida acelerei tudo com o que fiz hoje. E, a meu ver, não dá pra voltarmos a ser como éramos antes.

Eu quero mais. Mas cabe a Willow decidir o que esse "mais" significa. Os riscos são muito maiores para ela do que para mim.

Depois de prometer que ligaria para eles amanhã outra vez, encerro a videochamada e volto minha atenção para Chava, que também está desligando o próprio telefone.

— Falei com o Oakley. — Aquelas palavras fazem meu estômago pesar feito chumbo. — Ele disse para você que não precisa se preocupar em retornar a ligação porque ele só queria te dar os parabéns.

Merda. Eu estava tentando não pensar em Oakley e essa *não foi* a melhor forma de ser lembrado da existência dele depois de ter tocado na irmãzinha dele de forma indecente umas horas atrás. Por mais sensato que ele seja, não acho que Oakley vá gostar de ouvir sobre esse detalhe. Especialmente se descobrir que não foi a primeira vez que isso aconteceu.

Mas Willow é uma mulher independente. Ela tem o poder de tomar as próprias decisões. Só não sei se vão resultar na destruição de mais amizades ou não. Agora é esperar para ver.

— Vamos fazer alguma coisa — sugere Mark, do outro lado do quarto, guardando o celular no bolso da calça. — Vou deixar você decidir o que vamos fazer hoje à noite, Dev. Acho bom você fazer a festa!

— Ah, pode deixar comigo — respondo, reprimindo a culpa que ameaça transbordar em minha garganta.

Abro o botão superior da camisa como se fosse ajudar, mas isso só atrai um assovio debochado de Chava, que deve ter

interpretado o ato como um sinal de que estou pronto para botar para quebrar, e não como uma demonstração de ansiedade.
Ele passa um braço em volta do meu pescoço.
— Finalmente vai sair da seca, *hermano*. Todo mundo quer chupar o pau do vencedor.
O comentário me surpreende, o que me faz soltar uma gargalhada, e minha culpa se alivia enquanto ele me arrasta até a porta. Se ele soubesse que não tenho interesse algum em nada disso, me zoaria para sempre.
— Temos que chamar a Willow — lembro aos dois quando saímos para o corredor, acenando com a cabeça para outras pessoas da Argonaut que também estão indo embora.
A noite de hoje vai ser um caos para a equipe, mas, desta vez, do tipo bom. É uma sensação maravilhosa saber que sou a razão pela qual todos estão felizes, e não vejo a hora de fazer tudo de novo. Mas isso só vai ser possível se Buck permitir.
Chava lidera a excursão ao quarto de Willow no final do corredor e bate na porta, cantarolando o nome dela. Mark e eu chegamos logo depois. Abro a boca, pronto para dizer para ele que pare com isso, mas acabo emudecendo quando a porta se abre.
Se existia qualquer dúvida em minha cabeça sobre se eu deveria ou não ter um relacionamento com Willow, não existe mais. Tudo de que preciso está bem na minha frente.
— Pronta para ir? — pergunta Chava.
Não sei como, mas, diferentemente de mim, o homem parece imune ao magnetismo dela.
Willow fica bem em tudo, inclusive no uniforme da Argonaut, mas dessa vez ela se superou. Com um vestidinho preto decotado e sapatos de salto alto que só a deixam ainda mais sexy, manter minhas mãos longe dela vai ser uma tarefa impossível — embora talvez esse tenha sido o objetivo... A essa altura, ela sabe exatamente o que está fazendo comigo.

Os lábios pintados de vermelho dela se curvam num sorriso para Chava. Estou com um pouco de ciúme porque o brilho em seus olhos não é direcionado a mim.

Tá bom, foda-se, na verdade estou com muito ciúme. Ela deveria estar olhando para *mim* desse jeito.

— Para onde vamos? — pergunta Willow, fechando a porta.

— Topo qualquer coisa, só quero saber o que esperar.

Eu mal ouço a resposta dele porque estou ocupado encarando Willow, hipnotizado. Ela sempre chamou minha atenção — a forma como se move, o jeito como fala, como reage às coisas —, mas agora é diferente. A presença dela está muito mais forte, como se houvesse um fio invisível que nos une e me puxa na direção dela.

Só quando ela finalmente olha para mim é que solto a respiração que estava represada. O cheiro agradável de baunilha inunda meus sentidos quando inspiro. Chava e Mark caminham à nossa frente para chamar o elevador, conversando, e ela fica ao meu lado. E, *finalmente*, lá está ele: o sorriso que eu estava esperando, o mesmo que ela me lançou antes de eu sair para correr e vencer a corrida. O sorriso que incendeia cada célula do meu corpo.

— E aí, campeão? — provoca ela, discretamente, olhando para mim por detrás daqueles cílios enormes. — Animado?

Concordo com a cabeça, mas não estou interessado em falar de mim mesmo.

— Você está maravilhosa — confidencio, feliz por nenhum deles estar nos ouvindo.

É um elogio insuficiente, mas vai ter que bastar por enquanto. Vou deixar a poesia e os versos de filmes em hindi para quando eu tiver mais tempo e privacidade para reverenciá-la da maneira que merece.

O sorriso que ela me lança assume um tom malicioso e sinto um calor diferente e profundo em seus olhos quando se encontram com os meus outra vez.

— Você também está bem bonitinho.

Cacete. Estou comendo na mão dela.

— Você está bem? — pergunto a Willow.

Preciso de uma distração para não fazer algo imprudente — tipo arrastá-la de volta para o meu quarto na frente de todas essas pessoas.

— Estou, sim. — As costas da mão dela roçam a minha enquanto caminhamos lentamente em direção ao elevador. — Estou bem.

Observo seu perfil. Tivemos pouco tempo para refletir sobre o que aconteceu mais cedo e preciso ter certeza de que ainda estamos na mesma página.

— Você jura?

— Juro.

A conversa que temos evitado tanto vai precisar esperar até que possamos ter um momento de privacidade. Se isso vai acontecer hoje à noite, ainda não sabemos, mas não vejo a hora. Não posso deixar que o que está pendente entre nós se prolongue. Quero agir. Tomar decisões.

Fazer escolhas que podem mudar o rumo da nossa vida para sempre.

A boate é barulhenta, quente e decorada com mais bandeiras dos Estados Unidos do que eu me lembro de já ter visto na Hungria, mas já tive noites bem piores. O champanhe está rolando solto, a música é legal e as pessoas estão se divertindo. Não posso nem reclamar da lotação do lugar, já que graças a isso Willow está praticamente grudada em mim há uma hora.

Por insistência de Chava, estamos na pista de dança, em vez de no camarote, como tenho certeza de que Mark teria preferido. Willow está no meio do grupo, movendo-se para a frente e para trás entre mim e Chava. Nós dois estamos competindo para ver quem consegue fazer os piores passinhos para fazê-la rir.

Eu não danço *mal* — minha mãe me deserdaria se fosse o caso —, mas finjo que sim para divertir Willow. Sempre fiz isso, e vou continuar fazendo. Desde que me entendo por gente, faço gracinhas para ela rir, para ver aquelas covinhas que são como pequenas crateras na lua. E não existe nada mais lindo do que a lua.

Está na minha vez de fazê-la rir. Passo o braço em volta da cintura dela e inclino seu corpo para trás num gesto teatral. Ela solta uma risadinha contagiante. Quando a abaixo um pouco mais, Willow se agarra depressa à minha camisa. Eu jamais a deixaria cair, mas, mesmo assim, não a levanto imediatamente. Com o coração batendo forte, aproveito para curtir a forma como ela se segura em mim e a emoção que transparece em seu rosto. Ela ainda está com a mesma chama de sempre, aquela que vi se transformar em brasa com o passar dos anos. Mas ultimamente tem ganhado vida, uma vontade de ultrapassar os limites impostos a ela e de explorar coisas que acreditava estarem fora de cogitação — e, para mim, é uma honra poder orientá-la.

Willow solta um gritinho quando a levanto novamente, espalmando as mãos contra meu peito. E a palma de suas mãos é tudo que separa nossos corpos. Não seria nada difícil puxá-la para mim e procurar sua boca para roubar um beijo bem aqui, nesta pista de dança lotada. E, se a expressão em seus olhos servir de resposta, eu sei que ela deixaria.

Mas meu celular toca antes que eu possa tomar a iniciativa. Sem soltar Willow, tiro-o do bolso pronto para mandar mais uma ligação de parabéns direto para a caixa postal.

Só que dessa vez o nome que aparece na tela é o de Howard.

Eu hesito, dividido entre desejar continuar dançando com Willow e precisar atender meu agente para saber o que ele quer. Ele não é de perder tempo me bajulando, então é provável que haja outro motivo para a sua ligação.

Eu me aproximo do ouvido de Willow para gritar:

— Desculpa, preciso atender!

Depois faço um sinal para Chava e sou rápido com minhas instruções.

— Fica de olho nela, tá legal? Eu já volto.

Ele responde com um aceno curto de cabeça.

— Beleza.

Não quero soltar Willow. Ela olha para mim com uma expressão decepcionada, como se também não quisesse se separar de mim, mas Chava não demora a puxá-la para dançar. O ciúme não me invade como eu imaginava que ocorreria. É a mim que ela deseja, e Chava não se atreveria a tentar desencorajá-la — diferentemente de Mark, que vem me olhando estranho desde que chegamos. Quando me afasto do grupo, ele me lança mais um olhar indecifrável.

Abro caminho em meio à multidão de membros da Argonaut, recebendo gritos de felicitação e tapinhas nas costas, enquanto sigo para um corredor mais vazio nos fundos. A vibração estrondosa da música reverbera pelas paredes, mas o volume ali é moderado, então meu agente consegue me ouvir.

— Está ligando para me dar os parabéns, Howard? — digo ao atender. Pressiono o celular na orelha e tapo a outra com a mão livre. Parece que de repente começo a sentir os efeitos de todo aquele champanhe. — Ouvi dizer que ganhei uma corrida hoje.

Como era de se esperar, Howard não dá corda para minha gracinha.

— Estou ligando porque há rumores de que Otto Kivinen vai sair da Mascort no fim da temporada.

Essas palavras me deixam sóbrio instantaneamente. Será que ouvi direito? Porque não é possível que ele tenha dito o que acho que disse.

— Tá de brincadeira, porra?

Desde que entrei na Fórmula 1, Otto está na Mascort. Ele é o arroz do feijão de Zaid, a tampa da panela dele, o piloto número dois perfeito. É exatamente o tipo de pessoa que uma equipe quer para proteger o campeão em busca do oitavo título. Otto também pontua de forma consistente e é um dos melhores defensores do grid. Ele é exatamente o tipo de parceiro de equipe que eu gostaria de ter se fosse candidato ao título.

Até onde sei, Otto vem negociando o contrato com a Mascort, mas, se formos dar crédito a um boato desses, a coisa não deve estar indo bem. Zaid tem falado muito sobre quanto respeita Otto, sobre como ainda o quer na equipe. E o cara ainda recebeu todo o apoio da Mascort, então essa ideia de sair deve estar partindo do próprio Otto.

Nem todo mundo quer ser o piloto número dois para sempre. Sei como é.

— Como eu disse: são rumores — continua Howard. — Rumores fortes. E há também rumores de que a Mascort vem buscando alguém para substituí-lo. Estão pensando em alternativas.

Meu coração começa a bater nos ouvidos e meu sangue corre quente em minhas veias. Howard não estaria compartilhando essas informações a menos que fizessem diferença para mim.

— Acha que sou uma das opções deles?

— Depois do desempenho de hoje, tenho certeza — revela ele. — E sei que a Argonaut está disposta a liberar você pelo preço certo.

É claro que estaria. Buck pode ter bilhões na conta, mas prefere receber dinheiro se livrando de mim do que me deixar ficar e liderar a equipe rumo à vitória. É óbvio que já está procurando alguém para me substituir no ano que vem. Isso só facilitaria as coisas para ele.

— Você tem sorte de ter superado toda aquela história — continua Howard. — As pessoas estão começando a enxergar seu verdadeiro potencial.

— Não foi sorte — respondo, automaticamente. — Foi a Willow.

E ela é a primeira pessoa com quem quero compartilhar essa notícia. Quero correr até ela nesse mesmo instante, abraçá-la e contar com a boca colada na dela que tudo o que buscávamos está perto de se concretizar.

Howard solta um resmungo.

— O que quer que tenha sido, continue assim. — Depois fica em silêncio por um instante enquanto processo aquela notícia, enquanto imagino o que posso conquistar. — Parabéns pela vitória hoje, sr. Anderson. Volto a ligar quando tiver mais novidades.

Antes mesmo que ele desligue, já estou voltando para a festa, abrindo caminho entre as pessoas mais uma vez, determinado a voltar para Willow. Em um piscar de olhos, estou diante dela. Acho que acabei empurrando Chava, o que me rendeu uma série de palavrões em espanhol, mas não estou nem aí.

Minhas mãos seguram a cintura de Willow e abaixo a cabeça para que possa me ouvir melhor.

— Tenho que te contar uma coisa.

Ela recua para me olhar, a preocupação evidente em seus olhos.

— Está tudo bem? — pergunta ela.

— São notícias boas, prometo. — Aperto sua cintura e pego a mão dela. — Vem comigo.

Eu a conduzo pelo meio da boate até o corredor de onde acabei de sair. Há pessoas a alguns metros de nós esperando na fila do banheiro, mas elas não prestam atenção quando encosto Willow na parede.

Ela imediatamente se apoia contra a parede, como se estivesse aliviada por poder parar de dançar e ter saído daquela confusão de corpos. A postura que assume é relaxada, mas seu olhar é de expectativa.

— E aí? — pergunta ela, apertando minha mão. — O que aconteceu?

Respiro fundo para me acalmar. Estou mesmo prestes a dizer o que vou dizer?

— Acabei de falar com o Howard. Ele acha que tenho chances de ir para a Mascort no ano que vem.

Um momento de silêncio se estende enquanto Willow processa a informação, então ela arregala os olhos e cobre a boca com a mão para conter um grito.

— Dev! Caramba, isso é incrível! — diz ela, pousando a mão em meu peito.

Cubro a mão dela com a minha, mantendo o toque de Willow perto do meu coração, que agora bate descontrolado.

— Não é nada garantido. — Tento ajustar a expectativa dela e a minha também, mas não consigo impedir o sorriso que se abre em meu rosto. — Mas acho que as chances são boas.

— Estou tão feliz por você! — Ela solta os dedos dos meus e joga os braços em volta do meu pescoço. — Você vai conseguir o que quer. Tenho certeza.

Aproveito a posição e envolvo a cintura dela com meus braços. O abraço de Willow é caloroso, como se estivesse tentando me passar cada grama de amor, força e convicção presente em seu corpo, como se soubesse que vou precisar disso para a jornada na qual estou prestes a embarcar. E, de fato, vou precisar. Preciso disso mais do que de qualquer outra coisa. Porque, por mais animado que eu esteja com a possibilidade de correr no lugar que sempre quis, o desafio ainda me assusta.

Willow sabe disso, mas acha que sou mais do que capaz de conseguir.

Soltamos o abraço e nos entreolhamos. Como sempre, há uma corrente de eletricidade entre nós, mas que agora crepita, ameaçando se transformar em algo maior, mais intenso, um incêndio que não dá para ser ignorado.

— Parece que isso já aconteceu antes — sussurra ela.

E de fato parece mesmo. Estamos juntos em mais um corredor de boate, mais um lugar que podemos acrescentar à lista de locais esquisitos para declarações não planejadas, mas eu não mudaria isso por nada no mundo.

— Não me diga que seu irmão está prestes a sair do banheiro — brinco.

O olhar de Willow pousa sobre minha boca e os dedos dela se enroscam em meu cabelo na altura da nuca, deixando suas intenções perfeitamente claras.

— Não quero pensar nele agora.
— Nem eu.
Dessa vez, quando nos inclinamos um na direção do outro, não somos interrompidos.

Quando a boca quente e macia de Willow encontra a minha, o resto do mundo se torna insignificante. Todas as frivolidades. Todo o drama. Todos os problemas. Tudo isso desaparece e não vejo nada além dela. Meu raio de sol. A lua que me guia na escuridão. Minha Willow.

Seguro a coxa dela contra meu corpo e, quando aprofundo o beijo, seus lábios me recebem e nossas línguas se tocam. Não há hesitação, não há indecisão da parte dela como antes. Aquela fração de segundo em que esperei que ela retribuísse meu beijo me tirou anos de vida, mas este beijo que vivenciamos agora me devolve todos eles, me apresenta uma existência completamente nova.

Um gemido sufocado escapa do fundo da minha garganta quando ela passa as unhas pela minha nuca, e, em troca, minhas mãos se encaixam na curva generosa de sua bunda e puxam Willow na minha direção. Meu joelho desliza por entre as coxas dela e levanta seu vestido, que já era curto. O suspiro que solta deixa claro que está sentindo cada centímetro do volume dentro da minha calça, mas continua onde está.

— Dev — diz ela, em meio ao beijo, ofegante, com os dedos ainda emaranhados em meu cabelo. — O que estamos fazendo?

— Comemorando — murmuro contra os lábios dela. — Achei que fosse óbvio.

A risada dela é abafada e afetuosa, e eu a inspiro como se fosse oxigênio puro antes de procurar sua boca outra vez.

E ela se entrega a mim, moldando o corpo ao meu e mexendo os quadris contra os meus. Mas se afasta depressa — e ainda bem, porque, depois de meses sem sexo, havia uma grande chance de eu gozar bem ali pela forma como ela estava se esfregando em mim. E a parte mais maluca dessa história é que eu agradeceria, ainda por cima.

— Temos que conversar — pede ela, arfando.
Passo a língua por seu lábio inferior, pedindo mais.
— Eu sei.
— A gente deveria conversar agora.
— Sim, é verdade — concordo, sem parar de beijá-la.
— Mas para isso você vai ter que parar de me beijar.
— Mas eu não quero.
Ela solta um suspiro de alívio, grudando mais ainda em mim.
— Que bom. Eu também não.
Desta vez, a maneira como nossos lábios se encontram não é nada menos que inconsequente. Parece um raio numa tempestade de verão — quente, vibrante, inflamável. Este não é o local apropriado para que isso aconteça, mas não quero parar.
— Como você é deliciosa — sussurro. Finalmente consigo me afastar por um instante, mas minha boca ainda está sobre a de Willow. — Ter estado tão perto durante todas essas semanas sem poder tocar você quase me deixou maluco. Não consigo voltar pro que a gente era antes.
Os lábios dela estão inchados e os cachos caem sobre um de seus ombros. Embora os olhos de Willow estejam levemente perdidos, continuam atentos aos meus.
— Acho que eu também não consigo — admite ela, num sussurro, mas as palavras são claras. Willow está falando sério.
— Mas não quero prejudicar sua carreira, nem sua reputação. — Eu me forço a continuar falando e me afasto um pouco mais. Olho para os dois lados do corredor, mas as poucas pessoas que estavam perto do banheiro já saíram dali. — Não quero fazer nada que te deixe desconfortável.
Ela assente e, de repente, parece mais alerta. Há um toque de apreensão em seu olhar.
— Não vamos apressar as coisas — sugere, descendo os dedos pelo meu pescoço e parando em meus ombros. — Mesmo que esse lance seja só físico.

Não há pressa alguma. Venho pensando no que sinto por ela há quase um ano e, neste período que passamos juntos, ela se tornou minha fortaleza. Willow sempre esteve do meu lado, isso não é novidade, mas agora é algo constante e estou com medo de ficar sem ela.

Isso me mostra que o que temos é mais do que físico. Que eu me sinto atraído por muito mais do que apenas os olhos penetrantes dela, o sorriso encantador e cada centímetro das curvas que pretendo explorar.

Não vou mais lutar contra a atração que sinto por Willow. Haverá consequências? Com certeza.

Mas estou disposto a lidar com elas.

— Não quero que isso aqui entre a gente seja apenas físico — digo a ela. Não faz sentido mentir. — Quero você por inteiro, Willow. Quero você há muito tempo. Não acho que consigo me contentar com menos do que isso.

Uma veia pulsa no pescoço de Willow vigorosamente enquanto ela analisa meu rosto, provavelmente buscando qualquer sinal de desonestidade. Como não parece encontrar, retribui meu olhar com expectativa, ainda que hesitante. Se ela não consegue acreditar no quanto a desejo — de corpo, mente e alma —, vou ter que me esforçar mais para que enxergue isso.

Mas Willow já sabe o que quero e agora tem que me dizer o que ela mesma quer.

— Para pra pensar — peço. Seguro o rosto dela com ambas as mãos para que não desvie os olhos dos meus e não subestime o peso de minhas palavras. — Pode levar quanto tempo precisar. Não se apresse nem se force a nada. — Eu acaricio as bochechas dela com os polegares, rezando para que não seja a última vez que a toco dessa forma. — Mas saiba que vou estar aqui esperando, porque sei exatamente o que quero. E o que quero é você.

CAPÍTULO 23
Willow

Quando saio da cama no dia seguinte, meu corpo dói como se eu tivesse sido atropelada por um caminhão.

Eu quase não bebi, então não posso culpar a ressaca, mas exagerei de outras formas. Fiquei em pé por tempo demais e também dancei demais, tudo isso usando sapatos pouco práticos e sem pensar no amanhã. Agora estou pagando o preço.

O labrum lesionado do meu quadril esquerdo — que os médicos já corrigiram três vezes e se recusam a corrigir de novo — parece travar na articulação e ameaça sair do lugar quando dou um passo cauteloso em direção ao banheiro. Ainda bem que a dor é passageira, embora aguda e intensa, mas sei que assim que eu tentar dar outro passo a mesma coisa vai acontecer.

Preciso me hidratar, tomar um anti-inflamatório e fazer alongamentos suaves quanto antes. Tenho sido negligente com os cuidados com meu corpo e agora preciso lidar com as consequências.

Mas se isso tiver sido causado pela noite de ontem, vou aceitar sem reclamar.

Reprimo um sorriso ao me lembrar do beijo de Dev naquele corredor escuro. Não foi o mais romântico dos ambientes, e, sim, foi algo que aconteceu no calor do momento mais uma vez, mas *caramba*. Se meu quadril não estivesse doendo tanto, eu estaria dando pulinhos de alegria.

Prometi que não tomaria uma decisão precipitada sobre o que fazer daqui para a frente, mas se Dev aparecesse na minha porta agora, eu provavelmente me jogaria em cima dele. E *isso* significa que preciso evitá-lo até analisar os prós e os contras e chegar a uma conclusão sobre o que quero. O que quero *de verdade*, e o que fazer com as consequências que virão disso.

Mando uma mensagem para Grace e Chantal enquanto me acomodo em meu tapete de ioga, fazendo careta com o desconforto dos alongamentos, mas feliz com a distração das mensagens quase incoerentes de minhas amigas quando as atualizo sobre a situação com Dev. Vinte minutos depois, meu corpo não está muito melhor do que antes, mas minha mente fica um pouco mais leve. Minhas duas melhores amigas me incentivaram a seguir meu coração. Saber que estão ao meu lado deixa tudo mais fácil, embora a opinião delas nunca tenha me preocupado.

Mas, a caminho do café da manhã, trombo com um dos meus problemas. Literalmente.

Mark me estabiliza para que eu recupere o equilíbrio, segurando meus ombros com as mãos fortes. Foi culpa minha, eu estava distraída fazendo minha lista mental de prós e contras e não o vi sair do quarto até que fosse tarde demais.

Talvez seja o destino, intervindo e me obrigando a encarar minhas ansiedades de frente.

— Tá tudo bem? — pergunta ele, preocupado, com as sobrancelhas franzidas.

Como Mark é uns quarenta centímetros mais alto do que eu, a preocupação faz sentido. Ele poderia facilmente ter me exterminado da face da Terra.

— Estou bem — respondo. Mas o baque repentino fez minha dor aumentar de novo.

— Você não parece bem.

Mark é um artista com as palavras. Enquanto me afasto dele rapidamente, penso em mentir outra vez, mas a dor de hoje me incomoda tanto que está impossível disfarçar.

— Meu quadril está doendo um pouco — explico. — Mas não é nada de mais, eu juro.

Ele franze a testa e recua alguns passos, ficando a pelo menos três metros de mim, depois levanta a mão e faz um gesto para que eu ande para a frente.

— Venha até onde estou para eu ver como isso está afetando sua caminhada.

Isso me pega de surpresa. Ele assumiu aquela personalidade de fisioterapeuta em um piscar de olhos e está olhando para mim, aguardando. Ele é mesmo profissional, no fim das contas, e provavelmente me deduraria para Dev se eu tentasse negligenciar minha dor, então faço o que ele manda e ando em sua direção. Não consigo disfarçar que estou mancando de leve.

O semblante que vejo em seu rosto se torna cada vez mais sério conforme me aproximo, e ele me segura pelo cotovelo para me apoiar quando chego.

— Você precisa de um pouco de repouso — avisa ele. — Posso ajudar você, ver se conseguimos encaixar melhor o quadril na articulação.

Fico meio boquiaberta enquanto analiso o rosto dele.

— Você faria isso por mim?

— Claro — responde ele, com uma careta. — Acha mesmo que sou tão babaca assim?

— Não — respondo depressa. Meu rosto fica quente de vergonha, mas ele já sacou tudo. Não imaginei que ele gostasse tanto de mim a ponto de se dar ao trabalho de me ajudar. — É só que... achei que você... estivesse aqui pelo Dev e para mais ninguém.

Mark revira os olhos e segura meu cotovelo com mais força, permitindo que eu apoie mais peso nele enquanto me conduz até os elevadores.

— Estou aqui pelas pessoas com quem me importo, e você é uma delas. — Ele me puxa com cuidado para que eu continue andando. — Vamos. Vamos tomar café da manhã e depois a gente vê se consegue diminuir essa dor.

Deixo que ele me guie, agradecida tanto pelo apoio literal quanto por estar tão disposto a me ajudar.

— Obrigada — digo, baixinho.
Ele aperta o botão do elevador e não olha para mim quando fala:
— Você pode contar comigo, Wills. Já deveria saber disso.
Claro. Agora eu sei.
Mark não me solta nem mesmo enquanto o elevador desce. Para minha surpresa, o silêncio não é nem um pouco desconfortável, mas preciso interrompê-lo.
— Não quero que você conte isso para o Dev.
Estou encarando as portas de aço do elevador, mas consigo sentir o olhar de Mark sobre mim. Não tem nada a ver com esconder as pessoas com quem falo ou deixo de falar, mas não quero que ele saiba que estou com dor. Não quero que ele se preocupe.
Felizmente, não tenho que insistir. Mark entendeu.
— Vou mandar o Dev para a academia depois do café — responde. — Ele tem que suar todo o álcool de ontem mesmo.
Eu rio, dessa vez olhando para ele.
— Você é malvado. Gostei.
Um sorrisinho se insinua em seu rosto.
— Acho que não vai gostar por muito tempo.

Uma hora depois, estou deitada na mesa de massagem que Mark tem no quarto para fazer sessões com Dev sempre que necessário. Ele tem um preparo admirável, mas no momento eu meio que o odeio por isso.
— *Caralho* — vocifero.
Dessa vez, quando Mark sorri, fico me perguntando se ele por acaso é algum tipo de sádico.
Ele está ao meu lado na beirada da mesa, com meu joelho encaixado em um de seus ombros e as mãos segurando minha coxa por cima do short de compressão. Estamos meio agarrados,

mas não há nada nem *remotamente* sexual nisso. Para falar a verdade, ele tem sorte de ainda não ter levado um chute no rosto.

— Expira — instrui ele, sereno.

Obediente, solto uma lufada de ar no momento em que ele dá um puxão cuidadoso em minha perna.

O alívio é imediato, como se a parte esférica do meu quadril não estivesse mais emperrada. A massagem com ares de tortura que ele me fez primeiro até ajudou os músculos, normalmente tensos ao redor da articulação, a relaxarem. Estou me sentindo no paraíso.

Minha cabeça está nas nuvens quando Mark pergunta:

— Então... você e Dev, hein?

O pânico me invade e me traz de volta à Terra.

— E-eu... eu não... — gaguejo.

— Pode parar. — Ele muda a posição da mão em minhas coxas para poder puxá-las de um ângulo diferente. — Eu já sei de tudo.

Solto um suspiro mais penoso quando ele puxa minha perna de novo. Dessa vez, a sensação é ainda melhor.

— Ele contou pra você? — pergunto, incrédula.

É impossível driblar as perguntas de Mark. Estou na mão dele, literalmente, então o jeito é falar a verdade.

Ele balança a cabeça.

— Nem precisou. Eu vi vocês se beijando ontem à noite.

Meu estômago afunda. O fato de ele ter visto a gente quer dizer que *qualquer um* poderia ter visto também. E isso significa que não soubemos ser discretos e fomos imprudentes. Deixamos as emoções falarem mais alto sem pensar nas repercussões. Embora Dev tenha me pedido para refletir sobre a nossa situação, baixamos a guarda, e agora é possível que eu esteja diante de um enorme pesadelo.

— Será que mais alguém viu? — pergunto, sentindo o sangue gelar.

— Não. — A resposta é firme. — Mas mesmo que alguém tivesse visto alguma coisa, todas as pessoas que estavam lá ontem à noite eram da Argonaut, que faz todos os funcionários assinarem acordos de sigilo. Isso não vai vazar.

Meu medo diminui um pouco, mas ainda está lá. Se Dev e eu continuarmos agindo feito adolescentes com hormônios à flor da pele, não vamos conseguir manter isso em segredo, seja lá o que *isso* for ou possa se tornar.

— Ok — respondo, resignada.

O que mais eu poderia dizer? Ele já sabe do meu segredo.

Mark continua a alongar meu quadril em silêncio e me traz um alívio que eu não sentia há meses. Quando pede que eu me vire de bruços para que ele possa cuidar do meu tendão, nossa conversa recomeça.

— Você vai ter que contar para o seu irmão antes que ele descubra por outra pessoa.

Estou deitada com o rosto sobre os braços, por isso minhas palavras soam abafadas quando digo:

— Acho que ainda não tenho nada pra contar.

Eu e Dev não estamos fazendo nada além de dar uns beijinhos aqui e ali. Meu irmão, o mulherengo que ele diz ser, não teria nem moral para dizer que alguns beijos equivalem a algo sério. Não aceitei um pedido formal de namoro de Dev, não estamos em um relacionamento e não fizemos nada além de contar o que sentimos um para o outro. A gente poderia acabar com isso em um instante.

E ainda há uma pequena chance de que eu vá fazer exatamente isso.

— O que está acontecendo entre mim e Dev... — eu me demoro nas palavras. Meu coração se parte um pouco com as palavras que estão na ponta da minha língua. — Não dá para saber se vai dar em alguma coisa. Pode não dar.

Para além da questão com Oakley, tenho que pensar em minha reputação profissional. Não quero ser rotulada de forma misógina e ser alvo de boatos de que consegui meu emprego fazendo o teste do sofá.

Não importa qual seja a verdade, histórias polêmicas dão audiência, e uma história dessas poderia arruinar minha carreira antes mesmo de ela ter começado. Por mais que eu queira, não posso mudar sozinha a forma como as mulheres são vistas e tratadas, e não posso seguir meu coração para um lugar que levaria à destruição de algo que ralei tanto para conseguir.

Mesmo assim existe uma parte minha que acredita que Dev valeria o risco.

— Pode dar em alguma coisa, sim. — Mais uma vez o tom de Mark é categórico. — Se você quiser que dê, vai dar. O garoto está caidinho por você, Willow.

— Eu sei — sussurro, desejando estar confiante em meu possível futuro com Dev. — Também estou caidinha por ele.

É estranho confessar isso a um dos melhores amigos do meu irmão. Um dos melhores amigos de Dev. Mark e eu nunca fomos próximos e essa é, de longe, a conversa mais direta que já tivemos. Não sou obrigada a compartilhar nada disso, mas confiar nele parece a escolha certa.

— Vou ser bem sincero — continua Mark, pressionando o músculo atrás do meu joelho com os polegares. — Não gostei nem um pouco da ideia de Dev contratar você. Você o distraiu, tirou o foco dele do que importa. — Ele desliza os polegares mais para cima, embora esteja pegando leve comigo. As palavras que me diz já estão sendo duras o suficiente. — Você sabia que ele se meteu em um acidente em Austin no ano passado porque estava pensando em você?

Levanto a cabeça em um movimento brusco para olhar para o rosto de Mark.

— *Não*. Impossível. Ele disse que bateu porque...

— Foi por sua causa. — Mark abaixa a cabeça e seu olhar continua concentrado nos movimentos que está fazendo em minha perna. — Ele mesmo me disse.

Sem acreditar, fico olhando para ele por mais alguns segundos e depois encosto a testa nos braços, envergonhada.

— Ai, meu Deus. Você tinha razão em não me querer por perto — resmungo. Talvez eu ainda seja mesmo uma distração. Talvez isso possa estragar tudo para Dev. — Acho que pode ser melhor acabar com tudo isso. Eu estava tão preocupada com a minha carreira que nem pensei na dele. Não quero ser a razão pela qual ele perde o foco, não quero...
— Mas você não é. Não mais. — Mark termina o que está fazendo em minhas coxas e toca em meu ombro, sinalizando para que eu vire de barriga para cima. — Se for embora agora, ele vai ficar destruído.

Encaro Mark, dividida entre acreditar em sua primeira impressão ou na última.

— Você acha mesmo?

— Dev vem tentando esconder o que sente por você porque sabe que eu desaprovo. Ou, bom, desaprovava. Ontem percebi que... — Ele respira fundo e apoia a mão em meu joelho dobrado. — Willow, você faz Dev querer ser melhor. E *dar o melhor dele*. Antes de você aparecer, ele estava quase desistindo. Dev jamais admitiria, mas tinha perdido aquele brilho nos olhos. Falava pelos cotovelos sobre querer sair da Argonaut e se esforçar para ser campeão, mas não movia uma palha. Você mudou isso.

Não sei o que dizer. Se tudo aquilo tivesse vindo de outra pessoa, talvez eu não acreditasse. Talvez pensasse ser besteira. Mas Mark não é do tipo que mente ou doura a pílula. Se ele está dizendo isso, é porque está falando sério. Acha mesmo que Dev está melhor comigo por perto.

Então decido fazer a pergunta que resume tudo:

— Você acha que eu deveria dar uma chance para esse relacionamento? — Tenho muito medo de tudo dar errado, de destruir amizades duradouras. — Entre mim e Dev?

— Acho.

Ele dá um apertão de leve em meu joelho. É quase imperceptível, mas tira um pouco do peso esmagador dos meus ombros ao tomar uma decisão como aquela.

— Tá bom. — Respiro fundo. — Se você aprova, eu acredito. Você é quem eu mais tinha medo de irritar.

Mark ri enquanto endireita minha perna novamente e começa a massagear a parte externa da minha coxa.

— Você estava com mais medo de mim do que do Oakley? Eu sou tão assustador assim?

Lanço um olhar frio para ele e começo a listar com os dedos:

— Bom, você é um gigante. Tem essa cara de irritado o tempo todo. Sempre tive certeza de que você me odeia. *Além de tudo isso*, no momento, você está esmagando minha banda iliotibial, o que significa que estou sentindo uma dor *indescritível*. Então, sim. Você é assustador.

— Foi mal. — Com um olhar mordaz, ele pressiona com mais força.

Solto um gritinho, mas a pressão me traz um alívio repentino. É maravilhoso e terrível ao mesmo tempo.

— Meu Deus, como você é *babaca*.

Ele balança a cabeça, sem conseguir esconder um sorriso.

— Aí está ela. A pestinha de sempre.

Eu rio.

— Você provavelmente vai se arrepender de me dizer para ficar com o Dev. Isso significa que vai ter que me aturar também.

— Que tragédia — responde ele, na lata.

Antes dessa conversa, eu poderia jurar que ele estava falando sério quando dizia essas coisas. Mas, ao que parece, Mark não é meu inimigo. Na verdade, talvez ele seja o melhor cupido do mundo.

Deixo Mark me torturar por mais dez minutos antes de jogar a toalha e pedir para que ele me ajude a me sentar devagar. Mas, antes que eu consiga descer da mesa de massagem, ele coloca a mão em meu ombro e me encara muito sério.

— Conversa com o seu irmão — insiste ele. — Depois do que aconteceu com Jeremy, não sei o que ele vai pensar disso.

Ele sabe que o Dev nunca machucaria você de propósito, mas talvez precise de tempo para processar os próprios sentimentos em relação a essa coisa toda.

Eu inspiro fundo e expiro de uma vez.

— Vou falar com ele — prometo. — Mas precisa ser pessoalmente.

Mark assente e tira a mão do meu ombro, oferecendo-se para me ajudar a descer da mesa. Já de pé, aperto os dedos dele com força.

— Valeu, Mark. — Estou feliz com nossa nova camaradagem.

— Tanto pela fisioterapia como pela sessão de terapia. Você deveria me cobrar o dobro.

Isso arranca a risada mais sonora que já ouvi de Mark. Ainda é relativamente silenciosa no geral, mas eu aceito.

— A primeira é por conta da casa — brinca ele. — Mas da próxima vez não tem desconto.

Na segunda-feira à tarde, estou no avião rumo à Bélgica junto com Chava para a última corrida antes das férias de verão da Fórmula 1 — e a última corrida em que vou viajar com eles. O voo dura menos de duas horas, mas ainda é tempo demais para se estar presa ao lado de Dev.

Na terça e na quarta, saio para dar uma volta por Spa-Francorchamps, tirando fotos para publicar nas minhas redes e nas de Dev.

Na quinta-feira, fico observando da plateia enquanto Dev encanta todo mundo em entrevistas e *meet and greet*s, mas me afasto antes que ele possa me ver.

Na sexta e no sábado, eu me escondo atrás de Mark e Chava na garagem, fazendo de tudo para manter minhas interações com Dev a um nível mínimo. Ele tenta chamar minha atenção o tempo todo, mas parece saber que não deve se aproximar.

Ficar longe dele é uma tortura, mas preciso de espaço para decidir como quero que a gente continue daqui para a frente. Fico confusa quando ele chega muito perto, e todos os pensamentos sensatos se dissipam quando o aroma familiar de sua colônia chega às minhas narinas. Se ele encostar na minha mão ou no meu cabelo, aí já era. Não vai restar nada de mim além de uma poça no chão.

Eu ficaria horrorizada comigo mesma se não soubesse que meus sentimentos são recíprocos. Honestamente, talvez eu seja a parte um pouco menos obcecada — embora não seja por muito.

Quero estar com Dev, isso já decidi. O problema é *como* e *onde*. Acho que seria melhor aguardar o encerramento do meu contrato com ele e com a Argonaut, no fim de agosto. Acho que não poderíamos assumir nosso relacionamento para as pessoas até um tempo depois disso, ou pelo menos até eu conseguir outro emprego por mérito próprio.

Parece ser tempo demais, mas se essa é a maneira mais segura de estarmos juntos, então talvez as coisas tenham que ser assim. No entanto, vai ser uma tortura aguentar tudo isso.

Estou torcendo para que minha determinação continue firme enquanto subo as escadas em direção à sala de Dev. Temos algumas horas até a corrida e preciso tirar umas fotos dele se preparando, já que elas sempre geram um bom engajamento. Por alguma razão, as pessoas gostam muito de vê-lo com aquelas roupas apertadinhas à prova de fogo...

Chava e Mark desapareceram enquanto eu ainda estava tomando meu latte, então já devem estar lá em cima. Pelo menos podem servir de intermediários. Até agora tem funcionado bem, especialmente depois de minha conversa com Mark. Ele quer que eu tenha certeza da minha decisão, então sei que vai me ajudar, ainda que isso signifique me manter separada de Dev por enquanto.

Mas os meninos não estão em lugar nenhum quando entro na sala e fecho a porta. Nós dois estamos totalmente sozinhos... e Dev está sem camisa.

— *Ah.* — Para o meu constrangimento, é o que escapa da minha boca. Mas isso não me impede de ficar babando ao vê-lo com aquelas calças justas que marcam várias partes dele. — Desculpa, eu posso...

— Que bom que você chegou. — Ele pega a camisa à prova de fogo pendurada no cabide. — Quer tirar umas fotos? Parece que meu capacete está famoso esse fim de semana.

Eu não poderia me importar menos com o novo design do capacete, nem com o quanto as pessoas gostaram ou deixaram de gostar. Estou ocupada demais olhando para os músculos das costas de Dev.

— Aham. — Meu Deus, eu preciso me recompor. Pigarreio quando ele finalmente veste a camisa. — Cadê o Chava e o Mark?

Dev passa a camisa pela cabeça e fica com o cabelo bagunçado em todas as direções.

— Mark precisou buscar alguma coisa e Chava está no telefone. — Ele arruma o cabelo com as mãos. — Acho que eles devem voltar logo. E você? Já cansou de me evitar?

Eu não estava tentando disfarçar, mas acho interessante que ele tenha percebido exatamente o que eu estava fazendo.

— Não faço ideia do que você está falando — respondo suavemente, fazendo questão de que ele veja meu sorriso.

Ele ri enquanto pega o macacão de corrida.

— Eu teria ficado meio ofendido se não tivesse deixado claro que queria que você pensasse naquele assunto.

— Pois é. É culpa sua.

— Posso fingir que você não está aqui, se preferir.

Não consigo não rir.

— Não, tudo bem. Acho que a gente consegue conviver feito adultos.

O olhar que Dev me lança sugere que ele duvida disso, mas acena com a cabeça para a estante do outro lado da sala.

— Vai lá. Tira mais umas fotos do meu capacete.

Fico aliviada por ele não querer conversar sobre a minha decisão. Não que ele fosse inventar de ter uma conversa tão profunda logo antes de uma corrida, mas fico aliviada mesmo assim.

Vou até o capacete, mas uma caixinha em tons pastel de laranja logo ao lado rouba minha atenção. Pego a caixa da Stella Margaux e me viro para ele com um sorriso.

— Quer dizer que macarons são seu novo lanchinho pré-corrida?

Ele está de costas para mim, se vestindo.

— Não. Comprei pra você.

— Pra mim? — repito, meio confusa.

— É. Eu sei que você gosta.

Minha mente fica a mil. Tento me lembrar de onde fica a Stella Margaux mais próxima... e não fica nada perto.

— Tenho quase certeza de que a loja mais perto onde você poderia ter comprado esses macarons fica em Paris.

— Isso aí. — Ainda de costas para mim, ele enfia os braços nas mangas da parte de cima do traje. — Mandei trazer hoje de manhã.

Ele diz isso da forma mais natural do mundo, como se não fosse nada, quando na verdade é justamente o contrário!

— E se você não tivesse me visto hoje? — pergunto, com um nó na garganta. — E se eu ainda estivesse evitando você?

Ele dá de ombros, e ouço o som do zíper subindo.

— Eu pediria para o Chava te entregar. Achei que estava precisando de um mimo.

Sinto um aperto no peito, um aperto que só acontece quando ele está por perto, como se meu coração se contraísse com todos os sentimentos que tenho por Dev. Fiz bem em manter distância nos últimos dias porque esse homem... esse homem me deixa completamente inconsequente. Ele me faz esquecer todas as precauções.

Ele me faz esquecer que existe um mundo para além de nós dois.

— Dev?

Ele finalmente se vira na minha direção.

Minha respiração está entrecortada. A caixa de macarons volta para a prateleira e, de repente, estou me movendo.

Ando até Dev antes que minha mente consiga falar mais alto que meu corpo. Ergo as mãos até o rosto dele e toco seu queixo, meus polegares traçando suas bochechas. Então puxo o rosto dele, ignorando a surpresa em seus olhos.

E aí eu beijo Dev com toda a vontade que venho acumulando.

Apesar do choque, ele reage quase que imediatamente, me segurando pela cintura e me levantando do chão. Quando envolvo as pernas na cintura de Dev, minha saia sobe até meus quadris e sinto minhas costas sendo pressionadas contra uma prateleira, mas, além disso, mal consigo perceber qualquer coisa que não seja a pressão dos lábios dele contra os meus.

Inclino a cabeça para aprofundar o beijo, desejando mais dele. Tudo o que ele quiser me dar. Minha decisão já está tomada.

Foda-se a logística das coisas, nós vamos dar um jeito.

Não há nada de comedido ou suave no beijo. Não conseguimos mais ir com calma. É urgente, afoito, faminto, uma explosão de sentimentos reprimidos por dias, semanas, meses. Talvez até mesmo anos. É desesperado. É uma ânsia por mais.

É exatamente o que eu quero.

— Já terminou de pensar naquele assunto? — sussurra ele, quando nos separamos para recuperar o fôlego. — Já tomou sua decisão?

Faço que sim com a cabeça, quase batendo na prateleira atrás de mim, mas não me importo. Dev está pronto para me entregar seu coração, e eu estou pronta para aceitá-lo.

— Se é o que você quer, se *eu* sou o que você quer — diz ele —, eu vou lutar por isso. Vou lutar por nós.

— Sim — respondo, arfando e afundando os dedos no cabelo dele. — Quero que isso dê certo.

A felicidade que invade o rosto de Dev quase faz meu coração sair pela boca. Me aproximo para beijá-lo outra vez, para selar a promessa que fizemos. Mas antes que eu consiga, a porta se abre.

Ao recuar, dessa vez realmente bato a cabeça, estremecendo com a dor da pancada e avistando Mark e Chava na porta. Os dois apenas nos encaram em um silêncio estupefato por um instante, então Chava xinga em espanhol e enfia a mão no bolso da bermuda do uniforme para pegar a carteira.

— Fala sério — reclama ele, colocando uma nota de cem euros na palma da mão estendida de Mark com um movimento que se parece mais com um tapa. — Pensei que pelo menos eles esperariam até *depois* da corrida.

Não consigo acreditar. *Eles fizeram uma aposta?*

— Vocês só podem estar de brincadeira.

Dev olha para eles, claramente tentando conter um sorriso.

— Que vacilo — diz.

Mas é nítido que ele pensa o contrário e só está falando isso para me apoiar.

Empurro o peito dele até que me coloque de volta no chão. Ajeitando minha saia lápis, lanço um olhar de desaprovação para os dois homens parados à porta.

— Vocês são inacreditáveis.

Mark levanta as mãos em um gesto inocente, mas o dinheiro que está segurando não serve muito para limpar a própria barra.

— Ei, pelo menos você conseguiu o que queria, Wills. Não dá pra reclamar.

Respiro fundo, pronta para retrucar, mas não consigo pensar em mais nada. Porque ele tem razão, eu consegui *mesmo* o que queria.

Como se quisesse me lembrar disso, Dev toca minha mandíbula com os nós dos dedos em um carinho leve feito pena. Sinto uma onda de calor subindo pelo pescoço e fico mole de novo só de olhar para ele.

— Bom, agora preciso ir lá vencer outra corrida — diz ele, baixinho, só para mim. — Depois a gente conversa. Tá legal?

Engulo em seco, ignorando os barulhos de beijo que Chava está fazendo para nos provocar.

— Beleza — respondo. — Vou estar te esperando.

CAPÍTULO 24
Willow

Mas Dev não vence de novo.

Só que, em um carro como o dele, terminar em nono lugar é um feito e tanto, e estou muito orgulhosa mesmo assim. Espero que isso seja mais do que o suficiente para que continue no radar da Mascort.

Ele me encontra na garagem depois da corrida e sinto seu cabelo úmido em minha têmpora quando se aproxima.

— Sturgill está pegando no meu pé e pediu para fazer uma reunião comigo. Vamos ter que conversar no hotel. Me espera acordada, linda.

A ordem carinhosa acende uma chama dentro de mim. Passo horas uma pilha de nervos, alternando entre andar de pijama de um lado para o outro no quarto do hotel, fazer as malas para voltar para casa no dia seguinte e fazer exercícios de fisioterapia na tentativa de gastar um pouco de toda essa minha energia. Mas não adianta, porque o relógio bate quase meia-noite e estou com energia suficiente para correr uma maratona — não que meu corpo fosse aguentar.

Quando finalmente batem na porta, eu a abro e lá está Dev, com a mão apoiada no batente. O sorriso torto no canto da sua boca é tão acolhedor que me dá um aperto no peito.

— Oi — cumprimenta ele. — Posso entrar?

Ele mal termina a frase e já dou um passo para trás, fazendo sinal para que entre. Meu coração dispara assim que a porta se fecha. Ficamos em silêncio por um momento; o zumbido do ar-condicionado sendo o único som enquanto olhamos um para o outro. Fiquei o dia todo esperando por isso, mas agora que Dev está aqui, não sei o que fazer.

Felizmente, Dev sabe. Ele se aproxima e coloca uma mecha solta de cabelo atrás da minha orelha. Em seguida, escorrega a mão até o meu pescoço.

— Me desculpa por ter demorado tanto. Você ainda está a fim de conversar?

Há outras coisas que me interessam muito mais no momento. Mesmo assim, assinto e pego a mão dele, levando-o até a cama. Nós nos sentamos um de frente para o outro, nossos joelhos se tocando. É um contato mínimo, mas, por enquanto, é o suficiente.

— Eu estava falando sério quando disse que quero fazer isso dar certo — começo, sentindo meu coração bater em meus ouvidos. — Ainda temos muita coisa para resolver. Não sei o que isso vai significar para nós dois, mas quero que exista um *nós*.

— Eu também quero. — Dev passa a mão pelo edredom e engancha o dedo mindinho no meu. — Não temos que decidir tudo isso agora. Na verdade, não temos que decidir nada. Só temos que ser sinceros um com o outro sobre como estamos nos sentindo, senão não vai dar certo.

— Estou sendo *bem* sincera com você — garanto. Há um buraco de vulnerabilidade em meu peito.

Ele dá uma risadinha.

— Eu sei. Mas não vai ser fácil, e preciso que me diga se as coisas começarem a ficar difíceis demais para você.

Ele tem razão. A única maneira de fazer isso dar certo é se formos francos um com o outro, porque, no momento, existe mais do que só uma ou outra barreira no caminho para que a gente tenha um relacionamento público.

— Prometo que vou.

— E aí a gente vive um dia de cada vez, tá bom?

— Ah — digo, suspirando. É uma sensação muito boa seguir meu coração, apesar de tudo.

— Mas será que esse "um dia de cada vez" pode incluir um encontro? — A voz dele é hesitante, como se estivesse preocupado com a possibilidade de ouvir um não. — Não quero fazer as coisas pela metade, Willow. Quero sair com você, estar com você. Quero mostrar que estou mergulhando nisso de cabeça.

Assinto, pressionando nossos dedos juntos.

— Claro que pode incluir um encontro. Inclusive, eu faço questão.

Ao ouvir isso, ele solta um suspiro de alívio.

— Graças a Deus, porra. Sei lá o que eu teria feito se você tivesse dito não. — Ele agarra minha mão e a leva aos lábios, dando beijinhos leves nos nós dos meus dedos. — Então a gente começa com um encontro. Prometo que vai ser o melhor que você já teve na vida.

— Acho bom mesmo! — rebato, rindo com uma leveza que só ele traz à tona em mim. — Boa sorte tentando me impressionar.

— Não se preocupe, já pesquisei no Google "ideias de encontros legais em San Diego" para me inspirar. — Ele me puxa para que eu fique em pé, indo em direção à porta. — Da próxima vez que nos virmos, você vai viver o *Magnum opus* dos encontros.

Fico decepcionada ao ouvir "da próxima vez".

— Você vai embora?

Ele para na entrada e sua expressão se suaviza quando aperta minha mão.

— Foi um dia longo — diz ele, carinhosamente. — Tenho certeza de que você está exausta.

— Não estou tão cansada assim. — Não hesito em responder. Entrelaço meus dedos nos dele e olho fixamente para Dev, tomando coragem para pedir o que quero. Não faz sentido recuar agora. — Não vai embora, Dev.

A respiração dele é lenta e compassada enquanto olha para mim silenciosamente.

— Você tem certeza? — pergunta ele, por fim, com a voz meio rouca.

— Absoluta.

— Só pra gente esclarecer as coisas: está me pedindo para dormir aqui?

Aperto a mão dele com mais força.

— Estou.

— Tá bom — concorda ele. Então olha em volta e observa meu rosto. — Beleza. Talvez a gente pudesse ver outro filme. Que tal *Dilwale Dulhania Le Jayenge*? Um clássico.

— Você e sua obsessão por SRK. — Reviro os olhos de brincadeira, mas fico séria de novo bem depressa. — Mas não, não quero ver filme.

Levando em conta que o olhar divertido dele começa a dar lugar a um semblante atento, acho que Dev está começando a me entender.

— Prefere comer salgadinho e fofocar sobre as pessoas em quem temos *crush*?

— Estou pensando numa coisa um pouquinho mais devassa.

Ele dá um suspiro teatral.

— Não me diga que você quer jogar Verdade ou Consequência.

— Talvez uma coisa mais pra Sete Minutos no Paraíso — respondo. — Mas, de preferência, que seja mais do que sete minutos.

Então ele para de falar. Ninguém mais está brincando.

— Cuidado, Willow — avisa ele.

Dev pode falar o que quiser. Eu sei muito bem o que quero fazer hoje à noite.

— Cansei de ter que tomar cuidado — replico.

Hora de me livrar desse rótulo de inocência que me impuseram. Ser a irmã mais nova, a mais frágil, a garota do coração partido não significa ser ingênua. Não quero que ninguém, muito menos Dev, me veja assim.

— Está entendendo o que estou dizendo? — pergunto.
Ele parece engolir em seco.
— Sim. Estou começando a entender.

Para deixar ainda mais claro, passo as mãos por seu peitoral definido e desço até a barriga, devagar agora, mas sem parar até chegar em sua calça jeans. Não sou nenhuma virgem. Se meu ex serviu para alguma coisa, foi para me mostrar os auges que meu corpo consegue alcançar.

Mas algo me diz que Dev vai me fazer chegar mais longe ainda, mais do que qualquer outra pessoa conseguiu.

Quando meus dedos tocam o botão de sua calça, ele agarra meus pulsos com força. Seu semblante está tenso e, por um instante, fico com medo de ter feito algo errado.

A preocupação desaparece quando ele me puxa mais para perto, descendo as mãos até a parte de trás das minhas coxas e me tirando do chão em um movimento ágil. Por instinto, envolvo minhas pernas na cintura de Dev, que me segura. Isso tudo é o que queríamos ter feito no escritório dele hoje, mas ninguém vai nos interromper agora. Não vou deixar.

Num piscar de olhos, estamos na poltrona. Ele se senta, encaixando meu corpo em seu colo. O tecido do short do meu pijama é tão fino que parece inexistente, e consigo sentir Dev ficando duro embaixo de mim. Não tenho mais dúvidas de que ele quer o mesmo que eu.

Dev me olha fixamente, segurando minhas coxas no ponto em que encontram os quadris dele, respirando de forma ofegante. Quando fala, sua voz tem uma certa reverência.

— Você é tudo o que eu mais quero. Não vejo a hora de você ser minha, Willow.

Encosto a boca na dele ao responder:

— Eu já sou sua.

Nosso beijo parece pegar fogo com a minha confissão. Dev leva as mãos até minha bunda e a aperta, me pressionando contra ele. Em resposta, esfrego meu corpo contra os quadris dele, obrigando-o a tirar a boca da minha apenas para gemer.

— *Porra*, Willow.

Ele volta a me beijar no instante seguinte, devorando minha boca. Agarro o algodão macio de sua camiseta da Argonaut quando Dev morde meu lábio inferior. Ele não é nada delicado, e a brutalidade de seus gestos me faz arquear ainda mais o corpo no colo dele.

Puxo a barra da camiseta de Dev, deixando os contornos de seu tanquinho à mostra. Ele entende a deixa depressa, terminando de tirá-la pela cabeça e jogando-a no chão antes de me agarrar de novo. Mas seguro o corpo dele a certa distância do meu com as mãos contra seu peito para ter tempo de apreciar a obra-prima diante de mim.

Já vi Dev sem camisa inúmeras vezes, mas agora é diferente. Desta vez, posso admirar, tocar e fazer tudo o que passei literalmente anos imaginando debaixo das cobertas, sozinha à noite.

— Você é surreal — sussurro, tocando a barriga trincada dele, maravilhada com a forma como seus músculos se flexionam sob meu toque. — Fizeram você num laboratório, por acaso?

O som que ele deixa escapar é uma mistura de risada e gemido.

— Se tivesse sido feito em laboratório, eu teria pedido para me fazerem um pouco mais alto.

Eu rio e me aproximo, roçando os lábios em sua mandíbula com a barba por fazer enquanto minhas mãos continuam a explorar.

— Eu gosto de você assim. — Ele é quase trinta centímetros mais alto do que eu; não seria legal que nenhum de nós precisasse esticar o pescoço mais do que já estica. — Não mudaria nada.

— Digo o mesmo. — Ele também segura a barra da minha camiseta com um olhar de expectativa. — Posso? Quero olhar para você.

Um arrepio percorre minha espinha.

— Sim, por favor.
Ele tira minha camiseta e a joga no chão junto com a dele, e fico ali apenas de sutiã. E, assim como eu fiz, Dev para por um segundo para me admirar.
Ele fica ofegante e juro que o sinto cada vez mais duro ao olhar para o meu corpo.
Normalmente eu estaria preocupada com coisas que me causam insegurança — as estrias que mapeiam a parte superior dos meus seios e as que descem por minha cintura e passam pelo meu short —, mas, assim como eu já o vi seminu várias vezes, ele também me viu.
Existe algo de libertador no fato de nos conhecermos desde pequenos. Ele me viu em todas as fases da vida: a menina de cinco anos de joelhos ralados, a adolescente de quatorze anos com o rosto cheio de espinhas, a Willow de 21 anos que bebia demais. Ele me viu na praia, levando um caldo das ondas e tirando areia do cabelo. Ele já me viu dez segundos depois de acordar, com os olhos inchados e calça de moletom furada.
Não preciso esconder nada dele. Dev já conhece tudo. E, mesmo assim, quis estar aqui, olhando para mim como se eu fosse o centro do universo.
— Você é perfeita. — Dev balança a cabeça como se não conseguisse acreditar no que está vendo. Ele me beija outra vez, só que de forma suave, para enfatizar o elogio.
— Eu? — sussurro, de olhos praticamente fechados, inebriada pela presença dele. — Olha só quem está falando.
Dev parece não entender, ou nem ouvir, as palavras que eu disse. Acaricia minhas costas, percorrendo-as de cima a baixo, e sinto o calor de seu toque se infiltrando em mim.
— Você é perfeita pra caralho — repete ele. — Como você é linda. Eu sou muito sortudo.
Ele passa os lábios por meu pescoço e minha clavícula, depois espalha beijos delicados entre meus seios, me tocando como se

fosse uma honra fazer isso. Enquanto isso, desço as mãos até a cintura de sua calça em busca do botão. Eu quero mais.

— Ainda não — diz ele. — Quero sentir você primeiro.

Dev tira meus dedos do zíper dele e desliza a mão entre nossos corpos, com a palma roçando entre minhas pernas por cima do tecido fino do meu short. Fico ofegante ao sentir uma fisgada violenta de prazer, mas perco o fôlego de vez quando ele puxa meu short e minha calcinha para o lado, me tocando com a ponta dos dedos.

— Você está muito molhada — sussurra ele, escorregando um dedo para dentro de mim.

Um gemido escapa de minha garganta ao sentir esse toque. Quando ele me penetra com um segundo dedo e curva os dois dentro de mim para alcançar um ponto sensível, jogo a cabeça para trás e me agarro a seus ombros, tentando não arquear os quadris.

— Não precisa se segurar — insiste ele em meu pescoço, passando os dentes na minha pele. — Quero te ver cavalgando nos meus dedos.

Fecho os olhos e faço o que ele manda, esfregando meu corpo para a frente e para trás em seu colo. Dev mexe os dedos no ritmo dos meus movimentos, intensificando meu prazer. Quando começa a usar o polegar em toques circulares sobre meu clitóris, juro que vejo estrelas. Se eu conseguisse formular frases, tentaria dizer a ele como estou gostando.

— Isso mesmo. Desse jeito. Muito bem.

Mesmo imersa nessa névoa de prazer, sinto a tensão em sua voz, o esforço que está fazendo para se conter. Quando consigo abrir os olhos, ele está olhando para mim com uma expressão concentrada e ardente. É o suficiente para que eu desça mais o corpo sobre a mão dele, fazendo-o entrar bem fundo. Quando o sinto bem dentro de mim, é como se um incêndio atravessasse o meu corpo.

Minha respiração fica entrecortada, como se não houvesse ar o suficiente no quarto, como se todo o oxigênio tivesse sido roubado para alimentar o fogo que arde entre as minhas coxas. Dev me aproxima ainda mais do clímax quando devora minha boca, roubando todo o meu fôlego. E quando começa a mover o polegar só um pouco mais rápido, chego lá, mergulhando de cabeça sem nenhuma vontade de me conter.

Eu me afasto para respirar, ofegante, apoiando a testa em seu ombro e minhas mãos em seu peito. Ele tira os dedos de dentro de mim e sinto minhas coxas ficando úmidas. Se eu não estivesse encharcada ainda, agora estou. E, mesmo tendo acabado de gozar, estou desesperada para senti-lo ainda mais.

Pelo canto do olho, consigo ver quando Dev leva os dedos à boca. Um som de prazer sai do fundo de sua garganta.

— Seu gosto é tão doce quanto eu imaginava.

E isso basta. Essas palavras são tudo de que eu precisava.

Levanto o rosto, arfando e ainda tentando recuperar o fôlego.

— Quero que você me foda. Agora.

— *Willow* — diz ele, com um sorriso malicioso. — Que apressadinha.

— Cala a boca. — Pressiono minha boca contra a de Dev com um gemido, sentindo meu gosto em sua língua. — Quero sentir você dentro de mim.

Ele puxa o ar de forma entrecortada, virando a cabeça para interromper nosso beijo.

— É? Tem certeza de que é isso que você quer?

— Tenho. — Seguro o rosto dele entre a palma das mãos para fazê-lo olhar para mim, para que possa enxergar quanto desejo isso. — Mais do que qualquer outra coisa.

Ele me encara com uma devoção inebriante, mas de repente seu rosto é tomado por um semblante de decepção.

— Não trouxe camisinha — diz Dev. — Não pensei que isso fosse acontecer.

Eu o beijo novamente, as mãos ainda em seu rosto.

— Não tem problema. Eu tomo anticoncepcional e não transo com ninguém há... muito tempo.

De repente estamos nos movendo outra vez, e ele se levanta, segurando minha bunda com ambas as mãos.

— Acho que já está claro que não tenho nenhuma IST.

Eu rio, envolvendo os braços no pescoço de Dev para me segurar enquanto ele atravessa o cômodo.

— Talvez seja melhor fazer um daqueles testes rápidos só para ter certeza. Ouvi dizer que são muito bons.

— Engraçadinha — diz ele, me colocando na cama e se ajoelhando na beirada.

Lanço um olhar zombeteiro na direção dele.

— Você me ama mesmo assim.

— Você tem razão. Amo mesmo.

Meu coração parece parar por uma fração de segundo ao ouvir aquelas palavras. O comentário tinha sido uma brincadeira que soltei sem pensar. Não imaginava que ele responderia daquela forma.

— Dev... — Tento dar a ele a oportunidade de retirar o que acabou de dizer caso não estivesse falando sério.

Não percebo que estou recuando até que ele me agarra pelas panturrilhas para que eu não escape. Dev me segura onde estou e fica por cima de mim.

— Não era minha intenção me declarar assim — admite ele, com uma risadinha envergonhada. — Mas é o que sinto por você, Willow.

Dev me segura em seus braços, mas não me sinto encurralada por seu toque ou por suas palavras. Eu me sinto... segura. E sempre foi assim, mesmo quando éramos mais novos e ele me encorajava a ser um pouco mais inconsequente. Dev sempre tomou cuidado para que eu nunca me machucasse, e está fazendo a mesma coisa hoje. Como eu poderia não amá-lo?

— Não precisa dizer que me ama de volta — diz ele, roçando o nariz no meu. — Não espero que faça isso, sei que é uma coisa bem importante. Só queria que você soubesse.

Engulo o nó que se forma em minha garganta e pisco para afastar as lágrimas que surgem em meus olhos.

— Tudo bem — balbucio, mas o que realmente quero dizer vem logo depois. — Mas eu também amo você.

Ele fica em silêncio, imóvel. O único movimento é o de seus olhos analisando meu rosto.

— Porra! — exclama ele, depois de um instante. — Ouvir isso foi ainda melhor do que eu imaginava.

Solto uma risadinha, sentindo uma onda de euforia em minhas veias. Dev me ama e eu o amo. Se eu pudesse voltar atrás e dizer à Willow de treze anos que isso aconteceria, ela não teria acreditado. Mas olha só onde viemos parar.

— Isso significa que você vai me comer agora? — pergunto, provocante e, ao mesmo tempo, ansiosa, e a risada que arranco dele com essa frase faz meu coração bater mais forte.

— O que você quiser, *jaanu* — responde ele, antes de tirar o pouco que sobrou da minha compostura com beijos ardentes. — Vou te dar tudo o que você quiser.

Minha respiração está ofegante outra vez quando ele abre o fecho do meu sutiã, deslizando as alças pelos meus braços e deixando-o cair no chão. Meus mamilos ficam duros, implorando para serem tocados.

Ele admira meu corpo por um momento mais uma vez.

— Linda. Como você é linda — repete Dev.

Acho que nunca vou me cansar de ouvir isso.

Dev abaixa a cabeça e beija um mamilo, contornando-o com a língua e me arrancando um suspiro trêmulo. Quando ele volta a atenção para meu outro seio, toma o cuidado de segurar o primeiro, me protegendo do frio do ar-condicionado. Ele é tão atencioso que quase me faz chorar.

Dev continua a explorar meu corpo, distribuindo beijos até minha barriga. Fico arrepiada quando ele segura meu short e minha calcinha e dá um puxão, um pedido silencioso para que eu levante os quadris para que ele possa tirá-los.

E, no fim, é isso. Sei que posso desistir a qualquer momento e que Dev respeitaria essa decisão. Não que eu *queira* desistir, mas... cacete, é isso. Isso realmente está acontecendo. Agora vou saber se a realidade vai corresponder a todas as minhas fantasias. Até agora, estou mais do que satisfeita.

Então eu levanto o quadril para ele e, finalmente, estou exposta por inteiro.

Mais uma vez, Dev se dedica a olhar para o meu corpo, percorrendo minha pele com os olhos como se tivesse que se esforçar para não me devorar inteira. E, pela forma como abaixa a cabeça para beijar o ossinho do meu quadril, acho que está prestes a fazer isso mesmo.

Interrompo os movimentos que ele está fazendo com a cabeça com uma mão trêmula quando seus lábios se aproximam do ponto mais sensível entre minhas coxas. Ele me olha com uma pergunta se formando no semblante.

— Depois — peço, embora a expressão de Dev quase me faça mudar de ideia. — Quero você dentro de mim.

— Apressadinha *e* mandona — provoca ele, subindo os beijos por meu corpo. — Mas beleza. Vou deixar isso para a próxima vez.

A próxima vez. Ainda nem terminamos e Dev já me deixa ansiosa para quando fizermos isso de novo. Depois da rapidez com que ele me fez gozar só com os dedos, imagino o estrago que sua língua vai fazer.

— Tira isso — peço, apontando para as calças dele. Também quero vê-lo por inteiro. Se ele já acha que sou impaciente, então mal perde por esperar. — Vai logo.

— Tá bom, tá bom — acata ele, rindo, e se levanta para finalmente abrir o botão da calça.

Observo, extasiada, quando ele desce o zíper, vidrada na cueca boxer preta e no volume que se revela por baixo do tecido. Mas fico surpresa mesmo quando a calça passa por suas coxas.

— *Uma tatuagem!* — Eu me apoio sobre os cotovelos para enxergar melhor. Na coxa esquerda de Dev há uma tatuagem de flores que desabrocham acompanhadas de um tigre rugindo e versos em idiomas que não consigo decifrar. — Eu *sabia*!

— Não conte pra minha mãe. — Dev ri e termina de tirar a calça jeans, ajoelhando-se na minha frente sobre o colchão.

Aquela posição me dá uma visão privilegiada de sua tatuagem e... de todo o resto.

— Vou levar seu segredo para o túmulo — prometo. Mas minha boca fica seca de repente.

Quero me deitar e ficar olhando para ele, mas, mais do que isso, quero tocá-lo. Então me sento na cama e seguro o elástico de sua cueca. Ele não se mexe e me deixa fazer o que eu quiser. Respiro fundo quando puxo o tecido de algodão para baixo e liberto seu pau.

— Meu Deus.

Nem percebo que disse isso em voz alta até que Dev fala:

— Não se preocupe, linda. — A voz dele soa rouca. — Você aguenta.

Não tenho tanta certeza, mas não sou de desistir das coisas. Principalmente não de coisas que espero há tanto tempo. Fecho a mão em torno do membro de Dev e as pontas dos meus dedos nem chegam perto de se tocar.

Dev ofega, mas eu mal percebo. Estou concentrada demais na visão à minha frente.

— Vai fazer alguma coisa com isso aí? — pergunta ele, finalmente chamando minha atenção. — Ou posso mostrar o que eu estava pensando em fazer?

Engulo em seco, tentando encontrar o que dizer.

— A segunda opção — sussurro.

— Acho que consigo providenciar.

Em um instante, ele me deita de costas na cama e encaixa o quadril entre minhas coxas, já sem a cueca. Não há mais nada entre nossos corpos agora. Minhas pernas se abrem para ele no mesmo instante e se abririam até mais do que isso, mas é melhor não, a menos que eu queira acabar em uma sala de emergência belga colocando meu quadril de volta no lugar.

Minhas estrias e cicatrizes de cirurgia passadas não me incomodam muito hoje em dia, mas ainda sinto um pouco de vergonha ao ter que defender meu conforto. Não deveria ser assim, eu sei. É um fato importante sobre mim, uma questão de saúde sobre a qual não tenho controle. Sempre vai ser assim. Mas, apesar disso, estou ruborizando da cabeça aos pés, tentando não me encolher quando olho para Dev.

— Seja gentil comigo, tá? — peço, baixinho, com as mãos na nuca de Dev enquanto ele se apoia nos próprios antebraços.

Mas não tenho que pedir nada. Ele sabe o que fazer comigo. Soube durante a minha vida inteira. Ainda assim, achei importante dizer isso por desencargo de consciência.

— Eu sei que você consegue colocar a perna atrás da cabeça. Não vem com essa. — Ele pontua a brincadeirinha com um beijo suave. Depois, se afasta o bastante para murmurar: — Prometo que nunca vou machucar você.

Este homem poderia me partir ao meio e eu agradeceria, mas se eu quiser repetir a experiência, temos que tomar cuidado.

Nossos lábios se encontram e se separam, preguiçosos e cheios de carinho, mas nossa respiração fica acelerada e minha impaciência fala mais alto de novo.

Como se tivesse lido meus pensamentos, Dev passa a mão pelo meu corpo e penetra dois dedos em mim. Solto um gemido.

— Está pronta?

— Por favor — murmuro.

E é só o que ele precisa ouvir. Passa o polegar no meu clitóris ao sair de dentro de mim e vejo que seus dedos estão molhados com minha lubrificação quando segura o pau para encaixá-lo na minha entrada.

Ai, caramba, é agora.

Sinto a cabeça do pau de Dev me abrindo e encontrando um pouco de resistência. Respiro fundo, sentindo-o respirar em meu ouvido, e pouco depois estou arqueando os quadris para que ele entre mais fundo. Ele vai se afundando cada vez mais dentro de mim, fazendo pausas para que eu me acostume com a grossura, com a maneira como me abre e me preenche. Eu esperava sentir mais dor ou desconforto, porque não faço sexo há muito tempo e não há outra forma de descrever: ele é muito grande. Mas Dev entra em mim com tanta calma e cuidado que estou convencida de que fomos feitos um para o outro.

— Caralho. Você é tão apertada — geme ele contra meu pescoço. Dev ergue o rosto e me olha com atenção. — Está tudo bem?

Faço que sim com a cabeça. A palavra que deveria acompanhar o gesto se perde em minha garganta e tudo que escapa quando meus lábios se abrem é um gemido ofegante.

Ele se mexe para a frente e para trás, devagar e suave, mas também com firmeza, e, quando percebo, está completamente dentro de mim, suas coxas colidindo com as minhas.

— E agora? Ainda está tudo bem? — pergunta Dev outra vez, praticamente num sussurro.

— Sim. Caralho, sim. — Desta vez, as palavras fluem livremente, como se ele tivesse demolido todos os muros dentro de mim. — Não para.

A pulsação faminta entre minhas coxas só é saciada pelas estocadas de Dev. Estou pronta para me entregar totalmente a ele.

Seguro seus ombros enquanto ele se move, no início devagar, ainda sem entrar fundo. Mas depois começa a ir cada vez mais rápido, penetrando mais, cada investida um pouco mais forte que a anterior. Arqueio as costas, meu corpo implorando por mais porque a fricção está me deixando louca.

— Mais rápido — suplico, deixando o instinto assumir o controle.

Ele parece bem feliz em obedecer, e seus movimentos deixam de ser tão cuidadosos.

Não demora muito para que eu esteja empurrando o corpo de encontro ao dele, estocada após estocada. Meus mamilos duros roçam em seu peito e a combinação de sensações me deixa desesperada para sentir cada centímetro de sua pele na minha à medida que meu prazer cresce. Sinto que preciso de só mais algumas estocadas para ver estrelas. Estou à beira do precipício e basta um empurrãozinho para que eu despenque de vez.

E isso acontece quando ele coloca a mão entre nossos corpos, pressionando a parte inferior da minha barriga para tocar meu clitóris com o polegar. De repente é como se uma corrente elétrica atravessasse meu corpo da cabeça aos pés. Chego lá com tanta intensidade que ele também solta um gemido.

— Isso, linda — diz ele, ofegando e ainda entrando e saindo enquanto eu o aperto dentro de mim. — Goza pra mim. Pode gozar, estou aqui pra ajudar.

E ele de fato me ajuda. Eu me derreto inteira nas mãos dele, deixo que roube meu fôlego com outro beijo ardente. Quero flutuar e fechar os olhos, me perder em todas as sensações — mas ele ainda não chegou lá.

Ele se mexe devagar para que eu tenha a chance de me recuperar antes de acelerar o ritmo. Um gemido abafado me escapa porque estou ainda mais sensível. Levantando as pernas, fecho os tornozelos atrás das costas de Dev para que ele entre em mim num ângulo diferente. A sensação não é tão intensa nessa posição. Parece mais uma sensação lá no fundo que vai ficando cada vez mais forte, e não demora para que eu esteja implorando. Não sei ao certo pelo quê, mas fico pedindo *por favor, por favor, por favor*.

— Quero ver você gozar pra mim outra vez — exige ele, falando em meu ouvido. A barba por fazer arranha minha pele quando ele encosta a bochecha na minha.

Balanço a cabeça, tremendo.

— Não consigo — digo, fechando os olhos com força.

Ele segura meu queixo.

— Olha pra mim.

Forço meus olhos a se abrirem, absorvendo a intensidade do olhar de Dev. Ele fica olhando para mim enquanto entra e sai do meu corpo com estocadas constantes e vigorosas, determinado a pegar o que quer de mim e também se entregar totalmente em troca.

Tudo isso me faz alcançar outro orgasmo, e meus gritos se calam quando ele se abaixa e beija minha boca. Sou invadida por uma onda de euforia, que espirala dentro de mim, e minha cabeça parece girar. Estou tão embriagada de Dev que mal percebo quando os movimentos de seus quadris ficam irregulares. Os elogios e palavras de devoção suspirados em meu ouvido parecem inundar minha alma. Nem tudo que diz é em inglês, mas entendo o sentimento perfeitamente.

Ele está bem fundo dentro de mim e eu não sou nada além de uma mulher sendo possuída. Cada centímetro do meu corpo está em chamas. Minha mente não consegue formar pensamentos coerentes. Não existe nada além de Dev. Nada além de nós dois.

Quero que essa sensação dure para sempre.

Ele enterra o rosto em meu pescoço quando explode dentro de mim, os dentes roçando minha pele. Acaricio os ombros dele, saboreando o modo como desaba sobre meu corpo — embora tenha o cuidado de não largar o peso de uma vez para não me machucar. Ele coloca peso o bastante para que eu saiba que ele não quer me soltar.

E ele não é o único. Eu me agarro a ele com todas as minhas forças. Porque sei que agora não tem mais volta.

CAPÍTULO 25
Dev

Posso não ter vencido a corrida hoje, mas ter Willow em meus braços é melhor do que qualquer vitória.

Já estamos de banho tomado, mas a imagem de suas coxas suadas quando ela se levantou da cama mexeu com a minha cabeça. Quase me transformei em um homem das cavernas e a joguei de volta na cama para fazer com que ela nunca mais conseguisse se esquecer de mim.

Mas consegui resistir. Por pouco.

Vê-la gozar... *Porra*. Eu nunca tinha presenciado nada tão maravilhoso. Seus gemidos e suspiros vão ficar gravados em minha memória para o resto da vida. Se eu os esquecer um dia é porque morri. Só se passaram cinco minutos e tudo o que eu quero é ouvi-los de novo.

E de novo, de novo e de novo.

Minha declaração de amor pode ter saído como uma resposta automática à provocação dela, mas é verdade. Ela é a pessoa certa. Queria apenas ter percebido isso antes, porque não importa quanto tempo a gente passe juntos, parece que nunca é suficiente.

Estendo o braço para que Willow deite a cabeça em meu peito e ela aceita de bom grado, aninhando-se em mim e enroscando a coxa na minha. Sonhei com isso tantas vezes e agora está realmente acontecendo... Merda, espero não estar sonhando.

— Você precisa voltar para o seu quarto? — pergunta ela em meu peito, me observando com aqueles olhos castanhos que me dizem exatamente qual deve ser a minha resposta. — Você provavelmente não quer ser pego no flagra saindo daqui de manhã.

— Eu não ligo. — Qualquer um neste andar sabe que deve manter a boca fechada caso me encontre nos corredores. — Posso ficar quanto você quiser.

Ela se aconchega mais com um ronronar contente.

— Que bom. Não quero que esta noite acabe.

Eu também não. E só posso torcer para que todas as nossas noites de agora em diante sejam exatamente assim.

Dou um beijo na testa de Willow e depois vários outros em seu cabelo até que ela começa a rir e empurra meu rosto. Rindo também, eu a puxo e a seguro para roubar todos os beijos que eu quiser, mas o vibrar abafado do meu celular no bolso da calça atrai minha atenção. Penso em ignorar, mas pode ser Howard e não estou disposto a perder a ligação que pode mudar minha vida.

— Não saia daí. Volto para continuar de onde parei — declaro, dando mais um beijo estalado em sua boca antes de me inclinar na beirada da cama para pegar o celular no chão.

Mas não é o nome de Howard piscando na tela. É o de Oakley.

— Quem é? — pergunta Willow, franzindo a testa.

Eu não quero acabar com a paz dela, mas não vou mentir.

— É o Oakley.

Como eu esperava, seu corpo inteiro fica tenso ao meu lado, mas ela não se afasta.

— Atende — diz ela.

Sem demora, deslizo o dedo pela tela e digo:

— E aí, cara?

No começo, só ouço um som de vento, como se ele estivesse dirigindo rápido com as janelas abertas e a chamada no viva-voz.

— Que horas você vai chegar amanhã? — grita Oakley em meio à ventania.

Franzo a testa, observando Willow. Ela provavelmente consegue ouvi-lo no silêncio do quarto.

— Você já está em San Diego? — pergunto.

— Cheguei antes do previsto — responde ele. — Nossas mães já me fizeram comer pelo menos seis refeições. Tive que sair para dar uma volta antes que elas me fizessem comer mais. Ainda bem que não sou eu quem corre hoje em dia. Não ia caber no carro.

Eu forço uma risada.

— É melhor eu adiar minha volta por mais alguns dias, então. Não posso me arriscar.

— Nem fodendo. Venha o mais rápido possível. Estou entediado sem você, e tia Neha está começando a perder a mão com toda essa história de casamento. Preciso de reforços. O que me leva de volta à minha pergunta: quando você chega?

Olho para o relógio na mesa de cabeceira. Duas da manhã, o que significa que são cinco da tarde *de ontem* na Califórnia. Passei a maior parte da vida viajando pelo mundo e os fusos horários ainda me deixam confuso.

Hoje é tecnicamente o primeiro dia das férias de verão. Prometi a Oakley e a minha família que voltaria para casa o mais rápido possível para passar bastante tempo com eles e descansar antes da correria do casamento de Alisha. Eu deveria embarcar em um avião para a Califórnia ainda hoje, junto com Willow, Mark e Chava, mas não tenho certeza de quando exatamente. Eu estava ocupado demais fazendo sexo com a irmã de Oakley para me dar ao trabalho de olhar minha agenda.

Fecho os olhos, depois os abro e me concentro no rosto perfeito de Willow.

— Não sei — respondo. — Pergunte para o Chava. Ele é que organiza minha vida.

— Já liguei para ele umas três vezes, mas ele não atendeu — rebate Oakley. — Talvez Willow saiba. Ela é muito organizada com essas coisas. Vou ligar para ela e perguntar. Falo com você de...

— Não! — digo sem pensar. Willow arregala os olhos. Merda. — São duas da manhã, cara. Pare de acordar todo mundo. Quando eu souber, envio uma mensagem para você.

Oakley solta um suspiro que mal dá para ouvir em meio ao vento.

— Beleza. Mas não me deixe aqui sozinho por muito tempo. Estou com saudade de você, seu bundão.

Embora meu estômago esteja se revirando de culpa, eu sorrio com as palavras de Oakley.

— Também estou com saudade. Vejo você em breve.

Desligo e jogo o telefone de volta no chão, esfregando o rosto nas mãos. Quando olho para Willow, ela está de cabeça baixa, mordendo o lábio inferior. Aquela ligação estourou oficialmente a bolha em que estávamos.

— Como vai ser isso, Dev? — pergunta. Ela parece frágil. Assustada. — O que vamos fazer?

Passo a mão em seu cabelo, tentando acalmá-la, mas estou igualmente nervoso.

— O que você quer fazer?

— Não sei — murmura ela. — Eu quero ficar com você. Eu *estou* com você. Só que tenho medo de contar para o Oakley. — Ela respira fundo e levanta o queixo, ainda que de maneira hesitante, tentando ser forte. — Podemos manter isso entre nós por um tempo? Sem distrações, sem dúvidas. Ninguém tentando nos fazer mudar de ideia. É melhor a gente ter muita certeza disso antes de contar a alguém.

Eu já tenho certeza há muito tempo, mas ela tem razão. Não pode haver dúvidas de nenhum dos dois lados quando contarmos. As ondas que virão pela frente serão grandes e nosso amor pode não ser suficiente para evitar que nos afoguem.

— Acho que o Chava e o Mark já sabem — brinco, tentando aliviar o clima.

Ela ri baixinho.

— Será mesmo? — Ela entra na onda, mas volta a ficar séria no instante seguinte. — Acho que também não vou conseguir esconder isso da Grace e da Chantal. Elas vão sacar rapidinho.

— Então só o Oakley não vai ficar sabendo.

Não gosto disso, mas entendo. Se alguém vai tentar nos convencer a não ficarmos juntos, será ele. Não precisamos de nada disso agora.

— Isso. — Willow umedece os lábios, pensativa. — Mas não podemos esconder isso dele por muito tempo. E se... E se contarmos depois do casamento da Alisha? É daqui a duas semanas. — Ela espera que eu concorde antes de continuar. — Você pode usar esse tempo para pensar em como contar para o resto das pessoas. Além disso, é quando acaba meu contrato com você e com a Argonaut.

Willow tem razão, mas não quero pensar em como as coisas serão quando o contrato dela terminar e eu não a tiver mais ao meu lado em todos os momentos. Por outro lado, quando ela não estiver trabalhando para mim, ninguém vai poder julgar o que estivermos fazendo.

— Beleza — concordo, puxando-a para perto de mim novamente. — Parece que vamos ficar nos escondendo por um tempo. Você topa?

Ela se posiciona em cima de mim e apoia a palma da mão em meu peito. Mesmo na luz fraca do abajur, consigo enxergar o feixe caramelo em sua íris. Sua imperfeição perfeita.

— Se isso significa que vamos ficar juntos, é claro que topo.

Deslizo os dedos pelo pescoço dela e os enrolo nos fios de cabelo de sua nuca.

— Ei. Amo você.

A expressão no rosto de Willow se suaviza.

— Então não foi da boca pra fora? No calor do momento?

— Nem de longe. E você?

— Não. Foi pra valer. — Willow franze os lábios como se estivesse pensando em me contar um segredo. — Acho que estive apaixonada por você por boa parte da minha vida. — É algo muito íntimo e vulnerável para se dizer, mas ela ameniza a seriedade da situação com uma brincadeirinha. — Já era hora de você cair em si.

Ela está brincando, mas é verdade. Demorei muito para abrir os olhos e correr para os braços dela.

Mas pelo menos estamos aqui. Só espero que isso não mude.

As primeiras coisas que noto quando acordo, antes mesmo de abrir os olhos, são o cheiro doce de baunilha no quarto e o calor do corpo de Willow ao lado do meu.

Percebo que ela está acordada, ainda que esteja de costas para mim e tentando não se mexer muito. Ela sempre teve um sono agitado, nunca conseguindo ficar no saco de dormir ou acabando no meio do chão da barraca quando nossas famílias acampavam juntas. Claramente, nada mudou, mas agora estou preocupado com a possibilidade de ela estar fazendo isso por conta de algum desconforto. Certamente ficar na mesma posição durante muito tempo não é fácil para ela, sobretudo depois das várias aventuras da noite de ontem.

— Eu sei que você está acordada — murmuro contra seu ombro nu.

Ela vira um pouco a cabeça, mas não olha de volta para mim.

— Não queria te acordar — sussurra ela. — Desculpa.

— Não precisa se desculpar. — Afasto o cabelo de suas costas e beijo a nuca de Willow, satisfeito com o arrepio que percorre o corpo dela. — Não quero perder nem um segundo com você.

Ela se vira um pouco mais para mim e então consigo ver seu sorriso.

— Você fica planejando essas cantadinhas antes de dormir?

— Quer ouvir outra? — Quando ela faz que sim com a cabeça, eu digo: — Tenho certeza de que foram os deuses que colocaram você no meu caminho.

— Essa foi boa — diz ela, exibindo as covinhas. — De que filme de Bollywood você tirou essa?

Eu rio. Meu rosto já está doendo de tantos sorrisos causados pela alegria que Willow desperta em mim.
— Se você descobrir, me avise. — Beijo seu pescoço novamente e, dessa vez, sou recompensado com um suspiro de satisfação.
— Mas estou falando sério, acho que isso estava escrito. Era para acontecer.
— O quê? Dormirmos juntos? — zomba ela, deitando-se de barriga para cima e me olhando com cara de sono.
— E tudo o que levou a isso — digo, dando um beijinho em seu rosto. — A forma como a gente precisava da ajuda um do outro. O tempo que passamos juntos por causa disso. — Meus lábios chegam mais perto de sua clavícula. — Como nos aproximamos sem levantar suspeitas. — Passo a língua pelo seu pescoço, onde uma veia pulsa. — Foi tudo perfeito, como se estivesse escrito nas estrelas.
— Entendi. Escrito nas estrelas.
— Puro destino. *Kismet*. Fio vermelho do destino e tal.
— E você acredita nisso?
— Levando em conta que você está nos meus braços agora, acho que não tenho muita escolha.
— Bobinho — murmura Willow, acariciando meu cabelo. — Continue falando.
Eu poderia ficar aqui a manhã inteira, mas o celular de Willow recebe uma notificação na mesinha de cabeceira, interrompendo minha história sobre como os astrólogos indianos — nos quais minha mãe não acredita, e mesmo assim não deixa de acompanhar — não poderiam negar nossa compatibilidade.
Willow pega o celular.
— É o Chava — diz ela, aborrecida ao ler a mensagem. — Ele quer ir para o aeroporto daqui a uma hora.
A realidade está batendo na nossa porta e é hora de encará-la. Há muito a ser feito.
— Beleza. — Beijo o canto da boca de Willow, sabendo que essa será a última vez que farei isso até voltarmos a estar sozinhos. E não faço ideia de quando isso vai ser. — Vamos para casa, *jaanu*.

CAPÍTULO 26
Willow

— Estou toda dolorida — choramingo baixinho para Dev enquanto saímos para a luz do sol. — Como vou ficar sentada em um avião por... — Meu estômago se revira ao pensar na viagem de Bruxelas para San Diego. — Ai. Quanto tempo dura o voo?

— É longo — responde ele, pegando a alça da minha mala e roçando nossos dedos.

Quero aproveitar todo o contato que pudermos ter. Agora que deixamos a privacidade do meu quarto de hotel, temos que agir como se não houvesse nada entre nós — tipo o fio vermelho do destino. Somos duas coisas separadas em vez de uma só.

Fico um pouco triste com a ideia. Não importa que a conexão seja recente; não quero nem imaginar como seria ficar sem ele, por mais falso que seja o nosso distanciamento.

Concordamos em manter as coisas em segredo, mas, à luz do dia, fazer tudo escondido parece muito mais difícil do que quando planejamos. Tudo o que quero é dar a mão para Dev e contar ao mundo que somos um casal.

Pelo menos... acho que somos. Ainda não colocamos um rótulo em nosso relacionamento.

Mas não tenho tempo de falar sobre isso com Dev porque Mark e Chava nos encontram a caminho do SUV que nos aguarda. Eles podem ter nos pegado no flagra e até apostado que isso aconteceria, mas não queremos envolvê-los ainda mais nessa história. Os dois são amigos de Oakley, afinal, e talvez um deles — com certeza Chava — pudesse dar com a língua nos dentes.

Eles não são os únicos com quem tenho que tomar cuidado. Preciso lembrar que Dev é uma celebridade, por mais estranho que isso seja para mim. Todo mundo está de olho nele o tempo todo e, por tabela, em mim. Minha foto já saiu em vários veículos de imprensa. É tudo inofensivo, geralmente apenas fotos minhas e de Dev andando lado a lado no paddock, mas as pessoas sabem quem eu sou agora. Me conhecem como gestora de redes sociais e, por enquanto, é assim que deve ser.

Quando chegamos ao SUV, faço contato visual sem querer com Mark enquanto ele coloca nossas malas no bagageiro — e, sim, é óbvio que ele sabe o que Dev e eu estávamos fazendo ontem à noite. Meu rosto fica quente quando ele pisca para mim, mas pelo menos ele está ok com isso.

Chava felizmente não demonstra saber de nada quando passo por ele e entro na terceira fileira do SUV. Dev se senta ao meu lado e sua mão toca minha coxa enquanto os outros conversam na calçada, do lado de fora. É um momento íntimo, querendo ou não, então deixo que perdure e até mesmo me ajeito para que seus dedos deslizem por baixo do meu short.

— Antes que a gente fique refém de nossas famílias — sussurra ele perto do meu ouvido —, quero que a gente tenha um encontro.

Olho para ele de canto do olho, resistindo à vontade de me virar e beijá-lo.

— Finalmente. O melhor encontro da minha vida, conforme você prometeu.

— Coloquei as expectativas lá no alto, né?

— Você se meteu numa cilada, meu amigo.

— Parece que sim. — Ele bufa de brincadeira, e a maneira como sua mão desliza para dentro do meu short me diz que ele não está nem um pouco preocupado. — Assim que aterrissarmos, vou roubar você. Podemos falar para todo mundo que nosso voo atrasou.

Eu franzo a testa.

— O Chava e o Mark estão literalmente no mesmo avião. Ninguém vai acreditar se eles aparecerem e nós não.

— Eles dão cobertura pra gente. Prometo.

E nesse momento eu vejo Chava. Seu rosto sorridente está grudado na janela e suas mãos fazem viseiras para que ele consiga nos enxergar através do vidro fumê, como dois animais em um zoológico.

Claramente não há segredos ali.

Eu suspiro.

— Tudo bem. Acho que é o mínimo que podem fazer.

Dezesseis horas depois, estou travada, dolorida e pronta para dormir, embora ainda sejam três da tarde na Califórnia. Não estou apta para nenhum tipo de encontro agora, nem mesmo para ser vista por outros humanos.

Mesmo assim, Dev me leva para outro SUV e se despede de Mark e Chava antes de entrar pela porta do motorista. Tento acenar para eles em agradecimento, mas estou tão exausta que minha mão pende como um fantoche.

— Acho que não tenho energia para nada — digo, exausta.

— Você vai ter para isso, prometo.

Não sei, não. Mas Dev não me decepcionou até agora e este supostamente é o melhor encontro de todos, então... acho que vou lhe dar o benefício da dúvida.

Só que, quanto mais dirigimos, mais confusa fico. Estamos nos aproximando da costa em direção a um dos bairros mais caros de San Diego. Talvez estejamos indo para uma área com praia privativa. Eu não me importaria de cochilar sob o sol, mas podemos fazer isso em um dia qualquer. Não é exatamente o que eu chamaria de "melhor encontro de todos".

Quando paramos na garagem de uma casa que deve custar uns dez milhões de dólares, olho para Dev, curiosa.

— Não me diga que você comprou uma casa inteira para esse encontro.

Ele ri e solta seu cinto de segurança, depois o meu.

— Só aluguei, não se preocupe. Não que eu não tivesse coragem de comprar uma casa só para impressionar você, mas eu escolheria uma cidade melhor.

Começo a rir.

— Vou me lembrar disso.

Ele sai do carro primeiro e depois me ajuda a descer, suas mãos quentes cobrindo as minhas brevemente antes de me segurar pela cintura. Andamos pelo caminho de pedras até a varanda da frente, espaçosa e decorada com cadeiras de vime e um balanço. Algumas sacolas de papel chamam minha atenção.

— Você pediu alguma coisa?

Os olhos de Dev se iluminam.

— Você está decidida a estragar a surpresa, hein? — Ele solta minha cintura para pegar as sacolas e, em seguida, digita um código na porta para destrancá-la. — Primeiro as damas — diz ele, abrindo passagem.

Obedeço, girando a maçaneta, mas apenas porque sei que ele não vai me meter em uma cilada nem me esquartejar. É a vantagem de conhecê-lo desde sempre, acho.

Para minha sorte, não há uma surpresa horrível ou um assassino em série do outro lado da porta, apenas uma sala de conceito aberto com piso de madeira, mobília aconchegante em cores neutras e uma cozinha dos sonhos de qualquer chef. Mas a vista é o grande atrativo do lugar.

Uma parede de janelas que vão do chão ao teto dá direto para o oceano e para uma escada estreita e sinuosa que leva à praia. Há um pátio na lateral, meio escondido, com outros móveis de vime e uma fogueira. A melhor parte é que fica fora da vista de qualquer pessoa que possa estar passando pela faixa de areia lá embaixo.

Tiro meus tênis e vou em direção às janelas, apreciando a vista enquanto Dev coloca as malas na ilha da cozinha.

— Que lindo! — exclamo, olhando para as ondas azul-escuras que quebram na praia. — E silencioso.

A risada dele preenche o espaço.

— Exatamente. Não teremos paz quando chegarmos em casa e eu queria uma última escapada com você antes do caos do casamento.

Só consigo imaginar a loucura que vai ser o casamento da Alisha. Vi alguns de seus quadros de metas da última vez que estive em casa e tudo parecia emocionante, luxuoso e caro. Por mais incrível que seja a ideia de uma festa de três dias, não vai deixar de ser um período exaustivo para todos os envolvidos.

— Vamos dar uma olhada no andar de cima — chama Dev, estendendo a mão.

Ele está segurando uma sacolinha branca no outro braço, mas não consigo ver o que tem dentro.

Ele me acompanha escada acima e passamos por várias fotos em preto e branco da natureza nas paredes. No segundo andar, o quarto principal é praticamente debruçado sobre o oceano, com uma vista ainda mais magnífica. Imediatamente sinto vontade de cair na cama e deixar que o barulho das ondas embale meu sono.

— Quase lá.

Ele dá a volta na cama king size e me puxa para outra porta, que leva a um banheiro revestido de um mármore sofisticado. A principal atração do cômodo é uma banheira com pés de garra posicionada ao lado de outra janela ampla.

— Tcharam! — exclama Dev. Ele solta minha mão e abre a torneira cromada da banheira. — Achei que você gostaria de um banho de banheira antes de começarmos nosso encontro. Tire a roupa.

— Ei, peraí, primeiro me paga um jantar.

Ele ri.

— Isso vem logo depois. Mas, primeiro, você precisa de um banho. — Ele coloca a sacolinha no balcão. São sais de banho com aroma de lavanda. — Espero que isso ajude a relaxar seus músculos. Depois da noite de ontem e do voo, sei que você deve estar com dor.

Sinto um aperto na garganta e meu coração dispara. Ninguém nunca cuidou de mim desse jeito. Ninguém entende como eu me sinto tão bem quanto ele.

— Obrigada.

Dev me dá uma piscadinha enquanto despeja uma quantidade generosa de sal de banho na água fumegante. O aroma suave de lavanda invade o banheiro.

— Desça quando tiver terminado. — Dev dá um beijo em minha testa antes de parar diante da porta. — Tenho mais surpresas.

Ele sai e fico sozinha, sorrindo para mim mesma e piscando forte para afastar as lágrimas que ameaçam cair dos meus olhos. Se meu coração explodir por excesso de amor, sei exatamente de quem é a culpa.

Tiro as roupas e prendo meus cachos no topo da cabeça, depois entro na banheira e afundo na água, gemendo quando o calor lentamente relaxa todos os meus músculos. Continuo lá até que meus dedos fiquem enrugados. Quando finalmente tomo coragem para sair, vejo a toalha mais macia do mundo esperando por mim.

Depois de me secar, vou para o quarto. Minha mala está ao lado da cama, mas em cima do colchão há um pote do meu hidratante corporal favorito com aroma de baunilha e um vestido de alcinha novo. É branco com estampa de violetas, de uma marca bem cara. Mesmo que não entre para o ranking de melhor encontro da minha vida, com certeza é o mais caro.

Passo o hidratante, me visto e então desço a escada. Dev está saindo da cozinha com uma bandeja de sanduíches, limonada e o que tenho certeza de que são macarons da Stella Margaux. Ele acena para a porta aberta que dá acesso ao pátio.

— Venha, vamos fazer um piquenique.

Vou atrás dele e me acomodo na namoradeira almofadada. Viro o rosto na direção do sol e deixo a brisa do mar esvoaçar os cachos que escaparam do meu coque. Tudo neste momento é perfeito.

Em silêncio, ele apoia a bandeja e me serve um copo de limonada antes de se sentar ao meu lado.

— Como você planejou tudo isso tão em cima da hora? — pergunto, sentindo a bebida refrescar minha mão.

Dev me envolve com o braço e pressiona um dos dedos em meu ombro.

— Para começar, eu tenho *muita* grana. Posso pagar para que quase qualquer coisa aconteça. E, segundo, eu sei pedir delivery pela internet.

Levo meu copo até a boca para esconder o sorriso.

— Idiota.

— De fato. Mas você gostou?

Analisando a vista extraordinária, tomo um gole de limonada e finjo considerar minha resposta.

— Hummmm... acho que até dá para o gasto.

Ele roça a boca no meu queixo e me dá uma mordidinha como vingança. Viro minha bochecha para pressioná-la contra a dele e consigo sentir seu sorriso.

— Engraçadinha. A propósito, adorei você nesse vestido. Acho que escolhi bem.

— Não vou nem perguntar como você sabia meu tamanho.

— Então não vou admitir que dei uma olhada nas suas roupas enquanto você tomava banho hoje de manhã.

Eu rio e me afasto para encarar Dev, tocando sua bochecha e mergulhando nas profundezas escuras de seus olhos.

— Eu sei que já disse isso, mas obrigada. Tudo isso é... incrível. É tudo o que eu poderia querer de um encontro.

Porque tudo o que eu realmente preciso é dele.

Ele analisa meu rosto e franze levemente a testa.

— Não precisa me agradecer por coisas assim, Willow. É só como você merece ser tratada.

Mais uma vez, meus olhos se enchem de lágrimas, que são contidas quando pressiono meus lábios nos de Dev. O beijo é breve e delicado, e exatamente por isso extremamente doce.

Dev interrompe o beijo primeiro, olhando para mim por um segundo. Com uma risada suave, ele olha para baixo e bagunça o cabelo como um adolescente tímido que acabou de dar o primeiro beijo. Para um homem que eu tranquilamente descreveria como sexy, é um gesto adorável.

— Tudo bem, chega de enrolar — diz ele, pegando um prato de sanduíches da bandeja. — Coma.

Eu pego um e me acomodo, mordendo o pão macio com queijo.

— Está feliz com a pausa nas corridas? — pergunto quando termino de mastigar.

Ele faz que sim e pega um sanduíche também.

— Por mais que eu ame correr, também gosto de ter um tempo livre. É bom passar algumas semanas sem ter que ir de um lugar pro outro.

Entendo esse sentimento depois de segui-lo por toda a Europa. Mas então me dou conta de que não farei mais isso. Para mim já acabou, não terei que embarcar em voos na madrugada nem me enfiar nas vans que nos levam aos circuitos. Malibu é nossa última parada nessa aventura maluca e, depois do casamento de Alisha, não vou ter mais contrato com Dev.

A tristeza é como um soco no estômago, quase me deixando sem ar. Não quero que isso termine, mesmo sabendo que só assim poderemos falar sobre nosso relacionamento. Ajudar a limpar a reputação de Dev, que estava à beira do abismo, foi uma honra. Adorei conhecer as pessoas da Argonaut — menos Buck e Nathaniel, que nunca trocaram uma única palavra comigo — e adorei agradecer a elas por meio das contas de Dev por todo o trabalho que fazem. Eu gostei... de tudo.

Nunca pensei que fosse curtir um trabalho assim, cheio de viagens e eventos-relâmpago. Passei muito tempo me imaginando em um grande departamento de marketing de algum time, sentada em uma mesa, clicando numa tela o dia todo. Algo tranquilo e seguro. Trabalhar em colaboração constante com apenas uma pessoa pareceu um passo atrás, mas, agora? Não consigo me imaginar passando meus dias em um cubículo e provavelmente nunca conhecendo os atletas que estou promovendo. Os dias em que eu queria fazer isso parecem ter sido há muito tempo. Outra pessoa em outra vida.

— O que vai fazer quando eu não estiver mais trabalhando para você? — pergunto a Dev, me esforçando para manter a voz firme, embora meu coração esteja acelerado.

— Vou contratar uma assessoria, como Howard sugeriu no começo. — Sua resposta vem com tanta facilidade que fica claro que não é a primeira vez que ele considera as opções. — Você deixou tudo perfeitamente nos trilhos para mim, então o único trabalho deles vai ser manter tudo no lugar. E quando eu estiver na Mascort...

— Não fale em voz alta, dá azar!

— *Se der tudo certo* e eu for para a Mascort — corrige ele —, eles provavelmente terão uma lista de profissionais previamente aprovados. Eles são uma equipe de verdade, ao contrário da Argonaut, que praticamente me jogou aos leões e me deixou resolvendo tudo sozinho.

Ele revira os olhos. Tenho que conter a vontade de dizer que quero ficar com ele. Que quero continuar fazendo meu trabalho, mesmo que ele não precise mais da minha ajuda.

Mas engulo as palavras. Não é uma opção viável se quisermos ter um relacionamento público e principalmente se eu não quiser que espalhem por aí que só consegui o emprego porque dormi com Dev.

— Estou torcendo muito para que você consiga o contrato com a Mascort.

Dev suspira, felizmente alheio ao turbilhão dentro de mim.

— Eu também. Eu sei que não vai acontecer da noite para o dia, mas não aguento mais uma temporada na Argonaut.

E a Argonaut provavelmente também não aguentaria mais uma temporada com Dev.

— Posso perguntar uma coisa? — Eu não precisava pedir. Dev responderia qualquer pergunta que eu fizesse, mas estou curiosa sobre uma coisa há muito tempo. — Por que você odeia tanto o Nathaniel? Além de pelo fato de a equipe sempre dar prioridade a ele. E de ele ser um babaca.

Dev ri e termina seu sanduíche. Ele limpa as mãos em um guardanapo, então abre a boca como se estivesse prestes a responder, mas a fecha novamente. Seu olhar se perde e ele observa o pátio por longos segundos.

— Depois de comprar a equipe, o Buck deu uma festa para se apresentar a nós. Todos na Argonaut ficaram felizes em dar as boas-vindas a ele e a Nathaniel, provavelmente porque estávamos desesperados pela verba. Mas, de qualquer forma, a equipe precisava de sangue novo. Não vou mentir, eu estava empolgado. Mais dinheiro significava que poderíamos finalmente competir de verdade. Além disso, Nathaniel tinha ficado conhecido na F2 no ano anterior, e, como não era eu que tinha vagado o lugar para ele entrar na equipe naquele momento, fiquei contente com sua chegada. — Dev dá uma risada seca. — Fui muito ingênuo.

Pego sua mão em uma demonstração silenciosa de apoio. Ele entrelaça nossos dedos, mas olha para as ondas quando continua a falar.

— Eu me apresentei a ele e a Buck, e ele simplesmente... me ignorou — conta Dev, balançando a cabeça um pouco como se ainda não pudesse acreditar. — Literalmente agiu como se eu nem estivesse lá. Só o Buck falou comigo, mas mesmo assim foi breve. Mais tarde no mesmo dia, encontrei o Nathaniel sozinho e perguntei se havia algum problema. Não me lembro exatamente o que ele respondeu, mas deixou bem claro que não tinha interesse em me conhecer como amigo ou conhecido e nem mesmo como colega de equipe. Falou comigo como se eu não fosse digno da atenção dele. — Dev solta um suspiro pesado, finalmente olhando para mim. — É por isso que raramente fazemos vídeos ou comparecemos a eventos juntos. E, quando isso acontece, sempre tem mais alguém acompanhando. Não ficamos sozinhos sem outra pessoa presente desde aquela noite. O que é bom. Prefiro não passar muito tempo com pessoas que me tratam assim.

Aperto sua mão, sentindo um nó na garganta. Ninguém merece ser tratado dessa forma, especialmente Dev, que é tipo a personificação da luz do sol.

— Sinto muito — digo baixinho. Quero aliviar o clima outra vez. — Ok, ele é obviamente o piloto que você menos admira. E quem é o que você mais admira?

Ele endireita a coluna e sua expressão se suaviza.

— Zaid. De olhos fechados. Ele abriu o caminho para caras como eu. Ele me mostrou que garotinhos de pele marrom como a minha tinham um lugar no automobilismo. Sem ele, não sei se eu teria aguentado algumas coisas.

— E agora você está prestes a ser companheiro de equipe dele. Que incrível.

Ele me olha de soslaio.

— Você não acabou de dizer que falar em voz alta dá azar?

— Vai dar tudo certo. Estou muito orgulhosa de você. Você vai ter que me dar passes VIP para o paddock porque tenho que ver você naquele carro. Espero que eu encontre um emprego que me dê férias logo de cara.

Seu sorriso fraqueja por uma fração de segundo antes de voltar com força total, mas seus olhos se apagaram um pouco. Também não gosto de me lembrar que não vou mais segui-lo mundo afora, mas ele é o único que já tem um plano para quando isso acontecer. Talvez ele ainda não tenha se dado conta de que voltarei para minha vida em Nova York em apenas algumas semanas.

Talvez seja a hora de abordar esse assunto, por mais que eu queira evitar a tristeza que vem junto com ele.

— Acho que deveríamos conversar sobre como fazer um relacionamento a distância dar certo — sugiro, e depois me apresso em acrescentar: — Se decidirmos fazer isso.

— Não é o que eu *quero* — responde Dev, suas palavras comedidas. — Mas se essa é a única maneira de ficarmos juntos, então é o que vamos fazer. — Ele solta uma risadinha, me espiando de perfil. — Posso confessar uma coisa? Faz muito tempo que não tenho namorada.

Meus batimentos se descompassam por um instante. Ele... Dev acabou de dar nome aos bois? Não que eu esteja incomodada, mas parece... algo importante. Por incrível que pareça, soa mais importante do que termos dito que nos amamos.

Opto por ignorar aquela parte. Não estou pronta para discutir o que somos agora.

— Ah, é? Quando foi a última vez?

— Eu... — Ele não termina a frase, franzindo a testa em concentração. — Caramba. No primeiro ano do ensino médio? Priya. A mãe dela *me odiava*.

Fico surpresa.

— Sério?

— Ah, sim, a mulher achava que eu era o...

— Não. Quer dizer... você realmente não namora desde o início do ensino médio?

Nos últimos anos, fiz questão de não o acompanhar e de não ler os boatos sobre a vida amorosa dele. Mas Dev não namora desde que tinha o quê? Quinze anos? Ele sempre se mostrou muito romântico — por exemplo, planejando este encontro —, então supus que houvesse tido uma série de relacionamentos monogâmicos ao longo dos anos. Acho que eu estava enganada.

Dev dá de ombros.

— É difícil ter uma namorada seguindo esse estilo de vida. Preciso estar realmente envolvido no relacionamento para que funcione. Isso não quer dizer que eu não tenha conhecido mulheres. Vou ser franco, Willow. Foram... muitas.

Ele parece apenas ligeiramente envergonhado por admitir isso.

— Hum. — Aquilo não me incomoda particularmente.

Ele é um homem bonito, rico e bem-sucedido que encanta qualquer um. E parece que foi o que aconteceu. Mas não tenho que julgá-lo. Além disso, ele alugou uma casa inteira só para mim, só para termos um encontro. As mulheres do passado de Dev não me preocupam.

— Não me surpreende que aquele papo das ISTs deu tanto pano pra manga — comento. — Podia muito bem ter sido verdade.

— Essa *doeu* — responde Dev. — Eu sempre tomei muito cuidado. Mas, sim, foi um pouco difícil. O paddock também pode ser uma colônia de doenças, então é importante se precaver.

Uma lembrança me ocorre: nós dois, pele a pele, ontem à noite. De repente ruborizo da cabeça aos pés. É claro que uma conversa sobre ISTs não me deixa particularmente excitada, mas o escândalo significa que ele não esteve com mais ninguém durante aqueles meses. Levando em conta que demos fim aos rumores há muito tempo, ele poderia facilmente ter encontrado alguém para levar para a cama nesse meio-tempo — mas ele esperou.

Dev esperou por *mim*.

— Tá tudo bem? — pergunta ele. O tom de preocupação em sua voz me faz despertar. — Está muito quente aqui fora? Podemos voltar lá para dentro, se você quiser.

Balanço a cabeça, tanto para dizer que não quanto para afastar qualquer ideia que pudesse me ocorrer de chutar o balde e declarar nosso relacionamento para o mundo inteiro neste exato momento.

— Eu tô bem aqui, sim. — Chego o mais perto de Dev que consigo. — Na verdade, estava pensando que nunca mais quero ir embora. Você tem mesmo que voltar para casa?

Ele dá uma risadinha e me coloca debaixo do braço, apoiando o queixo em minha cabeça.

— A menos que você queira que minha mãe mande a polícia atrás de nós, vamos ter que ir para lá daqui a algumas horas. Mas, por enquanto... — Sua outra mão toca meu joelho e sobe por baixo do meu vestido. — Tenho algumas coisas em mente que podemos fazer.

CAPÍTULO 27
Dev

Tenho mais medo de enfrentar uma casa cheia de tias do que de entrar no carro antes de uma corrida.

O casamento de Alisha será em Malibu, que fica a três horas de carro de San Diego. Então, no alto da minha ingenuidade, pensei que nossa família evitaria aparecer antes do grande dia. Infelizmente, parece que todos decidiram fazer uma visitinha, e eu não vou conseguir escapar.

Toda vez que tento, sou encurralado e metralhado com perguntas sobre para onde estou indo, o que estou fazendo da vida, quando pretendo sossegar. Se eu não estivesse ganhando tanto dinheiro, também estariam reclamando da minha escolha de carreira não tradicional, o que quer dizer qualquer coisa que não seja médico, advogado ou engenheiro. Até hoje eles ainda fazem comentários maldosos sobre meu pai ter me incentivado a seguir meus sonhos relacionados ao esporte.

Mas minha mãe vem em minha defesa sempre que ouve esses comentários para lembrá-los de que sou mais bem-sucedido do que a maioria dos meus parentes. E ela também não deixa de se gabar, com certa humildade, de que pelo menos um de seus filhos está seguindo seus passos na medicina.

A semana inteira foi assim, sendo seguido por primos mais novos e abordado por tios que queriam ingressos para o Grande Prêmio. Uma semana fazendo lembrancinhas para o casamento e sacando meu cartão de crédito para pagar os acréscimos de última hora. Uma semana obrigado a ficar longe de Willow.

Eu sabia que a transição seria difícil, mas tem sido uma tortura, principalmente com a consciência que ela está na casa ao lado.

Já Oakley tenho visto com frequência. Ele também foi obrigado a ajudar nas coisas do casamento, enquanto Willow teve sorte e foi convidada para ir às compras com minha mãe e para sair com Alisha para fazer coisas que noivas fazem antes de casamentos.

Por mais que eu goste de ficar com o Oak, está me matando não poder dizer: "Olha, cara, estou apaixonado pela sua irmã e, por incrível que pareça, é recíproco. Por favor, não quebre minhas costelas."

Pois é. Estou sofrendo.

— Não acredito que você convenceu a gente a dançar na noite de *garba* — choraminga Oakley pela milionésima vez enquanto colocamos bugigangas em sacolas de tecido com as iniciais de Alisha e de seu noivo. Estamos sentados na sala de estar dos meus pais, falando alto para nos fazer ouvir em meio ao barulho das tias rindo e das crianças gritando. — Por que o Mark não está sendo obrigado a fazer isso? Por que só eu e o Chava?

— Porque ele é exageradamente... — Aponto para a palma da minha mão. — Não daria certo.

— Eu e você temos pais brancos também. Como você sabe que não herdei as habilidades de dança inexistentes do meu pai?

— Você quase fica maluco toda vez que uma música do Panjabi MC toca. Pode parando de fingir que não está empolgado com isso. — Enfio uma caixa de trufas de chocolate extremamente caras em uma sacola. — Além do mais, você *realmente* quer ver Mark tentando mexer o ombrinho?

Oakley faz uma careta imaginando nosso amigo desengonçado tentando fazer isso.

— Beleza, deixa pra lá. Ninguém merece ver essa cena.

Não mesmo. Para ser sincero, também não quero dançar. A lista de convidados é enorme e vai ser impossível que vídeos meus não acabem parando na internet minutos depois de eu e o resto dos caras do lado da Alisha terminarmos nossa apresentação.

Se eu tiver sorte, provavelmente vai ser transmitido ao vivo. Talvez eu consiga pedir para que Willow filme. Se não pode vencê-los, junte-se a eles, não é esse o ditado?

Novamente, pelo que deve ser a milionésima vez hoje, ela surge em meus pensamentos. Nosso encontro da semana passada parece ter sido há uma eternidade, e, se eu não conseguir falar com ela a sós em breve, acho que vou surtar. Mas a única maneira de fazer isso é saindo escondido à noite — e sair às escondidas de uma casa cheia de tias intrometidas? Até parece.

Enquanto Oakley continua a reclamar e enfiar brindes nas sacolas, pego meu celular e envio uma mensagem para Willow.

> **DEV:** Vou passar aí mais tarde. Deixe a janela do corredor destrancada.

Ela responde na mesma hora.

> **WILLOW:** Mais tarde quando?

> **DEV:** Não durma cedo.

Recebo em resposta apenas uma série de pontos de interrogação, mas não preciso responder. Ela vai ver o que quero dizer hoje à noite.

— Quem está fazendo você sorrir para o celular com essa cara? Oakley está olhando para mim, curioso.

Eu pigarreio, bloqueio o celular e o coloco de volta no bolso.

— É o grupo dos pilotos. Thomas falou uma idiotice, pra variar.

Oakley resmunga, e não sei se ele acredita na minha mentira. Por sorte, somos interrompidos quando Alisha aparece na porta, lutando sob o peso do que parecem ser cinquenta sacolas de roupa.

— Alguma das majestades pode me ajudar? — pede ela, olhando para nós e depois para os outros caras sentados em volta.

— Crianças, não briguem — diz minha mãe, aparecendo na porta atrás de Alisha. Ela olha para mim. — E então? Vão ajudar ou vão ficar aí que nem umas estátuas?

Oakley é o primeiro a se levantar. Ele balbucia um pedido de desculpas para minha mãe e vai ajudar Alisha. Não perco o olhar de esguelha que ele lança para ela, demorando-se um pouco a mais. Ele costumava tomar menos cuidado com isso, quando achava que eu não estava prestando atenção. Mas eu estava.

Ele sempre teve uma queda pela minha irmã, mesmo que nunca tenha admitido, e eu nunca insisti no assunto. Mas Alisha jamais olharia para ele. Ela é cinco anos mais velha e mil vezes mais legal do que jamais sonhamos em ser. Era tanta areia para o caminhãozinho de Oakley que ele precisaria contratar uma frota inteira.

Mas isso me dá uma vantagem na situação com Willow. Ele não pode me culpar por me apaixonar pela irmã dele sendo que ele se apaixonou pela minha. E aqui está ele até hoje, olhando para ela desse jeito uma semana antes do casamento dela... Eu definitivamente vou usar isso como munição se for preciso.

Só espero que não chegue a esse ponto.

À meia-noite, a casa está silenciosa. As tias têm feito uma algazarra sem fim nos últimos dias e ficado acordadas até as duas, três da manhã, mas talvez finalmente tenham ajustado os horários de sono. Melhor para mim. Pelo menos Willow não terá que ficar acordada metade da noite esperando.

Depois de descer a escada e ir até a cozinha escura, espio pela porta dos fundos e atravesso o quintal. A luz do quarto de Willow ainda está acesa, mas o resto da casa já está apagada. Espero que isso signifique que não vou dar de cara com ninguém.

Com uma última olhada por cima do ombro, sigo para o quintal. Vou até a cerca que compartilhamos, depois entro na propriedade deles. Já fiz isso tantas vezes que é como andar de bicicleta. Só que até hoje eu só entrei sorrateiramente para jogar videogame com Oakley depois da hora de dormir, nunca para fazer algo inominável (assim espero) com a irmã dele.

Depois de chegar à casa sem acionar a luz por movimento, eu me aproximo da treliça coberta de flores que fica logo abaixo da janela do corredor do andar de cima, a que eu disse para Willow deixar destrancada. Agora só resta torcer para que ela tenha deixado mesmo.

Começo a escalar, apoiando uma mão acima da outra e enganchando meus tênis nos buracos da treliça que, juro, parecem ter diminuído desde a última vez que fiz isso, que foi provavelmente quando eu tinha quinze anos. Porra, já estou velho demais para essas coisas.

Mesmo assim, consigo alcançar a janela sem muita dificuldade e prendo a respiração enquanto empurro a vidraça, que se abre sem barulho.

Talvez eu não seja muito ágil ao passar pela abertura e aterrissar com uma cambalhota lá dentro, mas o carpete macio diminui o barulho do impacto. Estou dentro. E parece que estou a salvo, já que as luzes ainda estão apagadas e ninguém está...

Ah, droga. Pensei cedo demais. Eu me esqueci de um membro da família. O pior de todos.

Eu me esqueci de Herman.

O são-bernardo está a um metro e meio de distância, com a cabeça baixa, os olhos fixos em mim e o rabo balançando devagar. Eu me ergo do chão e levanto as mãos para evitar o ataque iminente de saliva e beijos. O cão gigantesco nunca me morderia, mas faz uma bagunça *enorme* quando quer brincar.

— Herman — sussurro, encostando na parede enquanto seu rabo ganha velocidade. — Muito bem. Bom garoto. Quietinho, está bem?

Estou vendo a porta fechada de Willow. O cachorro se aproxima e o abano do rabo se transforma em um movimento de corpo inteiro.

— Herman — repito, tentando avançar andando de lado, encostado contra a parede. — *Herman*.

Os deuses devem estar olhando por mim esta noite, porque coloco a mão na maçaneta da porta da Willow no momento em que Herman se aproxima e entro no quarto uma fração de segundo antes que a língua dele encontre a minha perna. Mas eu entrei e ele foi embora e tudo está em paz no mundo.

— Dev? O que você está fazendo?

Ao ouvir a voz de Willow, eu me viro e dou as costas para a porta. Ela está muito linda com seu coque bagunçado e de pijama de linho com estampa de limão. A escolha da fruta e a paleta de cores me lembram a Costa Amalfitana, então faço uma anotação mental para levá-la lá na próxima vez que eu tiver uma folga. Eu tenho grana e o mundo é nosso. Eu vou levá-la a todos os cantos assim que puder.

— *O que eu estou fazendo?* — repito, mantendo a voz baixa e rezando para que Herman não me ouça. Se ele ficar mais agitado, pode começar a latir. — Estou fazendo um grande gesto romântico, entrando em sua casa à meia-noite e tentando evitar uns amassos com o seu cachorro. Acho que mereço mais do que um "o que você está fazendo?".

Willow revira os olhos, sorrindo.

— Se veio em busca de sexo, pode dar meia-volta. Isso não vai acontecer de jeito nenhum com meu irmão e meus pais do outro lado do corredor.

— Não foi para isso que eu vim. — Foi mais ou menos para isso que eu vim. — Eu realmente queria ver você. E Ellie. — Aceno para a elefanta de pelúcia que ainda está em sua mesa de cabeceira. — Vim dar boa-noite para as duas.

O sorriso de Willow aumenta.

— Ah, é mesmo? Que gentileza.

— Eu não subiria em uma treliça e me arriscaria a ser atacado por um cachorro por qualquer pessoa. Foi um risco de vida, sabe.

— Diz o piloto de carros de corrida.

Abro um sorriso tão largo que quase dói. Estou muito feliz por vê-la de novo, de perto e pessoalmente.

— Vem aqui, Wills.

Apesar dos comentários sarcásticos, ela não hesita um segundo sequer e se joga em meus braços. Eu a abraço forte, sentindo seu cheiro. Um pouco mais do estresse dos últimos sete dias desaparece a cada vez que inspiro seu perfume.

— Fiquei com saudade — diz ela com o rosto enterrado em meu peito. — Você estava aqui ao lado, mas parecia estar a quilômetros de distância.

— Você sabe que poderia ter ido até lá, né? — digo, fazendo carinho nas costas dela. — Poderia ter inventado uma desculpa para me levar para fazer alguma coisa. Aposto que você tinha coisas das redes sociais para fazer. Estou decepcionado com sua falta de criatividade e empenho.

— Claro, e atrair a atenção de todas as suas tias? Até parece. Além disso... — Ela tira as mãos da minha cintura e se afasta o máximo que eu deixo. — Eu não queria atrapalhar seu momento com o Oakley.

É gentil da parte dela, mas Willow está se esquecendo de que terei que aprender a equilibrar meu tempo com ela e com o irmão dela em breve se quisermos fazer o relacionamento dar certo. Espero que isso não signifique que ela esteja repensando as coisas.

— Você mudou de ideia? — pergunto. — Está com dúvidas?

Ela olha fixamente para mim, seus olhos quase pretos sob a luz fraca.

— Não mudei de ideia — responde, firme. — Quero contar para o Oakley depois do casamento. Não quero correr o risco de estragar o dia de Alisha, ou melhor, *dias*, se algo der errado.

— Pois é, se ele quebrar minhas pernas não vou conseguir dançar.

Willow parece não achar graça.

— Espero que não chegue a esse ponto. — Ela morde o lábio inferior. — Mas acho que não vai. Ele só fez isso com Jeremy porque ele me tratou muito mal.

— Tratar Willow bem para não acabar no hospital. Anotado.

Ela suspira, curvando os ombros.

— Dev...

— Desculpa — digo depressa, segurando seu rosto para que ela olhe para mim. — Você sabe que faço piadas ruins quando estou nervoso.

Estou desesperado para mudar de assunto, para me afastar de qualquer coisa que a chateie. Olho em volta, avistando as roupas *desi* penduradas na porta do armário.

— Essas são as roupas que você vai usar no casamento?

Ela parece se animar com a pergunta e me permito um instante de alívio.

— São, ainda preciso arrumá-las — responde Willow. — Gostou das cores? Tia Neha me ajudou a escolher.

Examino os *chaniya cholis, lehengas* e *sáris*, e algo chama a minha atenção.

— Estão em ordem? Tipo, para os dias de evento?

— Sim. — Ela aponta para cada um deles e explica. — *Pithi, mehndi, garba*, cerimônia de casamento e festa de casamento. Amarelo, rosa, verde, laranja e roxo.

A ficha cai.

— Essa mulher é inacreditável.

— O quê?

Solto Willow e passo a mão pelo cabelo, lutando contra o calor que sobe pelo meu pescoço.
— Espero que não se importe em combinar as cores comigo, porque são as mesmas que as das minhas roupas, que minha mãe também escolheu.
— Mentira? *Não*. Ela não faria isso.
— Ela faria e fez.
— Mas ela não sabe sobre nós dois! — Willow praticamente grita. Seus olhos se arregalam e ela baixa a voz imediatamente. — Calma, calma. Naquele dia em que tomei café da manhã com vocês, logo depois de começarmos a trabalhar juntos, você disse algo a ela em guzerate e ela quase caiu da cadeira de tanto rir. O que foi?

Eu deveria saber que Willow não se esqueceria disso, e agora tenho que fazer uma confissão constrangedora.
— Eu... eu disse a ela que nunca aconteceria nada entre nós dois.

Willow olha para mim em silêncio e, em seguida, se curva e começa a rir baixinho.
— Você é uma *figura*. Literalmente um minuto depois você disse que estava obcecado por mim!

Fico grato pela pouca luz para que ela não veja como meu rosto deve estar vermelho.
— É, tá bom. Talvez eu tenha dito. Mas eu...
— Nem tente negar — interrompe Willow, com um sorriso tão bonito e covinhas tão marcadas que, quando ela olha para mim, não consigo evitar um sorriso bobo, deslumbrado pela alegria que emana dela. — Acho que ela estava certa em rir.
— É mesmo. — Suspiro e balanço a cabeça. As mães são as melhores videntes do mundo. — Bom, hora de você e Ellie irem dormir.

Willow segura minha mão e me puxa até a cama. Levanto os lençóis para que ela se deite e a cubro, colocando Ellie ao seu lado antes de me sentar na beirada da cama.

— Tenha bons sonhos, *jaanu* — sussurro, acariciando sua bochecha com o polegar. Ela está tão tranquila que não ouso estragar aquilo me deitando ao lado dela. — Vejo você de longe amanhã.

CAPÍTULO 28
Dev

O grande fim de semana finalmente chega, e eu juro que passo metade do dia limpando manchas de *haldi* do rosto.

— Que pesadelo — reclamo mais uma vez, ainda irritado, porque eu, o irmão da noiva, fui obrigado a tomar um banho daquela porcaria de pasta amarela de açafrão como parte da cerimônia *pithi*. — Não acredito que Alisha vai deixar que passem isso nela. Quando era criança, essa garota fazia um escândalo se sujasse a mão de canetinha quando estava desenhando.

Chava olha para mim sem muito entusiasmo, mexendo no celular deitado na minha cama. Mark e Oakley fazem a mesma coisa ao lado dele. Eles têm quartos próprios na enorme casa de praia que minha família alugou em Malibu, mas é claro que preferem ficar no meu. Acho que já viramos quadrigêmeos siameses a essa altura.

Lá embaixo, as batidas dos tambores ficam mais altas e gritos e risadas animadas acompanham a música. É a primeira noite do casamento, e os homens de ambos os lados da família estão aqui para comemorar enquanto as mulheres fazem as tatuagens de *mehndi* em uma festa paralela na casa ao lado. Não sei como Alisha encontrou *três* imóveis de alto padrão para alugar na mesma rua, mas meu extrato bancário sabe. As casas são tão legais que não consigo nem ficar chateado.

A casa de jardim verdejante do outro lado da rua sediará o *garba* amanhã à noite e a cerimônia de casamento no domingo, mas esta casa e a casa ao lado serão usadas para os demais eventos e cerimônias. Além disso, acomodamos nossos familiares e amigos mais próximos aqui. É a maneira perfeita de manter a comemoração 24 horas por dia.

— Eu a vi agora a pouco — diz Chava, distraído, ainda no celular. — Ela está ótima. Ficou linda. Mas você...

— Está em situação de calamidade — Mark conclui o pensamento por ele.

Eu jogo a toalha amarelada na pia.

— *Vão se foder*.

— Não está tão ruim assim — diz Oakley quando saio do banheiro da suíte. — Não é como se você tivesse alguém para impressionar. Hoje estamos no clube do Bolinha.

Tomo cuidado para não reagir a isso, porque não pretendo ficar aqui a noite toda. Vou escapulir para a porta ao lado assim que puder escapar sorrateiramente.

Isso já parece uma amostra de como a vida vai ser quando eu e Willow formos forçados a manter nosso relacionamento a distância. Mensagens infinitas, telefonemas escondidos quando estivermos a sós, trocas de fotos bobas de coisas da rotina. Hoje de manhã fiquei olhando para a foto de uma pilha de panquecas por vários minutos, me imaginando sentado à mesa ao lado de Willow. Foi extremamente patético.

Estou apaixonado por ela. Já sei disso há algum tempo e ela também, mas não esperava que o amor fosse doer assim. Que machucasse. Que penetrasse tão fundo em meus ossos e me atraísse *fisicamente* para ela. Ela é parte de mim, parte de cada nervo, músculo e osso meu, e estar longe dela é como perder uma parte de mim.

E olha que Willow está logo ali ao lado. Quão terrível será a sensação quando ela estiver a meio mundo de distância?

Que merda. Neste momento, preciso ser o irmão alegre da noiva, não um bebê chorão e apaixonado que acabou de levar um choque de realidade. Mas, cara, *como isso é triste*.

— Você está mesmo irritado por causa de um pouco de açafrão? — indaga Oakley, olhando para mim. — Nunca vi você tão emburrado. Nem sabia que isso era possível.

Fazendo o máximo para controlar minha expressão, eu me viro para o espelho e ajusto a gola da camisa azul-marinho. Amanhã estarei com roupas indianas outra vez, combinando com a Willow de novo, mas espero que ninguém além de minha mãe perceba.

— Só estou nervoso — admito, desistindo de forçar uma expressão relaxada. — Ainda não tive notícias de Howard. Meu futuro está incerto e não tem aparecido nada nos jornais, então...

Dou de ombros sem concluir o pensamento.

Com um suspiro, Oakley se levanta da cama e fica ao meu lado, batendo no meu ombro e fazendo contato visual comigo pelo espelho.

— Você poderia simplesmente se aposentar — sugere ele, sorrindo. — A vida é muito boa do lado de cá.

Isso me faz soltar uma risada. Eu balanço a cabeça.

— Eu dispenso, obrigado. Gosto do meu trabalho.

— Que pena. — Ele usa a mão que estava em meu ombro para me dar um pescotapa. — Para de chororô. Vamos encher a cara. Você não tem que pilotar neste fim de semana.

Ele tem razão e pretendo tirar proveito disso, mas não da maneira que ele está sugerindo.

— Tudo bem — respondo, mas dessa vez consigo sorrir. — Quer apostar quanto tempo leva para um dos tios me pedir entradas para o paddock?

Oakley bufa, me guiando até a porta.

— Dez segundos, no máximo.

Se as corridas não derem certo, talvez eu tenha um futuro como espião.

Depois de encher todos os rapazes de álcool e deixá-los cantando músicas de Bollywood de maneira completamente ininteligível no karaokê, consegui escapar. Já passa um pouco das dez da noite — o que é muito cedo, já que as festividades do casamento estão a todo vapor —, mas não aguento mais esperar nem um segundo.

Mandei uma mensagem para Willow há vinte minutos e disse a ela para me encontrar na lavanderia da casa onde as mulheres estão comemorando esta noite. Foi o único lugar em que pensei que não seríamos interrompidos, afinal, quem vai lavar roupa suja em uma festa? E com *mehndi* fresco nas mãos? Nunca vai acontecer. Além disso, todas aquelas roupas brilhantes só podem ser lavadas a seco.

A festa está rolando no quintal, o que significa que eu pude entrar na casa sem ser visto. Sinto um aperto no peito quando entro na salinha e percebo que Willow ainda não chegou. Ela respondeu à minha mensagem com um emoji de carinha de beijo, mas, pensando agora, não foi exatamente um retumbante "ok, vamos nos encontrar".

Talvez eu tenha estragado tudo. Eu deveria ter esperado a confirmação. Eu poderia enviar outra mensagem ou talvez até ligar...

A porta, que eu tinha deixado encostada, se abre de repente, quase me acertando no nariz.

— Ai, merda! — Willow entra na lavanderia sob o peso de seu *chaniya choli* bordado, fechando a porta com o quadril. — Você está bem? Machuquei você?

Estou mais surpreso por vê-la xingar do que por quase ter sido atingido pela porta.

— Estou bem — digo, ainda tentando me recompor.

Cacete, ela está perfeita de rosa e dourado. Ver Willow usando roupas da minha cultura mexe muito comigo. É a segunda vez hoje que quase desmaio ao encontrá-la. A primeira foi na cerimônia *pithi*, quando ela usou a roupa amarela e pareceu a personificação de um raio de sol. É prova de como ela se encaixa bem na minha vida, de como se adapta facilmente e valoriza essa parte do meu mundo. Tudo se encaixa perfeitamente, e não me refiro apenas às roupas.

— Ok, que bom — suspira ela antes de dar uma risadinha.
— Não via a hora de ver você, mas não posso ficar por muito tempo.

Suas bochechas estão coradas e ela segura as mãos à frente do corpo de forma desajeitada. Eu baixo os olhos e vejo os redemoinhos de padrões intrincados da tatuagem de *mehndi* que se estende até seus cotovelos. Ao que parece, ela está se divertindo com minha família.

— Prometo que ninguém vai notar — digo. — As coisas estão prestes a ficar agitadas por lá.

— Sério?

— Sério. — Eu me encosto na máquina de lavar com um sorriso. — Daqui a pouco vão começar a dar um sermão em Alisha sobre como cumprir seus deveres de esposa.

Willow me encara.

— Você não quer dizer...

— Sim, é isso mesmo que você está pensando. Você deve ter visto alguém carregando uma berinjela por aí, né?

Ela parece horrorizada.

— Vou considerar isso um sim — continuo.

— Pensei que estivessem falando sobre culinária — diz Willow. — Eu realmente deveria aprender guzerate. Por isso todo mundo estava morrendo de rir. Curry não é tão engraçado assim.

Tento não rir da inocência de Willow, colocando as mãos em sua cintura e a puxando para mim.

— Não se preocupe — tento tranquilizá-la. — Um dia eu ensino pra você. E ajudo você a praticar para seus futuros deveres de esposa.

Ela vem até mim, mas não me toca.
— Ah, é? Quando vamos começar com essas aulas de futura esposa?
— Agora mesmo. Por que não?
Willow dá um grito quando eu a levanto e a coloco em cima da máquina de lavar.
— Dev! — repreende ela, com as mãos levantadas. — Meu *mehndi* ainda está secando.
Eu me abaixo, encontrando seus tornozelos por baixo da saia longa.
— Então acho que isso significa que você vai ficar quietinha enquanto eu faço o que eu quiser.
— Dev!
Eu olho para ela, levantando seu vestido.
— Posso?
— Não deveríamos — sussurra Willow, mas suas pernas se abrem.
— Não mesmo — concordo, levantando o vestido lentamente até as coxas de Willow. — Mas eu quero. Você quer?
Ela fica em silêncio por um instante, observando atentamente cada movimento meu. Então ela me dá permissão com um gesto de cabeça.
— Diga em voz alta, Willow.
— Quero! — exclama ela, deslizando para a frente até a borda da máquina. — Sim, eu quero.
— Essa é a minha garota. Agora abra as pernas para mim, meu bem.
Ela obedece, e eu deslizo as mãos até seus quadris e seguro o elástico de sua calcinha de algodão. Não quero nada além de venerar aquela boceta, saboreá-la como sempre sonhei. Desço a calcinha molhada por suas pernas.
— Você já está molhada — sussurro.
Meu pênis lateja dolorosamente dentro da calça, mas esse momento é só de Willow.

— É o que você faz comigo — diz ela, chegando mais para a frente. — Por favor. Quero que você me toque.

Como eu poderia resistir a um pedido tão doce?

Ajoelhado, termino de subir sua saia brilhante, deixando-a pronta para mim. Acaricio sua bunda, puxando Willow para mais perto e encaixando o rosto entre suas pernas. Eu passo a língua por ela bem devagar. O sabor de Willow me faz pensar em tudo que faz a vida valer a pena.

O gemido que ela deixa escapar é a coisa mais excitante que já ouvi, como se ela estivesse morrendo de vontade durante todo o tempo em que estivemos separados, me esperando. E agora, a julgar pela forma como ela joga os quadris contra meu rosto, parece que ela cansou de esperar.

Fecho os lábios sobre seu clitóris e o chupo, arrancando outro som de prazer da sua boca. As costas dela se arqueiam e suas mãos pairam sobre minha cabeça. Ela quer me tocar, segurar meu cabelo, mas resiste para não borrar a pasta que decora sua pele. Eu também não quero que isso aconteça, quero que a tinta seque e escureça até o marrom mais escuro para que eu possa admirar as linhas, os arabescos e as flores por semanas. Sua pele é a tela mais linda de todas e ela merece uma bela arte.

Mas nada me impede de dominá-la de outras formas.

Deslizo os dedos para dentro dela enquanto a devoro com avidez, sentindo sua pele escorregadia e quente. Eu a penetro com apenas um dedo primeiro, sentindo-a se contrair. Em seguida, coloco mais um e sou presenteado com outro gemido celestial. Ela praticamente canta o meu nome, implorando por mais, se esfregando contra o meu rosto como se estivesse em transe.

— Dev, por favor — geme Willow.

Olho para cima e a vejo com a cabeça jogada para trás, suas mãos levantadas como se estivesse rezando. Escolho pensar que ela está rezando para mim.

— Eu vou... Eu vou...

Afasto minha boca do corpo dela por um instante para dizer:

— Goza pra mim, meu amor.
Então minha língua volta para seu clitóris e meus dedos se curvam dentro dela, acariciando-a para levá-la ao auge.
Seu orgasmo chega acompanhado de um gemido alto. Mantenho a língua e a boca onde estão enquanto ela goza, ainda desfrutando de seu sabor, mas diminuindo a velocidade dos meus movimentos. Willow amolece sob meu toque e, com beijos suaves na parte interna de suas coxas, deslizo meus dedos para fora dela, encantando com o brilho úmido sob as luzes fluorescentes.
— Estou esperando por isso há semanas — digo, me sentando sobre meus calcanhares e passando as costas da mão na boca. — Pena que você não deixou naquele dia em que entrei na sua casa — digo, com um sorriso malicioso.
Ela me observa com um olhar apaixonado e zangado ao mesmo tempo, como se estivesse dividida entre dizer que me ama e me dar um chute na cara.
— Se você tivesse feito isso naquele dia — diz Willow, com o peito arfando e a respiração ainda ofegante —, as coisas já teriam deixado de ser segredo.
Ela tem razão. Minha garota é barulhenta e selvagem quando se solta, e eu jamais vou reprimi-la. Então seus olhos se arregalam.
— Meu Deus, você acha que alguém nos ouviu?
Eu balanço a cabeça.
— Com a música tão alta? Eles nem conseguem ouvir os próprios pensamentos.
Ela relaxa os ombros e eu a acalmo com um beijo na parte interna do joelho. Em seguida, ajeito sua saia, deixando-a cair até os tornozelos. Ela está completamente comportada outra vez. A não ser pela falta de calcinha e pelas bochechas coradas.
— Daqui a pouco não teremos mais que guardar segredo — prometo. — Só mais dois dias.
— Só mais dois dias — responde ela, ainda tentando recuperar o fôlego.
E vão ser os dois dias mais longos da minha vida.

CAPÍTULO 29
Willow

Dev borrou meu *mehndi*.

Não dá para ver tanto assim, mas eu sei por que as linhas na ponta dos meus dedos não estão tão nítidas e por que a flor no meu pulso parece mais uma erva daninha. É nosso segredo, assim como nosso relacionamento será por mais um dia.

Não vejo Dev desde ontem à noite. Ele está ocupado com cerimônias religiosas e almoços com os avós durante a manhã e a tarde, mas estou contando as horas até o início da *garba*. De acordo com o relógio na mesa de cabeceira, falta apenas uma hora. Estou tão empolgada que dá vontade de gritar.

Para me distrair, chamei Grace e Chantal para conversar e contar o que aconteceu nos últimos dias. Vaporizei meu *lehenga* e o da minha mãe. Lavei, hidratei, alisei e penteei meu cabelo. Repintei as unhas para combinar com o verde-esmeralda da minha roupa. Até fiz uma longa caminhada na praia como nos filmes clichês. Simplesmente não vejo a hora de encontrar Dev.

Depois de ajudar minha mãe a se arrumar no quarto dos meus pais, desci para o primeiro andar, onde fica o meu quarto. Os Anderson realmente não estavam para brincadeira com os planos desse casamento. Essa casa — e as outras duas — é uma prova disso. Eu provavelmente vou demorar algum tempo para me acostumar à vida normal quando voltar para Nova York, porque meu apartamento inteiro cabe na sala de estar dessa casa.

Não quero pensar em voltar para a cidade, então tento focar em outra coisa. Amo Nova York e sempre vou amar, mas não estou pronta para retornar à vida que ela representa. Abandonar esse furacão de que gostei tanto nos últimos meses vai ser difícil, e ficar em um lugar só em vez de pegar um avião para uma nova cidade quase toda semana parece tão... monótono. Chato. Cinza.

Acompanhar Dev pelo mundo encheu minha vida de cores, cores que eu nem sabia que estavam ausentes. Nunca pensei que eu me encontraria no mundo do automobilismo. Isso sempre foi parte da minha vida, o grande sonho do meu irmão até que ele percebeu que deixou de ser. Sempre vi a corrida como algo que não era para mim por uma infinidade de razões, mas no fim das contas é e não quero deixar isso para trás. Assim como não quero deixar Dev.

O universo deve saber o quanto estou desesperada para ficar com ele ou pelo menos para aproveitar nosso tempo juntos antes de nos separarmos oficialmente, porque lá está Dev, na porta do meu quarto. Ele está encostado no batente com o celular na mão, usando uma *kurta* verde que combina tão perfeitamente com a cor do meu *lehenga* que parece que foram feitos do mesmo tecido.

Meus pés estão se movendo antes mesmo de eu processar o que estou fazendo. Como se sentisse minha presença, ele olha para cima. E então sorri.

É. Não consigo ficar longe desse homem.

Eu dou uma olhada para ele da cabeça aos pés.

— Uau, você está...

Dev endireita a postura. Tenho a impressão de que ele até estufa um pouco o peito.

— Gato? — sugere ele. — Deslumbrante? Um gostosão?

— Não, nada disso — minto. — Eu ia dizer que você está parecendo um duende.

— Isso é tão indelicado que nem sei por onde começar.

Por mais que eu queira conversar com Dev, estou muito ansiosa. Ele está ali esperando por mim onde qualquer pessoa com um quarto neste corredor poderia ver. Por sorte Oakley está hospedado na casa ao lado com o resto dos garotos, mas qualquer um poderia nos flagrar agora.

— O que você está fazendo aqui? — pergunto, baixando a voz e olhando por cima do ombro para ter certeza de que estamos sozinhos.

Dev não parece preocupado. Ele está com o sorriso de sempre e uma postura relaxada.

— Fui enviado para escoltar você e seus pais até o outro lado da rua para a festa.

— Acho que nós somos capazes de encontrar o caminho por conta própria — respondo, ficando mais relaxada também. Pelo menos ele tem uma desculpa para estar aqui.

— É melhor prevenir do que remediar. Ouvi dizer que tem uns indianos malucos soltos pelo bairro.

Eu rio de sua piada terrível e balanço a cabeça. Então, agora mais ousada, abro a porta e o puxo para dentro comigo.

— Você vai ter que esperar para nos escoltar — digo a ele quando já estamos no quarto. — Como pode ver, não estou vestida.

Ele me olha como se quisesse memorizar cada centímetro do meu corpo, embora eu esteja usando um vestidinho rosa como os que ele já me viu usar mil vezes. Mesmo assim, ele me observa como se fosse a primeira vez, atento a cada curva e centímetro de pele à mostra.

Fico vermelha e me afasto. Se eu me deixar levar, não vamos a festa alguma.

Pego o *lehenga choli* pendurado no armário e vou para o banheiro.

— Já volto.

Mas Dev segura meu pulso.

— Por que a vergonha? Já vi você sem roupa algumas vezes e posso ajudar com os laços do *lehenga*.

Ele tem razão em ambos dos casos, então... dane-se.

Entrego a roupa para ele e tiro o meu vestido pela cabeça, ficando apenas com minha calcinha de renda.

Apesar de ter sido ele a sugerir que eu me trocasse ali, Dev fica com cara de bobo e volta a me secar com os olhos. Na noite passada achei que ninguém veria o que eu estava usando por baixo e coloquei uma calcinha básica de algodão. Nunca mais vou cometer esse erro.

— Parece que você não é muito fã de sutiãs — observa Dev.

Eu dou de ombros, me divertindo com a maneira como ele está tentando resistir olhar para os meus seios.

— Não faz sentido para mim, na verdade. Não é como se eu tivesse muita coisa nessa área.

Sua voz está rouca quando ele diz:

— Pode acreditar, você tem o suficiente.

Eu sorrio e indico o *choli*.

— Pode me ajudar?

Demora um ou dois segundos para que ele processe o que pedi, mas Dev tira a peça do cabide e faz sinal para que eu levante os braços. Obedeço e ele dá um passo à frente, passando o tecido cuidadosamente pela minha cabeça. Eu fecho os olhos, sentindo o calor do corpo dele.

— Seu *mehndi* está demais — diz ele. Dev não se afasta depois que me ajuda com o *choli*. — Bem escuro. Isso significa que alguém te ama muito.

Meus olhos se abrem novamente.

— Você o borrou, sabia?

Ele arqueia a sobrancelha.

— Mas eu te disse para ficar sentada quietinha. Você é que perdeu o controle.

— Por sua causa — sussurro.

— Cuidado, Willow. — Ele encosta o nariz no meu e sua boca fica a centímetros da minha. — Se continuarmos assim, não vamos sair daqui.

Estou tentada a aceitar a oferta. Eu poderia tirar essa blusa em um piscar de olhos, largar minha calcinha no chão e me deitar na cama em questão de segundos. Poderíamos ser rápidos. Poderíamos...

Eu pigarreio e dou um passo para trás com o coração acelerado.

— Você tem que dançar — eu o lembro, ofegante. — E eu tenho que gravar para o mundo inteiro ver.

Dev hesita, mordendo o lábio inferior, mas finalmente se afasta também.

— Mal posso esperar para fazer papel de idiota na internet de novo — diz Dev. Em seguida, ele se agacha e abre a saia no chão para que eu entre nela. — Vai bater palmas para mim, *jaanu*?

— Vou estar filmando, então tenho que ficar quietinha. — Eu sorrio, aliviada pela facilidade com que conseguimos deixar a tensão de lado e voltar à nossa conversa. — Mas vou bater palmas mentalmente. Você vai se sair muito bem.

Dev solta uma risada sarcástica enquanto sobe a saia e a ajusta em volta da minha cintura. Ele faz o laço lateral como um profissional: nem muito apertado, nem muito solto.

— Claro, claro, só vou canalizar meu Shah Rukh Khan interior. — Nossos olhares se encontram e o canto de sua boca se curva em um sorriso irresistível. — Eu dançaria em cima de um trem por você.

Aquela é a melhor prova de amor possível. Já consigo ouvir "Chaiyya, Chaiyya" tocando na minha cabeça.

— Ah, é? Eu ia adorar.

Com as mãos em minha cintura, ele me segura e se inclina para dar um beijo carinhoso em minha bochecha.

— É melhor não mudar de ideia depois de me ver dançar esta noite.

Nada poderia me fazer mudar de ideia em relação a ele.

— Nem em um milhão de anos.

Posso dizer tranquilamente que esta é a coisa mais divertida que fiz nos últimos tempos. Claro, viajar pelo mundo e ver carros velozes é ótimo, mas dançar, comemorar e comer uns dez mil *jalebis*? Nada supera isso.

Dev, Oakley, Chava e alguns primos do lado da noiva vão se apresentar em breve. O que é perfeito, porque meus pés já estão doendo e, se eu não quiser vomitar todos os doces que comi, preciso me sentar para descansar um pouco. Vou juntar o útil ao agradável: descansar para a próxima rodada de dança e filmar Dev passando vergonha. Todo mundo sai ganhando.

No momento em que me acomodo em um lugar virado para o palco no quintal, Dev aparece. Ele deveria estar se preparando, mas, em vez disso, está agachado na minha frente, segurando o celular.

— Pode segurar isso para mim? — pede ele, me olhando por trás daqueles cílios grossos dos quais eu morro de inveja. — Não quero que fique balançando no meu bolso quando eu estiver lá em cima.

Faço que sim e pego o celular dele. Nossos dedos se tocam, e é como se uma corrente de eletricidade percorresse meu braço. Mais uma vez, fico desesperada para ter um tempo a sós com ele, para revelar nosso segredo.

— Claro. — Deixo o telefone em meu colo e a tela reflete as luzes vermelhas e douradas penduradas acima de nós. — Boa sorte. Vê se não cai de cara no chão.

Ele revira os olhos, endireitando a postura, com as mãos na cintura feito um herói de Bollywood.

— Jamais. Eu sou profissional.

— Aham. Claro que é.

Depois de uma piscadinha para mim, Dev vai embora procurar o restante dos garotos. Como Dev e Alisha me deram permissão para fotografar, tiro algumas fotos das pessoas e da decoração do casamento para postar. Por questão de segurança, não vou publicar nada até que todos tenhamos ido embora na segunda-feira, embora até lá meu contrato com Dev já esteja encerrado. Mas não importa. Desde que ele não me deslogue de suas contas, quero continuar ajudando.

Olho para o palco quando o volume da música dos alto-falantes aumenta. As luzes diminuem até tudo ficar escuro e, em seguida, os holofotes se acendem e a batida começa. Não reconheço essa música em específico, diferente da parte *desi* da plateia. Eu me apresso em trocar de fotos para vídeo.

Meu irmão aparece primeiro, surpreendentemente elegante em sua *kurta* rosa-choque. Chava é o próximo a se posicionar e depois dele quatro primos de Dev sobem ao palco. Por último vem ele, em toda a sua glória, chegando de braços abertos e caminhando até o centro do palco. Em qualquer outra circunstância eu acharia tudo isso muito cafona, mas esse é um típico casamento indiano. É exatamente assim que as coisas são.

Eu me divido entre ver Dev fazendo *lip sync* e dançando na vida real e na tela do meu celular, já imaginando como vou editar isso. Posso jurar que ele está cantando exclusivamente para mim. Não faço ideia do que a letra significa, mas é um clássico de Bollywood, não existe a mínima chance de não ser extremamente romântico.

Me seguro para não rir quando Oakley e Chava quase se trombam em dado momento da coreografia, mas me distraio quando o celular de Dev toca em meu colo. Ainda segurando meu próprio celular com as mãos firmes, olho para baixo.

O nome de Howard surge na tela.

Meu coração dispara. Olho para o meu telefone, que ainda está gravando, e depois para o de Dev outra vez. *Que merda.* Howard não ligaria a menos que tivesse alguma notícia, mas Dev ainda está na metade da dança. Já está tarde e é fim de semana, então se a ligação for para o correio de voz pode ser que Howard não atenda quando Dev retornar. Isso faria com que Dev tivesse que ficar esperando sabe-se lá por quanto tempo, principalmente com as comemorações do casamento amanhã. Ele não vai ter muitas oportunidades para atender o telefone, o que significa que tenho que pensar rápido e tomar uma decisão.

Mordendo o lábio, toco a tela do meu celular para parar a gravação e o deixo no meu colo, pegando o de Dev. Então, depois de respirar fundo, atendo.

— Oi, Howard, aqui é a Willow. — Estou torcendo para que ele consiga me ouvir apesar da música alta.

A pausa que se segue dura tanto tempo que afasto o celular da orelha para ver a tela e me certificar de que a chamada ainda está rolando.

— Willow? — repete ele depois de mais um segundo, seu tom cheio de desdém.

Eu solto um breve suspiro de alívio ao perceber que a ligação não caiu, ignorando o jeito como ele fala comigo.

— Isso. Eu sou a gestora de red...

— Eu sei quem você é — interrompe ele. — Há alguma razão para o sr. Anderson não estar atendendo o próprio celular?

— Ele está... — Eu paro e olho para Dev no palco. Ele está sorrindo. Preciso admitir que ele dança muito bem. — Ele está um pouco ocupado agora. Posso anotar o recado?

— Não. — A resposta de Howard não deixa espaço para discussão. — Eu ligo de volta amanhã de manhã.

— Espere! — eu grito tão alto que as pessoas sentadas perto de mim se viram para me olhar. — Posso pelo menos perguntar se são notícias boas?

Ele faz uma pausa tão longa que novamente me pergunto se ele desligou, mas então Howard finalmente responde:

— São.

Meu Deus. Essa definitivamente é uma ligação que Dev não poderia perder.

Não posso desligar. Dev precisa falar com Howard.
— Por favor, só... aguarde um segundo, ok? — Eu me levanto e aceno para os garotos no palco com a mão livre, tentando chamar a atenção de pelo menos um deles. — Ele vai querer ficar sabendo disso.
— Não tenho a noite toda — reclama Howard do outro lado.
Dev é quem me vê. Assim que ele olha em minha direção, aponto para o telefone e grito:
— Howard no telefone!
E isso basta.
Dev salta do palco e aterrissa como um verdadeiro super-herói, correndo em minha direção. Ele pega o celular e leva ao ouvido.
— Howard? O que houve?
A música ainda está tocando e os outros garotos estão terminando a coreografia. Estão meio atrapalhados, mas pelo menos continuam. Volto minha atenção para Dev, reparando nas mudanças em sua expressão.
— Essa é a resposta oficial? — pergunta ele. Dev comprime os lábios enquanto ouve, mas seu rosto é indecifrável. — Tudo bem. Beleza. Obrigado, Howard. Obrigado por ter ligado.
Meu coração está martelando no peito e a expectativa é tanta que até sinto dificuldade para respirar.
— E aí? — pergunto. — O que aconteceu? Qual é a novidade?
Mais um segundo de silêncio. Ao fundo, a música atinge um crescendo estrondoso. Então o rosto de Dev se ilumina com um sorriso largo, alegre e lindo.
— Eu vou para a Mascort.

CAPÍTULO 30
Dev

Depois de uma noite de cinco horas exaustivas de negociação via videochamada, Howard envia o contrato da Mascort de manhã.

Eu o assino com meus pais atrás de mim. Minha mãe me enche de beijos e me abençoa, meu pai aperta meu ombro, de olhos marejados. Alisha também estaria aqui se não estivesse ocupada fazendo a maquiagem para o casamento. No fim das contas, ela não ficou chateada comigo por ter roubado um pouquinho dos holofotes. Mesmo assim, estou determinado a garantir que o foco esteja nela hoje.

O restante da manhã é um borrão. Alisha se esconde quando o *baraat* começa; a música é alta e dá para ouvir na rua toda. Então finalmente chega a hora de iniciar o casamento.

Saio de casa, me junto aos convidados que já se acomodaram em seus lugares e cumprimento os convidados do lado do noivo que estão chegando. Quando o noivo chega, minha mãe o cumprimenta e, depois de reforçar algumas tradições que nunca vou entender — tipo pegar o nariz dele —, ela o acompanha até o *mandap* elevado: a estrutura de quatro colunas está decorada com rosas vermelhas, brancas e cor-de-rosa e várias delas caem em cascata do manto de seda que o cobre. Em frente ao *mandap* há seis cadeiras enfeitadas, duas viradas para a plateia e depois duas de cada lado, que estão cuidadosamente posicionadas ao redor de alguns itens no tapete vermelho e dourado.

É uma cena linda, assim como todos os outros aspectos desse fim de semana.

Dou uma olhada nos convidados. Quando a cerimônia começar, a expectativa é de mais ou menos duzentas pessoas presentes, mas estou em busca de um rosto em particular.

Sinto alguém tocar meu ombro e me viro.

Willow está usando o sári laranja-escuro que vi pendurado no armário na noite em que entrei escondido em seu quarto; a cor realça o tom quente de sua pele marrom. Ela está ao lado dos pais e de Oakley, o que significa que não posso dizer as coisas que quero e muito menos deixar isso transparecer em meu rosto. Não importa quão difícil seja, ainda não posso contar sobre a gente.

Fui acusado de ser romântico demais. Meio cafona. Mas como poderia ser diferente? Eu cresci assistindo a filmes de Bollywood com homens rodopiando em campos floridos, cantando sobre como a garota que amam é mais bonita do que todas as margaridas, rosas e tulipas do mundo. Como não vou dizer a Willow que ela é mais brilhante do que todas as estrelas do céu? Como posso olhar para ela e dizer "você está bonita" sendo que quero gritar do alto de uma montanha coberta de neve que o som da voz dela, por si só, me traria de volta à vida?

Mesmo assim, eu me forço a pigarrear e dizer apenas:

— Você está bonita.

Sua felicidade é ofuscante, como olhar para o sol. Não quero parar de olhar. Eu deixaria que ela roubasse meus olhos, o ar de meus pulmões. Eu deixaria que ela fizesse as piores coisas do mundo comigo e ainda assim seria eternamente grato.

— Você também está arrumadinho — brinca ela antes de olhar para a família e se lembrar da nossa plateia. — Não vejo a hora de ver a Alisha.

Eu dou uma risadinha.

— Acho que você vai adorar a grande entrada dela. Eu e os meninos vamos carregá-la que nem uma princesa. — Então me forço a cumprimentar a dra. e o sr. Williams. — Obrigado por estarem aqui neste fim de semana, sei que foi muito cansativo.

A dra. Williams sorri para mim. As mesmas covinhas que marcam as bochechas da filha aparecem em sua própria face.

— Neha me disse que seria um evento e tanto, mas eu jamais teria imaginado algo assim. Adorei cada segundo. Mal posso esperar pelo seu casamento, quando chegar a hora.

O último comentário é feito em tom de travessura, mas já estou me imaginando debaixo daquele *mandap* com Willow.

Vamos com calma, meu parceiro.

De canto de olho, vejo uma das damas de honra de Alisha aparecer na porta dos fundos da casa e fazer um sinal para chamar minha atenção.

— Essa é minha deixa — digo ao casal e faço um aceno com a cabeça para Oakley. Ele vai ajudar nessa parte, já que praticamente é da família. — Está quase na hora de acompanhar a noiva. Vejo vocês mais tarde.

A dra. Williams me dá um abraço breve e diz para nos apressarmos. Mas, antes de me virar para ir embora, olho para Willow.

Hoje à noite, finalmente vamos contar tudo para Oakley.

Minha irmã é oficialmente uma mulher casada, o que significa que passo a ser o alvo principal de todas as tias casamenteiras.

— *Beta*, minha amiga Sonali tem uma neta que é cirurgiã e trabalha na emergência — diz uma das mais velhas. — Ela seria uma ótima esposa para você. Poderia cuidar de você se sofrer um acidente!

Todas as mulheres ao meu redor morrem de rir, suas pulseiras e joias tilintando enquanto batem palmas como se aquela tivesse sido a melhor piada do mundo.

A festa começou há meia hora e já recebi tantas propostas como essa que já perdi a conta. Vai ser uma longa noite.

Eu me afasto do grupo de tias da forma mais sutil que consigo e me enfio no meio das pessoas que estão conversando, comendo ou dançando e rezo para não ser abordado por outra mulher que queira me arranjar uma esposa. Algumas pessoas me cumprimentam enquanto caminho para longe da tenda, mas abrem passagem para eu sair.

Já sozinho, respiro fundo, aliviado por ter escapado de todo aquele barulho depois de um dia tão agitado. Deu tudo certo, desde os votos e os coquetéis até a entrada triunfal dos recém-casados, mas preciso de um descanso.

Vi Willow de longe algumas vezes, mas sempre que tentei me aproximar fui interrompido por alguém querendo falar sobre meu futuro e perspectivas românticas. Vou procurá-la mais tarde. Só não sei quando.

— Dia longo, hein? — diz uma voz atrás de mim.

Eu me viro e vejo Reid vindo em minha direção.

Tento rir, mas o som que me escapa é mais um gemido de dor.

— E não está nem perto de terminar.

Minha mãe o convidou para o casamento. Ela quase adotou o garoto quando morávamos juntos em Mônaco. Toda vez que meus pais iam me visitar, ela colocava na cabeça que era dever dela garantir que ele fosse bem cuidado, principalmente quando descobriu que a mãe dele já era falecida e que sua avó idosa era a única família que ele ainda tinha. Nessa época, ele passou a ser convidado para todas as férias em família, embora sempre recusasse educadamente, exceto pelo casamento hoje.

— Preciso admitir — diz Reid, se aproximando enquanto observa os pisca-piscas acima de nossa cabeça. — Esta é provavelmente a melhor festa que já vi. Vocês sabem mesmo fazer uma festa de casamento.

— Sabemos, é verdade — concordo, batendo de leve minha taça de champanhe na dele em um brinde.

Ele ri e toma um gole, olhando para mim.

— Vi a Willow lá dentro tirando fotos. Ela ainda cuida das suas redes?

Assinto, mas me detenho rapidamente.

— Na verdade, hoje é o último dia do contrato dela.

— Sério? — Ele arqueia a sobrancelha. — Me surpreende que você vá dispensá-la. Ela tirou sua reputação da sarjeta.

Ele tem toda a razão, e, se eu pudesse, insistiria para que ela continuasse trabalhando para mim. Trabalhando *comigo*. Mas a reputação de Willow é importante demais para ser destruída. Quero que ela tenha muito sucesso ainda.

— Preciso dizer que eu estava preparado para suborná-la e roubá-la de você — continua Reid. — Preciso de alguém como Willow cuidando das minhas redes sociais.

— Não vou mentir, você passa uma imagem muito... quadrada — digo da forma mais diplomática possível.

Ele suspira, quase resignado.

— Eu sei. De vez em quando fico até surpreso que as pessoas pelo menos se lembram do meu nome. Estou batendo o Lorenzo na pontuação do campeonato, mas ele me ofusca em todos os outros aspectos. — Ele me olha de canto do olho. — Por acaso Willow teria interesse em fechar um novo contrato?

A pergunta me pega de surpresa. Nós não conversamos sobre o que ela vai fazer a partir de agora, mas deduzi que voltaria para Nova York. Por outro lado, se Reid estiver oferecendo o que eu acho que ele está...

Caramba, será que essa pode ser a solução para o nosso problema da distância?

— Possivelmente. — Decido jogar verde. Meu cérebro já está pensando em como poderíamos fazer isso dar certo. — Vou falar com ela e te dou uma resposta.

O rosto de Reid se ilumina. Lá está o charme do menino de ouro.

— Pode dizer a ela que, se ela quiser, estou dentro — insiste ele. — Se a Willow quiser o emprego, é dela, começando agora mesmo. Posso ligar para o meu advogado e para a D'Ambrosi hoje à noite para recebermos os contratos de manhã.

— Você não perde tempo, hein?

Ele ri, erguendo a taça de champanhe em um brinde teatral.

— Eu vi o que ela fez por você e quero o mesmo. Não o lance de virar um apaixonado babão, mas todo o resto.

Eu suspiro.

— Você percebeu?

O sorriso de Reid é sutil, mas solidário.

— Você olha para ela como se ela fosse um oásis no deserto, Dev. É difícil não perceber.

É exatamente por isso que Willow e eu precisamos falar com Oakley o mais rápido possível. Não podemos mais esconder isso.

— Vou falar com ela sobre a oferta — prometo, virando o que restava do meu champanhe.

Ele me dá um tapinha no ombro.

— Seja convincente! Quero ela na minha equipe. Na equipe *vencedora*.

— Tá bom, tá bom, seu palhaço. Vou fazer o que eu puder.

Ouço a risada de Reid conforme me afasto e volto para a festa. Meu único objetivo é encontrar Willow. Agora sei que há uma chance de ficarmos juntos de verdade, de não precisarmos nos separar. Preciso falar com ela imediatamente. Mas será que Willow vai topar?

É um pedido grandioso. Ela tem uma vida para a qual precisa voltar, e esse trabalho deveria ser temporário. Quando começamos a trabalhar juntos, o objetivo dela era conseguir um cargo em uma equipe de marketing muito maior, então será que ela estaria disposta a continuar fazendo mais do mesmo? Ainda mais com alguém que ela não conhece tão bem?

Finalmente avisto Willow perto da tenda, pegando um *jalebi*. Quando me aproximo, no entanto, o *jalebi* já acabou e ela está mastigando com os dedos pressionados contra a boca na tentativa de esconder as bochechas inchadas.

— Oi. — Que merda, pareço afoito como se eu tivesse algo urgente para falar. Mas, de certa forma, tenho mesmo. — Posso falar com você? Lá dentro? — digo, apontando para a casa.

Ela franze a testa, preocupada.

— Está tudo bem?

— Está tudo ótimo. Não se preocupe. Venha.

Ela não me questiona, apenas me acompanha. Eu sigo na frente, olhando por cima do ombro a cada poucos segundos para me certificar de que ela está me seguindo. Quando nos afastamos da tenda e chegamos ao gramado, diminuo a velocidade e ofereço meu braço para que ela possa se apoiar caso seus calcanhares se afundem no solo. Ela aceita sem hesitar, permitindo que eu a conduza até a casa.

Quando nos vemos sozinhos no corredor escuro dos fundos, ela desliza a mão pelo meu antebraço e entrelaça os dedos nos meus. O encaixe é perfeito.

Eu a faço parar entre a porta do banheiro e a impressionante biblioteca da casa. Não posso dar mais um passo até que eu tire isso do meu peito.

— Dev, o que foi? — pergunta ela.

Seu semblante é tão puro e cheio de amor que minha garganta parece ficar apertada por um segundo.

— Eu... — Engulo em seco, tentando me livrar do nó. — Tenho uma pergunta meio absurda para você.

Seus lábios vermelhos se curvam nos cantos.

— Beleza. Manda.

Eu respiro fundo, torcendo para que as palavras não soem apressadas e confusas.

— Se você pudesse continuar trabalhando na F1, continuaria?

Ela franze a testa, confusa.

— Essa é a pergunta tão importante?

Quando faço que sim com a cabeça, ela morde o lábio e desvia o olhar, como se estivesse considerando a resposta.

— Para ser sincera, nunca pensei que diria isso, mas... *sim*. Gosto muito desse trabalho. Parece que me encontrei.
Sou invadido por uma onda de alívio e posso jurar que meu coração dá uma derrapada. Ela quer ficar. Mas preciso ter certeza antes de compartilhar a oferta de Reid.
— Mas não é só porque você me ama, né?
— Você não tem nada a ver com isso — diz ela com uma risada leve. — É uma indústria fascinante. Eu adoraria continuar.
Como não respondo imediatamente, ela fica séria, analisando meu rosto com a testa franzida outra vez.
— Aonde você quer chegar, Dev?
Acaricio as sobrancelhas dela com o polegar, suavizando sua expressão.
— Eu estava conversando com o Reid e... ele me disse que precisa de alguém para ajudá-lo a se destacar — explico, pousando a mão na bochecha dela. — Ele viu o que você fez com as minhas redes e quer a mesma coisa. E eu concordei que você é a pessoa perfeita para o trabalho.
Ela curva os ombros.
— Você está brincando.
— Nem de longe.
Ainda me olhando como se não entendesse o que está acontecendo, ela repete calmamente:
— Reid quer que eu trabalhe para ele?
— Quer. Ele me disse que ligaria para a D'Ambrosi *hoje à noite* se você topasse.
Sinto o sangue pulsando em seu pescoço contra o meu braço. Ou talvez seja apenas o meu coração acelerado. Se Willow decidir que isso não daria certo, não sei o que vou fazer. Não posso deixá-la ir embora agora que sei como é abraçá-la, beijá-la e tocá-la. Agora que sei como é amá-la e ser amado por ela.
Preciso dela comigo. Sempre. O mais perto possível.
— Pense na proposta — digo a ela, chegando mais perto. Preciso tocá-la, principalmente se ela decidir que a vida em

Nova York é o que ela quer. — Você não precisa responder ago...
— Não preciso pensar — responde Willow, cobrindo minha mão com a dela. — Eu quero. Pelo menos até o fim da temporada. Não estou pronta para me despedir disso. — Ela respira fundo. — Também não estou pronta para me despedir de você.
Começo a rir. Não consigo evitar. Não tem nada de engraçado nessa conversa, mas estou tão aliviado que essa é a única resposta que meu corpo consegue fornecer.
— Ainda temos que tomar cuidado — continua ela, sorrindo, o que suaviza o peso daquelas palavras, mas Willow tem razão.
— Mas acho que poderia dar certo para nós. Não precisaríamos nos separar.
É verdade. Eu não teria que ficar longe do meu raio de sol. Da minha estrela-guia. Do meu coração.
— Queria tanto beijar você agora — confesso.
Quero selar essa decisão com nossas bocas unidas, com o corpo dela se moldando ao meu.
O sorriso de Willow é brincalhão.
— Você vai borrar meu batom.
— É só retocar depois.
— Tudo bem — sussurra ela. Eu levo a outra mão para tocar seu rosto também. — Me beije, Dev.
— Não precisa pedir duas vezes.
Eu me aproximo de olhos fechados. Não preciso estar com eles abertos para encontrar a boca de Willow. Somos como ímãs que se atraem. É inevitável. Era pra ser.
É o destino.
Mas abro os olhos depressa quando a porta do banheiro do corredor é escancarada com um estrondo. Nós dois levamos um susto, mas não me afasto de Willow nem tiro as mãos de seu rosto.
Então Oakley aparece no corredor.

CAPÍTULO 31
Willow

Oakley sabe.

Fica claro por seu olhar. Meu batom pode não estar borrado, mas, diferentemente da situação do ano passado, dessa vez não há desculpas. Fomos pegos no flagra.

— Que porra é essa?

Só então as mãos de Dev soltam meu rosto. Mas, para minha surpresa, ele entrelaça nossos dedos e fica ao meu lado. Vai acontecer, então. Não foi assim que imaginei que contaríamos, mas Oakley nos viu. Não faz sentido mentir, sendo que ele sabe exatamente o que estava acontecendo, apesar de ter perguntado.

Meu Deus. Fico com vontade de vomitar.

— Bem, Oak — diz Dev depois de respirar fundo. — Eu estava prestes a beijar sua irmã.

Eu me encolho. Meu irmão não vai aceitar bem essa resposta. Minhas suspeitas se confirmam quando vejo o leque de emoções que atravessam seu semblante, começando com repulsa, indo para surpresa e depois terminando em pura raiva.

— Seu *filho da puta!* — vocifera ele, avançando contra Dev. Eu me coloco entre os dois e estendo o braço. — Eu deveria ter percebido que tinha alguma coisa acontecendo.

— Oakley, por favor — peço. Mas sei que ele já não está me ouvindo. — Deixa a gente...

— Isso aqui claramente não começou hoje — continua ele, fazendo um gesto no ar para Dev e depois para mim.
Bastou nos ver juntos uma vez para que ele entendesse tudo. Oakley nos conhece bem — *bem até demais*. Nossa conexão foi óbvia para ele. Acho que eu teria ficado feliz em perceber isso em outras circunstâncias, mas, neste momento, suas palavras são como um punhal em meu peito.
Enquanto me esforço para explicar, Dev interrompe:
— Sim, você tem razão — diz ele, tranquilo. — Não começamos hoje.
Tudo que consigo fazer é lançar um olhar de súplica para Dev por cima do ombro. Meu irmão o encara, quase boquiaberto. Oakley provavelmente esperava que negássemos, mas Dev está encarando a situação de peito aberto, ainda que eu tenha me acovardado.
— Há quanto tempo? — questiona Oakley. — Há quanto tempo isso está acontecendo?
Abro a boca, pronta para responder dessa vez, mas Dev aperta minha mão, como se me dissesse para deixá-lo cuidar de tudo.
— Bom, a Willow teve uma quedinha por mim por boa parte da vida — responde ele, mantendo a voz baixa e uniforme. — E eu estou apaixonado por ela desde o fim de semana do seu aniversário do ano passado, quando ela acidentalmente me contou isso. Mas só estamos juntos há algumas semanas.
— Semanas — repete Oakley. Ele olha para mim com uma expressão colérica. — Desde que você começou a trabalhar para ele?
Minha garganta aperta e as lágrimas queimam os cantos dos meus olhos.
— Não. — Minha voz está trêmula quando balanço a cabeça. — Não faz tanto tempo assim. — Se Dev vai ser corajoso e contar toda a história, então devo a ele o mesmo. — Nós mantivemos uma relação profissional por um tempo, mas eu não queria mais ignorar o que havia entre nós.

— *Nós* não queríamos — corrige Dev, apertando minha mão um pouco mais, compartilhando comigo sua força. — Nós percebemos que queríamos ficar juntos.

Oakley engole com força, nos observando com desconfiança. Não posso culpá-lo por estar chocado e com raiva. Mas fico triste que ele tenha descoberto dessa forma.

— Então se eu não tivesse deixado você trabalhar para ele, isso não teria acontecido? — continua ele, olhando para mim com mágoa, como se estivesse sendo apunhalado pelas costas.

Quero negar o que meu irmão disse, mas é verdade. Sem a sugestão de Dev e a aprovação de Oakley, nós não teríamos nos aproximado. Foi o cenário perfeito.

— Pelo amor de Deus — diz ele diante do meu silêncio, balançando a cabeça de maneira frenética. — Não acredito nisso. Não acredito que você mentiu para mim desse jeito. — Seus olhos se voltam para Dev. — *Vocês dois.*

Meu coração dispara, mas, de repente, é como se parasse. Começo a processar as palavras de Oakley: ele está furioso porque... mentimos?

— Vocês ficaram todo esse tempo escondendo isso de mim. Tiveram várias oportunidades de me contar, mas não fizeram isso. Tem noção de como isso é errado?

Eu olho de volta para Dev, que está encarando Oakley como se ainda tentasse entender o que está ouvindo.

— Hã... como é? — gagueja ele, vacilando pela primeira vez desde que meu irmão saiu do banheiro.

Oakley revira os olhos e passa a mão no rosto.

— *Não me importo* que vocês estejam juntos — declara ele. — Você é adulto e ela também. Eu não mando na vida de vocês. Mas me importo com o fato de vocês terem mentido para mim.

Nós entendemos tudo errado. Estávamos tão preocupados com a aprovação de Oakley que nos esquecemos de pensar em como ele se sentiria quando descobrisse que estávamos escondendo isso dele.

— Não sabíamos como você ia reagir — explica Dev, sua voz calma e gentil novamente. — Você literalmente me disse para nunca chegar perto dela. Quando a coisa toda com o Jeremy aconteceu...

— Jeremy era um filho da puta patético que nós deveríamos ter cortado da nossa vida anos antes — rebateu Oakley. — Não o use de exemplo para justificar as merdas que você fez. Ele mereceu o que aconteceu depois do que fez com ela.

— Sim, pode ser — continua Dev, levantando sua mão livre. — Mas você sabe que não teria concordado com nada que acontecesse entre mim e Willow. Você não pode simplesmente ignorar isso.

Oakley parece estar tentando pensar no que vai dizer. Seus dentes rangem como se ele estivesse tentando conter a raiva até conseguir se expressar melhor.

— Tudo bem — admite ele. — Eu *não gosto* da ideia de vocês juntos. De jeito nenhum. Não gosto da ideia de outro amigo meu namorando minha irmã.

Atrás de mim, sinto Dev inflando o peito, se preparando para nos defender. Mas antes que ele possa falar, Oakley continua:

— Mas isso não importa, porque é problema meu, não de vocês. Parem de pisar em ovos comigo como se eu fosse um idiota que não sabe lidar com incômodos e *parem de mentir*.

Nós realmente entendemos tudo errado. Não sei como não percebemos isso antes.

— Sinto muito — sussurro, estendendo a mão para tocar em Oakley. Ele não se esquiva imediatamente. — Eu não quis...

— Se você tivesse me contado — diz Oakley, atropelando meu pedido de desculpas —, eu provavelmente teria ficado surpreso. Definitivamente não ficaria feliz. Mas teria superado isso muito mais rápido do que vou superar essa mentira.

Oakley respira fundo, olhando para nós dois. Sua raiva parece ter diminuído, mas foi substituída por uma expressão de mágoa que me dá ainda mais vontade de vomitar. Ele se dirige a Dev:

— Eu sempre vou tentar proteger a Willow, mas também quero que ela seja feliz. E, supostamente, você é meu melhor amigo. Quero que você seja feliz também.

— Mesmo que nós dois estejamos felizes com o nosso relacionamento?

— O que vocês têm é sério para você? — interroga Oakley.

Dev responde sem hesitar:

— Sim.

Meu irmão olha para mim.

— E você *realmente* quer ficar com ele?

— Sim — respondo. O nó em minha garganta parece aumentar. — Quero.

Oakley respira fundo e faz um aceno brusco com a cabeça. Com um passo rápido para trás, ele estende as palmas das mãos.

— Então, tudo bem. *Tudo bem.* Eu só tenho que aceitar. Vou ter que lidar com isso.

Eu quase desmaio de alívio. Minhas pernas ficam bambas e tenho que me apoiar em Dev para continuar de pé. Isso não passa despercebido por Oakley, e sua mandíbula endurece.

— Mas se você a machucar eu quebro suas duas mãos para que você nunca mais possa pilotar — ameaça ele.

Dev concorda solenemente, levando a sério a ameaça.

— Entendido. Não tenho planos de fazer isso.

— E você — esbraveja ele em minha direção, semicerrando os olhos. — Se você o machucar...

Eu o interrompo antes que ele possa terminar a ameaça.

— Prometo que não vou.

Oakley olha para nós dois por longos segundos e meu estômago se revira de ansiedade. Mas então, de repente, ele dá um tapa na cabeça de Dev e um soco no meu ombro, embora não seja forte a ponto de me machucar.

— Vão se foder vocês dois — xinga ele, nos puxando para um abraço. — Seus imbecis — murmura Oakley no topo da minha cabeça, me apertando contra o seu peito e prendendo Dev em um mata-leão. — Espero que vocês sejam felizes juntos, seus mentirosos de uma figa.

Isso me arranca uma gargalhada, e as lágrimas que eu estava segurando finalmente caem.

— Nós estamos.

— É bom que alguém esteja, porque eu certamente não estou.

Com um último aperto, ele nos empurra para longe.

— Não vou me esquecer disso — diz ele, apontando para Dev e depois para mim. — Mas como hoje estamos aqui para celebrar o amor, vou ficar na minha.

— Pode deixar. — Minha voz sai num grunhido. — Obrigada, Oak.

Com isso, ele revira os olhos e se afasta.

Passam-se alguns longos segundos até que eu finalmente tenha coragem para olhar para Dev.

— Isso... Isso realmente aconteceu?

Dev umedece os lábios, tentando encontrar a própria voz.

— Acho que sim.

— Ele sabe. Ele sabe e não matou a gente.

— Aham.

— Não somos mais um segredo.

— Não — concorda ele, ligeiramente incrédulo. — Não precisamos mais nos esconder dele.

— Não — repito, secando algumas lágrimas dos olhos. Minha maquiagem certamente já era, mas não dou a mínima. — Nem acredito.

Dev solta uma risada

— Pois é, nem eu. Mas que ótimo.

Ele passa o braço ao redor de meus ombros e me puxa para si. Eu vou de bom grado, abraçando sua cintura e me apoiando em seu peito.

— Não quero voltar — murmuro contra a seda roxa de sua *kurta*. — Depois disso, não. Preciso de um tempo para apenas... respirar.

— Não precisamos voltar para a festa — diz ele. — Mas há um outro lugar aonde quero levar você.

Ele entrelaça nossos dedos mais uma vez e me leva pelo corredor até chegarmos a uma porta de vidro deslizante que dá para a um pátio na lateral da casa. Dev solta minha mão para destrancá-la e abri-la.

Dali, consigo ouvir a música tocando dentro da tenda, mas estamos protegidos da vista do quintal por uma parede de rosas trepadeiras. As flores perfumam o ar e as pétalas dançam na brisa suave da noite. Juro que é o lugar mais romântico em que já estive. Até dou uma voltinha para absorver tudo isso, meu sári girando em torno de minhas pernas.

— Adorei — digo, inclinando a cabeça para trás para contemplar as estrelas brilhantes e a lua crescente no céu.

Quando olho para baixo novamente, Dev está me oferecendo sua mão estendida.

— Venha aqui — diz ele. — Dance comigo.

O riso que brota em mim é genuíno e aplaca a tensão de nosso encontro com Oakley. Ainda não estou bem, mas a dor vai se dissipando.

— Você sabe que eu não sei dançar — lembro a ele, embora eu tire os saltos e os empurre para o lado. — Você se lembra da festa de aniversário dos meus pais?

— Nunca vou esquecer o uivo de Jeremy quando você pisou no pé dele com o salto alto. — Ele ri, estendendo o braço para que eu me aproxime. — Fique em cima dos meus pés. Eu danço por nós dois.

— Dev, não quero machu...

Minha reclamação morre quando ele passa um braço em volta da minha cintura e me levanta alguns centímetros do chão para colocar meus pés sobre os dele.

— Se segure em mim.

É o que faço. E ele se balança comigo em seus braços, movendo nossos pés em passos curtos.

— É impossível que isso esteja confortável para você — digo, olhando para os meus pés descalços em cima dos sapatos de grife dele.

— É impossível estar desconfortável com você nos meus braços.

— Seu bajulador.

— Sou mesmo.

Não tenho mais nada a dizer, então encosto a cabeça em seu peito e deixo que ele me guie. Na mesma hora, a música muda para algo lento e romântico. Como se o universo simplesmente soubesse.

O coração de Dev bate de maneira lenta e constante sob minha bochecha, um lembrete do atleta bem condicionado que ele é.

Quando seu coração se acelera levemente, levanto a cabeça e olho para ele.

— O que foi?

— Você vai achar que estou louco — diz Dev. — Mas você me deixa nervoso, Willow Williams.

— Eu? Por quê?

— Porque estou tão apaixonado por você que chega a doer.

Sinto um frio na barriga com a sinceridade em seu rosto. Quase choro de novo, porque sei exatamente como é. Conheço essa dor profunda na alma. Ele me faz sentir o mesmo.

— Eu também — sussurro de volta.

Ele segura a parte de trás da minha cabeça com uma das mãos, levando minha bochecha de volta para seu peito, para as batidas de seu coração.

Ficamos assim por mais algumas músicas até que o ritmo muda novamente e o rugido da multidão na tenda quebra o momento.

— Eu estava pensando... — digo, um pouco nervosa, saindo de cima dos pés dele e indo para a pedra lisa do pátio. — Será que deveríamos... oficializar as coisas? *Tecnicamente* você já me chamou de sua namorada, mas mesmo assim...

E lá está o famoso sorriso que inspirou inúmeros poemas na internet.

— Willow — diz ele, arregalando os olhos e fingindo estar escandalizado. — Está perguntando se quero ser seu *namorado*?

Eu me recuso a sorrir de volta e comprimo os lábios. Mas não há como esconder o que estou sentindo. Não dele.

— Talvez.

— Então é claro que eu aceito.

Nossas bocas se encontram.

E, finalmente, Dev borra o meu batom.

CAPÍTULO 32
Dev

Sinto um aperto no peito quando o rosto de Willow não é a primeira coisa que vejo na manhã seguinte.

Estou sozinho na cama, na casa vizinha à dela. É como se estivéssemos em casa de novo, não nas casas de Malibu. O lugar é tão silencioso que ouço o quebrar suave das ondas ao longe. Em uma hora ou mais, os outros hóspedes devem acordar, mas, considerando que a festa foi até tarde da noite, há uma grande chance de que a maioria deles só saia da cama depois do meio-dia.

Não muito feliz por estar acordado tão cedo, eu me deito de costas e fico olhando para o teto enquanto meus pensamentos relembram a noite passada. Willow e eu não precisamos mais manter nosso relacionamento em segredo para nossos amigos e familiares, e só de pensar nisso já me sinto mais feliz do que quando assinei com a Mascort ontem. Mas não quero sair divulgando nada *ainda*. Não até que ela trabalhe um tempo com Reid. Isso deve garantir que a sua reputação não seja prejudicada, afinal, não quero que nada ofusque a carreira que ela está construindo.

Uma hora todo mundo vai saber, é claro. E, quando isso acontecer, estarei gritando para qualquer um ouvir quanto adoro essa garota.

Ainda assim, me sinto mal pela forma como a conversa inesperada com Oakley aconteceu. Erramos ao mentir para ele, percebo isso agora. Mas já foi. Tudo o que posso fazer é aguardar até que ele possa nos desculpar.

Eu adoraria que esse dia chegasse logo, mas sei que se eu quiser que isso aconteça vou ter que fazer um esforço para consertar as coisas. Como ele está voltando para Chicago no fim da semana, meu tempo é limitado, mas não posso deixá-lo partir sem ao menos tentar colocar nossa amizade de volta nos trilhos.

Afasto os lençóis e me levanto da cama, determinado a transformar minhas intenções em ação.

Coloco uma bermuda e enfio minha roupa de neoprene debaixo do braço, depois saio para o corredor.

Estou pronto para invadir o quarto de Oakley e exigir que ele desça comigo até a praia, mas paro quando chego à porta aberta. O quarto está vazio e a cama está feita. Não há sinal dele.

Sinto uma onda de decepção que é rapidamente seguida por uma de pânico. Sei que pelo menos ele voltou ontem à noite, já que o vi entrando em seu quarto quando subi a escada. Mas talvez ele tenha acordado ainda mais cedo do que eu, arrumado suas coisas e ido embora. Eu não o culparia.

Suspirando, eu me afasto da porta e vou em direção à escada. Decido gastar minha ansiedade no mar mesmo assim, embora eu esperasse ter companhia. Se Oakley foi embora, se ele quer espaço, eu vou respeitar. Não vou ligar sem parar nem ir atrás dele... por enquanto. Vou esperar um dia, mas depois ele não vai mais conseguir fugir de mim.

O caminho até a praia está deserto e quase me arrependo de não ter obrigado Chava ou Mark a surfarem comigo quando vejo como as ondas estão perfeitas. Mas, ao avistar a figura sentada na beira da água, fico feliz por não ter feito isso.

Quando me aproximo de Oakley, jogo minha prancha no chão e me sento na areia a um palmo de distância. Perto o suficiente para que possamos conversar, mas longe o suficiente para que eu possa me esquivar caso ele tente me dar um soco. Ele não quis me bater ontem à noite, mas isso não significa que não fará isso agora, sem Willow aqui para me proteger.

Nenhum de nós dois diz nada. Não sei o que dizer, de qualquer forma. "Me desculpa" parece inútil e não vai consertar nada, não vai fazer com que ele não se sinta magoado. E eu não me arrependo de nada, de qualquer forma.

Oakley não olha para mim e eu não olho para ele. Ficamos observando as ondas, cada um com a sua prancha, mas nenhum de nós faz qualquer movimento para entrar na água. Ainda que fiquemos aqui o dia todo, isso ainda vai significar que ele não levantou e não quis se afastar de mim.

— Ainda estou puto — diz ele, quebrando o silêncio.

São três palavras, mas sinto a faca da culpa sendo torcida dentro de mim.

— Eu sei.

Ele faz uma pausa, depois fala de novo:

— Quanto mais penso nisso, mais fico chateado. Você teve muitas oportunidades para me dizer o que sentia por ela. Ela também teve. Mesmo assim, vocês não fizeram isso. E o Chava e o Mark ficaram sabendo antes de mim. — Ele balança a cabeça. — Eu *odeio* ficar no escuro. Se vocês tivessem me dito logo de cara que...

— O que você teria feito? — interrompo, tomando cuidado para não soar muito acusatório. É impossível que ele não reconheça que teria me colocado para correr, assim como foi no aniversário dele. — Se eu dissesse, "Cara, estou a fim da sua irmã, posso chamá-la para sair?", o que você teria feito?

Ele se retrai. Isso me diz tudo que preciso saber. Assim como o fato de ele imediatamente abaixar o pescoço e coçar a nuca como se estivesse ficando com dor de cabeça.

— Por que eu falaria alguma coisa depois de você ter me dito para nunca tentar nada? — insisto. — Você deixou bem claro que não me queria perto dela.

— Não falei nada sobre ela trabalhar pra você, falei? — retruca ele.

— Porque você pensou que seria só uma coisa profissional — argumento. — E foi mesmo. No começo.

Ele curva os ombros. Oakley sabe que tenho razão.

— Eu não sabia que isso ia acontecer, Oak. — Minha voz é tão suave que quase se perde em meio ao som das ondas. — Willow também não sabia. Tentamos não fazer nada, mas o que sentimos um pelo outro... Não dá para ignorar.

Ele respira fundo.

— Você ama a Willow?

— Sim — respondo, sem hesitar. — Amo.

Mais silêncio. Ao meu lado, Oakley está lutando consigo mesmo, obviamente dividido entre querer ficar com raiva e deixar de lado algo que não pode mudar. Mas nada do que ele diga vai me fazer querer terminar com Willow. Se o aviso anterior não foi suficiente para me manter afastado, ele deve saber que não há ameaça no mundo que funcione agora.

— Que merda. — Ele tira a mão do pescoço e enterra na areia. — Não foi legal, Dev. Você sabe disso.

É óbvio que sei. Mas aprendi que a vida é mais legal com um pouco de caos, principalmente se esse caos é o raio de sol mais importante da minha vida.

Deixo que o silêncio se prolongue para dar espaço a Oakley.

— Acho que não posso te culpar. Eu tinha a maior quedinha do mundo pela Alisha.

Tinha. Claro. É óbvio que esses sentimentos ainda estão vivos mesmo depois de vê-la se casar com outro homem ontem, mas não vou corrigi-lo. Há uma parte de mim que se compadece, sabendo como é ruim querer alguém que você não pode ter ou que não quer você de volta. Mas ele vai sobreviver a essa mágoa e um dia encontrará a pessoa perfeita para ele.

— Eu sei.

— *Todo mundo* sabia — diz outra voz atrás de nós.

Mark está se aproximando com a prancha.

Parece que todo mundo teve a mesma ideia, exceto Chava, que ainda deve estar curtindo a ressaca.

— Mas que bom que você nunca fez nada — continua Mark, sentando-se do outro lado de Oakley. — Alisha não teria dado a mínima pra você.

Oakley faz uma careta e chuta areia na direção de Mark.

— Vai se foder — resmunga dele, depois suspira. — Mas é verdade, teria sido perda de tempo.

— Mas teria sido muito engraçado também — digo, acotovelando Oakley na altura das costelas. — Ela teria te engolido vivo.

Ele deixa escapar uma risada, mas a interrompe depressa, como se não quisesse me dar o gostinho de rir de algo que eu disse. Mas já é um progresso.

— Acho que cheguei enquanto vocês falavam sobre gostar da irmã um do outro — diz Mark. — Posso deixar registrado que nunca me interessei nem pela Willow, nem pela Alisha? Nem por nenhuma das *cinco* irmãs do Chava?

Reviro os olhos e, embora o rosto de Oakley esteja virado em direção ao mar, tenho certeza de que ele faz o mesmo.

Pelo menos há uma coisa com a qual ainda podemos concordar: o senso de integridade irritante de Mark.

— Mas enfim — continua ele. — Oak, eu sei que você está bravo. Willow e Dev não tomaram as melhores decisões, mas o que eles poderiam fazer? Wills tinha que se preocupar com a reputação dela e estava com medo de isso causar uma briga entre nós. Você sabia que ela ainda se culpa por destruir nosso grupo depois do que aconteceu com Jeremy?

Pensar nisso me enche de raiva, e pela forma como Oakley cerra os punhos imagino que aconteça o mesmo com ele.

— Tivemos uma longa conversa sobre isso. — Mark respira fundo. — Era nítido que ela estava lutando contra esses sentimentos.

Ela conversou com Mark sobre sentimentos? *Quando*? E o que ele disse para fazê-la ficar comigo em vez de sair correndo? Ele criticou a situação desde o início, embora esse discurso esteja provando que isso mudou.

— Não foi fácil para ela decidir estar com o Dev — continua Mark em um tom que faz com que não reste espaço para qualquer argumento de Oakley. — E já vi os dois juntos. Eles se fazem muito bem. É preciso ser muito egoísta para não querer que os dois fiquem juntos.

Bom, se isso não foi uma indireta, meu nome não é Dev.

E a cara de poucos amigos de Oakley mostra que ele entendeu o recado.

— Tá bom, tá bom — murmura ele. — Podemos falar de outra coisa agora?

— Claro. Tipo o quê? As suas danças horríveis de ontem? — responde Mark.

— Como é? Pelo menos eu tenho ritmo.

— Foi você que quase nocauteou um grupo de tias com o cotovelo.

— Ah, é? Vou te mostrar o que faço com o meu cotovelo, seu filho da...

— Calma aí, calma aí — interrompo, tentando segurar Oakley, mas é tarde demais.

Balanço a cabeça, recuo e espero. Pelo menos não é comigo que Oakley está brigando. Não duvido que Mark tenha provocado ele de propósito. Vou ter que agradecer a ele mais tarde.

Quando os dois finalmente se separam, Oakley tem uma concha presa na testa e Mark está com um arranhão vermelho no ombro onde Oakley o acertou com um pedaço de madeira, mas, no geral, estão ilesos. E a hostilidade também parece ter cedido.

— Como nos velhos tempos — diz Mark, apoiando-se sobre os cotovelos. — Brigando na praia enquanto Chava dorme e perde toda a diversão.

— Pelo menos o café vai estar pronto quando voltarmos — lembra Oakley. — Para a gente foi ótimo ele ter desistido do curso de gastronomia.

Mark sorri para mim.

— E já que estamos de férias, vou até deixar você comer açúcar.

Eu suspiro, aliviado.

— Porra. Graças a Deus.

A tensão entre nós desaparece. Não significa que Oakley me desculpou ou que esqueceu o que fiz, mas é sinal de que podemos consertar as coisas.

— Anda logo, levantem a bunda da areia — chama Mark. — As ondas estão boas demais para ficarmos só olhando.

Eu me levanto e tento a sorte, estendendo a mão para Oakley. Prendo a respiração, porque nós dois sabemos que não é só uma oferta de ajuda. É uma bandeira branca, um pedido de paz. Uma pergunta: nós vamos ficar bem?

Mais um segundo se passa e começo a suar frio. Então ele segura minha mão.

— Ainda odeio você. Mas entendo. Não preciso gostar, mas entendo. E isso não muda nada entre a gente.

— Mas você continua me odiando — observo, mas estou sorrindo.

— Isso não é novidade. — Ele me dá uma palmadinha no ombro. — Eu vou superar. Como sempre.

Eu sei que vai. Vamos ver quanto tempo vai levar.

Estou destruído quando volto para a casa.

Ao subir, vejo minha mãe no pátio, tomando sua caneca de café matinal. Ela levanta a mão para me chamar e não me atrevo a ignorá-la.

Como uma criança exausta, caio na frente de suas pernas e apoio o rosto em seus joelhos. Meu cabelo molhado e cheio de areia cai em seu colo, mas ela não reclama. Não. Como a mãe incrível que é, ela começa a me fazer carinho.

— Parece que você perdeu a luta — observa ela. — Presumo que o oceano tenha vencido, então?

Eu rio e deixo que ela massageie meu couro cabeludo. Realmente parece que voltei à infância.

— Eu deixei que ele vencesse dessa vez.

— Muito bem. — Ela apoia a caneca de café na mesa antes de voltar a falar. — Ficou tudo bem com o Oakley?

Fico paralisado sob sua mão. A pergunta é inocente demais, como se ela estivesse fingindo que não sabe exatamente o que está acontecendo. Mas ela sabe. *Sempre* sabe.

Depois de um tempo, inclino a cabeça para trás e olho para ela, mas sua expressão não revela nada.

— Essa é a sua maneira de perguntar se ele não se importa que eu e a Willow estejamos namorando?

O canto de sua boca se encolhe um pouco, mas é o brilho em seus olhos que a denuncia.

— Talvez.

Eu me sento, virando-me para encará-la.

— Então você já sabe?

— Ah, *beta*. — Ela abre um sorriso enorme. — Eu suspeitava, mas tive certeza quando vi você entrar na casa dela semana passada. Você tem sorte de não ter caído daquela treliça, seu danado.

— Você viu isso?

— Eu vejo tudo.

É, pois é.

— Estou feliz por vocês — diz minha mãe, tocando minha bochecha. — Sempre gostei dela. E ela sempre gostou de você. Que bom que você finalmente notou.

Eu rio, ainda sem acreditar em como deixei isso passar.

— Como vai ser esse relacionamento? — pergunta ela. — Willow vai voltar para Nova York? Sei que o contrato de vocês acabou.

Meu coração se anima um pouco com a pergunta, porque Willow não vai embora. Ela vai continuar perto de mim e vai continuar seguindo seus sonhos.

Eu respiro fundo.

— Bem, quanto a isso...

CAPÍTULO 33
Willow

Após seis horas desempregada, tenho um emprego de novo. Os contratos com Reid e a Scuderia D'Ambrosi estão todos oficialmente assinados. Tenho certeza de que Chantal e Grace já estão cansadas de me ouvir falar sobre o novo trabalho e sobre meu namoro com Dev, mas elas estão contentes por mim. Especialmente Chantal, já que ela ganhou a aposta que fez com Grace sobre quanto tempo levaria para que eu e Dev ficássemos juntos. Estou tão feliz com o andamento das coisas que nem consigo ficar chateada.

— Acha que vai voltar para Nova York? — pergunta Grace, seu rosto na parte superior da tela do meu telefone. — Ou devemos empacotar todas as suas coisas e mandá-las para a Europa?

Eu rio.

— Volto em dezembro para resolver as coisas. Vou passar o restante da temporada com Reid, mas sabe-se lá o que vai acontecer depois disso.

Estou animada para descobrir, porém. Estou feliz em ficar mais alguns meses no mundo da F1. É exatamente onde quero estar, e o fato de Dev também estar por perto não é nada mau.

— Então não vamos sublocar seu quarto — provoca Chantal, na parte inferior da tela. — Nem jogar fora todas as suas coisas.

— Uau, muito obrigada.

Uma batida na porta me interrompe.

Mas não é qualquer batida. É a batida de Oakley, *nossa* batida.

— Droga, preciso desligar — sussurro para as meninas, meio em pânico. — Oak está aqui.

Grace e Chantal se despedem depressa e me desejam boa sorte antes de desligar. Jogo o celular no travesseiro e me levanto depressa da cama, respirando fundo. Não estou com *medo* de falar com meu irmão, mas não quero ser tomada pela culpa e pelo remorso de novo, principalmente em um dia como esse, em que minha vontade é só comemorar.

Meu irmão merece uma conversa decente. Esconder as coisas dele foi errado e a maneira como ele descobriu tudo só tornou a situação ainda mais difícil. Devo a Oakley um grande pedido de desculpas, mas enfrentar as consequências de minhas próprias ações não é lá muito divertido.

Depois de respirar fundo de novo, abro a porta e ofereço ao meu irmão o que espero ser um sorriso alegre. Infelizmente sai mais como uma careta.

— Oi. Desculpa, eu estava no banheiro — digo.

— Acabei de ouvir você falando com suas amigas. Não precisa mentir. De novo.

Droga.

— Ok, tudo bem — admito, sentindo meu rosto ficar quente. — Eu estava com medo de abrir a porta.

Oakley passa por mim e se joga na cama, olhando para o teto, e une as mãos sobre a barriga.

Fico onde estou. Ele está agindo como se estivesse tudo bem, mas tem um arranhão na testa dele que não estava lá ontem à noite, então talvez isso explique por que ele está mais calmo. Meu Deus, será que ele e Dev brigaram? Ele está aqui para contar que matou meu namorado e atirou o corpo dele no oceano?

— Conversei com o Dev — diz ele.

Não sei se devo ficar animada ou preocupada com essa afirmação. Examinando seu corpo, procuro discretamente por manchas de sangue, mas parece que ele acabou de tomar banho. Qualquer chance de encontrar evidências se foi.

Engulo em seco.

— Como foi?

Ele passa as mãos pelo cabelo curto depois as coloca atrás do pescoço. Ok, talvez não tenha cometido um assassinato; ele não estaria tão calmo depois de ter matado alguém.

— Ainda não estou feliz com o fato de vocês dois... estarem juntos. — Ele tem que se forçar a dizer as duas últimas palavras. — Mas não existe nada que eu possa fazer a respeito. Ou que eu vá fazer.

Um pouco da tensão em meus ombros se esvai.

— Você não vai me obrigar a terminar com ele? — Tento soar leve, mas, na verdade, meu tom é um pouco sério demais para ser interpretado dessa forma.

— Você é adulta, Wills. Pode fazer o que quiser. — Ele vira a cabeça para me olhar e seus olhos escuros são solenes. — Só não quero ver você se machucar. Não importa quantos anos você tenha, sempre vou querer te proteger. Falhei quando você estava com o Jeremy e não quero que isso aconteça de novo. Não que o Dev seja parecido com ele, mas achei que seria mais seguro manter vocês longe um do outro. — Ele solta uma risada seca. — Parece que falhei nisso também.

Meu coração dói com suas palavras. Ele tem tentado me manter segura de uma forma ou de outra desde o começo. Só que Oakley nem sempre consegue evitar minha queda, e isso claramente o incomoda. Mas ele faz o melhor que pode. Isso é mais do que eu poderia pedir.

— Você não pode me proteger de tudo, Oak — digo delicadamente. Vou até a beirada da cama e me sento ao lado de seus joelhos. Não nos tocamos, mas estamos perto um do outro. — Às vezes preciso me machucar. A vida é assim mesmo. Principalmente a minha. Mas acho que o Dev não vai fazer isso comigo, e eu também não pretendo fazer isso com ele.

Estou me culpando por ter destruído o grupo de amigos de Oakley e ele está se culpando por não ter me protegido deles. Já comecei a aceitar que a culpa não foi minha, agora preciso que ele perceba o mesmo.

— Eu sei — responde ele alguns segundos depois. O tom é ressentido, mas já é alguma coisa. — Só que isso não vai me impedir de tentar.

— É só segurar um pouco a onda.

Ele levanta a cabeça o suficiente para me fuzilar com os olhos, mas seu lábio superior se contrai, como se estivesse tentando não sorrir.

— Só não vá se machucar demais.

— Prometo tentar.

Do outro lado da sala, meu laptop recebe a notificação de um novo e-mail. Pela visualização na tela, parece que é da D'Ambrosi. Provavelmente é o kit de boas-vindas que Reid mencionou que eles mandariam.

— Dev contou para você sobre meu novo emprego?

— Novo emprego? — Desta vez, ele se senta. — O contrato de vocês não acabou de terminar?

— Sim, mas ele me ajudou a conseguir outro. Vou trabalhar com Reid Coleman e a D'Ambrosi depois das férias. Assinei os contratos hoje.

Ele parece ficar sem palavras, depois diz:

— Caralho, Wills, parabéns!

— Obrigada. Isso não teria acontecido se você não tivesse me incentivado a trabalhar para o Dev.

— Nem o namoro de vocês dois... — resmunga Oakley, mas a alegria em seu rosto não diminui. — Até posso estar com raiva, mas estou orgulhoso de você. O que você fez com as redes do Dev não foi fácil e parece que ele não foi o único que ficou impressionado. É mérito do seu talento.

Faço uma reverência.

— Sirvo bem para servir sempre.

Meu irmão revira os olhos antes de se levantar da cama e ir em direção à porta, já que nossa conversa terminou.

— Anda logo — chama ele. — Chava fez o café da manhã. E se quiser rabanada, é melhor vir antes que o Dev coma tudo.

Chava merece um prêmio por guardar rabanada para mim. Oakley tinha razão, Dev é uma máquina de devorar carboidratos quando tem permissão para isso.

— Fala sério, você sabe que não vai comer tudo isso. Você tem que comer mais proteínas mesmo. Por que não come aquela omelete?

Eu bato no garfo que Dev estava usando para invadir meu prato.

— Não se atreva. — Lanço um olhar ameaçador para Mark.

— Você criou um monstro.

Mark levanta as mãos na frente do corpo inocentemente, mas não parece nem um pouco arrependido.

— É a única semana dele para comer o que quiser. Não vou impedi-lo até sexta-feira, então é melhor se acostumar ou tomar distância.

Nesse caso...

Afasto minha cadeira da mesa e pego meu prato, observando a cara de tristeza de Dev e a risada do meu irmão.

— Vou fazer companhia para o Chava na cozinha. Você vai comer a comida de outra pessoa.

— Mas você é minha namorada! Tem que dividir as coisas! — grita Dev enquanto estou indo embora.

Como estou de costas, ele não vê meu sorriso. Fico feliz por ele e meu irmão estarem se dando bem depois de ontem à noite.

Oakley vai precisar de tempo, mas mesmo assim está sentado ao lado de Dev, os dois rindo. Não sei se devo acreditar mais em suas palavras ou em suas atitudes, mas por enquanto estou considerando uma vitória.

Na cozinha, me acomodo no balcão, onde posso comer em paz e ver Chava cozinhando. Ele não parece surpreso em me ver ali, mas, antes que ele diga qualquer coisa, sinto alguém tocar meus ombros.

— Eu compro todos os macarons que você quiser se me der essa rabanada — sussurra Dev em meu ouvido.

Apesar da distração, percebo que ele está tentando dar uma garfada em meu prato de novo. Hum. É uma oferta tentadora. Por mais deliciosas que sejam as rabanadas de Chava, eu preferia estar comendo macarons.

— Ok — digo, empurrando meu prato para Dev. — Mas você vai comprar assim que terminar de comer.

— Combinado. Também vou te levar em mais um encontro.

— Ah, é? — pergunto, sentindo o bom e velho frio na barriga. — O que tem em mente dessa vez? Alugou outra casa para mim?

— Bom... Na verdade, aluguei três.

Eu rio enquanto ele enfia outro pedaço de rabanada na boca.

— Isso não conta, já que não foi especificamente para mim.

— Caramba, que exigente. — Ele termina o que sobrou no meu prato antes de deslizar para o banco ao lado do meu. — Como ainda estamos tentando manter tudo em segredo, fazer muitas coisas em público não é uma opção. Tudo bem para você?

Por enquanto, sim. Não me importo de manter nosso relacionamento em sigilo. Quem precisava saber já sabe, e isso é o que importa. Mas uma hora vou querer mais do que isso.

Vou querer exibi-lo por aí e me gabar para que todos possam ouvir. Mas enquanto está tudo recente, não me importo de continuar na nossa bolha.

— Sim, tudo bem por mim — respondo, me aproximando para beijar uma gota de xarope no lábio inferior dele. O sabor é tão doce quanto Dev. — Não me importo de ser o seu segredinho.

Ele sorri e passa os braços pela minha cintura.

— Posso ser seu segredinho também?

— Você pode ser o que qui...

— Ah, fala sério. — Chava joga a espátula na pia do outro lado do balcão. — Eu adoro vocês dois juntos, não me entendam mal, mas estou muito ressaquento para ficar ouvindo essa conversa mole. Se mandem daqui.

Há uma faísca no olhar de Dev.

— Que tal lá em cima?

— Só um pouco — respondo, segurando a camiseta dele. — Você me deve macarons.

Ele me beija, e Chava xinga ao fundo, mas estou imersa demais em Dev para me importar. O momento é perfeito demais para ser arruinado por qualquer coisa.

— O que você quiser, *jaanu*. — Dev se afasta e nos entreolhamos. Não há nada além de amor em seus olhos. — Eu dou o que você quiser.

EPÍLOGO

Um mês depois
Setembro — Singapura

Dev

Enquanto cidade, eu adoro Singapura. Mas o clima pode ser uma merda.

— Está quente demais aqui — diz Chava, ofegante, enquanto vamos da recepção para a garagem. — Minhas bolas estão cozinhando e juro que o ar está na mesma temperatura. Acho que até a minha bunda está suando. Merda, será que estou suando na bunda mesmo?

Ele contorce o corpo, tentando olhar por cima do ombro para a própria bunda em seu short azul-marinho da Argonaut.

— A menos que você esteja usando um traje à prova de fogo e sentado em um carro por horas, você não tem direito de reclamar — resmungo, dando uma olhada nele sem diminuir o passo. — E sua bunda não está suando.

Ele se vira para trás, radiante.

— Obrigado por olhar minha bunda.

— Nunca mais diga isso.

Quando chegamos à garagem, ele me dá um tapinha nas costas e me deseja boa sorte na corrida antes de se dirigir ao seu lugar designado com os outros membros da equipe que não são da engenharia. Por hábito, fico olhando para lá mesmo sabendo que não vou ver Willow. A essa altura, ela está em um lugar semelhante no box da Scuderia D'Ambrosi.

Mesmo depois de duas corridas em que ela trabalhou para eles, ainda é estranho vê-la vestida de vermelho da cabeça aos pés, mas não há como negar que ela fica linda nessa cor. Ela passou a última semana das férias de verão na Itália, na sede da equipe, organizando as coisas para poder começar a trabalhar para Reid. Enquanto estávamos longe um do outro, ela me ligava várias vezes ao dia com cada nova atualização que achava empolgante, e eu ficava mais do que feliz em atender todas as vezes.

Com *essa* distância eu consigo lidar. Estamos na mesma esfera, perto o suficiente para passarmos nossas noites e dias de folga juntos. Se eu não puder tê-la diretamente ao meu lado, então estar em lados opostos do paddock é algo que eu aceito. O fato de saber que ela está a apenas alguns metros de distância me traz paz em meio à loucura.

E essa loucura começa no momento em que entro no carro.

Graças a algumas penalidades e a alguns carros que vão largar dos boxes por trocas no motor etc., saio em sexto. Ainda é uma loucura estar na terceira fileira do grid, mas a partir do ano que vem isso não será algo fora do comum. A não ser que a Mascort acabe totalmente com o carro nas manutenções de inverno, vai ser raro largar muito atrás de onde estou. É um sonho que vou realizar muito em breve.

Flexiono os dedos no volante enquanto espero que os pilotos atrás de mim parem em seus lugares. Lá na primeira fila está Zaid, com Axel ao seu lado, a configuração clássica. Otto está bem na minha frente, em quarto, com Lorenzo à sua esquerda. Ao meu lado está Thomas, da McMorris, e logo atrás vem Reid. Ele recebeu uma penalidade por atrapalhar outro piloto, o que só aconteceu porque ele não teve como desviar a tempo.

Mas ele está atrás de mim e tudo o que importa é ficar à frente dele.

Quando as luzes se acendem uma a uma, eu inspiro lentamente. Aguardando. Preparado. E então as luzes se apagam.

Eu largo depressa, perto de Otto, mas Thomas está em cima de mim. Cerro os dentes e fico firme nas primeiras curvas. Quando a segunda reta se abre à nossa frente, eu colo em Thomas, ainda me defendendo de Reid e procurando uma abertura.

Quando ela surge, não hesito. Eu me coloco a poucos centímetros da roda dianteira de Thomas, forçando-o a frear para evitar a colisão na curva seguinte. É uma sacanagem da minha parte, sem dúvida, mas não é jogar sujo.

E isso não é nada. O verdadeiro drama está acontecendo à frente, no que parece ser uma batalha tripla entre Zaid, Axel e Lorenzo. Observo de longe e sei que preciso reagir depressa se quiser ficar fora disso. E esse é meu plano, porque Lorenzo é um terrorista, e parece que...

Porra.

Eu pisco. Eu pisco e isso é o que basta. Uma fração de segundo. Um detalhe na roda traseira. Um giro de 360 graus. Um desvio. Um tempo de reação ligeiramente mais lento do que deveria.

Uma chama.

Um incêndio.

Eu vejo tudo isso acontecer antes de bater na barreira.

Meus ouvidos estão zunindo. Meu pescoço dói como se eu tivesse levado um golpe. Minhas mãos ainda estão no volante, tremendo, e a adrenalina me invade numa tentativa de me ajudar a bloquear a dor.

Pisco outra vez, mais devagar agora, meu cérebro consciente tentando acompanhar as ações automáticas. Mas é a fumaça acre que me faz virar a cabeça para espiar meu único espelho intacto.

Mas eu não precisaria fazer isso, estou sentindo o calor do fogo. Mesmo assim eu me forço a olhar. A contar.

Um. Dois. Três.

Três carros. O risco que corremos à vista de todos.

— *Dev.*

Há uma voz em meu ouvido chamando meu nome. Demoro um segundo para perceber que a pessoa não está ao meu lado.

— Dev, você está bem? — diz Branny.

Seu tom é urgente, como se ele já tivesse feito a pergunta mais de uma vez. Mas esta é a primeira vez que realmente o ouço.

Há pânico em sua voz. Branny nunca entra em pânico. Ele é calmo, frio e controlado. Ele é o capitão em um mar revolto.

— Dev, por favor, fale comigo — implora ele. — Preciso saber se você está bem.

Eu engulo, sentindo o gosto da fumaça no ar, tentando me lembrar de como se faz para falar.

— Estou bem — balbucio. — Estou bem.

E estou, apesar da confusão causada pela força do impacto. Meus pensamentos se misturam quando tento transformá-los em palavras.

— Mas Zaid. E... e Axel. *Lorenzo*. Eles estão... O que aconteceu?

O mundo ao meu redor gira. Há um oficial debruçado sobre mim, gritando, querendo saber se estou machucado. Não consigo entender o que meu engenheiro de pista está dizendo. Digo ao oficial que estou bem, para que ele vá ajudar os outros.

O fogo arde cada vez mais brilhante em meu retrovisor.

— Branny, o que aconteceu? — pergunto novamente, sentindo um sabor amargo na boca enquanto luto para soltar o cinto de segurança com as mãos trêmulas. — Eles estão... Está todo mundo bem? — Minha voz falha. — Branny, fala. Por favor.

O silêncio se prolonga e a fumaça fica mais espessa. Um calafrio de medo toma conta de mim.

— O negócio está feio, Dev — diz ele. — Está bem feio.

Willow

Vou vomitar.

Eu *quero* vomitar. Quero colocar para fora a bile que sobe por minha garganta enquanto vejo chamas dançarem à minha frente. Não há nada além de fogo, barreiras retorcidas e fibra de carbono estilhaçada. Quero que a imagem desapareça, que isso seja apagado da minha memória. Não quero seguir vivendo com essa lembrança.

A fumaça do incêndio chegou até nós apenas alguns segundos após o acidente. As luzes dos veículos de emergência são ocultadas pelas nuvens escuras, mas as sirenes são ensurdecedoras. Uma porção de gente corre em direção ao caos para ajudar os pilotos. Eu gostaria de poder fazer alguma coisa, qualquer coisa, mas, assim como a maioria das pessoas do box da D'Ambrosi, estou paralisada, sabendo que o pior aconteceu.

E Dev está ali no meio, em algum lugar.

Sempre achei que seria mais ágil diante de uma emergência. Não imaginei que o pânico tomaria conta do meu corpo e quase me derrubaria no chão. Pensei que correria, gritaria, abriria caminho para passar por qualquer um que tentasse me segurar.

Mas não fiz isso. Estou apenas... entorpecida.

Não consigo ver o que está acontecendo, mas estou enraizada no chão, com a mente girando. Eu me recuso a acreditar. O homem que amo não pode estar preso naquele incêndio. Não posso perdê-lo assim. Não posso perdê-lo *de forma alguma*. Não posso, não posso, não posso...

Meu telefone vibra. A sensação penetra em meio ao torpor e chama a minha atenção. Palavras piscam na tela. Leva alguns segundos para que eu consiga ler.

Chava. Uma mensagem. Todas as letras maiúsculas.

DEV ESTÁ BEM.

Dev está bem. Mas Zaid, Axel e Lorenzo não estão.

Já se passaram horas desde o acidente e tudo o que sei é que os três estão na unidade de tratamento intensivo. Estão vivos.

A garagem da D'Ambrosi estava imersa em um silêncio solene antes de eu sair. Fui embora assim que recebi a notícia de que Dev estava recebendo alta do hospital depois de ser avaliado. Ninguém sabia o que dizer enquanto esperávamos por notícias sobre o estado de Lorenzo, mas não havia nada além de boatos terríveis. De todos os pilotos envolvidos, ele era o que se encontrava em pior estado quando o helicóptero o tirou do circuito.

E parece que continua assim.

— Tenho algumas notícias — diz Dev, estirado em sua cama de hotel. Ele segura uma bolsa de gelo pressionada na parte de trás do pescoço com uma mão e o celular na outra. Teve hematomas e uma lesão por golpe de chicote, mas só. — Zaid fraturou os pulsos. Axel está com muitas queimaduras. Lorenzo está... Estão dizendo que ele tem chance de perder os movimentos da cintura para baixo.

Não sei o que dizer. Para além de soluçar em seu peito quando nos reencontramos e dizer o quanto eu o amava e como eu estava feliz por ele estar bem, por ter conseguido desviar bem a tempo, eu mal disse uma palavra a Dev. Porque poderia ter sido ele. Poderia *facilmente* ter sido ele.

Agora, porém, na privacidade do hotel, voltei a mergulhar no torpor e ficar sem palavras. Estou sentada na poltrona segurando as pernas contra o peito, tentando me manter firme.

Já vi acidentes antes. Acidentes graves que resultaram em muitos ferimentos, alguns até piores do que este. Eu estava lá na última corrida da F3 da qual Oakley participou antes de se aposentar. Um garoto quase morreu naquele dia. Essa foi a razão que levou Oakley a deixar o esporte. Naquela época, eu achava que tinha entendido sua decisão, mas também carregava uma pontada de ressentimento por ele ter decidido abrir mão de um futuro tão promissor, um futuro que eu jamais chegaria perto de ter.

Gostaria de poder voltar no tempo para retirar esse ressentimento. Não há vergonha em não querer arriscar a própria vida por entretenimento. Talvez eu nunca tenha dito a Oakley como eu realmente me sentia, mas ainda assim me desculpei quando ele ligou antes para saber como eu e Dev estávamos, apesar de ele ter ficado sem entender nada.

Mas, ao contrário de meu irmão, Dev não hesita quando o medo aumenta. Ele se arrisca mais. Não desiste. Continua.

O que aconteceu hoje não vai detê-lo.

É como se ele estivesse lendo minha mente quando diz:

— Nós sabemos o risco assim que entramos no carro.

Eu levanto o olhar do ponto no carpete que estou encarando sabe Deus há quanto tempo. Sua expressão é solene e determinada, como se estivesse pronto para defender sua escolha de correr — e continuar correndo — se for preciso. Será que ele está pensando em Oakley e em sua decisão de parar? Será que acha que eu o pressionaria a fazer o mesmo?

É errado eu não querer que ele desista dos próprios sonhos, não importa o quanto seja perigoso para ele e para o meu coração?

O silêncio paira entre nós, mas não há discordância.

— Não vou te pedir para parar de correr, se é isso o que está pensando — digo, com a voz embargada por causa das lágrimas. — E não é porque não me importo com você. Dev, meu coração fica apertado toda vez que você entra naquele carro. Mas isso é o que você escolheu fazer, é o que você ama. — Engulo o nó na garganta, mas minha voz ainda está trêmula quando falo novamente. — Tudo o que posso fazer é pedir que você volte para mim em segurança.

Sua expressão se suaviza na mesma hora e ele parece relaxar a mandíbula. Dev se senta devagar, colocando a bolsa de gelo e o celular na mesa de cabeceira. Em seguida, estende as mãos para mim.

— Vem aqui, Willow.

Hesito antes de me levantar da poltrona. Meus joelhos, quadris e ombros protestam a cada movimento. A dor se infiltra em mim enquanto subo na cama para o abraço de Dev. Eu me obrigo a me concentrar em seu peito, seus braços fortes e suas mãos. Nossos narizes se encontram, ele inclina minha cabeça para trás e eu deixo que ele me beije enquanto as lágrimas escorrem por meu rosto.

É longe do ideal, mas não precisamos dizer mais nada. Ele entende e respeita meus medos. Não há garantias de que ele sairá vivo e ileso de todas as corridas. E eu aceito que ele vai continuar correndo até o dia em que não puder ou não quiser mais.

Quando ele me abraça, relaxo meus ombros e meu corpo se acalma, agora livre do choque de adrenalina. Estou segura aqui, nos braços de Dev, e ele está seguro nos meus.

Isso é tudo o que posso pedir, ainda que nem sempre seja assim.

Dev

— Como assim não vão cancelar a corrida?

Acompanho todos os movimentos de Willow, mas estou em silêncio. Ela está furiosa porque a corrida do fim de semana seguinte em Suzuka vai acontecer apesar de tudo. A FIA anunciou há poucos minutos e achei que seria uma boa ideia contar a ela durante o café da manhã na cama. Eu não esperava começar minha segunda-feira vendo-a andar de um lado para outro no quarto em seu pijama com estampa de morango e com cachos voando em todas as direções.

— Três pilotos ainda estão no hospital! — vocifera ela. — Sim, estão vivos, mas talvez nunca mais voltem a correr. Como eles têm coragem de não cancelar a corrida?

— O show tem que continuar — respondo, debilmente. É a única coisa que consigo dizer.

Esse comentário faz com que ela se vire, cerrando os punhos nas laterais do corpo, parecendo pronta para gritar novamente.

Antes que ela faça isso, levanto as mãos.

— Eu sei que é uma merda, mas é por isso que as equipes têm pilotos reservas. Outros esportes também têm substitutos. Eles são chamados se um jogador se machuca. É assim que as coisas são.

— Pois isso é um *absurdo*!

Ela está irritada, mas mesmo assim radiante. Toda essa reação é por minha causa. Ontem à noite, ela me disse que nunca me impediria de seguir meus sonhos e continuar correndo, mas que sua preocupação é a consequência. E hoje isso se manifesta em forma de raiva.

Willow provavelmente me daria uma surra se eu dissesse isso em voz alta, mas ela está muito sexy esbravejando pelo quarto. Ela vai até a varanda, abre as portas e faz uma pausa, respirando fundo. Mas não adianta nada e a chama dentro dela continua a arder.

— E se todos vocês se recusarem a correr? — sugere, voltando a olhar para mim. — Se toda a Associação de Pilotos se unir, talvez cancelem a corrida.

Eu tento não rir.

— Isso jamais aconteceria. Ninguém sequer tocou no assunto no grupo do WhatsApp depois do anúncio da FIA. Sinceramente, acho que a maioria de nós quer correr.

— *A maioria de vocês* é um bando de irresponsáveis viciados em adrenalina que precisa tirar a cabeça de dentro do próprio c... — Ela para a frase no meio, respirando fundo mais uma vez. — Desculpa. Eu...

— Você é a coisa mais gostosa que eu já vi — digo com um sorriso malicioso que consegue arrancar uma risada dela apesar da raiva. — Continue gritando, amor. Você está me deixando com tesão.

— Seu idiota. — Ela está brigando comigo, mas a verdade é que está brava consigo mesma por ter rido sem querer e me dado esse gostinho.

Estou prestes a pedir para que ela volte para a cama e se acalme — e, tudo bem, talvez para algo mais — quando meu celular vibra. Fico tenso ao ver o nome na tela.

— É o Howard.

Olho para Willow, que arregala os olhos.

— Atende! — diz ela, gesticulando para o celular. — Pode ser importante.

Ela tem razão. Mas e se forem más notícias? Essa é a última coisa de que preciso depois do pesadelo de ontem. Mesmo assim, por insistência dela, atendo e coloco no viva-voz.

— Alô?

— A Mascort entrou em contato — diz Howard, indo direto ao assunto.

O mundo desaba. Não consigo decifrar o tom de voz dele e temo pelo pior.

— Zaid não vai voltar para o restante da temporada.

Imaginei que isso aconteceria com meu futuro colega de equipe, mas odeio ouvir minhas suspeitas se concretizando.

Respiro fundo, pronto para perguntar se ele tem notícias sobre o estado de Axel e de Lorenzo, mas ele fala antes.

— A Mascort quer que você corra no lugar dele até o fim da temporada.

Meu coração dispara, e eu olho para Willow. Será que ouvi bem?

— Está falando sério?

Como sempre, Howard só responde o que quer.

— Você vai terminar a temporada ao lado de Kivinen — explica ele — e vai assumir o lugar de Kivinen quando Zaid voltar no ano que vem.

Isso me tranquiliza. Esperam que Zaid esteja bem o suficiente para voltar e, a julgar pelo suspiro suave de Willow, ela sente o mesmo. Mas isso não ameniza meu choque.

— E a Argonaut vai permitir?

— A Argonaut vai receber um bom dinheiro para liberar você do contrato mais cedo. Na verdade, várias equipes demonstraram interesse em você. A D'Ambrosi queria que você substituísse Lorenzo, alegando que tinham direitos sobre você por causa do acordo com a Argonaut. Mas o dinheiro falou mais alto, e a Mascort está oferecendo mais.

Eu ficaria um pouco mais lisonjeado se não estivesse chateado por Howard ter feito tudo isso pelas minhas costas.

— Você não pensou em perguntar o que eu queria ou me envolver nessas conversas?

— Elas estavam acontecendo enquanto examinavam seu cérebro para ver se ele ainda estava intacto.

Caramba.

— Você está sendo envolvido nas conversas agora — continua Howard. — É claro que a escolha é sua, mas essa é a oportunidade da sua vida.

Eu suspiro. Willow comprime os lábios em uma linha fina. Ela está nitidamente atônita.

— Eles não perderam tempo, não é?

— Não existe empatia quando milhões de dólares estão em jogo. Você sabe disso.

Ele não está errado, por mais que essa ideia me deixe enojado.

— Isso significa que a notícia de que vou para a Mascort na próxima temporada também será divulgada em breve? Eles não podem manter isso em segredo por muito tempo se quiserem que eu corra por eles na sexta-feira.

— Vai sair em breve, se já não tiver saído. Isso significa que você aceita o acordo?

Olho para Willow, atento à expressão cautelosa em seu rosto. Obviamente quero ler o contrato e preciso que Howard e meus advogados me orientem, mas... eu quero. Eu quero de verdade.

Quando tenho um vislumbre das covinhas de Willow, sei que ela também quer isso para mim.

— Sim, eu aceito — digo a Howard, surpreso com o fato de minha voz não estar trêmula, porque o resto do meu corpo está.

— Pode enviar o contrato.

— Já está na sua caixa de entrada. — Ele faz uma pausa, me dando um instante para processar tudo. — Prepare-se, Dev, sua vida está prestes a mudar.

Willow

Não é surpresa que eu me sinta à vontade em hospitais. O mesmo vale para unidades de tratamento intensivo e consultórios.

Tudo isso se deve ao tempo que passei em lugares assim quando criança, fazendo exames e colocando minhas articulações de volta no lugar. Dev, no entanto, não se sente nada à vontade. E não posso culpá-lo. Para ele, hospitais só significam coisas ruins.

— Odeio estar aqui. — Ele não para de reclamar enquanto seguimos pelo corredor em direção aos quartos dos pacientes. — Por que desinfetante tem esse cheiro? É muito nojento.

— Está tudo bem. — Tento acalmá-lo, mas tenho que me segurar para não rir de seu nervosismo. — Zaid quer ver você. E você não diz não a Zaid Yousef.

Não podemos ficar muito tempo, já que nosso voo para o Japão sai em duas horas, mas quando Dev é convocado pelo cara que foi sete vezes campeão mundial — e seu futuro companheiro de equipe —, ele faz exatamente o que foi pedido.

Ele endireita a postura, se recompondo.

— É verdade.

Estou aqui para dar apoio moral, mas saber que Zaid está bem para receber visitas diminuiu um pouco o aperto em meu peito. Ainda não sei muito sobre o estado de Axel e de Lorenzo, mas espero que também estejam melhorando.

E Dev estava certo. Este é o mundo da Fórmula 1 e só me resta aceitar. É um esporte de alto risco e alta recompensa e não há nada que eu possa fazer para mudar isso. Só posso apoiar os pilotos e me esforçar para permanecer forte.

E é esse o meu plano. Eu faria qualquer coisa por Dev, qualquer coisa para permanecer em seu mundo.

Nosso mundo.

Quando chegamos ao quarto de Zaid, ele para diante da porta e aperta minha mão.

— Pode entrar comigo?

Acho que essa é uma conversa só entre os dois, mas se ele prefere que eu entre e se Zaid não se importar, não vejo problema.

— Claro que sim.

Ele leva alguns segundos para se preparar. Depois de respirar fundo algumas vezes e tentar relaxar os ombros, Dev faz um sinal com a cabeça. Em seguida, bate na porta e a abre quando uma voz nos convida a entrar. Ele aperta minha mão e me conduz quarto adentro.

Entro espiando por cima de seu ombro para ver o cômodo. As máquinas, os fios e os tubos são as primeiras coisas que avisto, e eu os acompanho com o olhar até a cama em que Zaid está descansando. Até então, eu não imaginava que ele tinha quase quarenta anos — uma genética boa combinada com uma rotina de cuidados com a pele provavelmente ajuda nesse sentido —, mas ali, com a roupa de hospital e olheiras escuras, ele aparenta ter exatamente a idade que tem. No entanto, quando ele vê Dev e começa a sorrir, uma década desaparece instantaneamente. Dev é o cara mais bonito do esporte, mas Zaid... Digamos que ele está tranquilamente em segundo lugar.

— Anderson — cumprimenta ele, a voz soando surpreendentemente forte. — Obrigado por ter vindo.

Dev assente, puxando-me delicadamente para ficar ao seu lado.

— Claro, cara. Tudo bem se minha namorada estiver com a gente?

A atenção de Zaid se volta para mim e, de repente, recebo um olhar arrebatador e gentil em igual medida.

— Com certeza. É um prazer conhecer você, Willow.

Ele sabe meu nome? Meu choque deve ficar estampado em meu rosto, porque ele dá uma risadinha.

— Já vi você no paddock — explica ele. — Eu apertaria a sua mão, mas... — Ele lança um olhar irônico para os braços engessados que descansam em um travesseiro sobre seu colo. — Estou meio machucado no momento.

— Fica para a próxima — respondo, relaxando quando ele ri.

— Como está se sentindo?

— Como se eu tivesse colidido com outro carro a duzentos quilômetros por hora e depois explodido.

A resposta me pega de surpresa e deixo escapar uma risada, imediatamente cobrindo a boca com as mãos, constrangida. Mas o sorriso de Zaid me tranquiliza.

— Eu vou me recuperar — garante ele. Seus olhos escuros se voltam para Dev. — Axel também. Nós vamos voltar.

Ele não menciona Lorenzo, e não consigo deixar de notar um lampejo de preocupação em seu semblante ao falar da própria volta.

— Mas não até a próxima temporada — acrescenta Dev, chegando ao que imaginamos ser o objetivo daquela visita: Dev assumindo o lugar de Zaid na Mascort. O contrato foi assinado pouco antes de virmos para cá.

Zaid assente. Seu cabelo preto cai sobre a testa.

— Primeiramente, queria dar as boas-vindas à equipe. Correr no meu lugar obviamente não era a maneira como você deveria começar na Mascort, mas estou feliz por ser você me substituindo.

Dev inclina a cabeça, e eu reprimo um sorriso quando ele ruboriza um pouco.

Que coisa fofa.

— Você merece. — Zaid faz uma pausa, esperando que Dev olhe para cima novamente. Ele está sério outra vez. — Tenho observado você ao longo dos anos. No carro certo, acho que você pode se sair bem. Muito bem.

Observo Dev enquanto ele é elogiado por seu maior ídolo. Essas palavras significam mais do que qualquer outra coisa que alguém no ramo já tenha dito a ele, e Zaid parece estar falando muito sério.

— Obrigado — diz ele. — Vou me esforçar para estar à altura.

— É bom que se esforce mesmo. Se a Mascort perder o campeonato para a Specter Energy este ano por sua causa, vou mandar rasgarem seu contrato.

Embora eu tenha certeza de que Zaid está brincando, ele provavelmente tem o poder e a influência para fazer isso de verdade. E eu não duvidaria de nada. Ele é claramente uma boa pessoa, mas ninguém vence um campeonato só na bondade.

Dev pigarreia e juro que tenho a impressão de que ele endireita a postura.
— Claro. Entendido.
— Que bom. — Zaid o observa com atenção. — Tudo bem. Dirija meu carro neste fim de semana. Você tem a minha bênção. E não vá destruí-lo. Ele já passou por muita coisa.
— Vou me esforçar ao máximo.
Assim, desejamos melhoras para Zaid e saímos para o corredor. Vamos em direção à saída em silêncio, ambos processando aquela interação tão singular. É claro que fiquei impressionada. E talvez esteja desenvolvendo uma quedinha inofensiva sobre a qual Dev jamais ficará sabendo.
Meu namorado passa o braço pelos meus ombros e me puxa para perto, dando um beijo na minha têmpora.
— Vou correr pela Mascort neste fim de semana — diz ele, soando maravilhado, como se tivesse acabado de perceber.
Estou tão orgulhosa dele que poderia sair gritando por aí.
— Sim, você vai.
— Vou correr no lugar de Zaid até que ele se recupere.
— Isso mesmo.
— Vou substituir Zaid Yousef, a lenda viva.
É algo importante, sem dúvida. Mas a maneira como ele diz isso faz com que até eu me sinta pressionada. Eu não acharia estranho se ele estivesse ansioso.
— Tenho certeza de que...
— Estou empolgado pra caralho.
Prendo a respiração, atenta ao rosto dele e muito surpresa com aquela revelação efusiva.
— Sério? Você não está nervoso?
Ele dá de ombros.
— Bom, se o volume na minha calça é resposta para alguma coisa...
— Calma aí — digo, parando no meio do corredor. — Isso quer dizer que *Zaid Yousef* deixou você com tesão?

Ele abre um sorriso atrevido.

— Ok, correção: saber que vou dirigir para a equipe com que sempre sonhei me dá muito tesão.

— Eca, Dev!

Ele me encosta contra a parede assim que dobramos a esquina e saímos do corredor principal. E, sim, sua *empolgação* é evidente.

— Mas saber que tenho você comigo é a melhor parte — murmura ele, inclinando a cabeça e encostando a boca na minha. — Eu não conseguiria fazer isso sem você, Willow. Nada disso. Não depois que descobri como é amar você e ser amado de volta. Isso é o que me dá força. Você é a minha força.

Sinto um nó na garganta e meus olhos são tomados por lágrimas de felicidade. Ontem foi sem dúvida um dos piores dias da minha vida. O medo e a angústia quando eu não sabia o estado de Dev acabaram comigo, por mais breve que o momento tenha sido. Mas me senti forte de novo quando ele voltou para mim. Ele fortaleceu meus ossos e cada músculo e ligamento dentro de mim. Isso me tornou mais resistente do que jamais imaginei que poderia ser, e fiz o mesmo por ele.

Nunca mais quero viver sem esse poder.

Quero ele do meu lado para sempre.

E eu diria isso a ele, mas Dev continua:

— É sério — diz ele. — É muita sorte poder viajar pelo mundo pilotando carros velozes, mas mais ainda é poder fazer isso com a mulher que amo do meu lado.

— Realmente, é muita sorte — concordo, pousando a mão sobre seu coração acelerado. O meu bate tão rápido quanto. — Acho até que pode ser destino.

— Estava escrito nas estrelas, não é?

Inclino o queixo para cima.

— Será que está escrito nas estrelas que você vai me beijar agora?

— As estrelas me disseram que sim.

E, quem diria? As estrelas me dão exatamente o que eu quero. Como sempre.

BÔNUS
Willow

Um ano depois
Nova York

— Posso tirar a venda agora? *Por favor?*

Parece que estou com o pedaço de seda sobre meus olhos há pelo menos meia hora, o que intensifica ainda mais os sons da cidade de Nova York. Tudo é muito barulhento e tenho medo de tropeçar enquanto Dev me conduz pela calçada. Ele provavelmente vai ficar com marcas das minhas unhas no antebraço, de tão forte que estou me segurando nele.

— Ainda não — responde Dev de forma enigmática. É o mesmo tom que ele está usando desde que interrompeu minha visita a Chantal e Grace para me colocar dentro de um SUV. — Estamos quase lá.

É melhor estarmos mesmo, senão vou desistir dessa surpresa e arrancar a venda.

Essa era a última coisa que eu estava esperando, principalmente porque Dev nem deveria estar na cidade. Concordamos em passar separados o intervalo de duas semanas entre as corridas, não porque precisássemos de uma folga um do outro, mas porque nossas agendas estavam em conflito. Eu precisava estar em Nova York com Reid para uma breve turnê de imprensa e Dev precisava estar no Reino Unido, na sede da Mascort, testando as novas atualizações do carro no simulador.

Portanto, o fato de ele estar ali foi uma surpresa, mas ter sido sequestrada para um encontro foi um choque ainda maior.

— Mais cinco passos — anuncia ele. — Agora, pronto. Pare aí.

Sinto a brisa de um ar-condicionado quando uma porta se abre e um sininho toca acima da minha cabeça. No mesmo instante eu entendo onde estou. O aroma é inconfundível.

— Você me trouxe para a Stella Margaux? — pergunto, rindo. — Você não precisava me vendar para isso.

— Talvez não — admite Dev, desatando o nó na minha nuca.

— Mas eu queria que essa parte fosse surpresa.

Antes de ele tirar minha venda, percebo como a loja está silenciosa, o que nunca acontece. E eu sei disso porque vim aqui todos os dias desde que cheguei à cidade. Em todas as vezes, a fila estava imensa, dando a volta no quarteirão. Minhas suspeitas são confirmadas quando a venda cai e vejo que Dev, eu e um homem de uniforme de cozinha somos as únicas pessoas no local.

De olhos arregalados, eu me viro para Dev.

— Você alugou a loja inteira?

— Sim. — Ele sorri, se balançando nos calcanhares, claramente satisfeito com a surpresa. — Achei melhor fechar a loja. Imaginei que você não ia querer testemunhas ao tentar fazer macarons outra vez.

Finjo ficar brava, mas a cada segundo estou mais empolgada. Um encontro para fazer macarons é a coisa mais *eu* que ele poderia fazer.

— Você não tem noção de como me arrependo de ter te contado sobre minhas gafes culinárias.

— Estes vão sair perfeitos — promete o confeiteiro.

— Não aposte todas as suas fichas nisso — diz Dev, recebendo uma cotoveladinha minha na barriga. Isso só o faz sorrir mais.

O outro homem dá um passo à frente com a mão estendida.

— Eu sou Antoine. Stella sente muito por não poder estar aqui, mas disse que verá você no paddock na semana que vem. Vamos começar?

Assinto e aperto sua mão.

— Por favor. Estou ansiosa para aprender. Tento reproduzir essa receita *há anos*.

Não acredito que estou mais animada com isso do que para conhecer Stella na semana que vem. Mas, se há uma vantagem em ter um namorado na F1, é poder conhecer as celebridades com as quais sempre sonhei em interagir.

Antoine nos leva até a cozinha.

— Vamos. Hora de conhecer todos os nossos segredos.

Uma hora depois, consegui o impossível: fiz o macaron perfeito.

Na verdade, fiz *vários*. Há uma série de obras-primas de baunilha e pêssego dispostas à minha frente. Acho que estou mais orgulhosa deles do que de qualquer outra coisa que já fiz na vida.

Como prova das habilidades didáticas de Antoine, até Dev fez uma bandeja cheia de macarons bonitos e uniformes. Ele cozinha bem, mas eu não sabia que a confeitaria era a sua especialidade. Juro que não há nada que ele não saiba fazer. Esse é apenas mais um motivo pelo qual eu o amo tanto.

— Toma — diz Dev, passando uma caixa clássica Stella Margaux para mim. — Coloque suas criações junto com as minhas.

Pego a caixa e analiso meus macarons. Quero escolher os melhores para levar para casa. Depois de separar os mais bonitos, abro a tampa laranja da caixa para guardar meu primeiro doce. Mas então eu congelo e deixo meu macaron cair no chão.

Entre dois macarons lindos de morango está um anel. Um anel de diamante. O maior e mais brilhante anel de diamante que já vi.

Quando encaro Dev outra vez, de olhos arregalados e boquiaberta, ele não está mais diante de mim, e sim ajoelhado no chão.

— Willow Williams. — Ele está sério, mas parece lutar contra o que talvez seja o maior sorriso do mundo. — Minha garota feita de sol. Minha namorada obcecada por macarons. O maior amor da minha vida. Quer se casar comigo?

Cacete, isso está acontecendo. *Isso está acontecendo de verdade.* Estamos juntos há mais de um ano e eu não conseguiria me imaginar com outra pessoa, mas *mesmo assim* estou em choque.

— Meu Deus — gaguejo, alternando meu olhar entre ele e o diamante enorme. — Meu Deus, Dev, sim. Sim, sim, sim!

Derrubo a caixa na bancada de aço inoxidável e a risada de Dev é a única coisa que ouço quando me jogo em cima dele.

— É por isso que a Chantal me disse que minhas unhas estavam feias e me obrigou a fazê-las hoje? — Estou agarrada em Dev, tão feliz que poderia explodir. — Ela sabia?

Ele ri e me envolve com seus braços fortes e quentes.

— Sim, eu contei para ela e para Grace. Eu precisava da bênção delas de qualquer forma.

— E foi por isso que Oakley ligou hoje de manhã? — Todas as peças estão se encaixando. Meu Deus, como não percebi? — Ele estava todo sentimental! Pensei que estava tentando me bajular para poder conhecer a garagem da D'Ambrosi.

— É um milagre que ele não tenha dado com a língua nos dentes. Eu contei já faz algumas semanas e nunca vi um homem sofrer tanto para guardar um segredo.

É incrível o nosso progresso desde o dia em que Oakley descobriu sobre nós. Eu estava com medo de que ele nunca fosse superar, mas, em vez disso, ele se tornou uma das pessoas que mais apoiam nosso relacionamento. Dev e Oakley estão feito unha e carne de novo. A única diferença é que hoje em dia não fico sobrando e sou parte do grupo. Nunca imaginei que esse dia chegaria.

Encosto o rosto no peito de Dev sem me importar com as lágrimas que estragam minha maquiagem e mancham a camisa dele.

— Não acredito que você fez isso!

— Achei que já estava na hora — murmura ele contra meu cabelo. — Queria ter pedido antes, mas andamos tão ocupados...

Algo mais me ocorre.

— Reid também sabia? Por isso ele insistiu para que eu tirasse o dia de folga? Afinal, quem é que *não* sabia?

— Muita gente sabia — responde ele com um sorriso cheio de segundas intenções. Dev inclina a cabeça e murmura em meu ouvido: — E tem mais uma coisa. Reid já sabe que você não vai voltar amanhã. Ou até que estejamos na estrada outra vez. Você é toda minha, Willow.

Eu olho para Dev e meu coração parece prestes a explodir.

Ele tem razão. Eu sou toda dele. Assim como ele é todo meu.

Acho que é mesmo coisa do destino.

AGRADECIMENTOS

É incrível quantas pessoas são necessárias para dar vida a um livro, mas eu não teria conseguido fazer isso se não pudesse contar com todas elas.

Minha incrível agente, Silé Edwards, que respondeu ao meu primeiro e frenético e-mail trinta minutos depois de eu enviá-lo em um sábado à noite e ficou acordada até tarde para atender enquanto eu ligava desesperadamente. Você segurou minha mão (bem suada) durante essa experiência vertiginosa, e eu não poderia estar mais grata.

Minha editora da Pan Macmillan, Kinza Azira, por acreditar nesta história e me ajudar a torná-la ainda melhor. Amo como nossas visões para o livro se alinharam, e trabalhar junto com você tem sido um verdadeiro sonho. Minha editora da Berkley, Mary Baker: eu sabia desde nossa primeira conversa sobre Danny Ric que este livro estaria em boas mãos.

Beth Lawton, por pegar o primeiro rascunho deste livro e ajudar a transformá-lo em algo coerente com sua edição mágica. Leni Kauffman, por criar a capa mais deslumbrante de todas. Você deu vida às minhas ideias de uma maneira que nem eu poderia ter imaginado. Soraya e Mahbuba, por lançarem as bases para que este livro pudesse alcançar mais pessoas. Vocês trabalharam muito para ajudar a realizar meus sonhos de publicação. A bondade de vocês significou tudo para mim, e nunca vou ser capaz de agradecer o suficiente por isso.

Os leitores que me seguiram através de pseudônimos, plataformas e gêneros. Obrigada por ficarem e crescerem comigo. Nós percorremos um looongo caminho.

A todos os leitores beta que dedicaram seu tempo para ajudar a moldar esta história: o feedback de vocês foi inestimável!

Jenna, Deidre, Norhan, Ruqi, Bei, Naorès, Moon, Ann, Tiyasa, Vivian, Nat, Teigan, Chloe, Aaliyah e Zarin, por serem meus maiores torcedores e divulgarem este livro. Todos vocês são verdadeiras estrelas. O A-Team, por me aguentar no karaokê e simplesmente estar lá nos momentos mais difíceis. Dessa vez, não vou perguntar se vocês gostaram disso.

Kate, eu literalmente não teria conseguido passar por isso sem você. Obrigada por cuidar tão bem do nosso cérebro compartilhado quando eu não conseguia, por ouvir de maneira tão paciente todas as minhas ideias loucas e por se sentar ao meu lado em Palm Springs enquanto eu reclamava sobre o que eu imaginava ser a última edição deste livro. Também espero que continuemos escrevendo livros companheiros acidentais por décadas.

Kell, estou tão feliz que conseguimos escapar de Você-Sabe--Onde, mas te conhecer lá foi a melhor coisa que poderia ter acontecido. Obrigada por todo o incentivo para continuar escrevendo e por ser a pessoa mais legal de todas. Hora de planejar nossa próxima viagem a Vancouver. Marlene, por ser minha terceira mãe e me incentivar a continuar seguindo meus sonhos, mesmo quando eu me sentia empacada. Você me ajudou nos piores minutos, horas e dias da minha vida, e eu jamais me esquecerei disso. Sammy, por ser a irmã que sinceramente nunca pedi, mas com quem acabei ficando mesmo assim. Não há mais ninguém com quem eu gostaria de compartilhar um quarto de motel esquisito de beira de estrada.

Minha avó, por me trazer chai, por ligar para me acordar para ver as corridas de F1 que começam mais cedo e por cuidar dos meus cachorros para que eu possa trabalhar de verdade.

Mãe D, se estiver lendo, isso significa que finalmente deixei você ler um dos meus livros. Parabéns! Jamais falaremos sobre isso de novo! Mas obrigada por respeitar minha privacidade durante minha infância e adolescência, porque isso me deu espaço para me tornar a escritora que sou hoje. Obrigada por ser minha cozinheira, minha motorista e minha terapeuta. Te amo mais do que palavras são capazes de expressar.

E mãe J. Eu sei que você não gostava de romances, mas gosto de pensar que teria gostado deste (só porque eu o escrevi). Sinto sua falta. Obrigada por me trazer até aqui.

1ª edição	SETEMBRO DE 2024
reimpressão	JANEIRO DE 2025
impressão	IMPRENSA DA FÉ
papel de miolo	LUX CREAM 60 G/M²
papel de capa	CARTÃO SUPREMO ALTA ALVURA 250 G/M²
tipografia	PALATINO